El Libro
de los Muertos

EL LIBRO
DE LOS MUERTOS

Patricia Cornwell

Traducción de Eduardo Iriarte

EDICIONES B
GRUPO ZETA

Barcelona • Bogotá • Buenos Aires • Caracas • Madrid • México D.F. • Montevideo • Quito • Santiago de Chile

Título original: *Book of the Dead*
Traducción: Eduardo Iriarte
1.ª edición: junio 2008

© 2007 by Cornwell Enterprises, Inc.
© Ediciones B, S. A., 2008
   Bailén, 84 - 08009 Barcelona (España)
   www.edicionesb.com

Printed in Spain
ISBN: 978-84-666-3654-4
Depósito legal: B. 22.208-2008

Impreso por LIBERDÚPLEX, S.L.U.
Ctra. BV 2249 Km 7,4 Polígono Torrentfondo
08791 - Sant Llorenç d'Hortons (Barcelona)

El presente libro está dedicado a mi editor,
Ivan Held.

Agradecimientos

Tengo una especial deuda de gratitud con la doctora Staci Gruber, profesora adjunta de Psiquiatría en la Facultad de Medicina de Harvard y subdirectora del laboratorio de neuroimagen del Hospital McLean.

Roma

Borboteo de agua. Una tina de mosaico gris empotrada en un suelo de terracota.

El agua mana lentamente de una antigua espita de latón, y la oscuridad se derrama por la ventana. Del otro lado del antiguo vidrio ondulado están la *piazza* y la fuente, y la noche.

Ella está sentada en silencio en el agua, y el agua está muy fría, con cubitos de hielo a medio disolverse, y no hay gran cosa en sus ojos; ya no queda apenas nada en ellos. Al principio, sus ojos eran como manos tendidas hacia él, suplicándole que la liberara. Ahora sus ojos son del azul amoratado del anochecer. Lo que había en ellos, fuera lo que fuese, casi se ha desvanecido. Pronto estará dormida.

—Toma —le dice él, al tiempo que le alcanza un vaso soplado a mano en Murano, ahora lleno de vodka.

Está fascinado con zonas de ella que nunca han visto el sol; son pálidas como la caliza. Cierra el grifo casi por completo y el agua cae en un hilillo. Él observa su respiración rápida y oye el castañeteo de sus dientes. Sus pechos blancos flotan a ras del agua, delicados cual flores blancas. Los pezones, erectos por efecto del frío, son prietos capullos rosas.

Entonces él piensa en lápices. En cómo les arrancaba de un mordisco las gomitas rosa cuando estaba en el colegio, y le decía a su padre y a veces a su madre que no necesitaba gomas porque no cometía errores, cuando lo cierto era que le gustaba mordisquearlas. No podía evitarlo, y eso también era cierto.

—Te acordarás de mi nombre —le dice.

—No me acordaré —responde ella—. Puedo olvidarlo. —Le castañetean los dientes.

Él sabe por qué lo dice: si ella olvida su nombre, él podría reconsiderar el destino de la mujer.

—¿Cuál es? —la insta—. Dime cómo me llamo.

—No lo recuerdo. —Solloza, temblorosa.

—Dilo —insiste él mientras le mira los brazos bronceados, recubiertos de bultitos debidos a la carne de gallina, el vello rubio erizado, sus jóvenes senos y la oscuridad entre sus piernas bajo el agua.

—Will.

—¿Y el resto?

—Rambo.

—Y te parecerá gracioso —dice él, desnudo, sentado en la tapa del retrete.

Ella menea la cabeza rotundamente.

Miente. Se había reído de él cuando le dijo su apellido. Se rio y dijo que Rambo era un nombre ficticio, un nombre de película. Él le aseguró que era un nombre sueco. Ella le contestó que no era sueco. Él insistió en que era sueco. ¿De dónde se creía ella que procedía? Era un apellido auténtico. «Claro —se burló ella—. Como Rocky», y rio. «Búscalo en internet —le dijo él—. Es un apellido auténtico», repitió, y no le hizo gracia tener que explicar su apellido. De eso hacía dos días, y no le guardaba rencor por ello, pero lo tenía presente. La perdonaba porque, a pesar de la opinión de todo el mundo, ella sabe sufrir hasta lo insoportable.

—Saber que mi nombre será un eco... —dice él—. No supone la menor diferencia, en absoluto. Nada más que un sonido ya pronunciado.

—Yo no lo pronunciaría nunca. —Pánico.

Tiene los labios y las uñas azulados, y tiembla de manera incontrolable. Se queda mirándolo fijamente. Él la insta a beber más, y ella no se atreve a negarse. El más leve acto de insubordinación, y ya sabe lo que ocurre. Un gritito siquiera, y ya sabe lo que ocurre.

Está tranquilamente sentado en la tapa del retrete, con las piernas abiertas para que ella pueda ver su excitación, y temerla. Ya no suplica ni le dice que haga lo que quiera con ella, si es que la retiene por eso. Ya no lo dice porque sabe lo que ocurre cuando le insinúa que le haga lo que quiera: eso da a entender que ella no se prestaría de buen grado ni lo desearía.

—Eres consciente de que te lo pedí con educación, ¿no? —le dice él.

—No lo sé. —Le castañetean los dientes.

—Sí lo sabes. Te pedí que me lo agradecieras. Es lo único que te pedí, y me porté bien contigo. Te lo pedí con educación, y tú luego vas y te buscas esto —le recrimina—. Tenías que obligarme a hacer esto. —Se levanta y observa su propia desnudez en el espejo encima del lavabo de terso mármol—. Es tu sufrimiento lo que me obliga a hacerlo, ¿sabes? Y yo no quiero hacerlo. Así que me has hecho daño. ¿Te das cuenta de que me has infligido una herida crucial al obligarme a hacer esto? —dice su desnudez en el espejo.

Ella asegura que lo entiende, y sus ojos se desperdigan por el aire cual fragmentos de cristal cuando él abre la caja de herramientas, y su mirada desperdigada se posa sobre las cizallas y cuchillos y sierras de finos dientes. Él levanta un saquito de arena y lo deja en el borde del lavabo, saca unas ampollas de pegamento y las deja allí también.

—Haré todo lo que quieras —vuelve a insistir ella—. Te daré todo lo que quieras.

Él le ha ordenado que no vuelva a decirlo, pero acaba de hacerlo.

Introduce las manos en el agua y la frialdad es como una dentellada. La coge por los tobillos y la levanta. La sujeta por las pantorrillas frías y bronceadas. Percibe el pavor en sus músculos aterrados mientras le sostiene con fuerza los talones fríos. La tiene sujeta un poco más que la vez anterior, y ella forcejea y se agita y se retuerce violentamente, provocando el sonoro chapoteo del agua fría. La suelta. Ella toma aire a bocanadas y tose y lanza gritos ahogados, pero no se queja. Ha aprendido a no quejarse; le ha costado lo suyo, pero ha aprendido. Ha entendido que todo esto es por su propio bien y está agradecida por un sacrificio que cambiará su vida —no la de ella, sino la de él— en un sentido que no es bueno. No fue bueno. Nunca será bueno. Ella debería estarle agradecida por el regalo que él le ha hecho.

Coge la bolsa de basura que ha llenado con hielo de la máquina del bar y vierte los últimos trozos en la bañera, y ella le mira mientras le resbalan lágrimas por las mejillas. Dolor: asoman sus oscuras aristas.

—Allá los colgábamos del techo —dice él—. Les golpeábamos en los lados de las rodillas, una y otra vez. Allá. Entrábamos todos en el cuartito y les soltábamos patadas en los lados de las rodillas. Es para morirse de dolor y, claro, te deja para el arrastre, y, claro, algunos morían. Eso no es nada en comparación con otras cosas que vi allá. No trabajaba en esa cárcel, ¿sabes? Pero no me hacía falta, porque ese comportamiento estaba muy extendido. Lo que la gente no entiende es que no fue una estupidez filmarlo, fotografiarlo. Fue inevitable. Tienes que hacerlo. En caso contrario, es como si nunca hubiera ocurrido. Así que la gente saca fotos. Se las enseña a otros. Basta con uno. Basta con que las vea una persona. Entonces todo el mundo las ve.

Ella mira la cámara en la mesa con tablero de mármol contra la pared de estuco.

—En cualquier caso se lo merecían, ¿verdad? —añade—. Nos obligaron a ser algo que no éramos, así que ¿quién tuvo la culpa? Nosotros no.

Ella asiente. Tiembla y le castañetean los dientes.

—Yo no participaba siempre —dice él—. Lo que sí hacía era mirar. Al principio era difícil, quizá traumático. Estaba en contra, pero con lo que nos hicieron... Debido a eso nos vimos obligados a hacerles cosas en represalia, así que fue culpa suya por obligarnos. Sé que tú lo entiendes.

Ella asiente y llora y tiembla.

—Bombas al borde de la carretera. Secuestros. Mucho más de lo que se oye por aquí —le asegura—. Uno se acostumbra. Igual que tú estás acostumbrándote al agua fría, ¿verdad?

No esta acostumbrada, sólo entumecida y camino de la hipotermia. A estas alturas nota en la cabeza el retumbo de su corazón a punto de estallar. Él le tiende un vodka, y ella bebe.

—Voy a abrir la ventana —dice—. Para que oigas la fuente de Bernini. La he oído buena parte de mi vida. La noche es perfecta. Deberías ver las estrellas. —Abre la ventana y contempla la noche, las estrellas, la fuente de cuatro ríos y la *piazza*, vacía a esas horas—. No gritarás, ¿eh? —le dice.

Ella niega con la cabeza, el pecho venga subir y bajar, y tiembla incontrolablemente.

—Estás pensando en tus amigas, ya lo sé. Seguro que ellas están pensando en ti. Es una pena, pero no están aquí. No se las ve por ninguna parte. —Vuelve a mirar la plaza vacía y se encoge de hombros—. ¿Por qué iban a estar aquí ahora? Se han ido, hace rato.

A ella le moquea la nariz y le resbalan las lágrimas, y no para de temblar. La vivacidad de sus ojos no es la que tenía cuando él la conoció, y está ofendido con ella por dar al traste con quien era para él. Al principio le hablaba en italiano porque de esa manera se transformaba en el desconocido que necesitaba ser. Ahora habla en inglés porque ya no supone ninguna diferencia. Ella mira de soslayo su excitación. Las miradas que lanza hacia su excitación rebotan en él como una polilla contra la lámpara. La siente ahí. Ella teme lo que hay ahí. Pero no tanto como teme todo lo demás: el agua, las herramientas, la arena, el pegamento. No alcanza a entender el grueso cinturón negro que yace enrollado en el antiquísimo suelo de mosaico, y es lo que más debería temer.

Él lo recoge y le dice que golpear a alguien que no puede

defenderse es un impulso primitivo. ¿Por qué? Ella no responde. ¿Por qué? Se queda mirándolo aterrada, y la luz mate de sus ojos está cuarteada, como un espejo quebrándose. Le ordena que se ponga en pie, y ella lo hace, tan vacilante que las rodillas casi le ceden. Se queda de pie en el agua gélida y él cierra del todo el grifo. Su cuerpo le recuerda un arco con la cuerda tensa porque es flexible y resistente. El agua le resbala por la piel mientras permanece de pie delante de él.

—Date la vuelta —le ordena—. No te preocupes, no voy a pegarte con el cinturón. Yo no hago eso.

El agua se mece suavemente en la bañera cuando ella se vuelve para quedar de cara al viejo estuco agrietado y la contraventana cerrada.

—Ahora tienes que arrodillarte en el agua. Y mira la pared, no me mires a mí.

Ella se arrodilla de cara a la pared, y él coge el cinturón e introduce el extremo por la hebilla.

1

Diez días después. 27 de abril de 2007. Viernes por la tarde. En la sala de realidad virtual se encuentran doce de los políticos y altos cargos policiales más poderosos de Italia, cuyos nombres, en su mayor parte, no consigue recordar correctamente la patóloga forense Kay Scarpetta. Todos son italianos menos ella y el psicólogo forense Benton Wesley, ambos asesores de Respuesta de Investigación Internacional (RII), una sección especial de la Red Europea de Institutos de Ciencias Forenses (REICF). El gobierno italiano se encuentra en una situación muy delicada.

Nueve días atrás, la estrella del tenis norteamericana Drew Martin fue asesinada mientras estaba de vacaciones, y su cadáver desnudo y mutilado se encontró cerca de la Piazza Navona, en el corazón del distrito histórico de Roma. El caso ha tenido impacto internacional: los detalles acerca de la vida y la muerte de la joven de dieciséis años se han difundido sin cesar por televisión, los textos en la parte inferior de la pantalla pasando lenta y tenazmente, repitiendo los mismos detalles que ofrecen presentadores y expertos.

—Bien, doctora Scarpetta, aclarémoslo, porque parece haber una gran confusión. Según usted, murió hacia las dos o las tres de la tarde —dice el capitán Ottorino Poma, *medico legale* en el Arma dei Carabinieri, la policía militarizada a cargo de la investigación.

—Eso no lo he dicho yo —responde ella, con la paciencia cada vez más mermada—. Lo ha dicho usted.

El otro frunce el ceño bajo la luz tenue.

—Creí oírselo decir hace unos minutos, mientras hablaba del contenido de su estómago y el nivel de alcohol, y de cómo indican que murió en cuestión de horas, después de que la vieran por última vez con sus amigas.

—Yo no he dicho que estuviera muerta hacia las dos o las tres. Creo que es usted quien sigue afirmándolo, capitán Poma.

Todavía joven, ya posee una reputación asentada, y no del todo buena. Cuando Scarpetta lo conoció hace un par de años en La Haya durante el congreso anual de la REICF, se había ganado el apodo burlón de Doctor de Diseño y se lo describieron como engreído y amigo de las discusiones. Es atractivo —espléndido, en realidad—, le gustan las mujeres hermosas y la ropa deslumbrante, y hoy viste un uniforme negro azulado con amplias franjas rojas y resplandecientes adornos plateados, así como elegantes botas de cuero negro. Al entrar en la sala esta mañana, lucía una capa con forro rojo.

Está sentado justo enfrente de Scarpetta, en el centro de la primera fila, y rara vez aparta la mirada de ella. A su derecha está Benton Wesley, que permanece callado la mayor parte del tiempo. Todo el mundo va enmascarado con gafas estereoscópicas sincronizadas con el Sistema de Análisis del Escenario del Crimen, una brillante innovación que ha hecho de la Unità per l'Analisi del Crimine Violento de la Polizia Scientifica italiana la envidia de los organismos policiales del mundo entero.

—Supongo que debemos repasar esto desde el principio para que entienda completamente mi postura —le dice Scarpetta al capitán Poma, que ahora tiene la barbilla apoyada en la mano como si mantuviera una conversación íntima con ella tomándose una copa de vino—. Si hubiera sido asesinada a las dos o las tres de la tarde, entonces cuando se encontró su cadáver aproximadamente a las ocho y media de la mañana siguiente, habría llevado al menos diecisiete horas muerta. El lívor mortis, el rígor mortis y el álbor mortis no concuerdan con eso.

Se sirve de un puntero para llamar la atención sobre el fangoso solar en construcción en tres dimensiones proyectado sobre la pantalla del tamaño de toda una pared. Es como si estuvieran en pleno escenario, contemplando el cadáver magullado de Drew Martin, la basura y la maquinaria para excavar y transportar tierra. El punto rojo del láser se desplaza sobre el hombro izquierdo, la nalga izquierda, la pierna izquierda y el pie descalzo. La nalga derecha ha desaparecido, igual que una porción de su muslo derecho, como si la hubiera atacado un tiburón.

—Su lividez... —continúa Scarpetta.

—Me disculpo una vez más. Mi inglés no es tan bueno como el suyo. No tengo clara esa palabra —la interrumpe el capitán Poma.

—Ya la he usado antes.

—Entonces tampoco la tenía clara.

Risas. Aparte de la intérprete, Scarpetta es la única mujer presente. A ninguna de las dos les parece gracioso el capitán, pero a los hombres sí. Salvo a Benton, que hoy no ha sonreído ni una sola vez.

—¿Conoce usted el término italiano para esa palabra? —le pregunta a Scarpetta el capitán Poma.

—Sería mejor el idioma de la antigua Roma, el latín —propone Scarpetta—. La mayor parte de la terminología médica tiene sus raíces en el latín. —No lo dice en tono grosero, pero tampoco se anda con miramientos porque sabe muy bien que el inglés del capitán sólo se vuelve tosco cuando le conviene.

Sus gafas 3-D la miran fijamente, y le recuerdan al Zorro.

—En italiano, por favor —replica él—. El latín nunca se me ha dado muy bien.

—Se lo diré en los dos idiomas. En italiano, lívido es *livido*, que significa amoratado. Mortis es *morte*, o muerte. Lívor mortis designa la apariencia amoratada que se adquiere después de la muerte.

—Me resulta de gran ayuda cuando habla usted italiano —dice él—. Y lo habla de maravilla.

Scarpetta no tiene intención de hablarlo allí, aunque posee conocimientos suficientes de italiano para apañárselas. Prefiere el inglés durante las discusiones profesionales porque los matices son delicados, y la intérprete intercepta hasta la última palabra de todas maneras. La dificultad con el idioma, además de la presión política, el estrés y las enigmáticas e incesantes gracias del capitán Poma se conjugan en lo que ya es en buena medida un desastre que no tiene nada que ver con ninguno de esos elementos, sino más bien con que el asesino en este caso desafía los precedentes y los perfiles habituales. Los confunde. Hasta la ciencia se ha convertido en una causa exasperante de debate: parece desafiarlos, mentirles, lo que obliga a Scarpetta a recordarse tanto a sí misma como a los demás que la ciencia nunca miente. No comete errores. No los desvía de su camino deliberadamente ni se mofa de ellos.

Eso no lo capta el capitán Poma. O quizá finge no captarlo. Quizá no habla en serio cuando dice que el cadáver de Drew se muestra poco dispuesto a cooperar y tiene tendencia a llevarles la contraria, como si mantuviera una relación con él y anduvieran a la greña. Poma asevera que los cambios post mórtem pueden decir una cosa y el alcohol en sangre y el contenido del estómago otra, y que, en contra de lo que cree Scarpetta, siempre hay que confiar en la comida y la bebida. Habla en serio, al menos sobre eso.

—Lo que comió y bebió Drew pone de manifiesto la verdad. —Repite lo que ha dicho en su apasionada exposición inicial de hace un rato.

—La verdad, sí. Pero no su verdad —le replica Scarpetta, en un tono más amable que lo que dice—. Su verdad es un error de interpretación.

—Creo que ya hemos tocado ese punto —señala Benton desde las sombras de la primera fila—. Creo que la doctora Scarpetta lo ha dejado perfectamente claro.

Las gafas 3-D del capitán Poma —así como el resto de filas de gafas 3-D— permanecen fijas en ella.

—Lamento aburrirle con mi insistencia, doctor Wesley, pero tenemos que encontrarle sentido a esto. Así que permítamelo. El diecisiete de abril, Drew comió una pésima lasaña y bebió cuatro copas de pésimo Chianti entre las once y media y las doce y media en una *trattoria* para turistas cerca de la Scalinata di Spagna. Pagó la cuenta y se fue. Luego en la Piazza di Spagna se despidió de sus dos amigas, con quienes prometió reunirse en la Piazza Navona en una hora. Y ya no volvió a aparecer. Hasta ahí sabemos que es cierto. Todo lo demás sigue siendo un misterio. —Sus gafas de gruesa montura miran a Scarpetta un instante más, luego se vuelve en el asiento y se dirige a las filas de atrás—. En parte porque nuestra estimada colega norteamericana dice ahora estar convencida de que no murió poco después de comer, tal vez ni siquiera ese mismo día.

—Llevo diciéndolo desde el principio. Una vez más, voy a explicar los motivos, ya que parece que está usted confuso —dice Scarpetta.

—Tenemos que seguir adelante —le recuerda Benton.

Pero no pueden seguir adelante. El capitán Poma es tan respetado por los italianos, es tal celebridad, que puede hacer lo que le plazca. En la prensa se le llama el Sherlock Holmes de Roma, aunque es médico, no detective. Todo el mundo, incluido el *comandante generale* de los Carabinieri, que está sentado en un rincón al fondo y más que hablar escucha, parece haberlo olvidado.

—En circunstancias normales —dice Scarpetta—, la comida de Drew habría estado totalmente digerida varias horas después de almorzar, y su nivel de alcohol en sangre desde luego no habría sido tan elevado como el uno coma dos que determinan los análisis toxicológicos. De manera que sí, capitán Poma, el contenido de su estómago y la toxicología sugieren que murió poco después de comer. Pero el lívor mortis y el rígor mortis indican, categóricamente, si me permite decirlo, que murió con toda probabilidad entre doce y quince horas después de comer en la *trattoria*, y es a estos hallazgos post mórtem a los que más atención debemos prestar.

—Ya estamos, otra vez con la lividez —suspira él—. Esa palabra que me da tantos problemas. Explíquemelo otra vez, por favor, ya que por lo visto tengo tantos problemas con lo que usted denomina «hallazgos» post mórtem, como si fuéramos arqueólogos desenterrando ruinas. —Poma vuelve a apoyar la barbilla en la mano.

—Lividez, lívor mortis, hipóstasis post mórtem, es todo lo mismo. Cuando mueres, la circulación se interrumpe y la sangre empieza a depositarse en los vasos sanguíneos más finos debido a la gravedad, de una manera muy parecida a como se asientan los sedimentos en un barco hundido. —Nota las gafas de 3-D de Benton mirándola, y no se atreve a devolverle la mirada; el psicólogo está muy extraño.

—Prosiga, por favor. —El capitán subraya algo varias veces en su cuaderno.

—Si el cadáver permanece en cierta posición el tiempo suficiente tras la muerte, la sangre se asentará de manera acorde: ese hallazgo post mórtem se denomina lívor mortis —explica Scarpetta—. A la larga, el lívor mortis se consolida, o asienta, volviendo esa zona del cuerpo de un rojo purpúreo, con marcas de palidez provocadas por las superficies que ejercen presión sobre ella o la constriñen, como la ropa ceñida. ¿Podemos ver la fotografía de la autopsia, por favor? —Consulta una lista en el atril—. La número veintiuno.

La pared queda colmada por el cadáver de Drew sobre una mesa de acero en el depósito de cadáveres en la Universidad Tor Vergata. Está boca abajo. Scarpetta desplaza el punto rojo del láser por su espalda, sobre las zonas rojo púrpura y las áreas pálidas provocadas por la lividez. Las espantosas heridas con aspecto de cráteres rojo oscuro a las que aún tiene que referirse.

—Ahora, si muestran el escenario, por favor... La imagen en que están introduciéndola en la bolsa —especifica.

La fotografía tridimensional del solar en construcción vuelve a llenar la pared, pero esta vez hay investigadores con monos blancos de protección Tyvek, guantes y fundas para el calzado, que levantan el cadáver lánguido y desnudo de Drew para colocarlo en una bolsa negra encima de una camilla. En torno a ellos, otros investigadores mantienen en alto sábanas para ocultarla de los curiosos y los *paparazzi* situados en el perímetro del escenario.

—Compárenla con la fotografía que acaban de ver. Para cuando se le hizo la autopsia unas ocho horas después de que fuera encontrada, la lividez se había asentado casi por completo —señala Scarpetta—, pero aquí en el escenario, salta a la vista que la lividez estaba en su fase inicial.

—¿Descarta el inicio prematuro del rígor mortis debido a un espasmo cadavérico? Por ejemplo, si se esforzó hasta el agotamiento justo antes de morir. Lo digo porque aún no ha mencionado esa posibilidad. —Poma subraya algo en su cuaderno.

—No hay razón para hablar de espasmo cadavérico —replica Scarpetta. «¿A qué vienen semejantes pejigueras?», se siente tentada de decirle—. Tanto si se esforzó hasta el agotamiento como si no, el rígor mortis no estaba plenamente asentado cuando la encontraron, de modo que no tuvo ningún espasmo cadavérico...

—A menos que el rígor apareciera y desapareciera.

—Es imposible, ya que quedó plenamente consolidado en el depósito. El rígor no viene y va y luego vuelve a aparecer.

La intérprete reprime una sonrisa cuando vierte esas palabras al italiano, y varias personas ríen.

—Aquí se puede apreciar —Scarpetta dirige el láser hacia el cadáver a medio subir a la camilla— que sus músculos no están rígidos, ni mucho menos. Se ven bastante flexibles. Calculo que llevaba muerta menos de seis horas cuando la encontraron, posiblemente bastante menos.

—Usted es una experta a nivel mundial. ¿Cómo puede mostrarse tan imprecisa?

—Pues porque no sabemos dónde estuvo, qué temperaturas o condiciones sufrió antes de ser abandonada en el solar en construcción. La temperatura corporal, el rígor mortis y el lívor mortis pueden variar en gran medida de un caso a otro y de un individuo a otro.

—Sobre la base del estado del cadáver, ¿está diciendo que es imposible que fuera asesinada poco después de que almorzara con sus amigas? ¿Quizá mientras paseaba sola por la Piazza Navona camino de encontrarse con ellas?

—Me parece que no es eso lo que ocurrió.

—Entonces, una vez más, por favor. ¿Cómo explica usted la comida sin digerir y el nivel de alcohol de uno coma dos? Eso implica que murió poco después de comer con sus amigas, y no quince o dieciséis horas después.

—Es posible que no mucho después de separarse de sus amigas volviera a beber alcohol y estuviera tan aterrada y estresada que se le interrumpiera la digestión.

—¿Cómo? ¿Ahora sugiere que pasó un buen rato con su asesino, es posible que hasta diez, doce, quince horas con él, y que estuvieron bebiendo?

—Quizá la obligó a beber, para mermar sus facultades y poder controlarla más fácilmente. Como cuando se droga a alguien.

—¿Así que la obligó a beber alcohol, tal vez toda la tarde, toda la noche, y hasta por la mañana temprano, y ella estaba tan asustada que no digirió la comida? ¿Eso nos ofrece usted como explicación plausible?

—Lo he visto en otras ocasiones —asegura Scarpetta.

El animado solar en construcción después de oscurecer.

Los comercios, pizzerías y *ristorantes* de alrededor están iluminados y concurridos. Hay coches y escúteres aparcados a los lados de las calles, encima de las aceras. El rumor del tráfico y los sonidos de pasos y voces colman la sala.

De pronto, las ventanas iluminadas se oscurecen. Luego, silencio.

El ruido de un coche y su silueta. Un Lancia negro de cuatro puertas aparca en la esquina de Via di Pasquino y Via dell'Anima. Se abre la puerta del conductor y baja la animación de un hombre vestido de gris. Su rostro no tiene rasgos y, al igual que sus manos, es gris, lo que da a entender a los presentes en la sala que aún no se ha asignado al asesino edad, raza ni características físicas. Para no complicar las cosas, se habla del asesino como de un varón. El hombre gris abre el maletero y saca un cadáver envuelto en una tela azul con un estampado que incluye los colores rojo, dorado y verde.

—Las características de la sábana que la envuelve están basadas en las fibras de seda recogidas en el cadáver y el barro debajo del mismo —señala el capitán Poma.

—Fibras halladas por todo el cadáver —tercia Benton Wesley—. Incluidos cabello, manos y pies. Desde luego las había en abundancia adheridas a sus lesiones, de lo que cabe deducir que estaba envuelta de la cabeza a los pies. De manera que, sí, es evidente que debemos pensar en una tela de seda de colores vivos. Bastante grande. Quizás una sábana, tal vez una cortina...

—¿Adónde quiere llegar?

—A dos conclusiones: no debemos dar por sentado que era una sábana, porque no debemos dar nada por sentado. Además, es posible que la envolviera en algo originario del lugar donde vive o trabaja, o donde la mantuvo retenida.

—Sí, sí. —Las gafas del capitán Poma permanecen fijas en la escena que colma la pared—. Y sabemos que hay fibras de alfombra que también concuerdan con fibras de alfombra en el maletero de un Lancia, lo que también concuerda con el automóvil descrito alejándose de aquella zona aproximadamente a las seis de la madrugada. La testigo que he mencionado, una mujer de un apartamento cercano que se levantó para echar un vistazo a su gato porque estaba... ¿cómo se dice?

—¿Dando alaridos? ¿Maullando? —lo ayuda la intérprete.

—Se levantó porque su gato estaba maullando y al mirar por la ventana vio un lujoso sedán oscuro que se alejaba lentamente del solar en construcción. Dijo que giró hacia Dell'Anima, una calle de dirección única. Adelante, por favor.

Se reanuda la recreación animada. El hombre gris saca del maletero el cadáver envuelto en la llamativa tela y lo lleva hasta una pasarela de aluminio protegida únicamente por una cuerda, que sortea por encima. Baja con el cuerpo por un tablón de madera que desemboca en el solar y lo deposita a un lado, en el barro. Luego se acuclilla en la oscuridad y desenvuelve rápidamente una figura que se convierte en el cadáver de Drew Martin. No se trata de una animación, sino de una fotografía tridimensional. Se la ve con claridad: su rostro famoso, las atroces heridas en el cuerpo esbelto, atlético, desnudo. El hombre gris arrebuja el envoltorio de colores vivos y regresa al coche para marcharse a velocidad normal.

—Creemos que llevó el cadáver en brazos en vez de arrastrarlo —dice Poma—. Porque esas fibras sólo estaban en el cadáver y la tierra debajo del mismo. No había ninguna más, y aunque eso no constituye prueba de nada, desde luego indica que no la arrastró. Permítanme que les recuerde que esta escena se ha diseñado con el sistema de cartografía láser, y la perspectiva que están viendo, así como la posición de los objetos y el cadáver, son absolutamente precisas. Por supuesto, sólo están animados las personas u objetos que no se filmaron en vídeo o se fotografiaron, como el propio asesino y el coche.

—¿Cuánto pesaba la joven? —pregunta el ministro del Interior desde la última fila.

Scarpetta contesta que Drew Martin pesaba cincuenta y nueve kilos, y luego lo convierte en libras.

—El individuo debe de ser bastante fuerte —añade.

Se reanuda la recreación animada. El silencio y el solar en construcción a la luz de primera hora de la mañana. El sonido de la lluvia. Las ventanas siguen a oscuras, los negocios cerrados. No hay tráfico. Entonces, el gañido de una motocicleta, cada vez más alto. Aparece una Ducati roja por Via di Pasquino, el motorista, una figura animada con impermeable y un casco que le tapa la cara. Gira hacia la derecha por Dell'Anima y de pronto se detiene. La moto cae sobre la calzada con un sonoro topetazo y el motor se para. El motorista, sobresaltado, pasa por encima de la moto y cruza a paso vacilante la pasarela de aluminio, sus botas resuenan sobre el metal. El cadáver en el barro debajo de él resulta tanto más chocante, más espantoso, por cuanto es una fotografía tridimensional yuxtapuesta a la representación animada del motorista, muy poco natural.

—Ahora son casi las ocho y media, con un tiempo, como pueden ver, nublado y lluvioso —señala Poma—. Avancen hasta el profesor Fiorani en el escenario del crimen, me parece que es la imagen catorce. Y ahora, doctora Scarpetta, si es tan amable, puede examinar el cadáver en el escenario del crimen con el bueno del profesor, que, lamento decirlo, no se encuentra aquí esta tarde debido a que, ¿no se lo imaginan?, está en el Vaticano. Ha muerto un cardenal.

Benton se queda mirando la pantalla a espaldas de Scarpetta, y a ella se le hace un nudo en el estómago al verlo tan disgustado que no quiere mirarla.

Colman la pantalla nuevas imágenes: grabaciones de vídeo en 3-D, luces azules destellantes, coches de policía y una camioneta negro azulado del equipo científico de los Carabinieri. Hay más Carabinieri con metralletas protegiendo el perímetro del solar en construcción, así como investigadores de paisano en el interior del área acordonada, que recogen pruebas y toman fotografías. Los sonidos de los obturadores de las cámaras y las voces quedas y los grupos de gente arracimada en la calle. Un helicóptero de la policía suena sordamente desde las alturas. El profesor —el patólogo forense mejor considerado de Roma— va cubierto con un mono Tyvek blanco enfangado. El plano se cierra sobre su punto de vista: el cadáver de Drew. Con las gafas estereoscópicas se ve tan real que resulta extraño. Scarpetta tiene la sensación de que podría tocar a Drew y las heridas abiertas de color rojo oscuro que, manchadas de barro, relucen debido a la humedad de la lluvia. Tiene la melena rubia mojada y pegada a la cara, los ojos firmemente cerrados y abultados bajo los párpados.

—Doctora Scarpetta —dice el capitán Poma—, proceda a examinarla, por favor. Díganos lo que vea. Ya ha revisado el informe del profesor Fiorani, claro, pero ahora que ve el cuerpo en tres dimensiones y está situada en el escenario junto a él, nos gustaría escuchar su opinión. No la criticaremos si se muestra en desacuerdo con las conclusiones de Fiorani.

Al profesor se lo considera tan infalible como el mismísimo Papa al que embalsamó unos años atrás.

El punto rojo del láser se mueve hacia donde señala Scarpetta, que dice:

—La posición del cadáver. A la izquierda, las manos plegadas bajo la barbilla, las piernas levemente dobladas. Una posición que me parece deliberada. ¿Doctor Wesley? —Mira hacia las gruesas gafas de Benton, fijas más allá de ella, en la pantalla—. Es un momento oportuno para que haga sus comentarios.

—Deliberada, sí. El cadáver fue colocado de esa manera por el asesino.

—¿Como si estuviera rezando, tal vez? —comenta el jefe de la policía nacional.

—¿De qué religión era la muchacha? —pregunta el subdirector de la Dirección Nacional de Policía Criminal.

Una andanada de preguntas y conjeturas desde la sala apenas iluminada.

—Católica romana.

—No era practicante, según tengo entendido.

—No mucho.

—¿Quizás haya alguna conexión religiosa?

—Sí, yo también me lo preguntaba. El solar en construcción está muy cerca de Sant'Agnese in Agone.

El capitán Poma explica:

—Para quienes no lo sepan —mira a Benton—, santa Agnes fue una mártir torturada y asesinada a los doce años porque no quiso a casarse con un pagano como yo.

Repiqueteos de risa. Cambios de opiniones sobre la posibilidad de que el asesinato tenga un componente religioso importante. Pero Benton dice que no.

—Se aprecia degradación sexual —dice—. Está expuesta, desnuda y abandonada a la vista justo en la misma zona donde debía reunirse con sus amigas. El asesino quería que la encontraran, quería causar una fuerte impresión en la gente. La religión no es el móvil predominante, sino la excitación sexual.

—Sin embargo, no hemos encontrado indicios de violación —interviene el forense en jefe de los Carabinieri.

Y pasa a explicar con el concurso de la intérprete que, por lo visto, el asesino no dejó fluido seminal, ni sangre ni saliva, a menos que la lluvia se los llevara. Pero debajo de sus uñas se recogió ADN de dos procedencias distintas. Los perfiles no han servido de nada hasta el momento porque por desgracia, continúa, el gobierno italiano no permite que se tomen muestras de ADN a los criminales, ya que se considera una violación de sus derechos. Los únicos perfiles que pueden introducirse en las bases de datos italianas ahora mismo, dice, son los obtenidos a partir de pruebas, no de individuos.

—Así que no hay base de datos donde buscar en Italia —añade Poma—. Y lo máximo que podemos decir ahora mismo es que el ADN recogido de las uñas de Drew no coincide con el ADN de ningún individuo en ninguna base de datos extranjera, incluido Estados Unidos.

—Tengo entendido que han establecido que las muestras de ADN recogidas bajo sus uñas pertenecen a hombres de ascendencia europea, es decir, caucásicos —comenta Benton.

—Así es —asiente el director del laboratorio.

—¿Doctora Scarpetta? —dice Poma—. Continúe, por favor.

—¿Pueden mostrar la foto número veintiséis de la autopsia? —solicita—. Una vista posterior durante el reconocimiento externo. Primer plano de las heridas.

Llenan la pantalla dos cráteres rojo oscuro con rebordes mellados. Ella apunta el láser y el punto rojo se desplaza por encima de la enorme herida donde estaba la nalga derecha, y luego a otra zona de carne extirpada del muslo derecho.

—Infligida con un instrumento afilado, posiblemente una hoja dentada, que serró el músculo y produjo cortes superficiales en el hueso —explica—. Infligida post mórtem, según indica la ausencia de respuesta a las lesiones en el tejido. En otras palabras, las heridas son amarillentas.

—La mutilación post mórtem descarta la tortura, al menos la tortura con cortes —señala Benton.

—Entonces ¿qué explicación hay, si no es la tortura? —le pregunta Poma, los dos mirándose fijamente como dos animales enemigos por naturaleza—. ¿Por qué, si no, iba a infligir alguien heridas tan sádicas, y, si me permiten sugerirlo, desfigurar a otro ser humano hasta tal punto? Díganos, doctor Wesley, con toda su experiencia, ¿ha visto alguna vez algo parecido, quizás en otros casos? Especialmente teniendo en cuenta que ha sido usted un experto en perfiles del FBI.

—No —responde Benton secamente, y cualquier referencia a su carrera previa con el FBI es un insulto calculado—. He visto mutilaciones, pero nunca nada semejante. Sobre todo por lo que respecta a los ojos.

Los extirpó y rellenó las cuencas con arena. Luego le cerró los párpados con pegamento.

Scarpetta señala con el láser y lo describe, y Benton vuelve a sentir un escalofrío. Todo lo relativo a este caso le produce escalofríos, lo desconcierta y fascina. ¿Cuál es el simbolismo? No es que no esté familiarizado con la extirpación de ojos, pero lo que sugiere el capitán Poma es descabellado.

—¿El antiguo deporte de combate griego llamado pancracio? Quizás hayan oído hablar de él —dice Poma a toda la sala—. En el pancracio vale cualquier medio posible para derrotar al enemigo. Era habitual sacarle los ojos al contrario y matarlo acuchillándolo o estrangulándolo. A Drew le arrancaron los ojos y luego la estrangularon.

El general de los Carabinieri le pregunta a Benton, por medio de la intérprete:

—Entonces ¿es posible que haya una relación con el pancracio? ¿Que el asesino tuviera esa modalidad de lucha en mente cuando le extrajo los ojos y la estranguló?

—No lo creo.

—Entonces ¿qué explicación hay? —pregunta el general, que al igual que Poma, luce un espléndido uniforme, sólo que con más plata y adornos en torno a los puños y el cuello alto.

—Uno más íntimo. Más personal —señala Benton.

—¿Relacionado con las noticias, tal vez? —sugiere el general—. Tortura. Los escuadrones de la muerte en Irak que arrancan los dientes y sacan los ojos.

—Únicamente puedo suponer que lo hecho por este asesino es una manifestación de su propia psique. En otras palabras, no creo que lo padecido por esta joven sea una alusión a nada ni remotamente tan obvio —ataja Benton.

—Eso es una especulación —apunta el capitán Poma.

—Es una observación psicológica basada en los muchos años que he dedicado a la investigación de crímenes violentos —responde Benton.

—Pero sigue tratándose de su intuición.

—Quien hace caso omiso de la intuición, ha de asumir las consecuencias —señala Benton.

—¿Podemos ver la imagen de la autopsia en que se la ve frontalmente durante la revisión externa? —solicita Scarpetta—. Un primer plano del cuello. —Repasa la lista en el atril—. La número veinte.

Una imagen tridimensional llena la pantalla: el cadáver de Drew sobre una mesa de autopsia de acero, la piel y el pelo recién lavados y húmedos.

—Si miran aquí —Scarpetta señala el cuello con el láser—, verán una ligadura horizontal. —El punto se desplaza por el cuello. Antes de que pueda continuar, el jefe de la Oficina de Turismo de Roma la interrumpe.

—Los ojos se los sacó después. Una vez muerta —precisa—. No mientras seguía viva. Eso es importante.

—Así es —asiente Scarpetta—. Los informes que he revisado indican que las únicas heridas pre mórtem son contusiones en los tobillos y las provocadas por la estrangulación. La fotografía del cuello diseccionado, por favor, número treinta y ocho.

Espera, y las imágenes colman la pantalla: sobre la mesa de disección, la laringe y tejido blanco con áreas de hemorragia; la lengua.

—Las contusiones en el tejido blando —señala Scarpetta—, los músculos subyacentes y el hioides fracturado debido al estrangulamiento indican sin duda que los daños le fueron infligidos mientras seguía con vida.

—¿Petequias en los ojos?

—No sabemos si se trata de petequias conjuntivales —comenta Scarpetta—. Sus ojos han desaparecido. Pero los informes indican ciertas petequias en los párpados y la cara.

—¿Qué hizo con los ojos? ¿Ha trabajado usted en algún caso similar a éste?

—He visto víctimas con los ojos arrancados, pero nunca he sabido de un asesino que llenara las cuencas con arena y luego cerrara los párpados con un adhesivo que según sus informes es cianocrilato.

—Supercola —traduce el capitán Poma.

—Estoy muy interesada en la arena —dice ella—. No parece proceder de la zona. Y aún más importante, el microscopio electrónico de barrido con microanalizador EDX encontró vestigios de lo que parecen restos de disparos: plomo, antimonio y bario.

—Desde luego no es de las playas locales —dice Poma—. A menos que un montón de gente se haya liado a balazos y no nos hayamos enterado.

Risas.

—La arena de Ostia contiene basalto —explica Scarpetta—, así como otros componentes de actividad volcánica.

Creo que todos tienen una copia de la huella espectral de la arena recuperada del cadáver y una huella espectral de arena de una playa de Ostia.

Crujido de papeles. Se encienden pequeñas linternas.

—Ambas analizadas con la técnica de espectroscopia Raman, utilizando un láser rojo de cero coma ocho milivatios. Como pueden ver, la arena de la zona de Ostia y la arena hallada en las cuencas oculares de Drew Martin tienen huellas espectrales muy diferentes. Con el microscopio electrónico de barrido se puede apreciar la morfología de la arena, y la formación de imágenes por electrones retrodispersados nos muestra las partículas de residuos de disparos de las que hablábamos.

—Las playas de Ostia son muy populares entre los turistas —comenta Poma—, aunque no tanto en esta época del año. La gente de aquí y los turistas suelen esperar hasta finales de mayo, incluso junio. Entonces los romanos las abarrotan, ya que están a treinta, quizá cuarenta minutos. A mí no me van —añade, como si alguien le hubiera preguntado su opinión sobre las playas de Ostia—. La arena negra me resulta repugnante, y sería incapaz de meterme en el agua.

—Creo que lo que nos interesa ahora mismo es de dónde procede la arena, lo que parece un misterio —señala Benton; ya es media tarde y todo el mundo se está poniendo inquieto—. ¿Y por qué arena, para empezar? La elección de la arena, esta arena en concreto, tiene algún significado para el asesino, y es posible que nos diga dónde fue asesinada Drew, o tal vez de dónde es el asesino o dónde pasa el tiempo.

—Sí, sí —dice Poma con un deje de impaciencia—. Y los ojos y esas heridas tan terribles seguramente tienen algún significado para el asesino. Por fortuna, estos detalles no han trascendido al público. Nos las hemos arreglado para que no llegaran a los periodistas. Así que, si hay otro asesinato similar, sabremos que no se trata de una imitación.

2

Los tres están sentados a la luz de las velas en un rincón de Tullio, una *trattoria* de moda con fachada de travertino, cerca de los teatros y a un agradable paseo de la Scalinata di Spagna.

Las mesas con velas están cubiertas con manteles de tono oro pálido, y a sus espaldas, la pared revestida con entrepaños de madera oscura está llena de botellas de vino. En otras paredes hay acuarelas de escenas campestres italianas. Reina un ambiente tranquilo salvo por una mesa de norteamericanos borrachos, ajenos a todo y ensimismados, igual que el camarero de chaqueta beige y corbata negra. Nadie tiene idea sobre qué discuten Benton, Scarpetta y el capitán Poma. Si alguien se acerca lo bastante para oírles, pasan a hablar de asuntos inocuos y vuelven a introducir fotografías e informes en las carpetas.

Scarpetta toma un sorbo de un Biondi Santi Brunnello de 1996 que, a pesar de su precio, no es lo que habría elegido ella si se lo hubieran preguntado, y por lo general se lo preguntan. Vuelve a dejar la copa en la mesa sin apartar la mirada de la fotografía al lado de su sencillo plato de melón con jamón serrano, que será seguido de róbalo de mar a la parrilla y alubias en aceite de oliva. Quizá frambuesas de postre, a menos que la actitud de Benton, que continúa empeorando, le quite el apetito. Y es posible que así ocurra.

—A riesgo de parecer simple —dice en voz queda—, creo

que estamos pasando por alto algo importante. —Propina unos golpecitos con el índice sobre una fotografía de Drew Martin en el escenario del crimen.

—Así que ahora ya no se queja por tener que volver sobre algo una y otra vez —observa el capitán Poma, que a estas alturas coquetea abiertamente—. ¿Ve? La buena comida y el buen vino avivan la inteligencia. —Se da unos golpecitos en la sien, a imitación de los de Scarpetta sobre la fotografía.

Está pensativa, tal como suele ocurrirle cuando sale de una habitación sin ningún destino concreto.

—Algo tan evidente que no lo vemos. Suele pasarle a todo el mundo —continúa—. A menudo no vemos algo porque, como suele decirse, salta a la vista. Pero ¿qué es? ¿Qué nos está diciendo Drew?

—Muy bien. Busquemos lo que salta a la vista —dice Benton.

Rara vez lo ha visto Scarpetta tan abiertamente hostil y retraído. No oculta su desprecio por el capitán Poma, ahora vestido con perfecta elegancia con un traje de raya diplomática. Sus gemelos de oro grabados con el penacho de los Carabinieri relucen a la luz de la vela.

—Sí, salta a la vista. Hasta el último centímetro de su cuerpo expuesto, antes de que nadie lo tocara. Deberíamos estudiarla en esas condiciones: intacta, exactamente tal como la dejó —propone el capitán, sin apartar la mirada de Scarpetta—. Cómo la dejó es toda una historia, ¿verdad? Pero antes de que se me olvide —añade, y levanta la copa—, deberíamos brindar por nuestra última vez juntos en Roma, al menos por el momento.

No parece adecuado alzar las copas con el cadáver de la joven observándolos, su cuerpo desnudo y despiadadamente vejado allí encima de la mesa, en cierto sentido.

—Y también un brindis por el FBI —añade Poma—. Por su decisión de convertir este asunto en un acto de terrorismo. La víctima perfecta para los terroristas: una estrella del tenis norteamericana.

—No me parece inteligente aludir siquiera a algo semejante —replica Benton, que alza la copa, pero no para brindar sino para beber.

—Entonces, dígale a su gobierno que deje de sugerir tal cosa —le insta Poma—. Bien, voy a decirlo con toda franqueza, ya que estamos a solas. Su gobierno está difundiendo esa clase de propaganda entre bastidores, y si no hemos abordado el asunto antes es porque los italianos no creen semejante ridiculez. El responsable no es ningún terrorista. Que el FBI haya dicho tal cosa es estúpido.

—El FBI no está en esta mesa. Somos nosotros los que estamos, y no somos del FBI. Y estoy hartándome de sus referencias al FBI —le espeta Benton.

—Pero usted ha formado parte del FBI durante la mayor parte de su carrera. Hasta que lo dejó y desapareció de la circulación. Por alguna razón, claro.

—Si se tratara de un acto terrorista, a estas alturas alguien se lo habría atribuido —asegura Benton—. Y preferiría que no volviera a mencionar el FBI ni mi trayectoria personal.

—Un insaciable apetito de publicidad y la actual necesidad de su país de asustar a todos y controlar el mundo. —Poma vuelve a llenar las copas—. Su Bureau interroga testigos aquí en Roma, pasando por encima de la Interpol, y se supone que trabajan con la Interpol, tienen sus propios representantes aquí. Y traen a esos idiotas de Washington que no nos conocen, ni tienen la menor idea de cómo abordar un homicidio complejo.

Benton le interrumpe.

—Ya debería saber, capitán Poma, que la política y las disputas jurisdiccionales son asuntos de naturaleza complicada.

—Preferiría que me llamaran Otto, como mis amigos. —Acerca su silla a Scarpetta, trayendo consigo el aroma de su colonia, y luego desplaza la vela. Lanza una ceñuda mirada de soslayo hacia la mesa de americanos obtusos que no paran de beber y dice—: Ya saben que nos esforzamos por que nos caigan bien.

—No merece la pena intentarlo —responde Benton—. Nadie más lo hace.

—Nunca he entendido por qué los americanos son tan escandalosos.

—Eso es porque no escuchamos —dice Scarpetta—. Por eso tenemos a George Bush.

Poma coge la fotografía que hay cerca de su plato y la estudia como si la viera por primera vez.

—Estoy mirando lo que salta a la vista —dice—. Y sólo veo lo evidente.

Benton se les queda mirando, sentados tan cerca uno de otro, su atractivo rostro como el granito.

—Es mejor dar por sentado que no hay nada evidente. No es más que una palabra —señala Scarpetta, y saca más fotografías de un sobre—, una referencia a las impresiones personales. Y las mías pueden ser distintas de las suyas.

—Creo que lo ha demostrado sobradamente en la jefatura central —dice el capitán, mientras Benton los mira fijamente.

Ella lanza a Benton una mirada para comunicarle que es consciente de su comportamiento y darle a entender que resulta innecesario por completo. No tiene motivos para estar celoso. Ella no ha hecho nada para alentar las insinuaciones del italiano.

—Salta a la vista. Bueno, pues muy bien. ¿Por qué no empezamos por los dedos de los pies? —propone Benton, sin tocar apenas su *mozzarella* de búfala, aunque ya va por la tercera copa de vino.

—Buena idea. —Scarpetta estudia las fotografías, un primer plano de los dedos de los pies descalzos—. Pulcramente arreglados. Se había pintado las uñas hacía poco, lo que concuerda con que se hubiera hecho la pedicura antes de salir de Nueva York. —Repite lo que ya saben.

—¿Importa eso? —El capitán contempla una fotografía, inclinándose tan cerca de Scarpetta que su brazo toca el de ella, quien nota su calor y huele su aroma—. Me parece que no. Yo creo que importa más lo que llevaba: vaqueros negros, camisa de seda blanca, cazadora de cuero negro con forro de seda negra. Y también bragas y sujetador negros. —Hace una pausa—. Es curioso que en el cadáver no hubiera ninguna fibra de esas prendas, sólo fibras de la sábana.

—No sabemos a ciencia cierta que fuera una sábana —le recuerda Benton con aspereza.

—Además, su ropa, el reloj, el collar, las pulseras de cuero y los pendientes no se han encontrado. Así que el asesino se los llevó —le dice el capitán a Scarpetta—. ¿Por qué? Quizá como recuerdos. Pero vamos a hablar de su pedicura, si le parece tan importante. Drew fue a un *spa* al sur de Central Park nada más llegar a Nueva York. Tenemos los detalles de la cita, cargados a su tarjeta de crédito; la tarjeta de crédito de su padre, en realidad. Según me han dicho, la tenía sumamente consentida.

—Creo que ha quedado claro que era una hija mimada —apostilla Benton.

—Deberíamos tener cuidado con términos así —les reconviene Scarpetta—. Se ganó lo que tenía, era ella la que entrenaba seis horas al día y se esforzaba al máximo. Acababa de ganar el trofeo Círculo Familiar y se esperaba que ganara otros...

—Ahí es donde vive usted —le dice Poma—. En Charleston, Carolina del Sur. Donde se disputa el trofeo Círculo Familiar. Qué curioso, ¿verdad? Esa misma noche se trasladó en avión a Nueva York. Y de allí hasta aquí; hasta esto. —Indica las fotografías.

—Lo que digo es que no se pueden comprar títulos de campeonato con dinero, y los niños mimados no suelen emplearse con tanta pasión como hacía ella —dice Scarpetta.

—Su padre la mimaba pero no se molestaba en cumplir con su papel de progenitor —les recuerda Benton—. Y lo mismo su madre.

—Sí, sí —coincide el capitán—. ¿Qué padres dejan que una chica de dieciséis años se vaya sola al extranjero con un par de amigas de dieciocho? Sobre todo si está atravesando altibajos anímicos.

—Cuando tu hijo se pone más difícil, resulta más sencillo ceder. No resistirse —dice Scarpetta, pensando en su sobrina Lucy. Cuando Lucy era una cría, Dios santo, qué batallas—. ¿Y qué hay de su entrenador? ¿Sabemos algo sobre esa relación?

—Gianni Lupano. Hablé con él. Estaba al tanto de que Drew venía de camino y no le hacía gracia debido a los importantes torneos que se avecinaban, como Wimbledon. No fue de gran ayuda y parecía enfadado con ella.

—Y el Open italiano, aquí en Roma, el mes que viene —señala Scarpetta, extrañada de que el capitán no lo haya mencionado.

—Claro. Tenía que entrenar, no largarse con sus amigas. No soy aficionado al tenis.

—¿Dónde se encontraba el entrenador cuando fue asesinada? —pregunta Scarpetta.

—En Nueva York. Hemos comprobado el hotel donde dijo alojarse y en efecto aparece registrado. También comentó lo de los altibajos de Drew. Un día alicaída y al siguiente animada. Muy terca y difícil, impredecible. No estaba seguro de cuánto tiempo podría seguir trabajando con ella. Dijo que tenía cosas mejores que hacer que aguantar su comportamiento.

—Me gustaría saber si los trastornos anímicos son habituales en su familia —dice Benton—. Supongo que no se molestaron en indagarlo.

—Pues no. Lamento no haber sido lo bastante astuto para pensar en ello.

—Resultaría sumamente útil saber si tenía antecedentes psiquiátricos que su familia ha preferido mantener en secreto.

—Es bien sabido que tuvo un problema de alimentación —le recuerda Scarpetta—. Había hablado de ello abiertamente.

—¿No hay mención de desórdenes anímicos? ¿No dijeron nada sus padres? —Benton continúa interrogando fríamente al capitán.

—Nada aparte de sus altibajos. Típico de una adolescente.

—¿Tiene usted hijos? —Benton coge la copa de vino.

—No, que yo sepa.

—En alguna parte hay un detonante —dice Scarpetta—. A Drew le ocurría algo que nadie nos cuenta. ¿Tal vez lo que salta a la vista? Su comportamiento salta a la vista. Su consumo de alcohol salta a la vista. ¿Por qué? ¿Ocurrió algo?

—El torneo en Charleston —le dice Poma—, donde tiene usted su consulta privada. ¿Cómo lo llaman? ¿El «País Bajo»? ¿Qué es el «País Bajo», exactamente? —Mece el vino lentamente en la copa, sin apartar los ojos de ella.

—Está casi a nivel del mar, literalmente un país bajo.

—¿Y la policía local no tiene interés en este caso? ¿Teniendo en cuenta que disputó allí un torneo quizás un par de días antes de ser asesinada?

—Es curioso, desde luego... —empieza Scarpetta.

—Su asesinato no incumbe a la policía de Charleston —la interrumpe Benton—. No tienen jurisdicción.

Ella le lanza una mirada, y el capitán los observa. Lleva observando su tensa interacción todo el día.

—El no tener jurisdicción no ha impedido a nadie presentarse y hacer ostentación de placa —asegura el capitán Poma.

—Si se refiere otra vez al FBI, ya ha dejado clara su postura —replica Benton—. Si se refiere de nuevo a que fui agente del FBI, la ha dejado clarísima. Si se refiere a la doctora Scarpetta y a mí, fueron ustedes quienes nos invitaron. No aparecimos porque sí, Otto, ya que ha pedido que le llamemos así.

—¿Soy yo, o el vino no acaba de ser perfecto? —El capitán levanta la copa como si fuera un diamante defectuoso.

El vino lo ha elegido Benton. Scarpetta es más entendida que él en vinos italianos, pero esta noche él necesita reafirmarse, como si acabara de caer cincuenta peldaños en la jerarquía evolutiva. Scarpetta alcanza a notar el interés que muestra en ella el capitán mientras mira otra fotografía, y agradece que el camarero no parezca muy inclinado a acercárseles. Está ocupado con la mesa de americanos escandalosos.

—Primer plano de sus piernas —dice—. Magulladuras en torno a los tobillos.

—Magulladuras recientes —puntualiza Poma—. La agarró, tal vez.

—Posiblemente —responde Scarpetta—. No son de ligaduras. —Ojalá él no se hubiera sentado tan cerca, pues no tiene dónde moverse a menos que deslice la silla hasta la pared. Y ojalá no la rozara cada vez que coge una fotografía—. Tiene las piernas recién depiladas —continúa—. Yo diría que en las veinticuatro horas anteriores a su muerte. Apenas hay vello. Le importaba su aspecto incluso cuando iba con amigas. Eso podría ser importante. ¿Esperaba encontrarse con alguien?

—Claro. Tres jóvenes en busca de ligues —dice el capitán.

Scarpetta ve que Benton indica al camarero que traiga otra botella de vino.

—Drew era famosa —señala ella—. Por lo que me han dicho, era precavida con los desconocidos, no le gustaba que la molestaran.

—No tiene sentido que bebiera tanto —dice Benton.

—Lo que no tiene mucho sentido es que bebiera de manera crónica —comenta Scarpetta—. Basta con mirar estas fotografías para ver que estaba en una forma física excelente, esbelta, con una definición muscular magnífica. Si se había convertido en bebedora crónica, por lo visto no llevaba mucho tiempo, como también parecen indicar sus recientes éxitos. Una vez más, debemos preguntarnos si ocurrió algo recientemente. ¿Algún trastorno emocional?

—Deprimida. Inestable. Abusaba del alcohol —enumera Benton—. Todo lo cual hace a una persona más vulnerable ante un depredador.

—Eso es lo que creo que ocurrió —dice Poma—. Una presa fácil. Sola en la Piazza di Spagna, donde se encontró con el mimo de oro.

El mimo pintado de oro hizo su interpretación como suelen hacerla los mimos, y Drew echó otra moneda en su taza, Él volvió a actuar para la joven.

Prefirió no marcharse con sus amigas. Lo último que les dijo fue: «Debajo de toda esa pintura dorada hay un italiano muy guapo.» Lo último que le dijeron sus amigas fue: «No estés tan segura de que sea italiano.» Era un comentario pertinente, pues los mimos no hablan.

Les dijo a sus amigas que siguieran sin ella, que se fueran a ver las tiendas de Via dei Condotti, y prometió reunirse con ellas en la Piazza Navona, en la fuente de los ríos, donde esperaron un buen rato. Le contaron al capitán Poma que habían probado muestras gratuitas de gofres crujientes de huevos, harina y azúcar, y les dio la risa tonta cuando unos chicos italianos les dispararon con pistolas de burbujas, rogándoles que compraran una. En vez de eso, las amigas de Drew se hicieron unos tatuajes temporales y animaron a unos músicos callejeros a que tocaran melodías americanas con caramillos. Reconocieron que se habían emborrachado un poquito en la comida y estaban haciendo tonterías.

Dijeron de Drew que estaba «un poco borracha», y comentaron que era guapa pero no se lo tenía creído. Suponía que la gente se quedaba mirándola porque la reconocía, cuando a menudo era por su atractivo. «La gente que no sigue el tenis no la reconocía necesariamente —le aseguró una de sus amigas al capitán—. Sencillamente ella no entendía lo preciosa que era.»

Poma sigue hablando durante el plato principal y Benton se dedica a beber más que a comer, y Scarpetta sabe lo que está pensando: que ella debería eludir las artes de seducción del capitán, alejarse de él de alguna manera, lo que, en realidad, supondría abandonar la mesa, cuando no la *trattoria*. Benton está convencido de que el capitán es un fantoche integral, porque va contra el sentido común que un *medico legale* interrogue a los testigos como si fuera el inspector a cargo, y el capitán no menciona en ningún momento el nombre de nadie más implicado en el caso. Benton se olvida de que el capitán Poma es el Sherlock Holmes de Roma, o probablemente está tan celoso que no soporta pensarlo siquiera.

Scarpetta toma notas mientras el capitán relata con detalle su larga conversación con el mimo de oro, que cuenta con lo que parece una coartada infalible: siguió actuando en el mismo lugar a los pies de la Scalinata di Spagna hasta bien entrada la tarde, mucho después de que las amigas de Drew regresaran en su busca. Aseguró recordar vagamente a la chica, pero no tenía ni idea de quién era, le pareció que estaba borracha, y luego ella se marchó. En resumidas cuentas, le prestó muy poca atención, según dijo. Es un mimo y como tal se comportó en todo momento, añadió. Cuando no hace de mimo, trabaja de portero nocturno en el hotel Hassler, donde se alojan Benton y Scarpetta. En lo alto de la Scalinata di Spagna, el Hassler es uno de los mejores hoteles de Roma, y Benton insistió en que se alojaran en el ático por razones que aún no ha explicado.

Scarpetta, que apenas ha probado el pescado, sigue mirando las fotografías como si fuera la primera vez. No interviene en la discusión entre Benton y Poma acerca de por qué algunos asesinos exhiben de una manera grotesca a sus víctimas. No aporta nada a la explicación de Benton sobre la emoción que produce a estos depredadores verse en los titulares de la prensa o, mejor aún, merodear por las proximidades o entre el gentío, observando el drama del descubrimiento y el pánico consiguiente. Estudia el cadáver desnudo y magullado de Drew, de costado, con las piernas juntas, las rodillas y los codos doblados, las manos debajo de la barbilla.

Casi como si estuviera durmiendo.

—No estoy segura de esto —dice.

Benton y el capitán dejan de hablar.

—Si nos fijamos —desliza una fotografía hacia Benton—, sin tener presente que es una exhibición degradante desde el punto de vista sexual, quizá quepa preguntarse si hay algo diferente. Tampoco tiene que ver con la religión. No es una plegaria a santa Agnes. Pero en el modo en que está colocada

—sigue hablando según le vienen las ideas a la mente—, desprende casi cierta ternura.

—¿Ternura? ¿Está de broma? —replica Poma.

—Como si durmiera —señala ella—. No me parece que esté expuesta de una manera típicamente degradante desde el punto de vista sexual: la víctima boca arriba, los brazos, las piernas abiertas, etcétera. Cuanto más lo miro, menos me lo parece.

—Es posible —reconoce Benton, al tiempo que coge la fotografía.

—Pero está desnuda a la vista de todo el mundo —discrepa el capitán.

—Mire bien su postura. Podría estar equivocada, claro, sólo intento abrir la mente a otras interpretaciones, dejando de lado mis prejuicios, mis suposiciones de que este asesino rebosa odio. No es más que una sensación. La insinuación de una posibilidad distinta, de que tal vez quería que la encontraran pero su intención no pasaba por degradarla sexualmente.

—¿No aprecia desdén? ¿Ira? —Poma está sorprendido, parece incrédulo de veras.

—Creo que lo que hizo le permitió sentirse poderoso. Tenía necesidad de dominarla. Tiene otras necesidades que en este momento no podemos reconocer —dice ella—. Y desde luego no estoy insinuando que no haya un componente sexual. No digo que no haya ira. Sencillamente no creo que sean ésas sus motivaciones.

—En Charleston deben de sentirse muy afortunados al contar con usted —la elogia él.

—No estoy segura de que en Charleston se sientan así. Al menos, no creo que el juez de instrucción local sea de ese parecer.

Los americanos borrachos están cada vez más bulliciosos. Benton parece interesado en lo que están diciendo.

—Una experta como usted al alcance de la mano... Yo me tendría por afortunado si fuera ese juez de instrucción. ¿Y no saca partido de sus conocimientos? —pregunta Poma, y la roza al alargar el brazo para coger una fotografía que no necesita mirar de nuevo.

—Envía sus casos a la Facultad de Medicina de Carolina del Sur; nunca ha tenido que vérselas con una consulta de patología privada. Ni en Charleston ni en otra parte. Yo trabajo para algunos jueces de instrucción de jurisdicciones periféricas que no tienen acceso a instalaciones y laboratorios forenses —explica ella, distraída por Benton.

Éste le indica que preste atención a lo que están diciendo los americanos borrachos:

—... Yo lo que creo es que cuando empiezan a decir que no se ha revelado tal y cual, resulta sospechoso —pontifica uno de ellos.

—¿Por qué iba ella a querer que lo supiera nadie? No la culpo. Es igual que con Oprah o Anna Nicole Smith. Si la gente se entera de dónde están, aparecen en manada.

—Qué asco. Supón que estás en el hospital...

—O en el caso de Anna Nicole Smith, en el depósito de cadáveres. O en el maldito suelo...

—... Y hay multitudes ahí mismo en la acera, gritando tu nombre.

—Si no puedes aguantarlo, no te metas, eso me parece a mí. Es el precio que hay que pagar por ser rico y famoso.

—¿Qué ocurre? —le pregunta Scarpetta a Benton.

—Parece que nuestra vieja amiga la doctora Self ha tenido alguna clase de emergencia esta mañana y va a estar fuera de antena una temporada —responde.

Poma se vuelve y mira la mesa de americanos alborotados.

—¿La conocen? —pregunta.

—Hemos tenido nuestros encontronazos con ella. Sobre todo Kay —explica Benton.

—Creo que leí algo al respecto cuando estaba buscando información sobre ustedes. Un caso de homicidio espectacular en Florida, tremendamente brutal, en el que intervinieron.

—Me alegra que se haya documentado sobre nosotros —dice Benton—. Qué meticuloso.

—Sólo quería familiarizarme antes de su llegada. —El capitán mira a Scarpetta a los ojos—. Una mujer muy hermosa que conozco sigue a la doctora Self con regularidad —explica—, y me ha contado que vio a Drew en su programa el otoño pasado. Era algo relacionado con su victoria en un famoso torneo en Nueva York. Reconozco que no presto mucha atención al tenis.

—El Open de Estados Unidos —le recuerda Scarpetta.

—No sabía que Drew hubiera participado en su programa —dice Benton, que frunce el ceño escéptico.

—Pues así es. Lo he comprobado. Esto es muy interesante. De pronto, la doctora Self tiene una emergencia familiar. He estado intentando ponerme en contacto con ella, y aún tiene que responder a mis llamadas. ¿Quizá podría interceder? —le pregunta a Scarpetta.

—Dudo seriamente que sirviera de nada —responde—. La doctora Self me detesta.

Regresan paseando por la poco iluminada Via Due Macelli.

Scarpetta imagina a Drew Martin paseando por esas mismas calles. Se pregunta con quién se encontró. ¿Qué aspecto tenía? ¿Qué edad? ¿Qué hizo para ganarse la confianza de ella? ¿Ya se habían visto con anterioridad? Era de día, con mucha gente por la calle, pero hasta el momento no ha aparecido ningún testigo que viera a Drew en algún momento después de que dejara al mimo. ¿Cómo era posible? Era una de las atletas más famosas del mundo, ¿y no la reconoció ni una sola persona por las calles de Roma?

—¿Quizá todo fue fruto del azar? ¿Como la caída de un rayo? Por lo visto, no estamos más cerca de responder a esa pregunta —dice Scarpetta mientras ella y Benton pasean en la cálida noche, sus sombras desplazándose sobre la piedra antigua—. ¿Estaba sola y ebria, quizá perdida en alguna calle secundaria poco transitada, y él la vio? ¿Y entonces? ¿Se ofreció a mostrarle el camino y la llevó hasta donde pudiera ejercer control absoluto sobre ella? ¿Quizás a su vivienda? ¿O a su coche? En ese caso, debe de hablar al menos un poco de inglés. ¿Cómo es posible que no la viera nadie? Ni un alma.

Benton permanece callado y arrastra los zapatos por la acera. La calle está ruidosa debido a la gente que sale de restaurantes y bares, bulliciosa, con escúteres y coches que a punto están de atropellarlos.

—Drew no hablaba italiano, ni una palabra apenas, según nos han dicho —añade Scarpetta.

Hay estrellas en el cielo, la luna tenue sobre Casina Rossa, la casa de estuco donde murió Keats de tuberculosis a los veinticinco años.

—O la siguió —continúa—. O tal vez tenía alguna clase de relación con ella. No lo sabemos y es posible que no lo sepamos nunca a menos que vuelva a hacerlo o sea atrapado. ¿Vas a hablarme, Benton? ¿O voy a seguir con este monólogo más bien fragmentario y redundante?

—No sé qué demonios os traéis entre manos vosotros dos, a menos que sea tu manera de castigarme —dice él.

—¿Nosotros dos?

—El maldito capitán. ¿Quién, si no?

—La respuesta a la primera parte es que no nos traemos nada entre manos, y es ridículo que pienses lo contrario, pero ya volveremos sobre eso. Me interesa más eso que dices de que te estoy castigando, porque no tengo antecedentes de castigarte a ti ni a nadie.

Empiezan a subir la Scalinata di Spagna, esfuerzo agravado por los sentimientos heridos y el exceso de vino. Los amantes están entrelazados, y unos jóvenes alborotados que están armando bulla no les prestan atención. A lo lejos, según parece a un kilómetro y pico cuesta arriba, el hotel Hassler, iluminado e inmenso, descuella sobre la ciudad como un palacio.

—No va con mi carácter —comienza de nuevo—, eso de castigar a la gente. Me protejo y protejo a otros, pero no castigo. Al menos a la gente que me importa. Pero sobre todo —sin resuello—, a ti nunca te castigaría.

—Si tienes intención de salir con otros, si estás interesada en otros hombres, no puedo reprochártelo. Pero dímelo. Eso es lo único que te pido. No montes numeritos como has estado haciendo todo el día. Y toda la noche. No me vengas con estúpidos jueguecitos de instituto.

—¿Numeritos? ¿Jueguecitos?

—Lo tenías todo el rato encima —le recrimina Benton.

—Y yo estaba encima de todo lo demás intentando alejarme de él.

—Lo has tenido rondándote todo el día. No se te podría acercar más. Te mira fijamente, te toca delante de mí.

—Benton...

—Y ya sé que es tan guapo que, bueno, quizá te sientes atraída. Pero no pienso tolerarlo, no delante de mis narices. Maldita sea.

—Benton...

—Y lo mismo con Dios sabe quién. Allá en el Sur profundo. ¿Qué sé yo?

—¡Benton!

Silencio.

—Estás diciendo tonterías. ¿Desde cuándo, en la historia del universo, has pensado que yo podría engañarte? A sabiendas.

No hay más sonido que el de sus pasos sobre la piedra, su respiración trabajosa.

—A sabiendas —repite ella—, porque aquella vez que estuve con otra persona fue cuando creía que estabas...

—Muerto —dice él—. Claro. Te dicen que estoy muerto y un minuto después te estás tirando a un tipo lo bastante joven para ser tu hijo.

—No. —Empieza a acumular ira—. No te atrevas.

Benton no replica. Incluso después de haberse bebido una botella de vino él solo, tiene buen cuidado de no abundar en el asunto de su muerte fingida cuando se vio obligado a entrar en un programa de protección de testigos. Fue él mismo quien la hizo pasar por todo aquello. Bien sabe que no le conviene atacarla como si fuera ella quien incurrió en semejante crueldad emocional.

—Lo siento —se disculpa.

—¿Qué pasa, en realidad? —pregunta ella—. Dios, vaya escaleras.

—Supongo que, por lo visto, no podemos cambiarlo. Como dices tú del lívor y el rígor mortis: asentado, consolidado. Aceptémoslo.

—No pienso aceptarlo, sea lo que sea. Por lo que a mí respecta, no hay nada semejante. Y el lívor y el rígor tienen que ver con los muertos. Nosotros no estamos muertos. Acabas de decir que tú nunca lo estuviste.

Están sin resuello. A ella el corazón le palpita.

—Lo siento. De veras —repite él, ahora en referencia a lo ocurrido en el pasado, su muerte fingida, que a ella le destrozó la vida.

—Se ha mostrado más atento de la cuenta, descarado, ¿y qué?

Benton está acostumbrado a que otros hombres le presten atención, y eso siempre le ha dejado más bien indiferente, incluso le hacía gracia, porque sabe quién es Kay, sabe quién es él, es consciente de su enorme poder y de que ella tiene que vérselas con eso mismo: mujeres que lo miran fijamente, se rozan con él, lo desean con descaro.

—Ya tienes una nueva vida en Charleston —dice él—. No veo que vayas a dar marcha atrás. Me parece increíble que lo hicieras.

—¿Te parece increíble? —Y las escaleras se prolongan interminablemente.

—Sabiendo que yo estoy en Boston y no puedo mudarme al Sur. En qué situación nos deja.

—A ti te deja celoso. Maldices, y tú nunca dices palabrotas. ¡Dios santo! ¡No soporto estas escaleras! —Incapaz de recuperar el aliento—. No tienes razón alguna para sentirte amenazado. No es propio de ti sentirte amenazado por nadie. ¿Qué te pasa?

—Tenía demasiadas expectativas.

—¿Qué esperabas, Benton?

—No importa.

—Claro que importa.

Suben el inacabable tramo de escaleras y dejan de hablar, porque su relación es un asunto excesivo para abordarlo cuando están sin resuello. Ella sabe que Benton está furioso porque tiene miedo. Se siente indefenso en Roma. Y se siente indefenso en su relación porque está en Massachusetts, adonde se trasladó con la bendición de ella para trabajar de psicólogo forense en el Hospital McLean, subsidiario de Harvard, una oportunidad demasiado buena para pasarla por alto.

—¿En qué estábamos pensando? —dice ella, cuando ya no hay más peldaños, y le coge la mano—. Tan idealistas como siempre, supongo. Y tú podrías devolverme un poco de energía con esa mano tuya, como si también quisieras coger la mía. En diecisiete años, nunca hemos vivido en la misma ciudad y tampoco en la misma casa.

—Y tú no crees que eso pueda cambiar. —Entrelaza sus dedos con los de ella al tiempo que respira hondo.

—¿Cómo?

—Supongo que he abrigado en secreto la esperanza de que te mudaras. A Harvard, el Instituto Tecnológico de Massachusetts, Tufts. Supongo que creía que podrías dedicarte a la docencia. Tal vez en una facultad de medicina, o contentarte con ser asesora a tiempo parcial en McLean. O quizás en Boston, en la oficina forense, tal vez para acabar ocupando la jefatura.

—Me sería imposible volver a una vida así —dice Scarpetta.

Ya están entrando en el vestíbulo del hotel que ella denomina de la Belle Époque porque es de un tiempo hermoso. Pero no hacen ningún caso del mármol, el antiguo cristal de Murano, la seda y las esculturas, de nada ni de nadie, incluido Romeo —es su auténtico nombre—, que durante el día es un mimo pintado de oro y la mayoría de las noches portero, y de un tiempo a esta parte, un joven italiano bastante atractivo y huraño que no quiere volver a ser interrogado en relación con el asesinato de Drew Martin.

Romeo es amable pero evita mirarles a los ojos e, igual que un mimo, guarda silencio absoluto.

—Quiero lo mejor para ti —dice Benton—. Por eso, evidentemente, no me crucé en tu camino cuando decidiste poner en marcha tu propia consulta en Charleston, pero me molestó.

—No me lo dijiste.

—Tampoco debería decírtelo ahora. Has hecho lo más adecuado y lo sé. Durante años has tenido la sensación de que en realidad no estabas arraigada en ninguna parte, de que, en cierto sentido, no tenías hogar, y de alguna manera has sido desdichada desde que te fuiste de Richmond; peor aún, perdona que te lo recuerde, desde que nos despidieron. Aquel maldito capullo de gobernador. A estas alturas de tu vida, estás haciendo exactamente lo que debes. —Acceden al ascensor—. Pero no estoy seguro de poder aguantarlo más.

Ella intenta no sentir un miedo indescriptiblemente horrendo.

—¿Qué me estás diciendo, Benton? ¿Que deberíamos darnos por vencidos? ¿Es eso lo que quieres decir en realidad?

—Igual digo lo contrario.

—Igual no sé a qué te refieres, y no estaba flirteando. —Se bajan en su piso—. No flirteo nunca, salvo contigo.

—No sé lo que haces cuando no estoy presente.

—Sabes lo que no hago.

Él abre la puerta de su espléndida suite en el ático, con antigüedades y mármol blanco, y un patio de piedra lo bastante grande para abarcar un pueblecito. Más allá se perfila la silueta de la antigua ciudad en contraste con la noche.

—Benton —le dice—. No nos peleemos, por favor. Vuelves a Boston mañana por la mañana. Yo cojo un avión de regreso a Charleston. No nos distanciemos el uno del otro si no queremos que nos resulte más difícil estar separados.

Él se quita la chaqueta.

—¿Qué ocurre? —insiste Scarpetta—. ¿Estás enfadado porque por fin he encontrado un sitio donde echar raíces y he comenzado de nuevo en un lugar donde me va bien?

Él tira la chaqueta encima de una silla.

—A decir verdad —continúa ella—, soy yo la que tiene que empezar desde cero, crear algo de la nada, responder a mi propio teléfono y limpiar la maldita morgue yo misma. No cuento con la ayuda de Harvard. No tengo un apartamento de lujo en Beacon Hill. Tengo a Rose, a Marino y a veces a Lucy, así que acabo contestando al teléfono yo misma la mitad de las veces. Respondo a los medios de comunicación locales, a los abogados, a algún grupo que me reclama como oradora en un almuerzo, incluso al exterminador de ratas y bichos. El otro día fue la maldita Cámara de Comercio, para preguntar cuántas malditas guías telefónicas de las suyas quería encargar. Como si quisiera figurar en su guía igual que si tuviese una tintorería o algo por el estilo.

—¿Por qué? —pregunta Benton—. Rose siempre ha filtrado tus llamadas.

—Se está haciendo mayor. No da abasto.

—Entonces ¿por qué no atiende el teléfono Marino?

—Qué sé yo. Nada es lo mismo. El que hicieras creer a todo el mundo que habías muerto supuso una fractura, nos disgregó a todos. Muy bien, voy a decirlo: todo el mundo ha cambiado debido a eso, incluido tú.

—No tuve elección.

—Eso es lo curioso de las elecciones. Cuando tú no tienes otra, tampoco la tienen los demás.

—Por eso has echado raíces en Charleston. Preferiste no elegirme a mí. Podría volver a morir.

—Tengo la sensación de estar sola en medio de una puta explosión, con todo saltando por los aires a mi alrededor. Y estoy aquí plantada. Me has destrozado. Me has jodido de veras, Benton.

—¿Quién dice palabrotas ahora?

Ella se enjuga los ojos.

—Ahora me has hecho llorar.

Benton se acerca y la toca. Se sientan en el sofá y contemplan los campanarios gemelos de Trinità dei Monti, en la Villa Medici, en las inmediaciones de la colina Pinciana, y más allá la Ciudad del Vaticano. Se vuelve hacia él y le vuelven a sorprender los rasgos definidos de su cara, el cabello plateado y su elegancia larga y esbelta, tan incongruente con su profesión.

—¿Cómo es ahora? —le pregunta ella—. ¿La manera en que te sientes, en comparación con entonces? Al principio.

—Diferente.

—Eso no presagia nada bueno.

—Diferente porque hemos estado sometidos a una tremenda presión durante mucho tiempo. A estas alturas me resulta difícil recordar cuando no te conocía. Aquél era otro, un tipo del FBI que se ceñía a las reglas, no tenía pasión ni vida, hasta que aquella mañana entró en la sala de conferencias donde estabas tú, la renombrada especialista en perfiles, con la misión de ayudarte a resolver los homicidios que asolaban tu modesta ciudad. Y allí estabas con la bata de laboratorio, y dejaste un enorme rimero de expedientes para estrecharme la mano. Me pareció que eras la mujer más extraordinaria que había visto en mi vida, no podía apartar la mirada de ti. Sigo sin poder apartarla.

—De una manera diferente. —Le recuerda lo que acaba de decir.

—Lo que ocurre entre dos personas es diferente cada día.

—Eso está bien siempre y cuando sientan lo mismo.

—¿Lo sientes tú? —pregunta él—. ¿Todavía sientes lo mismo? Porque si...

—¿Porque si qué?

—¿Lo harías?

—¿Si haría qué? ¿Si querría hacer algo al respecto?

—Sí. Para siempre. —Se levanta y busca la chaqueta, mete la mano en el bolsillo y regresa al sofá.

—Para siempre, lo contrario de nunca más —comenta ella, intentando ver lo que él trae en la mano.

—No me estoy haciendo el gracioso. Lo digo en serio.

—¿Para no perderme por culpa de un estúpido ligón? —Ella lo atrae hacia sí y lo sujeta con fuerza mientras le pasa los dedos por el pelo.

—Tal vez —dice él—. Acéptalo, por favor.

Abre la mano, y en la palma hay un papelito doblado.

—Nos estamos pasando notas en el cole —bromea ella, y le da miedo abrirlo.

—Venga, venga. No seas gallina.

Lo abre, y dentro hay una nota que pone: «¿Quieres?», y un anillo antiguo, una fina alianza de platino con diamantes.

—Era de mi bisabuela —explica él, y cuando ella se lo pone en el dedo le queda como hecho a medida.

Se besan.

—Si es porque estás celoso, es una razón terrible —le advierte ella.

—Claro, lo llevaba casualmente encima después de que haya estado medio siglo guardado en una caja fuerte. Te lo estoy pidiendo de verdad. Di que sí, por favor.

—¿Y cómo nos las arreglaremos, después de tanto hablar de vivir separados?

—Por el amor de Dios, no seas tan racional por una vez.

—Es muy bonito —dice ella, refiriéndose al anillo—. Más vale que vayas en serio, porque no pienso devolvértelo.

3

Nueve días después, domingo. Una sirena de barco resuena lúgubre mar adentro.

Las torres de iglesia horadan el amanecer encapotado en Charleston y una campana solitaria empieza a tañer. Entonces se le suma toda una bandada, repicando en un idioma secreto que suena igual por todo el mundo. Con las campanas llegan las primeras luces del amanecer, y Scarpetta empieza a despertar en su suite principal, como denomina irónicamente su espacio vital en el segundo piso de la casa cochera de principios del siglo XIX que ocupa. En comparación con las casas más bien suntuosas de su pasado, la que tiene ahora supone una novedad de lo más extraña.

El dormitorio y el despacho están combinados, el espacio tan atestado que apenas puede moverse sin topar con la antigua cómoda o las estanterías, o la larga mesa cubierta con una tela negra en la que hay un microscopio y portaobjetos, guantes de látex, mascarillas de protección contra el polvo, equipamiento de fotografía y diversos utensilios de investigación del escenario del crimen, todo lo cual está fuera de contexto. No hay armarios empotrados, sólo guardarropas revestidos de cedro, uno al lado del otro, y de uno de ellos saca un traje de falda negro carbón, una blusa de seda a rayas blancas y grises y unos zapatos negros de tacón bajo.

Vestida para lo que promete ser un día complicado, se

sienta a su mesa y contempla el jardín, viéndolo transformarse según cambian las sombras y luces de la mañana. Comprueba el correo electrónico para ver si su investigador, Pete Marino, le ha enviado algo que pueda trastocar sus planes para la jornada. No hay ningún mensaje, pero igual lo llama para comprobarlo.

—¿Sí? —Suena adormilado.

Al fondo, una voz desconocida de mujer se queja:

—Joder, ¿ahora qué?

—Vas a venir, ¿verdad? —pregunta Scarpetta—. A última hora de anoche me dijeron que nos envían un cadáver desde Beaufort, y doy por sentado que te ocuparás tú. Además, tenemos esa reunión esta tarde. Te dejé un mensaje, pero no has dado señales de vida.

—Ya.

La mujer en segundo plano dice con la misma voz quejosa:

—¿Qué quiere ésa ahora?

—Me refiero a que vengas en cuestión de una hora —le dice Scarpetta a Marino con voz firme—. Tienes que ponerte en camino ahora o no habrá nadie para abrirle la puerta a la funeraria Meddicks. No estoy familiarizada con ellos.

—Ya.

—Yo me pasaré hacia las once para rematar el trabajo con la criatura.

Como si el caso de Drew Martin no fuera bastante malo. El primer día de trabajo de Scarpetta tras su regreso de Roma ha traído consigo otro caso horrible, el asesinato de un niño cuyo nombre aún no sabe. Se le ha mudado a la cabeza porque no tiene otro sitio a donde ir, y cuando menos lo espera, ve su delicada carita, el cuerpo demacrado y el pelo castaño rizado. Y luego lo demás. El aspecto que tenía después de terminar ella su trabajo. Después de tantos años, tras miles de casos, una parte de sí misma detesta el carácter necesario de lo que debe hacerles a los muertos debido a lo que alguien les hizo antes.

—Vale. —Marino no tiene nada más que decir.

Mientra baja las escaleras, ella masculla:

—Petulante, maleducado... Qué harta estoy de esto, maldita sea. —La exasperación la desborda.

En la cocina, los tacones rozan el suelo de baldosas de terracota: pasó varios días de rodillas disponiéndolas en un diseño de espiga nada más mudarse a la casa cochera. Volvió a pintar las paredes de blanco para captar la luz del jardín y restauró las vigas de ciprés del techo, originales de la edificación. La cocina —la zona más importante de la casa— está dispuesta de manera precisa con los útiles de acero inoxidable, tablas de cortar y la cubertería alemana artesanal de un chef como es debido. Su sobrina Lucy debería llegar en cualquier momento, y eso la alegra, pero siente curiosidad. Lucy rara vez llama para invitarse a desayunar.

Scarpetta coge lo necesario para hacer unas tortillas de clara de huevo rellenas de queso ricota y champiñones blancos salteados en jerez y aceite de oliva virgen. Nada de pan, ni siquiera el pan achatado que cuece sobre una losa de terracota —o *testo*— que se trajo bajo el brazo desde Bolonia en los tiempos en que la seguridad de los aeropuertos no consideraba que un utensilio de cocina fuera un arma. Lucy sigue una dieta implacable; está entrenando, como ella dice. Para qué, le pregunta siempre Scarpetta. Para la vida, responde siempre su sobrina. Está tan ensimismada batiendo las claras de huevo y rumiando acerca de lo que le espera ese día, que la sobresalta el siniestro topetazo contra una ventana del piso superior.

—No, por favor —exclama, consternada, al tiempo que deja el batidor y echa a correr hacia la puerta.

Desconecta la alarma y se apresura al patio del jardín donde un pinzón amarillo aletea indefenso sobre el ladrillo antiguo. Lo recoge suavemente y la cabeza del pájaro se desploma de un lado al otro, con los ojos medio cerrados. Le habla en tono tranquilizador, le acaricia las plumas sedosas mientras el ave intenta volver en sí y echar a volar, pero la cabeza se le vuelve a desplomar de lado a lado. Está aturdido, nada más, se recuperará de súbito, pero tropieza y aletea, y la cabeza se le voltea de un lado al otro. Igual no muere. Vanas ilusiones, teniendo en cuenta sus conocimientos, y se lleva el pájaro adentro. En el cajón inferior cerrado de la mesa de la cocina hay una caja de metal también cerrada, y dentro, la botella de cloroformo.

Está sentada en los peldaños traseros de ladrillo y no se levanta al oír el característico bramido del Ferrari de Lucy.

Toma la curva desde King Street y aparca en el sendero de entrada compartido delante de la casa, y luego Lucy aparece en el patio con un sobre en la mano.

—El desayuno no está preparado, ni siquiera el café —dice—. Estás aquí fuera sentada y tienes los ojos enrojecidos.

—La alergia —asegura Scarpetta.

—La última vez que lo achacaste a la alergia, que por cierto no padeces, fue cuando un pájaro chocó contra la ventana. Y tenías una paleta sucia encima de la mesa igual que ésa. —Lucy señala una antigua mesa de mármol en el jardín, con una paleta encima. Cerca, bajo un azarero, hay tierra recién cavada cubierta por pedazos rotos de loza.

—Un pinzón —confiesa Scarpetta.

Lucy se sienta a su lado y dice:

—Por lo visto, Benton no viene a pasar el fin de semana. Cuando viene, siempre tienes una lista de la compra bien larga en la encimera.

—No puede ausentarse del hospital. —El estanque pequeño y de escasa profundidad en medio del jardín está sembrado de pétalos de jazmín chino y camelia que flotan cual confeti.

Lucy recoge una hoja de níspero derribada por un chaparrón reciente y la hace girar entre los dedos por el rabillo.

—Espero que sea la única razón. Vuelves de Roma con la gran noticia y ¿qué ha cambiado? Nada, por lo visto. Él está allí, tú aquí. No hay ningún plan para que cambie la situación, ¿verdad?

—¿De repente eres experta en relaciones de pareja?

—Experta en relaciones que van mal.

—Me estás haciendo lamentar habérselo comentado a nadie —dice Scarpetta.

—Ya he pasado por eso. Es lo que ocurrió con Janet. Empezamos a hablar de compromiso, de casarnos cuando por fin empezó a ser legal que las pervertidas tuvieran más derechos que un perro. De pronto, le resultaba difícil lidiar con lo de ser lesbiana. Y todo terminó antes de empezar siquiera. Y además, de una manera bastante desagradable.

—¿Desagradable? ¿Por qué no imperdonable?

—Debería ser yo la que no perdone, no tú —le recuerda Lucy—. Tú no estabas allí. No sabes lo que es pasar por eso. No quiero hablar de ello.

Una estatuilla de un ángel que vela por el estanque, aunque Scarpetta aún está por descubrir qué protege; a los pájaros desde luego no. Quizá no proteja nada. Se levanta y se sacude la parte de atrás de la falda.

—¿Querías hablar conmigo por eso —dice—, o sencillamente te ha venido a la cabeza al verme aquí sentada, hecha polvo porque he tenido que aplicar la eutanasia a otro pájaro?

—No es por eso que te llamé anoche y te dije que necesitaba verte —dice Lucy, aún jugueteando con la hoja.

Lleva el cabello —rojo cereza con reflejos rosa dorado— limpio y lustroso y recogido detrás de las orejas. Viste una camiseta negra que siluetea un cuerpo precioso obtenido a fuerza de ejercicios agotadores y una buena genética. Va a alguna parte, sospecha Scarpetta, pero no se lo va a preguntar. Vuelve a sentarse.

—La doctora Self. —Lucy mira fijamente el jardín tal como mira la gente cuando no contempla nada, salvo lo que le preocupa.

No es lo que Scarpetta esperaba que dijese.

—¿Qué pasa con ella?

—Te advertí que la mantuvieras cerca, hay que tener siempre cerca a los enemigos —dice Lucy—. No prestaste atención. Te ha dado igual que te menosprecie a la menor ocasión por causa de ese juicio. Dice que eres una embustera y una impostora profesional. Basta con que eches un vistazo en Google. Yo la rastreo, te envío todas sus chorradas, y tú apenas las miras.

—¿Cómo es posible que sepas si apenas miro algo?

—Soy la administradora de tu sistema. Tu fiel técnica informática. Sé perfectamente cuánto rato tienes abierto un fichero. Podrías defenderte —la increpa Lucy.

—¿De qué?

—De las acusaciones de que manipulaste al jurado.

—De eso van los juicios, de manipular al jurado.

—¿Eres tú la que habla? ¿O estoy sentada con una desconocida?

—Si estás atada de pies y manos, te han torturado y alcanzas a oír los gritos de tus seres queridos sometidos a actos brutales y asesinados en otra habitación, y te quitas la vida para no correr su misma suerte, pues bien, eso no es suicidio, Lucy, maldita sea. Es asesinato.

—¿Y desde el punto de vista legal?

—Me trae sin cuidado.

—Antes te importaba.

—Lo cierto es que no mucho. No sabes lo que pasaba por mi cabeza cuando he estado implicada en casos todos estos años y a menudo me he encontrado con que era la única que abogaba por las víctimas. La doctora Self se escudaba injustamente en la confidencialidad y no divulgaba información que podría haber evitado grandes sufrimientos o incluso la muerte. Se merece algo peor que lo que le tocó en suerte. ¿Por qué estamos hablando de esto? ¿Por qué me estás disgustando tanto?

Lucy la mira a los ojos.

—¿Sabes eso que dicen, que la venganza es un plato que se sirve frío? Pues la doctora Self vuelve a estar en contacto con Marino.

—Ay, Dios. Como si esta semana no hubiera sido un infierno. ¿Es que ése ha perdido la cabeza por completo?

—Cuando volviste de Roma y difundiste la noticia, ¿creíste que iba a hacerle gracia? ¿Es que vives en el espacio exterior?

—Está claro que sí.

—¿Cómo es posible que no lo hayas visto? De pronto sale y se emborracha todas las noches, se echa una novia de lo más tirada. Esta vez sí que la ha escogido bien. ¿O es que no lo sabes? Shandy Snook, como las Patatas Picantes Snook.

—¿Patatas qué? ¿Quién?

—Unas patatas fritas de bolsa saladísimas y grasientas con sabor a jalapeño y pimienta de cayena. Su padre ganó una fortuna con ellas. Se mudó aquí hará cosa de un año. Conoció a Marino en el Kick'N Horse el lunes pasado por la noche, y fue amor a primera vista.

—¿Todo eso te lo ha contado él?

—Me lo ha contado Jess.

Scarpetta menea la cabeza. No tiene ni idea de quién es Jess.

—La propietaria del Kick'N Horse. El garito para moteros adonde va Marino, y ya sé que le has oído hablar al respecto. Ella me llamó porque está preocupada por Marino y su amante de parque de caravanas cutre, preocupada por el descontrol que lleva. Jess dice que nunca lo había visto así.

—¿Cómo iba a saber la doctora Self la dirección de correo electrónico de Marino a menos que él se hubiera puesto en contacto con ella antes? —pregunta Scarpetta.

—La dirección personal de la doctora no ha cambiado desde que fue paciente suyo en Florida. La de Marino sí. De manera que podemos deducir quién escribió primero. Puedo averiguarlo con seguridad. Tampoco es que tenga la clave del correo personal en su ordenador de casa, pero inconvenientes menores como ése nunca me han detenido. Tendría que...

—Ya sé lo que tendrías que hacer.

—Tener acceso físico.

—Ya sé lo que tendrías que hacer, y no quiero que lo hagas. No empeoremos más las cosas, que ya están bastante mal.

—Al menos algunos correos que le ha enviado ella están en el ordenador de su despacho a la vista de todo el mundo —señala Lucy.

—Eso no tiene sentido.

—Claro que sí: hacer que te pongas furiosa y celosa. Vengarse.

—¿Y cómo es que has visto que estaban en su ordenador?

—Pues debido a la pequeña emergencia de anoche. Cuando me llamó y dijo que le habían dado parte de que una alarma encendida indicaba algún fallo en el funcionamiento de la nevera, y que como no estaba en las inmediaciones de la oficina, a ver si podía ir yo a echar un vistazo. Me dijo que si tenía que llamar a la empresa de seguridad, el número estaba en la lista pegada a la pared con celo.

—¿Una alarma? —dice Scarpetta, desconcertada—. Nadie me lo ha dicho.

—Porque no ocurrió. Llego allí y todo está en su sitio. La nevera va bien. Entro en su despacho para buscar el número de la empresa de seguridad y así asegurarme de que todo está como es debido, y adivina qué me encuentro en su ordenador.

—Qué ridiculez. Se está comportando como un crío.

—No es ningún crío, tía Kay. Y tú vas a tener que despedirlo un día de éstos.

—¿Y cómo me las arreglaría? Apenas puedo apañármelas ahora. Ya ando escasa de personal, sin un solo candidato a la vista a quien contratar.

—Esto no es más que el principio. Irá a peor —vaticina Lucy—. No es la persona que conocías.

—Eso no me lo creo, y me sería imposible despedirlo.

—Tienes razón —dice Lucy—. No podrías. Sería un divorcio. Es tu marido. Dios sabe que has pasado mucho más tiempo con él que con Benton.

—No es mi marido, eso te lo aseguro. No me fastidies, por favor.

Lucy recoge el sobre de las escaleras y se lo da.

—Hay seis, todos de ella. Casualmente, empiezan este lunes pasado, el día que te reincorporaste después del viaje a Roma. El mismo día que vimos tu anillo y, como los grandes detectives que somos, dedujimos que no te había tocado en una bolsa de golosinas.

—¿Algún correo de Marino a la doctora Self?

—No debe de querer que veas lo que escribió, sea lo que sea. Te recomiendo que muerdas un palo. —Al tiempo que le indica el sobre y su contenido—. Que cómo está él. Ella lo echa de menos. Piensa en él. Tú eres una tirana, una vieja gloria, y Marino debe de pasarlo fatal trabajando a tus órdenes, y qué puede hacer ella para ayudarle.

—¿Es que ése no va a aprender nunca? —Más que nada, resulta deprimente.

—Deberías haberle ocultado la noticia. ¿Cómo es posible que no supieras el efecto que iba a causarle?

Scarpetta se fija en las moradas petunias mexicanas que trepan por la pared norte del jardín. Se fija en la lantana azul lavanda. Se ven un tanto resecas.

—Bueno, ¿no vas a leer los malditos correos? —Lucy vuelve a señalar el sobre.

—No voy a otorgarles ese poder ahora mismo —responde Scarpetta—. Tengo cosas más importantes en que ocuparme. Por eso llevo un maldito traje y voy a la maldita oficina un maldito domingo cuando debería estar cuidando el jardín o incluso dando un maldito paseo.

—He estado indagando sobre el tipo con quien vas a reunirte esta tarde. Hace poco fue víctima de una agresión. No hay sospechoso. Y en relación con eso, se le acusó de un delito menor, tenencia de marihuana. El cargo fue retirado. Aparte de eso, ni siquiera una multa por exceso de velocidad. Pero no creo que te convenga quedarte a solas con él.

—¿Y qué hay del niño destrozado que está solo en mi depósito? Puesto que no has dicho nada, supongo que tus búsquedas informáticas siguen sin arrojar resultados.

—Es como si no hubiera existido.

—Pues existía. Y lo que le hicieron es una de las peores

cosas que he visto. Igual ha llegado el momento de que corramos riesgos.

—¿En qué sentido?

—He estado dándole vueltas a la genética estadística.

—Sigue pareciéndome increíble que nadie lo esté haciendo —dice Lucy—. La tecnología está disponible, desde hace tiempo. Vaya estupidez. Los parientes comparten alelos y, como ocurre con cualquier otra base de datos, es todo una función de probabilidad.

—Un padre, una madre, un hermano, tendrían una puntuación más elevada. Y lo veríamos y nos centraríamos en ello. Creo que deberíamos intentarlo.

—Si lo hacemos, ¿qué pasa si resulta que la criatura fue asesinada por un pariente? Si usamos la genética estadística en un caso de asesinato, ¿qué ocurre ante los tribunales? —pregunta Lucy.

—Si averiguamos quién es, ya nos preocuparemos más adelante de los tribunales.

Belmont, Massachusetts. La doctora Marilyn Self está sentada ante una ventana en su habitación con vistas.

Prados que caen en suave pendiente, bosques y frutales, y antiguos edificios de ladrillo que se remontan a una época refinada, cuando los ricos y famosos podían desaparecer de sus propias vidas brevemente o tanto tiempo como les fuera necesario, o para siempre en algunos casos desesperados, y ser tratados con el respeto y el consentimiento que se merecían. En el Hospital McLean es perfectamente normal ver actores, músicos, atletas y políticos famosos paseando por el campus de estilo campestre diseñado por el famoso arquitecto paisajista Frederick Law Olmstead, entre cuyos famosos proyectos se cuentan el Central Park de Nueva York, los terrenos del Capitolio, la Hacienda Biltmore y la Exposición Mundial de Chicago de 1893.

No es perfectamente normal ver allí a la doctora Marilyn

Self, aunque no tiene intención de quedarse mucho tiempo. Cuando el público acabe por averiguar la verdad, sus razones saldrán a la luz: estar a salvo y aislada, pero luego, como siempre ha sido la historia de su vida, el destino ha ido a su encuentro. Según sus propias palabras, algo estaba «destinado a ser». Había olvidado que Benton Wesley trabaja allí.

«Espeluznantes experimentos secretos: Frankenstein.»

«Veamos.» Continúa con el guión de su primer programa cuando vuelva a estar en antena. «Mientras estaba recluida para proteger mi vida, me convertí sin saberlo ni desearlo en testigo ocular —peor aún, en conejillo de indias— de experimentos y abusos clandestinos. En el nombre de la ciencia. Es tal como dijera Kurtz en *El corazón de las tinieblas*: "El horror. El horror." Me vi sometida a una variante moderna de lo que se hacía en los manicomios durante los días más oscuros de las épocas más oscuras, cuando la gente que no poseía las herramientas adecuadas era considerada infrahumana y tratada como... ¿Tratada como...?» Ya se le ocurrirá luego la analogía apropiada.

La doctora Self sonríe al imaginar el éxtasis de Marino cuando descubra que ha respondido a sus correos. Probablemente cree que ella (la psiquiatra más famosa del mundo) se alegró de tener noticias suyas. ¡Aún cree que a ella le importa! Nunca le importó, ni siquiera cuando era paciente suyo en los tiempos menos prominentes de Florida; le traía sin cuidado. Constituía poco más que un entretenimiento terapéutico, y sí (lo reconoce), un toque picante, porque la adoración que le profesaba a ella era casi tan patética como su entontecida obsesión sexual con Scarpetta.

Pobre Scarpetta, qué lástima. Es asombroso lo que se puede conseguir con unas pocas llamadas bien hechas.

La doctora tiene la cabeza desbocada. Sus pensamientos discurren sin pausa en su habitación del Pabellón, donde se sirven comidas y hay un conserje a su disposición, por si le apeteciera ir al teatro, a un partido de los Red Sox o a un balneario. El privilegiado paciente del Pabellón tiene a su alcance prácticamente todo lo que desee, que en el caso de la doctora Self es su propia cuenta de correo, y una habitación que casualmente estaba ocupada por otra paciente llamada Karen cuando ella ingresó nueve días atrás.

La inaceptable situación en lo tocante a las habitaciones se arregló, claro está, con suma facilidad sin intervención administrativa ni demora el día de la llegada de la doctora Self, cuando ésta entró en la habitación de Karen antes del amanecer y la despertó soplándole suavemente sobre los ojos.

—¡Ah! —exclamó Karen aliviada cuando cayó en la cuenta de que era la doctora, y no un violador, quien se cernía sobre ella—. Estaba soñando una cosa extraña.

—Toma. Te he traído café. Dormías como los muertos. ¿Te quedaste demasiado rato mirando la lámpara de cristal anoche? —La doctora levantó la mirada hacia la silueta en sombras de la lámpara de pared victoriana de encima de la cama.

—¡Qué! —exclamó Karen alarmada, al tiempo que dejaba el café en la mesilla de época.

—Hay que tener muchísimo cuidado de no mirar fijamente nada de cristal, porque puede producir un efecto hipnótico y sumirte en estado de trance. ¿En qué estabas soñando?

—¡Doctora Self, era de lo más real! Notaba el aliento de alguien sobre la cara y estaba asustada.

—¿Tienes idea de quién era? ¿Quizás alguien de tu familia? ¿Un amigo de la familia?

—Mi padre solía rozarme la cara con las patillas cuando era pequeña. Notaba su aliento. ¡Qué gracioso! ¡Ahora me acuerdo! O igual me lo estoy imaginando. A veces me cuesta saber qué es real. —Decepcionada.

—Recuerdos reprimidos, querida mía —le dijo la doctora Self—. No pongas en duda tu yo interior. Eso es lo que les digo a todos mis discípulos. ¿Qué no debes poner en duda, Karen?

—Mi yo interior.

—Eso es. Tu yo interior —pronunciado muy lentamente— sabe la verdad. Tu yo interior sabe lo que es real.

—¿Una verdad sobre mi padre? ¿Algo real que no recuerdo?

—Una verdad insoportable, una realidad impensable que no podías afrontar entonces. En realidad, querida mía, todo tiene que ver con el sexo. Yo puedo ayudarte.

—¡Ayúdeme, por favor!

Con paciencia, la doctora Self la hizo remontarse en el tiempo a cuando tenía siete años, y por medio de ciertas orientaciones cargadas de perspicacia la condujo hasta la escena de su crimen psíquico originario. Finalmente Karen, por primera vez en su vida agotada y sin sentido, relató cómo su padre se había metido en la cama con ella y frotado el pene erecto contra sus nalgas, el aliento impregnado de alcohol sobre su cara, y luego una humedad pegajosa en la parte trasera del pantalón del pijama. La doctora Self pasó a encauzar a la pobre Karen con el fin de que aceptara la traumática conclusión de que lo ocurrido no había sido un incidente aislado porque los abusos sexuales, con raras excepciones, se repiten. Su madre debía de estar al tanto, teniendo en cuenta cómo habían quedado el pijamita de Karen y las sábanas, lo que suponía que su madre había hecho la vista gorda ante lo que le estaba haciendo su marido a su hija pequeña.

—Recuerdo que mi padre me trajo una vez una taza de chocolate caliente a la cama y la derramé —dijo Karen, por fin—. Recuerdo la humedad tibia en los fondillos del pijama. Igual es eso lo que estoy recordando y no...

—Porque era más seguro pensar que se trataba de chocolate caliente. Y entonces ¿qué ocurrió?

No hubo respuesta.

—Si lo derramaste, ¿quién tuvo la culpa?

—Lo derramé yo. Fue culpa mía —reconoce Karen, con lágrimas en los ojos.

—¿Igual por eso has abusado del alcohol y las drogas desde entonces? ¿Porque crees que lo que ocurrió es culpa tuya?

—Desde entonces, no. No empecé a beber ni a fumar hierba hasta los catorce. ¡Ay, no lo sé! ¡No quiero entrar en trance otra vez, doctora Self! ¡No soporto los recuerdos! ¡O si no era real, ahora creo que lo es!

—Es tal como escribió Pitres en su *Leçons cliniques sur l'hystérie et l'hypnotisme* en 1891 —la instruyó la doctora Self mientras los bosques y el prado aparecían maravillosos al alba: unas vistas que pronto serían suyas. Entonces le explicó qué eran el delirio y la histeria, levantando la mirada intermitentemente hacia la lámpara de pared encima de la cama de Karen.

—¡No puedo quedarme en esta habitación! —gritó Karen—. ¿Me hará el favor de cambiármela por la suya? —le suplicó.

Lucious Meddick hace chasquear una goma elástica contra su muñeca derecha mientras aparca el reluciente coche fúnebre negro en el angosto paseo detrás de la casa de Scarpetta.

Para caballos, no vehículos inmensos, ¿qué tontería es ésa? Aún le late con fuerza el corazón. Está hecho un manojo de nervios. Suerte ha tenido de no rozar la chapa con los árboles o el alto muro de ladrillo que separa de unos jardines públicos el paseo y las casas antiguas que lo bordean. ¿A qué viene hacerle pasar por semejante suplicio? Y ya nota que su coche fúnebre nuevecito no está bien alineado: estaba maniobrando hacia un lado cuando ha topado con un bordillo, levantando polvo y hojas secas. Se apea dejando el motor al ralentí y se fija en una anciana que lo mira desde una ventana en la planta superior. Lucious le dirige una sonrisa y no puede por menos de pensar que no falta mucho para que esa bruja necesite sus servicios.

Pulsa el botón del portero automático en una formidable puerta de hierro y anuncia:

—Meddicks.

Tras una larga pausa, que le obliga a anunciarse de nuevo, se oye por el interfono una potente voz de mujer:

—¿Quién es?

—Funeraria Meddicks. Tengo una entrega...

—¿Ha traído una entrega aquí?

—Sí, señora.

—Quédese en el vehículo. Ahora mismo voy.

El encanto sureño del general Patton, piensa Lucious, en cierta manera humillado y fastidiado al volver a montarse en el coche fúnebre. Sube la ventanilla y piensa en las historias que ha oído. Hubo una época en que la doctora Scarpetta era tan famosa como Quincy, pero ocurrió algo cuando era médica forense en jefe... No recuerda dónde. La despidieron o no pudo soportar la presión. Un colapso nervioso. Un escándalo. Tal vez más de uno de cada. Luego aquel caso tan aireado en Florida un par de años atrás, una mujer desnuda colgada de una viga, torturada y atormentada hasta que no pudo soportarlo más y se ahorcó con su propia cuerda.

Una paciente de esa loquera del programa de entrevistas. Intenta hacer memoria. Igual fue más de una persona torturada y asesinada. Está casi seguro de que la doctora Scarpetta declaró en el juicio y fue clave a la hora de convencer al jurado para que considerara a la doctora Self culpable de algo. Y en una serie de artículos que ha leído desde entonces, ella se ha referido a la doctora Scarpetta como «incompetente y parcial», una «lesbiana que no se atreve a salir del armario» y una «vieja gloria». Probablemente está en lo cierto. Las mujeres más poderosas son como hombres o al menos desearían ser hombres, y cuando empezó ella, no había muchas mujeres en su profesión. Ahora debe de haber miles. Oferta y demanda, ya no tiene nada de especial, no señor, hay mujeres por todas partes, chicas jóvenes que sacan ideas de la tele y hacen lo mismo que ella. Eso y todo lo demás que se ha dicho acerca de ella explicaría sin lugar a dudas por qué se mudó al País Bajo y tiene su lugar de trabajo en una diminuta casa cochera —un antiguo establo, a decir verdad— que no se parece precisamente al lugar en que trabaja Lucious, ni de lejos.

Él vive en la planta superior de la funeraria que la familia Meddick posee en el condado de Beaufort desde hace más de un siglo. La mansión de tres plantas en lo que fuera una plantación aún conserva las cabañas para esclavos de la época, y desde luego no es una casa cochera de tres al cuarto en un viejo paseo estrecho. Espantoso, pura y simplemente espantoso. Una cosa es embalsamar cadáveres y prepararlos en la estancia de una mansión con equipamiento profesional, y otra muy distinta hacer autopsias en una casa cochera, sobre todo si tienes que vértelas con cadáveres que han estado a la deriva en el agua —«verdosillos», los llama él— o que por otra razón resultan difíciles de la hostia de dejar presentables para las familias, por mucho desodorante en polvo D-12 que les metas para que no apesten la capilla.

Aparece una mujer tras las dos puertas, y él empieza a abandonarse a su obsesión preferida, el voyeurismo, escudriñándola por la ventanilla lateral de vidrio ahumado. Resuena el metal cuando abre y cierra la primera puerta negra, y luego la exterior: alta, con barrotes planos retorcidos centrados por dos curvas en forma de J que se parecen a un corazón. Como si ella lo tuviera, pero a estas alturas él está convencido de que no lo tiene. Va vestida con traje de pez gordo, es rubia y calcula que mide un metro sesenta y cinco, lleva una falda de la talla ocho y una blusa de la talla diez. Lucious es prácticamente infalible cuando se trata de deducir el aspecto que tendría alguien desnudo en una mesa de embalsamar, e incluso bromea diciendo que tiene lo que él llama «visión de rayos X».

Puesto que le ha ordenado con tanta grosería que no salga del vehículo, permanece dentro. Ella llama a la ventanilla tintada con los nudillos y Lucious empieza a ponerse nervioso. Se le crispan los dedos en el regazo, intentan alzarse hasta su boca como si tuvieran voluntad propia, y les dice que no. Se propina un buen latigazo con la goma elástica que lleva en la muñeca y les dice a sus manos que ya está bien. Vuelve a hacer chasquear la goma y aferra el volante de fibra de madera para que sus manos no se metan en líos.

Ella vuelve a llamar.

Lucious chupa una pastilla de menta y baja la ventanilla.

—Desde luego es un sitio raro para montar la consulta —le comenta con una amplia sonrisa ensayada.

—Ha venido al lugar equivocado —responde ella, sin siquiera un «buenos días» o «me alegro de conocerle»—. ¿Qué demonios está haciendo aquí?

—El lugar equivocado en el peor momento. Eso es lo que nos da de comer a gente como usted y yo —replica Lucious con su sonrisa dentona.

—¿Cómo ha obtenido esta dirección? —pregunta ella en el mismo tono poco amistoso. Parece muy exasperada—. Esto no es mi consulta, y desde luego no es el depósito de cadáveres. Lamento las molestias, pero tiene que marcharse ahora mismo.

—Soy Lucious Meddick de la Funeraria Meddicks, en Beaufort, justo a la salida de Hilton Head. —No le tiende la mano, no se la estrecha a nadie si puede evitarlo—. Supongo que somos algo así como un complejo turístico de funerarias. Un negocio familiar, tres hermanos incluido yo. Lo gracioso es que cuando llaman a un Meddick, eso no implica que la persona siga con vida. ¿Lo coge? —Menea el pulgar en dirección a la trasera del coche, y añade—: Murió en casa, probablemente de un ataque al corazón. Una señora oriental, más vieja que Matusalén. Me parece que ya tiene toda la información sobre ella. ¿Es su vecina de ahí una especie de espía o algo por el estilo? —Levanta la mirada hacia la ventana.

—Hablé con el juez de instrucción sobre este caso anoche —dice Scarpetta con la misma aspereza de antes—. ¿Cómo ha obtenido esta dirección?

—El juez de instrucción...

—¿Le dio esta dirección? Él sabe dónde tengo la consulta...

—Bueno, bueno, un momento. En primer lugar, soy nuevo en lo que respecta a entregas. Me aburría mortalmente sentado a una mesa y tratando con familias desoladas, así que decidí que era hora de echarse otra vez al camino.

—No podemos mantener esta conversación aquí.

Pues sí, claro que pueden, y Lucious continúa:

—Así que me compré este Cadillac de doce cilindros

de 1998: carburadores dobles, doble tubo de escape, ruedas de aleación de aluminio, astas de bandera, faro violeta y andas negro cañón para el féretro. No iría más cargado aunque llevara dentro a la gorda del circo.

—Señor Meddick, el investigador Marino va de camino al depósito de cadáveres. Acabo de llamarle.

—En segundo lugar, nunca le he entregado un cadáver a usted, así que no tenía ni idea de dónde estaba su consulta hasta que lo he mirado.

—Creía que se lo había dicho el juez de instrucción.

—No es eso lo que me dijo.

—Tiene que irse, de veras. No puedo tener un coche fúnebre detrás de mi casa.

—Mire, la familia de esta señora oriental quiere que nos encarguemos del funeral, así que le dije al juez que, ya puestos, podía ocuparme del transporte. Pues bien, consulté su dirección.

—¿La consultó? ¿Dónde la consultó? ¿Y cómo es que no llamó a mi investigador de decesos?

—Le llamé, pero no se molestó en devolverme la llamada, así que tuve que buscar su emplazamiento, como he dicho. —Lucious hace chasquear la goma elástica—. En internet. Estaba en el directorio de la Cámara de Comercio. —Hace crujir el trocito de pastilla de menta entre las muelas.

—Esta dirección no figura en ningún directorio y no ha estado nunca en internet, ni tampoco la ha confundido nadie con mi lugar de trabajo, la morgue, y ya llevo aquí dos años. Usted es la primera persona que lo hace.

—Vamos, no se ponga así conmigo. Yo no tengo la culpa de lo que aparece en internet. —Se fustiga con la goma elástica—. Pero si me hubieran llamado a principios de semana, cuando encontraron a ese niño, habría entregado su cadáver y ahora no tendríamos este problema. Pasó de largo ante mí en el escenario del crimen y no me hizo ningún caso, y si usted y yo hubiéramos colaborado en ese asunto, no me cabe duda de que me habría facilitado la dirección correcta. —Vuelve a hacer chasquear la goma, mosqueado por que no se muestre más respetuosa.

—¿Por qué estaba en el escenario del crimen si el juez de instrucción no le pidió que trasladara el cadáver?

Se está poniendo en plan exigente, y lo mira como si él hubiera venido a causar problemas.

—Mi lema es «Aparece». Ya sabe, como el de Nike: «Hazlo.» Bueno, pues el mío es «Aparece». ¿Lo pilla? A veces, lo único que hace falta es ser el primero en aparecer.

Hace chasquear la goma elástica, y ella observa sin disimulo cómo lo hace, y luego mira el escáner de la policía instalado en el coche fúnebre. Lucious se pasa la lengua por la funda de plástico transparente que lleva en los dientes para evitar morderse las uñas. Hace chasquear la goma contra la muñeca, pero con fuerza, como un látigo, y le duele horrores.

—Ahora vaya al depósito, por favor. —Scarpetta levanta la mirada hacia la vecina que los observa—. Me aseguraré de que Marino, el investigador, esté allí para recibirle. —Se aleja del coche fúnebre y de pronto repara en algo en la trasera del vehículo, así que se detiene a mirar con más atención—. El día no hace más que mejorar —dice, y menea la cabeza.

Lucious se apea y no puede creerlo.

—¡Joder! —exclama—. ¡Joder! ¡Joder! ¡Joder!

4

Consulta de Patología Forense, en las inmediaciones del Colegio Mayor de Charleston.

El edificio de ladrillo de dos plantas data de antes de la guerra de Secesión, y está un tanto inclinado, después de que los cimientos se desplazaran durante el terremoto de 1886. O eso es lo que le dijo el agente inmobiliario a Scarpetta cuando lo compró por razones que Pete Marino aún no entiende.

Había edificios más atractivos y nuevos que hubiera podido permitirse, pero por alguna razón, ella, Lucy y Rose optaron por un lugar que exigía más trabajo del que tenía Marino en mente cuando aceptó el empleo allí. Durante meses, eliminaron mano tras mano de pintura y barniz, tiraron tabiques y sustituyeron ventanas y tejas de pizarra en el tejado. Buscaron material reutilizable, mayormente en funerarias, hospitales y restaurantes, para acabar por fin con una morgue más que adecuada que incluye un sistema de ventilación especial, capuchas químicas, un generador de emergencia, dos cámaras frigoríficas a distintas temperaturas, una sala de descomposición, carritos quirúrgicos y camillas con ruedas extensibles. Las paredes y el suelo están sellados con pintura epoxídica que puede limpiarse con manguera, y Lucy instaló un sistema informático y de seguridad inalámbrico que a Marino le resulta tan misterioso como *El Código Da Vinci*.

—Bueno, ¿quién diablos iba a querer meterse en este antro? —le dice a Shandy Snook mientras introduce el código que desactiva la alarma de la puerta que da acceso al depósito desde el aparcamiento.

—Apuesto a que mucha gente —responde ella—. Vamos a dar un garbeo.

—No. Por aquí abajo no. —La lleva hacia otra puerta con alarma.

—Quiero ver un par de cadáveres.

—No.

—¿De qué tienes miedo? —le pregunta Shandy, que hace crujir un peldaño tras otro—. Es pasmoso cuánto te asusta ésa. Es como si fueras esclavo suyo.

Shandy lo dice constantemente, y Marino se cabrea cada vez más.

—Si tuviera miedo de ella, no te dejaría entrar aquí, ¿no crees?, por mucho que me hayas estado dando la vara. Hay cámaras por todo el maldito edificio. Entonces ¿por qué demonios iba hacerlo si tuviera miedo de ella?

Shandy levanta la mirada hacia la cámara, sonríe y saluda con la mano.

—Ya está bien —le advierte él.

—Bueno, ¿quién va a verlo? Aquí no hay más pavos que nosotros, y no hay razón para que la Gran Jefa mire las cintas, ¿verdad? De otra manera no estaríamos aquí, ¿no? Le tienes un miedo de la hostia. Qué asco, un hombretón como tú. Sólo me has dejado entrar porque ese gilipollas de la funeraria ha tenido un pinchazo. Y la Gran Jefa tardará en llegar y nadie va a revisar las cintas. —Vuelve a saludar a la cámara—. No tendrías huevos para enseñarme todo esto si hubiera la posibilidad de que alguien se enterara y se lo dijera a la Gran Jefa. —Sonríe y saluda con la mano a otra cámara—. Quedo guapa en cámara. ¿Alguna vez has salido por la tele? Mi papi salía en la tele continuamente, hacía sus propios anuncios. Yo he aparecido en alguno que otro, probablemente podría hacer carrera en la tele, ¿pero quién quiere tener a la gente mirándole todo el santo día?

—¿Además de ti? —Le da un cachete en el trasero.

Los despachos están en la primera planta, y el de Marino es el más elegante que ha tenido, con suelos de tea de pino, protecciones en las paredes para que las sillas no dejen marcas y vistosas molduras en los techos.

—Fíjate, allá por el siglo diecinueve —le explica a Shandy al entrar—, mi despacho probablemente era el comedor.

—Nuestro comedor en Charlotte era diez veces más grande —dice ella, y mira alrededor sin dejar de mascar chicle.

Ella nunca ha estado en su despacho, ni siquiera en el interior del edificio. Marino no se atrevería a pedir permiso para eso y Scarpetta no se lo daría. Pero tras una noche de decadencia con Shandy, ella ha empezado a tocarle las narices con lo de que es el esclavo de Scarpetta y a Marino se le han encendido los ánimos. Luego Scarpetta le ha llamado para decirle que Lucious Meddick tenía un pinchazo y llegaría con retraso, y después Shandy también tenía que restregarle eso, dale que te pego con lo de que Marino había tenido que ir a toda prisa para nada y que, ya que estaban, podía darle una vueltecilla por el depósito tal como había estado pidiéndole toda la semana. Después de todo, es su novia y al menos debería ver dónde trabaja. Así que le ha dicho a Shandy que le siguiera en su moto al norte de Meeting Street.

—Son auténticos muebles de época —se jacta él—. De tiendas de segunda mano. La doctora acabó de restaurarlos con sus propias manos. Impresionante, ¿eh? Es la primera vez en mi vida que me siento a una mesa más vieja que yo.

Shandy se acomoda en el sillón de cuero tras la mesa y empieza a abrir los cajones ensamblados con cola de milano.

—Rose y yo hemos pasado mucho tiempo deambulando, intentando decidir qué era cada cosa, y más o menos llegamos a la conclusión de que su despacho fue en otra época el dormitorio principal. Y el espacio más amplio, el despacho de la doctora, era lo que denominaban la «salita de estar».

—Vaya estupidez. —Shandy se queda mirando el interior de un cajón de la mesa—. ¿Cómo puedes encontrar nada aquí? Parece que te dedicas a acumular mierda en los cajones para no molestarte en archivarla.

—Sé exactamente dónde está todo. Tengo mi propio sistema de clasificación. Las cosas están organizadas por cajones. Algo así como el sistema de clasificación por «decibelios» de Dewey.

—Bueno, entonces, ¿dónde tienes el fichero, listillo?

—Aquí arriba. —Se da unos golpecitos con el dedo en la lustrosa cabeza rapada.

—¿No tienes ningún buen caso de asesinato por aquí? ¿Alguna foto, igual?

—No.

Shandy se levanta y se ajusta los pantalones de cuero.

—Así que la Gran Jefa tiene la «sala de estar». Quiero verla.

—No.

—Tengo derecho a ver dónde trabaja, ya que por lo visto le perteneces.

—Yo no le pertenezco, y no vamos a entrar ahí. No hay nada que te interese, aparte de libros y un microscopio.

—Seguro que tiene unos cuantos casos de asesinato de los buenos en esa sala de estar suya.

—No. Los casos delicados los tenemos bajo llave. En otras palabras, los que a ti te parecerían de los buenos.

—Todas las habitaciones son para «estar», ¿no? Entonces, ¿por qué se llamaba «sala de estar»? —No para de darle vueltas—. Qué estupidez.

—En aquellos tiempos, se la llamaba sala de estar para diferenciarla de la antesala —le explica Marino, mientras contempla la habitación con orgullo: sus diplomas en las paredes revestidas de madera, el grueso diccionario que no utiliza nunca, todos los demás libros de referencia intactos que Scarpetta le cede cuando recibe las ediciones revisadas más recientes. Y claro, sus trofeos de bolos, todos pulcramente dispuestos y con el dorado bien lustroso en unos estantes empotrados—. La antesala era una estancia de lo más formal justo a la entrada, donde se dejaba a la gente que no te apetecía que se quedase mucho rato, mientras que la sala de estar es justo para lo contrario, exactamente igual que un salón.

—A mí me parece que te alegras de que se mudara a este sitio, por mucho que te quejes.

—No está nada mal para ser un tugurio tan viejo. Yo preferiría algo más nuevo.

—Tu viejo trasto tampoco está nada mal. —Le echa la mano a la entrepierna y le aprieta hasta hacerle daño—. A decir verdad, casi me parece nuevo. Enséñame su despacho. Enséñame dónde trabaja la Gran Jefa. —Vuelve a cogerle—. ¿Toda esta tensión es por ella o por mí?

—Cállate —le dice él, y le aparta la mano, molesto por sus dobles sentidos.

—Enséñame dónde trabaja.

—Te he dicho que no.

—Entonces enséñame el depósito.

—No es posible.

—¿Por qué? ¿Porque ella te tiene acojonado? ¿Qué va a hacer? ¿Llamar a la poli de la morgue? Enséñamelo —le exige.

Marino mira de soslayo una diminuta cámara en un rincón del pasillo. Shandy tiene razón, nadie verá las cintas. ¿Quién iba a molestarse? No hay ninguna razón para ello. Vuelve a notar esa misma sensación, un cóctel de rencor, agresividad y ansia de venganza que le infunde ganas de hacer algo horrible.

Los dedos de la doctora Self repican sobre el teclado de su portátil, al que llegan constantemente nuevos correos: agentes, abogados, directores comerciales, ejecutivos de cadenas de televisión, así como pacientes especiales y seguidores muy escogidos.

Pero no hay nada nuevo de «él». El Hombre de Arena. Apenas si puede soportarlo. Quiere que ella piense que él ha hecho lo impensable, atormentarla con la ansiedad, con el terror, para hacerle pensar lo impensable. Cuando ella abrió su último correo aquel condenado viernes durante su descanso a media mañana en los estudios de televisión, lo que él le había enviado, lo último que le envió, trastornó toda su vida, al menos temporalmente.

«Que no sea cierto», ruega para sus adentros.

Qué imprudente y crédula fue al responderle cuando él le envió el primer correo a su dirección personal el otoño pasado, pero estaba intrigada. ¿Cómo era posible que hubiera obtenido su dirección personal de correo electrónico, tan sumamente privada? Tenía que averiguarlo, así que le contestó y se lo preguntó, pero él no quiso decírselo. Empezaron a mantener correspondencia. Le pareció una persona fuera de lo común, especial, alguien que había regresado de Irak profundamente traumatizado. Pensando que sería un invitado estelar en uno de sus programas, la doctora desarrolló una relación terapéutica *on line*, sin tener la menor idea de que ese hombre pudiera ser capaz de lo impensable.

«Que no sea cierto, por favor.»

Ojalá pudiera dar marcha atrás. Ojalá no le hubiera respondido nunca. Ojalá no hubiera intentado ayudarle. Ese hombre está loco, una palabra que rara vez usa ella. Lo que la ha hecho famosa es la noción de que todo el mundo es capaz de cambiar. Él no. No si ha hecho lo impensable.

«Que no sea cierto, por favor.»

Si ha hecho lo impensable, es un ser humano horroroso más allá de toda redención. El Hombre de Arena. ¿Qué significa eso, y por qué ella no le exigió que se lo dijera, por qué no lo amenazó con cortar cualquier contacto con él si no se avenía a contárselo?

Porque es psiquiatra. Los psiquiatras no amenazan a sus pacientes.

«Que no sea cierto lo impensable, por favor.»

Sea quien sea en realidad, ni ella ni nadie más sobre la faz de la tierra puede ayudarle, y ahora es posible que haya hecho lo que ella no había esperado en ningún momento. ¡Es posible que haya hecho lo impensable! En ese caso, sólo hay un modo de que la doctora Self salve el pellejo. Lo decidió en su estudio, un día que nunca olvidará, cuando vio la fotografía que él le envió y cayó en la cuenta de que podía correr grave peligro por multitud de razones, lo que la obligó a decirles a sus productores que tenía una emergencia familiar que no podía hacer pública. Dejaría de estar en antena, con un poco de suerte sólo unas semanas. Tendrían que reemplazarla por su sustituto habitual (un psicólogo ligeramente entretenido que no es rival para ella pero se engaña pensando que sí lo es). Por eso no puede permitirse estar ausente más que unas semanas: todo el mundo quiere ocupar su puesto. La doctora Self llamó a Paulo Maroni (dijo que era otro paciente remitido por ella y la pasaron directamente) y (disfrazada) montó en una limusina (no podía servirse de ninguno de sus chóferes) y (todavía disfrazada) subió a un jet privado, e ingresó en secreto en McLean, donde está a salvo, oculta, y confía en comprobar cuanto antes que lo impensable no ha ocurrido.

No es más que una treta enfermiza. No lo ha hecho. Los tarados hacen confesiones falsas sin parar.

(Pero ¿y si no lo es?)

Tiene que ponerse en el peor escenario: la gente la culpará a ella. Dirán que debido a ella ese loco se obsesionó con Drew Martin después de que ganara el Open de Estados Unidos el otoño pasado y apareciera en los programas de la doctora Self: programas inolvidables y entrevistas en exclusiva. Qué horas tan excelentes compartieron Drew y ella en antena, hablando del pensamiento positivo, de atribuirse a uno mismo poderes por medio de las herramientas adecuadas, de tomar conscientemente la decisión de ganar o perder y de cómo eso permitió a Drew, con apenas dieciséis años, alzarse con una de las mayores victorias inesperadas en la historia del tenis. La galardonada serie *Cuándo ganar* de la doctora Self fue un éxito sensacional.

Se le acelera el pulso cuando se remonta a la otra cara del horror. Vuelve a abrir el correo del Hombre de Arena, como si volver a mirarlo, como si contemplarlo el tiempo suficiente, pudiera cambiarlo de alguna manera. No hay mensaje de texto, sólo un archivo adjunto, una horrenda imagen de alta resolución de Drew desnuda y sentada en una bañera de mosaico gris empotrada en un suelo de terracota. El agua le llega hasta la cintura, y cuando la doctora amplía la imagen, como tantas veces ha hecho, alcanza a distinguir la piel de gallina en los brazos de Drew, así como sus labios y uñas azulados, lo que indica que el agua que sale de una antigua espita de latón está fría. Tiene el pelo mojado, la expresión en su hermosa cara resulta difícil de describir. ¿Pasmada? ¿Lastimosa? ¿Conmocionada? Parece bajo el efecto de alguna droga.

El Hombre de Arena le había contado en un correo anterior que poner en remojo a los prisioneros desnudos era algo rutinario en Irak; golpearlos, humillarlos, obligarlos a orinar unos sobre otros. Uno hace lo que tiene que hacer, escribió. Después de un tiempo era normal, y no le importaba sacar fotos. No le importaba mucho hasta «aquello» que hizo, pero nunca le ha contado a la doctora qué es «aquello», y ella está convencida de que con eso dio comienzo su metamorfosis para convertirse en un monstruo. Suponiendo que haya hecho lo impensable, si lo que le ha enviado no es una treta.

(¡Aunque lo fuera, sería un monstruo por haber maquinado algo así!)

Analiza la imagen en busca de algún indicio de falsedad, la amplía y la reduce, la reorienta, sin apartar la mirada. «No, no, no —se dice una y otra vez para tranquilizarse—. Claro que no es real.»

(Pero ¿y si lo es?)

No puede evitar seguir cavilando en lo mismo. Si la consideran responsable, ya puede despedirse de su carrera televisiva, al menos temporalmente. Sus millones de seguidores dirán que es culpa suya porque debería haberlo visto venir, no debería haber hablado de Drew en correos electrónicos con un paciente anónimo apodado Hombre de Arena que aseguraba ver a Drew por la tele y leer sobre ella, y pensaba que era un chica encantadora pero que sufría una soledad insoportable, y estaba convencido de que la conocería y ella se enamoraría de él y entonces ya no sufriría más.

Si el público se entera, será como lo de Florida de nuevo, sólo que peor. Culpada injustamente, al menos por un tiempo.

«Vi a Drew en su programa y sentí su insoportable sufrimiento —le escribió el Hombre de Arena—. Me estará agradecida.»

La doctora Self mira fijamente la imagen. La censurarán por no llamar a la policía de inmediato cuando recibió el correo hace exactamente nueve días, y nadie aceptará su razonamiento, que es perfectamente lógico: si lo que envió el Hombre de Arena es real, ya es tarde para que ella haga nada al respecto; si no es más que una estratagema (algo pergeñado con uno de esos paquetes de *software* para tratamiento de fotografías), ¿qué sentido tendría divulgarlo y tal vez meter esa idea en la cabeza de algún otro perturbado?

Enigmáticamente, vuelve a pensar en Marino; en Benton.

En Scarpetta.

Y Scarpetta se le mete en la cabeza.

Traje negro con anchas rayas diplomáticas azul pálido y una blusa azul a juego que realza sus ojos azules. Lleva el pelo rubio corto y muy poco maquillaje. Imponente y segura, erguida pero relajada en la tribuna de testigos, de cara al jurado. Quedaron hipnotizados por ella cuando contestaba preguntas y se explicaba. No consultó sus notas ni una sola vez.

—¿Pero no es cierto que casi todos los ahorcamientos son suicidios, lo que sugiere la posibilidad de que en realidad se quitara la vida? —Uno de los abogados de la doctora Self caminaba de lado a lado de la sala del tribunal en Florida.

Ella acababa de prestar testimonio y le habían permitido retirarse de la sala en tanto que testigo, pero no pudo evitar la tentación de seguir el juicio, de observar a Scarpetta, a la espera de que cometiera un desliz verbal o un error.

—Estadísticamente, en tiempos modernos, es cierto que la mayoría de los ahorcamientos, hasta donde sabemos, son suicidios —contesta Scarpetta a los miembros del jurado, al tiempo que se niega a mirar al abogado de la doctora Self y le responde como si le estuviera hablando por medio de un interfono desde otra sala.

—¿«Hasta donde sabemos»? Está usted diciendo, señora Scarpetta, que...

—Doctora Scarpetta. —Con una sonrisa a los miembros del jurado.

Ellos le devuelven la sonrisa, fascinados, a todas luces embelesados, entusiasmados con ella mientras arremete contra la credibilidad y el decoro de la doctora Self sin que nadie se dé cuenta de que no son sino manipulaciones y mentiras. Ah, sí, mentiras. Un homicidio, no un suicidio. ¡Hay que culpar indirectamente a la doctora Self de homicidio! Pero no fue culpa suya. No podía haber sabido que esas personas serían asesinadas. El que hubieran desaparecido de su casa no implicaba que les hubiera ocurrido nada malo.

Y cuando Scarpetta la llamó después de encontrar un frasco de pastillas con su nombre como médica que las había recetado, tenía todo el derecho a negarse a hablar de pacientes o antiguos pacientes suyos. ¿Cómo iba a saber que acabaría nadie muerto? Muerto de una manera horrorosa. No fue culpa suya. Si lo hubiera sido, se habría tratado de un caso criminal, no de una mera demanda civil interpuesta por parientes avariciosos. No fue culpa suya, y Scarpetta indujo deliberadamente al jurado a creer lo contrario.

(La escena de la sala del tribunal colma su cabeza por completo.)

—¿Quiere decir que no puede determinar si un ahorcamiento fue suicidio u homicidio? —El abogado de la doctora Self sube el tono.

—Sin testigos ni circunstancias que aclaren lo que ocurrió... —dice Scarpetta.

—¿Y qué ocurrió?

—Que es imposible que una persona se haga algo semejante a sí misma.

—¿Como qué?

—Como ser hallada colgando de un poste de la luz a gran altura en un aparcamiento, sin escalera. Con las manos firmemente atadas a la espalda —explica.

—¿Se trata de un caso auténtico, o se lo está inventando sobre la marcha? —Con tonillo sarcástico.

—Mil novecientos sesenta y dos. Un linchamiento en Birmingham, Alabama —especifica al jurado, siete de cuyos miembros son negros.

La doctora Self regresa de la otra cara del horror y cierra la imagen en la pantalla. Descuelga el auricular y llama a la oficina de Benton Wesley, y su instinto le dice que la mujer desconocida que responde es joven, sobrestima su importancia, considera que se le debe respeto, y por tanto probablemente es de una familia adinerada, fue contratada por el hospital como un favor y es una espina en el costado de Benton.

—¿Y su nombre de pila, doctora Self? —pregunta la mujer, como si no supiera quién es la doctora Self, cuando todo el mundo en el hospital la conoce.

—Espero que el doctor Wesley haya llegado por fin —dice ella—. Espera mi llamada.

—No llegará hasta las once o así. —Como si la doctora Self no fuera nadie especial—. ¿Puedo preguntarle de qué se trata?

—Me parece muy bien. Y tú, ¿quién eres? Me parece que no nos conocemos. La última vez que llamé, respondió otra persona.

—Ya no trabaja aquí.

—¿Tu nombre?

—Jackie Minor, su nueva ayudante de investigación. —Adopta un tono solemne. Probablemente aún no ha terminado el doctorado, si es que alguna vez llega a acabarlo.

La doctora Self dice con tono encantador:

—Bueno, pues muchas gracias, Jackie. Y supongo que aceptaste el puesto para poder ayudarle en su estudio... ¿cómo lo llaman? ¿Regaño Materno y Estimulación Dorsolateral?

—¿El REMEDO? —dice Jackie sorprendida—. ¿Quién lo llama así?

—Vaya, me parece que tú —señala la doctora—. No se me había ocurrido el acrónimo. Eres tú la que acaba de decirlo. Qué ingeniosa. Quién fue el gran poeta que... A ver si recuerdo la cita: «El ingenio es el genio de percibir y la metáfora para expresar.» O algo por el estilo. Alexander Pope, creo. Me parece que nos conoceremos pronto, muy pronto, Jackie. Como probablemente sabes, yo formo parte de la investigación, de esa que tú llamas REMEDO.

—Ya sabía yo que era alguien importante. Por eso ha acabado quedándose el doctor Wesley este fin de semana y me ha pedido que venga. En el programa no pone más que VIP.

—Debe de ser un trabajo que exige mucho por parte del doctor.

—Desde luego.

—Con una reputación a nivel mundial como la suya.

—Por eso quería ser su ayudante de investigación. Estoy en prácticas para ser psicóloga forense.

—¡Bravo! Muy bien. Quizá te invite algún día a mi programa.

—No había pensando en ello.

—Bueno, pues deberías, Jackie. Yo he estado pensando mucho en expandir mis horizontes hacia *La otra cara del horror*. La otra cara del crimen que la gente no ve: la mente criminal.

—Eso es lo único que interesa a la gente hoy en día —asiente Jackie—. Basta con poner la tele. Todos los programas van de crímenes.

—Pues estoy a punto de empezar a pensar en asesores de producción.

—Me encantaría mantener una conversación con usted al respecto cuando mejor le parezca.

—¿Has entrevistado a algún delincuente violento? ¿O has asistido a alguna de las entrevistas del doctor Wesley?

—Todavía no, pero no tardaré mucho.

—Ya volveremos a hablar, doctora Minor. Es «doctora» Minor, ¿verdad?

—En cuanto acabe los exámenes y encuentre tiempo para

centrarme de veras en la tesis. Ya estamos preparando la ceremonia de graduación.

—Claro que sí. Es uno de los mejores momentos de nuestra vida.

En otros tiempos, siglos atrás, en el laboratorio informático de estuco detrás del viejo depósito de ladrillo estaban las caballerizas y los alojamientos para los mozos de cuadra.

Por fortuna, antes de que un comité de evaluación arquitectónica llevara a cabo una revisión que lo impidiera, el edificio fue reconvertido en un garaje almacén que ahora es, como dice Lucy, su apaño de laboratorio informático. Es de ladrillo; es pequeño, mínimo. Ya van muy avanzadas las obras de construcción de unas inmensas instalaciones al otro lado del río Cooper, donde el terreno es abundante y las leyes de división por zonas son todavía ineficaces, como señala Lucy. Su nuevo laboratorio forense, cuando esté terminado, tendrá todos los instrumentos y adelantos científicos imaginables. Por el momento, se las arreglan bastante bien con los análisis de huellas dactilares, toxicología, armas de fuego, ciertas pruebas complementarias y ADN. Los federales no han visto nada aún. Los va a dejar a la altura del suelo.

En el interior de su laboratorio de viejas paredes de ladrillo y suelos de abeto están sus dominios informáticos, protegidos del mundo exterior por ventanas a prueba de balas y huracanes, con las persianas siempre bajas. Lucy está sentada en su puesto de trabajo conectado a un servidor de 64 *gigabytes* con un chasis compuesto por seis cajas de almacenamiento montadas en bastidor. El núcleo —o sistema operativo que conecta el *software* con el *hardware*— es de diseño propio y lo construyó con el lenguaje más sencillo de ensamblaje para poder hablar ella misma con la placa base cuando estaba creando su cibermundo, o lo que denomina Infinitud del Espacio Interior (IEI), cuyo prototipo vendió por una pasmosa suma que sería indecente mencionar. Lucy no habla de dinero.

A lo largo de la parte superior de las paredes hay pantallas planas de vídeo que muestran constantemente todos los ángulos y sonidos que capta un sistema de cámaras y micrófonos empotrados, y lo que está viendo es increíble.

—Vaya hijoputa estúpido —le dice a voz en cuello a la pantalla plana que tiene delante.

Marino le está enseñando el depósito de cadáveres a Shandy Snook. Se ven desde diferentes ángulos en las pantallas, sus voces tan nítidas como si Lucy estuviera con ellos.

Boston, la quinta planta de una casa de piedra rojiza de mediados del XIX en Beacon Street. Benton Wesley está sentado a su mesa mirando por la ventana un globo aerostático que surca el cielo sobre el prado, por encima de olmos escoceses tan viejos como la propia América. El globo blanco se eleva lentamente como una inmensa luna en contraste con el perfil del centro urbano.

Suena su móvil. Se coloca un auricular sin manos y dice: «Wesley», con la acuciante esperanza de que no sea ninguna emergencia relacionada con la doctora Self, el azote del hospital de un tiempo a esta parte, quizás el más peligroso que haya sufrido nunca.

—Soy yo —le dice Lucy al oído—. Conéctate. Te pongo en conferencia.

Benton no pregunta por qué. Se conecta a la red inalámbrica de Lucy, que transfiere vídeo, audio y datos en tiempo real. La cara de Lucy llena la pantalla del portátil encima de la mesa. Se la ve lozana, de una hermosura dinámica, como siempre, pero los ojos le brillan de furia.

—Voy a probar algo distinto —le anuncia—. Te conecto al acceso de seguridad para que puedas ver lo que estoy viendo ahora mismo, ¿de acuerdo? La pantalla se te dividirá en cuatro cuadrantes para ofrecer cuatro ángulos o ubicaciones, dependiendo del que elija yo. Con eso debería bastar para que veas lo que está haciendo nuestro presunto amigo Marino.

—Lo tengo —dice Benton cuando se divide la pantalla, lo que le permite ver de manera simultánea cuatro áreas del edificio de Scarpetta escaneadas por las cámaras.

El interfono en la zona de carga de la morgue.

En el ángulo superior izquierdo, Marino y una mujer joven y sexy pero de aspecto chabacano, con atuendo de cuero de motera, están en el pasillo superior de las oficinas de Scarpetta, y él le está diciendo:

—Tú quédate aquí.

—¿Por qué no puedo ir contigo? No tengo miedo. —Su voz, ronca y con un fuerte acento sureño, se reproduce con claridad en los altavoces encima de la mesa de Benton.

—¿Qué demonios? —le dice Benton a Lucy por teléfono.

—Fíjate —responde ella—. Su última maravilla de chica.

—¿Desde cuándo?

—Bueno, vamos a ver. Creo que empezaron a acostarse el lunes pasado por la noche. La misma noche que se conocieron y emborracharon.

Marino y Shandy entran en el ascensor y otra cámara los enfoca mientras él le dice:

—Vale, pero si él se lo dice a la doctora, estoy jodido.

—Vaya vaya con la doctora, te tiene pillado por la polla —responde ella con un sonsonete burlón.

—Vamos a coger una bata para ocultar todo el cuero que llevas, pero mantén la boca cerrada y no hagas nada. No flipes ni nada por el estilo, y va en serio.

—Tampoco es que sea la primera vez que veo un cadáver —dice ella.

Se abren las puertas del ascensor y salen.

—Mi padre se atragantó con un pedazo de bistec delante de mí y toda mi familia —le cuenta Shandy.

—El vestuario está ahí al fondo. El de la izquierda —le indica Marino.

—¿La izquierda? ¿De cara adónde?

—El primero nada más doblar la esquina. ¡Coge una bata y date prisa!

Shandy se apresura. En una sección de la pantalla, Benton la ve en el interior del vestuario —el vestuario de Scarpetta— sacando una bata azul de una taquilla —la bata y la taquilla de Scarpetta— para ponérsela a toda prisa, del revés. Marino espera pasillo adelante. Ella corre a su encuentro, con la bata desabrochada aleteando a su espalda.

Otra puerta. Ésta lleva a la zona de aparcamiento donde las motos de Marino y Shandy están aparcadas en una esquina, protegidas por conos de tráfico. Hay un coche fúnebre y el motor resuena en las viejas paredes de ladrillo. Se apea un empleado de funeraria, larguirucho y desgarbado, con traje y corbata tan negros y lustrosos como el coche. Despliega su cuerpo escuálido igual que una camilla extensible, como si se estuviera convirtiendo en lo que hace para ganarse la vida. Benton nota algo raro en sus manos, las tiene rígidas cual garras.

—Soy Lucious Meddick. —Abre la puerta trasera—. Nos conocimos el otro día cuando pescaron al crío muerto en las marismas. —Saca un par de guantes de látex, y Lucy lo enfoca con el *zoom*. Benton se fija en el aparato de ortodoncia de plástico que lleva en los dientes y en la goma elástica en la muñeca derecha.

—Acércate a sus manos —le dice Benton a Lucy.

Ella cierra más el plano mientras Marino dice, como si aquél no le cayera nada bien:

—Sí, ya lo recuerdo.

Benton repara en la yema de los dedos en carne viva de Lucious Meddick, y le dice a Lucy:

—Se muerde las uñas con saña. Es una forma de automutilación.

—¿Alguna novedad en ese caso? —Meddick se refiere al niño asesinato que, como bien sabe Benton, sigue sin identificar en el depósito.

—No es asunto tuyo —responde Marino—. Si fuera un asunto de *vulgación* pública, lo estarían dando en las noticias.

—Dios santo —exclama Lucy al oído de Benton—. Parece Tony Soprano.

—Veo que has perdido un tapacubos. —Marino señala el neumático trasero izquierdo del coche fúnebre.

—Es la de repuesto. —Meddick se muestra picajoso.

—Estropea el efecto general —se ceba Marino—. Una decoración tan lustrosa, y luego esa rueda con tuercas tan feas a la vista.

El otro abre la puerta con aire ofendido y desliza la camilla de ruedas por la trasera del coche. Las patas plegables de aluminio se abren con un chasquido y quedan fijadas. Marino no se ofrece a ayudarle mientras Meddick empuja la camilla con el cadáver embolsado rampa arriba, topa con el marco de la puerta y maldice.

Marino le guiña el ojo a Shandy, que tiene un aspecto extraño con la bata quirúrgica abierta y las botas de cuero negro de motera. Lucious Meddick, impaciente, abandona el cadáver en medio del pasillo, hace chasquear la goma elástica en su muñeca y dice con tono irritado:

—Hay que ocuparse del papeleo.

—Más bajo —replica Marino—. Vas a despertar a alguien.

—No tengo tiempo para chorradas. —Lucious se da la vuelta para marcharse.

—Tú no vas a ninguna parte hasta que me ayudes a transferirla de esa camilla de tres al cuarto a uno de nuestros modelos de vanguardia.

—Se está dando aires. —La voz de Lucy resuena en el auricular de Benton—. Intenta impresionar a la putilla de las patatas fritas.

Marino saca una camilla con ruedas de la cámara frigorífica, con roces y las patas un tanto estevadas, una rueda levemente torcida como la de un carrito de supermercado. Con ayuda de Lucious, que está furioso, levanta el cadáver embolsado y lo posa en la otra camilla.

—Esa jefa tuya es de armas tomar —dice Lucious—. Me viene a la cabeza una palabra que empieza por pe.

—Nadie ha pedido tu opinión. ¿Has oído que alguien le pida su opinión? —A Shandy.

Ella mira fijamente la bolsa, como si no le oyera.

—No es culpa mía que su dirección aparezca mal en internet. Se me puso respondona por presentarme allí, cuando sólo intentaba hacer mi trabajo. Tampoco es que me cueste llevarme bien con la gente. ¿Sueles recomendar alguna funeraria en concreto a tus clientes?

—Pon un puto anuncio en las páginas amarillas.

Lucious se dirige al pequeño despacho de la morgue a paso ligero, sin doblar casi las rodillas, lo que hace pensar a Benton en unas tijeras.

Un cuadrante de la pantalla lo muestra en el interior del despacho: se le ve molesto con el papeleo, abre cajones, hurga, encuentra por fin un bolígrafo.

Otro cuadrante de la pantalla muestra a Marino, que le dice a Shandy:

—¿Nadie sabía hacer la maniobra Hinelick?

—Yo soy capaz de aprender cualquier cosa, cariño —dice ella—. Cualquier maniobra que quieras enseñarme.

—En serio. Cuando tu padre se estaba ahogando con... —empieza a explicarle Marino.

—Creímos que le estaba dando un infarto, o un derrame o un ataque —le interrumpe—. Fue horrible, se echó las manos al cuello, cayó al suelo y se golpeó la cabeza, la cara se le empezó a poner azul. Nadie sabía qué hacer, no teníamos ni idea de que se estuviera ahogando. Aunque lo hubiéramos sabido, no podríamos haber hecho nada salvo lo que hicimos: llamar a urgencias. —De pronto parece a punto de romper a llorar.

—Lamento tener que decírtelo, pero sí podríais haber hecho algo —replica Marino—. Voy a enseñarte. Venga, date la vuelta.

Una vez terminado el papeleo, Lucious sale a toda prisa del despacho del depósito y pasa por delante de Marino y Shandy, que no le prestan la menor atención cuando entra en la sala de autopsias por su cuenta y riesgo. Por detrás, Marino le rodea la cintura a Shandy con sus enormes brazos, aprieta un puño y apoya el pulgar contra la parte superior del abdomen, justo por encima del ombligo. Se coge el puño con la otra mano y empuja suavemente hacia arriba, sólo para demostrarle cómo se hace. Luego desliza las manos hacia arriba y la acaricia.

—Dios bendito —le dice Lucy al oído—. Está empalmado en el puto depósito.

En la sala de autopsias, la cámara muestra a Lucious, que camina hacia el registro negro de grandes dimensiones que hay sobre una encimera, el Libro de los Muertos, como tiene la delicadeza de llamarlo Rose. Empieza a registrar el cadáver con el boli que ha encontrado en la mesa del despacho.

—No debería hacer eso. —La voz de Lucy en el oído de Benton—. La única que puede tocar ese registro es tía Kay. Es un documento legal.

Shandy le dice a Marino:

—¿Ves? No resulta tan duro estar aquí. Bueno, quizá sí. —Tiende la mano hacia atrás y lo coge—. Desde luego sabes cómo animar a una chica. Y lo digo en serio. ¡Guau!

—Esto es increíble —le dice Benton a Lucy.

Shandy se vuelve entre los brazos de Marino y le besa, le besa en toda la boca allí mismo, en pleno depósito, y por un instante Benton cree que van a hacerlo en el pasillo.

Pero entonces:

—Venga, ahora prueba conmigo —le dice Marino.

En otro cuadrante de la pantalla, Benton ve a Lucious pasar las páginas del registro del depósito.

Cuando Marino se da la vuelta, su excitación salta a la vista. Shandy apenas puede rodearlo con los brazos, y se echa a reír. Él pone sus manazas encima de las de ella y la ayuda a empujar al tiempo que le dice:

—En serio. Si alguna vez me ves ahogarme, aprieta así. ¡Fuerte! —Se lo demuestra—. Se trata de expulsar el aire para que lo que está atascado también salga despedido.

Ella desliza las manos hacia abajo y vuelve a cogerlo, y Marino la aparta y le da la espalda a Lucious cuando éste sale de la sala de autopsias.

—¿Ya ha descubierto algo sobre el niño muerto? —Lucious se propina un golpe con la goma elástica en torno a la muñeca—. Bueno, supongo que no, porque en el Registro de Fallecidos aparece como «indeterminado».

—Así quedó registrado cuando lo trajeron. Qué, ¿has estado fisgando en el registro? —Marino tiene un aspecto ridículo, vuelto de espaldas a Lucious.

—Salta a la vista que ella es incapaz de ocuparse de un caso tan complicado. Es una pena que no lo trajera yo. Podría haber sido de ayuda. Sé más sobre el cuerpo humano que cualquier médico. —Se desplaza hacia un lado y se queda mirando la entrepierna de Marino—. Bueno, vaya, vaya...

—Tú no sabes una mierda y ya puedes callarte con lo del crío muerto —replica Marino sin miramientos—. Y también con lo de la doctora. Y puedes irte a tomar por culo de aquí.

—¿Te refieres al niño del otro día? —tercia Shandy.

Lucious sale traqueteando con su camilla. El cadáver que acaba de traer queda en la otra camilla en medio de la entrada, delante de la puerta de la cámara frigorífica de acero inoxidable. Marino —cuya excitación sigue siendo evidente— la abre e introduce la camilla, que se niega a cooperar.

—Madre mía —le dice Benton a Lucy.

—¿Va de Viagra o algo así? —La voz de ella en su oído.

—¿Por qué coño no compráis un carro nuevo, o como se llame eso? —dice Shandy.

—La doctora no derrocha dinero.

—Así que además es tacaña. Seguro que no te paga una mierda.

—Si necesitamos algo, lo consigue, pero no derrocha dinero. No es como Lucy, que incluso sería capaz de comprar China.

—Siempre te yergues para defender a la Gran Jefa, ¿verdad? Pero no como te yergues conmigo, cariño. —Shandy lo acaricia.

—Me parece que voy a vomitar. —La voz de Lucy.

Shandy entra en la estancia refrigerada para echar un buen

vistazo al interior. La corriente de aire frío resulta audible por los altavoces de Benton.

Una cámara en la zona de carga muestra a Lucious, que se pone al volante de su coche fúnebre.

—¿Una víctima de asesinato? —pregunta Shandy sobre la entrega más reciente, y luego mira al rincón donde está el cadáver del niño, embolsado—. Cuéntame algo sobre el niño.

Lucious Meddick se pone en marcha con un retumbo de motor y la puerta de la zona de carga se cierra a su espalda con tal estruendo que parece un accidente de circulación.

—Causas naturales —dice Marino—. Una anciana oriental, de ochenta y cinco años o así.

—¿Cómo es que la envían aquí si ha muerto por causas naturales?

—Porque el juez de instrucción lo dispuso así. ¿Por qué? No tengo ni zorra idea. La doctora sólo me ha dicho que esté aquí. Sólo sé eso. Parece un infarto de lo más claro. Algo me huele mal. —Hace una mueca.

—Vamos a echar un vistazo —propone Shandy—. Venga, sólo un vistacito.

Benton los observa en la pantalla, ve a Marino abrir la cremallera de la bolsa y a Shandy retroceder asqueada, dar un salto hacia atrás y taparse la boca y la nariz.

—Es lo que te mereces. —La voz de Lucy al tiempo que enfoca el *zoom* sobre el cadáver: en proceso de descomposición, abotargado por gases, el abdomen verdoso. Benton conoce perfectamente ese olor, un hedor pútrido de lo más característico que se aferra al aire y el paladar.

—Joder —se queja Marino, y cierra la cremallera de la bolsa—. Probablemente llevaba tirada en el suelo varios días y el maldito juez de instrucción del condado de Beaufort no quería vérselas con ella. Lo has respirado hasta los pulmones, ¿eh? —Se ríe de Shandy—. Y tú que creías que mi trabajo era coser y cantar.

Shandy se acerca al rincón donde está el cuerpecillo embolsado. Se queda inmóvil, mirándolo.

—No lo hagas. —La voz de Lucy resuena en el oído de Benton, pero le está hablando a la imagen de Marino en la pantalla.

—Apuesto a que sé lo que hay en esta bolsita —dice Shandy, y resulta difícil oírla.

Marino sale de la cámara de refrigeración.

—Sal, Shandy. Ahora mismo.

—¿Qué vas a hacer? ¿Encerrarme aquí? Venga, Pete. Abre esta bolsita. Ya sé que es el niño muerto del que estabais hablando tú y el bicho raro de la funeraria. Me enteré de lo del crío en las noticias. Así que sigue aquí. ¿Cómo es eso? Pobrecillo, tan solo y frío en esta cámara.

—Se le ha ido la olla —dice Benton—. Se le ha ido la olla del todo.

—Más vale que no veas eso —le dice Marino, que vuelve a entrar en la cámara.

—¿Por qué no? Ese niño que encontraron en Hilton Head. El que no paraba de salir en las noticias —repite—. Lo sabía. ¿Por qué sigue aquí? ¿Saben quién lo hizo? —Sigue junto a la bolsita negra encima de la camilla plegable.

—No tenemos ni pajolera idea. Por eso sigue aquí. Venga. —Le hace una señal, y resulta difícil oírles.

—Déjame verlo.

—No lo hagas. —La voz de Lucy, hablando con la imagen de Marino—. No la jodas, Marino.

—Más vale que no lo hagas —le dice Pete a Shandy.

—Puedo soportarlo. Tengo derecho a verlo, porque se supone que no debes tener secretos conmigo. Nos ceñimos a esa regla. Así que demuéstrame ahora mismo que no guardas ningún secreto. —No puede apartar la mirada de la bolsa.

—Nanay. En asuntos así, esa regla no cuenta.

—Claro que cuenta. Más vale que te des prisa, me estoy quedando fría como un cadáver aquí dentro.

—Si la doctora llega a enterarse...

—Ya estamos otra vez. Te acojona como si fuera tu dueña. ¿Qué es eso tan chungo que crees que no puedo ver? —le dice Shandy con furia, casi a gritos mientras se abraza el cuerpo de tanto frío como tiene—. Seguro que no huele tan mal como esa vieja.

—Está despellejado y sin globos oculares —le explica Marino.

—Oh, no —dice Benton, y se frota la cara.

—¡No me vengas con cuentos! —exclama Shandy—. ¡No te atrevas a tomarme el pelo! ¡Déjame verlo ahora mismo! ¡Estoy más que harta de que te conviertas en un pringadillo cada vez que ella te dice algo!

—No tiene nada de gracioso, créeme. Lo que ocurre en este lugar no es ninguna broma. No hago más que decírtelo una y otra vez. No tienes ni idea de con qué tengo que vérmelas.

—Bueno, hay que ver para creer. Pensar que tu Gran Jefa sea capaz de hacer algo así: despellejar a un crío y sacarle los ojos... Siempre dices que trata a los muertos con delicadeza. —Y con tono de resentimiento—: A mí me parece que es una nazi. Los nazis despellejaban a la gente para hacer pantallas de lámpara.

—A veces la única manera de distinguir si las zonas oscuras o rojizas son auténticas magulladuras consiste en mirar la piel por dentro para tener la seguridad de que se trata de vasos sanguíneos rotos, en otras palabras, magulladuras o lo que denominamos contusiones, y no una consecuencia del lívor mortis —dicta cátedra Marino.

—Esto es increíble —suena la voz de Lucy en el oído de Benton—. Así que ahora el médico forense en jefe es él.

—No es tan increíble —la corrige Benton—. Ocurre que se siente tremendamente inseguro, amenazado, resentido. Lo compensa en exceso y no consigue más que descompensarse. No sé qué mosca le ha picado.

—Lo que le ha picado sois tú y tía Kay.

—¿Consecuencia de qué? —Shandy mira fijamente la bolsita negra.

—De cuando se te detiene la circulación y la sangre se asienta y hace que la piel se ponga roja en algunos sitios. Puede parecer una magulladura reciente. Pero puede haber otras razones para que ciertas cosas tengan aspecto de lesiones, lo que denominamos hallazgos post mórtem. Es complicado —dice Marino, dándose importancia—. Así que, para asegurarse, hay que retirar la piel, ya sabes, con un escalpelo —corta el aire con unos movimientos veloces— para ver el envés. En este caso eran magulladuras, sin duda. El pobrecillo estaba magullado de la cabeza a los pies.

—Pero ¿por qué sacarle los ojos?

—Para realizar más análisis en busca de hemorragias como las que se producen si sacudes a un niño en el aire, cosas así. Lo mismo con el cerebro. Está en un cubo lleno de formalina, no aquí, sino en una facultad de medicina donde realizan análisis especiales.

—Ay, Dios mío. ¿Su cerebro está en un cubo?

—Es lo que hay que hacer, sumergirlo en una sustancia química para que no se descomponga y pueda analizarse mejor. Es algo parecido a embalsamarlo.

—Vaya, sí que sabes. Deberías ser tú el médico por aquí, y no ella. Déjame verlo.

Todo eso dentro de la cámara de refrigeración, con la puerta abierta de par en par.

—Llevo haciendo esto prácticamente tantos años como los que tienes tú —le dice Marino—. Claro que podría haber sido médico, pero ¿quién coño quiere pasarse tanto tiempo estudiando? Además, ¿quién querría estar en su lugar? La doctora no tiene vida propia. No tiene a nadie salvo a los muertos.

—Quiero verlo —exige Shandy.

—Maldita sea, no sé por qué —dice Marino—, pero no puedo estar dentro de una maldita cámara sin que me muera por fumar un pitillo.

Shandy hurga en el bolsillo del chaleco de cuero debajo de la bata y saca un paquete y el mechero.

—Me parece increíble que alguien pueda hacerle algo así a un crío. Tengo que verlo. Estoy aquí, enséñamelo. —Enciende dos cigarrillos y fuman.

—Una manipuladora casi retrasada mental —dice Benton—. Está vez Marino se ha buscado un lío de los buenos.

Marino hace rodar la camilla para sacarla de la cámara. Abre la cremallera; se oye el ligero crujir del plástico. Lucy cierra el *zoom* al máximo sobre Shandy, que exhala humo y mira con los ojos como platos el cadáver de la criatura.

Un cuerpecillo demacrado, cortado en pulcras líneas rectas desde la barbilla a los genitales, de los hombros a las manos, de las caderas a los dedos de los pies, el pecho abierto como una sandía vaciada. Los órganos han desaparecido, y tiene la piel retirada del cuerpo y extendida en tiras que dejan al descubierto racimos de hemorragias púrpura oscuro de diversa antigüedad y gravedad, así como desgarros y fracturas en cartílagos y huesos. Los ojos son huecos vacíos por los que se ve el interior de la calavera.

Shandy grita:

—¡Odio a esa mujer! ¡La odio! ¡Cómo ha podido hacerle esto! ¡Destripado y despellejado como un ciervo! ¡Cómo puedes trabajar para esa puta psicópata!

—Cálmate. Deja de gritar. —Marino cierra la cremallera y vuelve a introducir la camilla en la cámara para luego cerrar la puerta—. Te lo advertí. Hay ciertas cosas que la gente no tiene por qué ver. Puedes acabar con estrés postraumático después de algo así.

—Ahora seguiré viéndolo en mi cabeza, justo así. Puta psicópata. Maldita nazi.

—No te vayas de la lengua con esto, ¿me oyes? —le advierte Marino.

—¿Cómo puedes trabajar para alguien así?

—Cállate. Lo digo en serio —insiste Marino—. Yo la ayudé con la autopsia, y te aseguro que no soy ningún nazi. Eso es lo que ocurre. A la gente le dan por saco dos veces cuando la asesinan. —Le quita la bata a Shandy y la dobla con ademanes precipitados—. A ese crío probablemente lo asesinaron el día en que nació. No le importaba a nadie una mierda, y el resultado es éste.

—¿Qué sabes tú de la vida? La gente como tú os creéis que lo sabéis todo de todo el mundo, cuando lo único que veis es lo que queda cuando nos troceáis como carniceros.

—Tú pediste verlo. —Marino se está enfadando—. Así que cállate y no me llames carnicero.

Deja a Shandy en el pasillo, devuelve la bata a la taquilla de Scarpetta y conecta la alarma. La cámara en la zona de carga los capta a ellos y también la enorme puerta de acceso que chirría y emite un seco sonido metálico.

La voz de Lucy. Tendrá que ser Benton quien informe a Scarpetta del paseíto de Marino, de la traición que podría destruirla si llegaran a enterarse los medios de comunicación. Lucy va camino del aeropuerto y no regresará hasta última hora del día siguiente. Benton no pregunta. Está casi seguro de saberlo ya, aunque ella no se lo haya dicho. Entonces le cuenta lo de la doctora Self, lo de sus correos a Marino.

Benton no hace ningún comentario. No puede. En la pantalla de vídeo, Marino y Shandy Snook se alejan montados en sus motos.

5

Traqueteo de ruedas de metal sobre suelo de baldosa.

Se abre la puerta de la cámara frigorífica con un reacio chasquido como de ventosa. Scarpetta es inmune al aire frío y el hedor a muerte congelada mientras empuja el carro de acero sobre el que va la bolsita negra para restos humanos. Atada a la corredera de la cremallera hay una etiqueta de las que se cuelgan del dedo del pie, en la que se lee, escrito con tinta negra: «Desconocido», la fecha «30-4-07» y la firma del empleado de la funeraria que transportó el cadáver. En el registro del depósito Scarpetta anotó a «Desconocido» como «varón», «entre cinco y diez años», un «homicidio» de «isla de Hilton Head, a dos horas en coche de Charleston. Es de raza mixta: treinta y cuatro por ciento subsahariano y sesenta y seis por ciento europeo.

Las entradas en el registro siempre las hace ella, y está indignada por lo que ha descubierto al llegar horas antes: que el caso de esa mañana ya había sido registrado, es de suponer que por Lucious Meddick. Increíblemente, se ha tomado la libertad de decidir que la anciana que traía era un óbito «natural» causado por un «paro cardiorrespiratorio». Vaya imbécil presuntuoso. Todo el mundo muere de paro cardiorrespiratorio. Tanto si recibes un disparo como si eres atropellado por un coche o golpeado con un bate de béisbol, la muerte se produce cuando el corazón y los pulmones dejan de funcionar. No tenía derecho ni razones para llegar a la conclusión de que la muerte era natural. Aún no se ha llevado a cabo la autopsia, y no entra dentro de las responsabilidades ni de la jurisdicción legal de ese tipo decidir nada, maldita sea. No es patólogo forense. No debería haber tocado el registro del depósito. No alcanza a imaginar por qué Marino puede haberle dejado entrar en la sala de autopsias y luego haberlo perdido de vista.

Su aliento se convierte en vaho mientras coge una tablilla con sujetapapeles de un carro y cumplimenta la información de «Desconocido», así como la hora y la fecha. Su frustración resulta tan palpable como el frío. A pesar de sus esfuerzos obsesivos, no sabe dónde murió el niño, aunque sospecha que no muy lejos de donde lo encontraron. No sabe su edad exacta. No sabe cómo transportó el cadáver su asesino, aunque tiene la hipótesis de que fue en una embarcación. No ha aparecido ningún testigo, y los únicos vestigios que ha recuperado son unas fibras de algodón blanco, supuestamente de la sábana en que lo envolvió el juez de instrucción del condado de Beaufort antes de meterlo en una bolsa para restos humanos.

La arena, la sal y los fragmentos de conchas y restos de plantas en los orificios y la piel del niño son autóctonos de las marismas donde su cadáver desnudo y en descomposición estaba boca abajo, entre la tierra húmeda y oscura y la hierba dentada característica de la zona. Tras días de servirse de todo procedimiento capaz de hacer que su cadáver le hable, éste no le ha ofrecido sino unas pocas revelaciones dolorosas. El estómago tubular y la demacración indican que pasó hambre durante semanas, posiblemente meses. Las uñas levemente deformadas indican que crecieron de nuevo a distintas edades, lo que sugiere repetidos traumatismos por contusión o alguna otra clase de tortura sufrida por los diminutos dedos de pies y manos. Las sutiles marcas rojizas por todo el cuerpo dan a entender que fue brutalmente golpeado con un cinturón ancho con una gran hebilla cuadrada. Las incisiones, la retracción de la piel y los análisis microscópicos han revelados hemorragias del tejido blando desde la coronilla hasta la planta de los piececillos. Falleció por exanguinación interna: se desangró hasta morir sin derramar una sola gota por fuera, una metáfora, cabría pensar, de su vida invisible y desgraciada.

Scarpetta ha conservado muestras de sus órganos y lesiones en frascos de formalina, y enviado el cerebro y los ojos para que realicen análisis especiales. Ha hecho cientos de fotografías y notificado a la Interpol por si se hubiera denunciado su desaparición en otro país. Las huellas de manos y pies han sido registradas en el Sistema de Identificación de Huellas Automatizado Integrado (SIHAI) y su perfil de ADN en el Sistema Indexado de ADN Combinado (SIAC), y toda esta información ha quedado registrada en la base de datos del Centro Nacional para Niños Desaparecidos y Víctimas de Abusos. Como es natural, ahora Lucy está indagando en las profundidades de internet. Hasta el momento no tiene ninguna pista, ninguna concordancia, lo que sugiere que no fue raptado, no se perdió, no se escapó y acabó en manos de un sádico desconocido. Lo más probable es que fuera maltratado hasta morir por el padre u otro pariente, un tutor o supuesto cuidador que dejó su cadáver en un área remota para ocultar su crimen. Ocurre continuamente.

Scarpetta no puede hacer nada más desde el punto de vista médico o científico, pero no está dispuesta a darse por vencida. No retirarán la carne ni empaquetarán sus huesos en una caja; ni pensar en una fosa común. Hasta que sea identificado se quedará con ella, transferido de la cámara a una suerte de cápsula del tiempo, un frigorífico aislado con poliuretano a una temperatura de 65 °C bajo cero. Si fuera necesario, puede quedarse con ella durante años. Cierra la pesada puerta de acero de la cámara y sale al luminoso pasillo desodorizado mientras se desata la bata quirúrgica y se quita los guantes. Las fundas desechables para los zapatos emiten un siseo quedo y fugaz al rozar el impoluto suelo de baldosas.

Desde su habitación con vistas, la doctora Self habla de nuevo con Jackie Minor, ya que Benton no se ha molestado aún en devolverle la llamada y son casi las dos de la tarde.

—Está perfectamente al tanto de que tenemos que ocuparnos del asunto. ¿Por qué crees que se ha quedado este fin de semana y te ha pedido que vengas? Por cierto, ¿te pagan las horas extras? —La doctora Self no muestra su ira.

—Me he dado cuenta de que había un VIP de repente. Eso es lo único que suelen decirnos cuando se trata de alguien famoso. Aquí vienen muchos famosos. ¿Cómo averiguó lo de la investigación? —indaga Jackie—. Se lo pregunto porque debo mantenerme al corriente para averiguar cuál es la publicidad más efectiva. Ya sabe, anuncios en prensa y radio, los carteles, la recomendación de otra persona.

—Lo averigüé por un anuncio en el edificio de administración; se pedían voluntarios. Es lo primero que vi al ingresar, y ahora tengo la sensación de que eso fue hace mucho tiempo. Pensé: bueno, ¿por qué no? Pero he decidido marcharme pronto, muy pronto. Es una pena que te hayas quedado sin fin de semana.

—Bueno, es difícil encontrar voluntarios que se ajusten a los criterios de selección, especialmente los normales. Qué desperdicio. Al menos dos de cada tres no resultan normales. Pero piense en ello: si fuera usted normal, ¿para qué iba a querer venir aquí y...?

—¿... entrar a formar parte de un proyecto científico? —La doctora Self termina el comentario descerebrado de Jackie—. No creo que puedas registrarte como «normal».

—Bueno, no quería dar a entender que no lo sea usted...

—Siempre estoy dispuesta a aprender algo nuevo, y tengo una razón poco común para estar aquí —dice la doctora—. Eres consciente de lo confidencial que es esto, ¿verdad?

—He oído algo sobre que usted está aquí escondida por razones de seguridad.

—¿Te lo ha dicho el doctor Wesley?

—Es un rumor. Pero la confidencialidad se da por descontada, según el Aviso de Procedimientos en Asuntos Confidenciales de Salud, al que debemos ceñirnos. No hay ningún riesgo si es que desea marcharse, descuide.

—Bueno, eso espero.

—¿Está usted al tanto de los detalles de la investigación?

—Sólo lo que recuerdo vagamente de ese anuncio —responde la doctora.

—¿No los ha repasado el doctor Wesley con usted?

—Se lo notificaron el viernes cuando informé al doctor Maroni, que está en Italia, de que quería ofrecerme voluntaria para el estudio, pero que deberían ocuparse de mí de inmediato porque he decidido marcharme. Seguro que el doctor Wesley tiene intención de informarme rigurosamente. No sé por qué no ha llamado. Tal vez no ha recibido tu mensaje todavía.

—Se lo dije, pero está muy ocupado. Es una persona importante. Sé que tiene que grabar hoy mismo a la madre de la VIP, es decir, a su madre. Así que supongo que tiene previsto hacer eso primero. Después, estoy segura de que hablará con usted.

—Debe de ser duro para su vida personal. Tantas investigaciones y qué sé yo, que lo retienen aquí los fines de semana. Supongo que debe de tener una amante. Un hombre atractivo y de éxito como él no puede estar solo, desde luego.

—Tiene alguien en el Sur. De hecho, la sobrina de su pareja estuvo aquí hará cosa de un mes.

—Qué interesante —comenta la doctora Self.

—Vino para hacerse un escáner. Se llama Lucy. Tiene aire de agente secreta, o intenta dárselo. Sé que es empresaria informática y amiga de Josh.

—Quizá se dedica a velar por el cumplimiento de la ley —reflexiona Self—. Quizás emprende operativos secretos provistos de sofisticada tecnología. Y la supongo económicamente independiente. Qué fascinante.

—Ni siquiera habló conmigo, salvo para presentarse como Lucy, estrecharme la mano y cambiar un par de frases.

Estuvo con Josh, y luego en el despacho del doctor Wesley un buen rato, con la puerta cerrada.

—¿Qué impresión te causó?

—Muy pagada de sí misma. Yo no pasé mucho rato con ella, claro. Estaba con el doctor Wesley, con la puerta cerrada.

—Vuelve a hacer hincapié en ese particular.

«Celosa. Qué maravilla», piensa la doctora, y comenta:

—Qué bien. Deben de estar muy unidos. Parece una chica excepcional. ¿Es atractiva?

—A mí me pareció bastante masculina, si sabe a lo que me refiero. Vestida de negro de la cabeza a los pies y más bien musculosa. Apretón de manos firme, como de hombre. Y me miró directamente a los ojos con intensidad, como si sus ojos fueran rayos láser verdes. Me incomodó mucho, la verdad. No me apetecía quedarme a solas con ella, ahora que lo pienso. Las mujeres así...

—A mí me parece que se sentía atraída por ti y quería acostarse contigo antes de regresar en... ¿qué? Déjame adivinarlo: un jet privado —aventura la doctora Self—. ¿Dónde has dicho que vive?

—En Charleston, como su tía. ¿Cree que quería acostarse conmigo? Dios mío. ¿Cómo es que no me di cuenta en ese momento, cuando me estrechó la mano y me miró a los ojos? Ah, sí, me preguntó si hacía turnos muy largos, tal vez queriendo saber a qué hora salía de trabajar. Me preguntó de dónde soy. Se puso en plan íntimo. Sencillamente no me di cuenta entonces, tonta de mí.

—Quizá porque temías darte cuenta, Jackie. A mí me parece que es muy atractiva y carismática, de esas que consiguen atraer de manera casi hipnótica a una mujer heterosexual para llevársela a la cama, y tras una experiencia intensamente erótica... —Una pausa—. Te das cuenta de por qué que dos mujeres tengan relaciones sexuales, aunque una de ellas sea heterosexual, o ambas, no es nada fuera de lo común.

—Desde luego.

—¿Lees a Freud?

—Nunca me he sentido atraída por una mujer. Ni siquiera por mi compañera de habitación en la universidad. Y vivíamos juntas. Si tuviera una predisposición latente, las cosas habrían ido más lejos.

—Todo tiene que ver con el sexo, Jackie. El deseo sexual se remonta a la infancia. ¿Qué es eso que recibe tanto el niño como la niña, y luego le es negado a la mujer?

—No lo sé.

—La nutrición del pecho femenino.

—Yo no deseo esa clase de nutrición y no recuerdo nada al respecto, y sólo me interesan las tetas porque a los hombres les gustan. Son importantes por esa razón, y sólo me fijo en ellas por eso. Además, creo que a mí me dieron el biberón.

—Ya, por supuesto —dice la doctora—. Es extraño que Lucy viniera hasta aquí para hacerse un escáner. Desde luego, espero que no le ocurra nada malo.

—Sólo sé que viene un par de veces al año.

—¿Un par de veces al año?

—Eso dijo uno de los técnicos.

—Qué tragedia si le ocurriera algo. Tú y yo sabemos que no es rutinario que alguien se someta a un escáner cerebral dos veces al año. Ni siquiera una. ¿Qué más necesito saber acerca de mi escáner?

—¿Alguien le ha preguntado si tiene problemas para entrar en el imán? —pregunta Jackie con la seriedad de una experta.

—¿Problemas?

—Ya sabe. Si podría suponerle algún problema.

—No, a menos que una vez terminado el procedimiento me resulte imposible distinguir el norte del sur. Pero has hecho otra observación muy astuta. No puedo por menos de preguntarme qué efecto tiene en las personas. No estoy segura de que se haya llegado a conclusiones definitivas. La resonancia magnética no lleva mucho tiempo utilizándose de manera habitual, ¿verdad?

—Esta investigación se sirve de la RMF: Resonancia Magnética Funcional, para que podamos ver su cerebro en funcionamiento mientras escucha la grabación.

—Sí, la grabación. A mi madre le encantará grabar la cinta. Bien, ¿qué más debo esperar?

—El protocolo consiste en empezar por la ECE, la Entrevista Clínica Estructurada según la *DSM-III-R*.

—Estoy familiarizada. Sobre todo con la *DSM-IV*, la versión más reciente.

—A veces el doctor Wesley me permite llevar a cabo la ECE. No podemos realizar el escáner antes de acabar con eso, y someterse a todas esas preguntas lleva su tiempo.

—Ya hablaré de ello con el doctor cuando lo vea hoy. Y si es apropiado, le preguntaré por Lucy. No, supongo que no debería. Pero confío en que no le ocurra nada malo. Sobre todo teniendo en cuenta que parece ser muy especial para él.

—Está ocupado con otros pacientes, pero probablemente podría hacer un hueco para realizarle la ECE.

—Gracias, Jackie. Hablaré con él en cuanto me llame. Por cierto, ¿alguna vez se han observado reacciones adversas a esta fascinante investigación? Y ¿quién otorgó la subvención? ¿Has dicho que fue tu padre?

—Nos hemos encontrado con algunas personas claustrofóbicas, así que no hemos podido realizar el escáner después de tanto trabajo. Imagíneselo —dice Jackie—. Me tomo la molestia de hacerles la ECE y luego grabar a sus madres...

—Grabarlas por teléfono, supongo. Has hecho un ingente trabajo en apenas una semana.

—Es más barato y eficiente. No hay necesidad de verlas en persona. No es más que un formato estándar, lo que hace falta que digan en la grabación. No estoy autorizada a hablar de la financiación de investigaciones, pero a mi padre le va la filantropía.

—Con respecto al nuevo programa de televisión que estoy preparando, ¿te he mencionado que estoy planteándome la posibilidad de contar con asesores de producción? Has dado a entender que Lucy está relacionada con alguna clase de organismo que vela por el cumplimiento de la ley, ¿no es así? ¿O que es agente especial? También podría tenerla en cuenta, a menos que le ocurra algo grave. ¿Sabes cuántas veces se ha sometido a escáneres cerebrales en este centro?

—Lamento decir que no he seguido mucho su programa. Debido a mi horario de trabajo, sólo puedo ver la tele por la noche.

—Mi programa se emite varias veces al día: mañana, tarde y noche.

—Explorar desde el punto de vista científico la mente criminal y su comportamiento en vez de hacer entrevistas a los policías que van por ahí deteniendo a los criminales es la idea acertada. A su público le encantaría —asegura Jackie—. Le gustaría mucho más que la mayoría de lo que sale en todos esos programas de entrevistas. Creo que hacer que un experto entreviste a uno de esos asesinos psicópatas sexualmente violentos haría subir los índices de audiencia.

—De lo que debo inferir que un psicópata que viola o abusa sexualmente y asesina no tiene por qué ser necesariamente violento. Es un concepto muy original, Jackie, que me lleva a preguntarme si, por ejemplo, sólo los asesinos sexuales sociópatas son también violentos. Y siguiendo con esa hipótesis, ¿la siguiente pregunta que debemos hacernos es...?

—Pues...

—Pues tenemos que preguntarnos dónde encaja el homicidio sexual compulsivo. ¿O es que todo tiene que ver con nuestra manera de expresarnos corrientemente? Yo digo patata, tú dices papa.

—Pues...

—¿Hasta qué punto has leído a Freud y prestas atención a tus sueños? Deberías anotarlos, tener un diario en la mesilla de noche.

—Claro, en clase... bueno, lo del diario y los sueños no. Eso no lo hice en clase —responde Jackie—. En la vida real, ya nadie se interesa por Freud.

Ocho y media de la tarde, hora de Roma. Las gaviotas pasan a vuelo rasante y graznan en la noche con su aspecto de grandes murciélagos blancos.

En otras ciudades cerca de la costa, las gaviotas son un incordio durante el día pero desaparecen al oscurecer. Sin duda así ocurre en América, donde el capitán Poma ha pasado bastante tiempo. De joven frecuentaba el extranjero con su familia. Iba camino de convertirse en un hombre de mundo que hablaba otros idiomas con soltura y tenía modales impecables, así como una excelente educación. Iba a ser alguien importante, decían sus padres. En un alféizar cerca de su mesa hay dos rollizas gaviotas blancas que lo están mirando. Igual quieren el caviar beluga.

—Te pregunto dónde está ella —dice en italiano—, ¿y tu respuesta consiste en hablarme de un hombre sobre quien debería informarme? ¿No me facilitas ningún detalle? No sabes cuánto me decepcionas.

—Lo que he dicho es lo siguiente —responde el doctor Paulo Maroni, que hace años que conoce al capitán—. La doctora llevó a Drew Martin a su programa, como ya sabes. Semanas después, la doctora empezó a recibir correos electrónicos de alguien muy perturbado. Lo sé porque me lo remitió a mí.

—Paulo, por favor, necesito detalles sobre ese perturbado.

—Confiaba en que ya los tuvieras.

—No soy yo quien ha sacado el tema.

—Tú eres quien trabaja en el caso —responde Maroni—. Me da la impresión de que dispongo de más información que tú. Qué deprimente. Así que no hay nada, ¿verdad?

—Preferiría no reconocerlo públicamente. No hemos avanzado nada. Por eso es vital que me hables de ese perturbado. Tengo la sensación de que estás jugando conmigo de una manera muy extraña.

—Para obtener más detalles, tienes que hablar con ella. No es paciente suyo y puede hablar de él libremente. Suponiendo que quiera cooperar. —Tiende la mano hacia la bandeja plateada de *blinis*—. Y eso es mucho suponer.

—Entonces ayúdame a encontrarla —dice Poma—. Porque tengo la sensación de que sabes dónde está. Por eso me has llamado de repente y te has invitado a esta comida tan cara.

El doctor Maroni se echa a reír. Podría permitirse una tonelada del caviar ruso más exquisito. No es por eso por lo que está comiendo con el capitán, sino porque sabe algo y tiene razones complejas, un plan. Es típico de él: posee un gran talento para la comprensión de las tendencias y motivaciones humanas y es posiblemente el hombre más brillante que conoce el capitán, pero aun así todo un enigma, y tiene una definición de la verdad completamente propia.

—No puedo decirte dónde está —asegura Maroni.

—Lo que no significa que no lo sepas. Estás sirviéndote de tus dobles sentidos conmigo, Paulo. No es que yo sea vago, no es que no haya intentado encontrarla. Desde que averigüé que tuvo cierto trato con Drew, he hablado con gente que trabaja para ella y siempre me han contado lo mismo que se publicó en la prensa: tuvo una misteriosa emergencia familiar y nadie sabe dónde se encuentra.

—Por lógica, es imposible que nadie sepa dónde está.

—Sí, por lógica —asiente el capitán mientras extiende caviar sobre un *blini* y se lo tiende—. Tengo la sensación de que vas a ayudarme a encontrarla, porque, tal como digo, sabes dónde está, razón por la cual me llamaste y por la que ahora estás recurriendo a los dobles sentidos.

—¿Sus colaboradores le han remitido los correos en que le pides que se reúna contigo o al menos mantenga una conversación por teléfono? —indaga Maroni.

—Eso dicen. —Las gaviotas remontan el vuelo, interesadas en otra mesa—. No daré con ella siguiendo los canales habituales. No tiene ninguna intención de darme acuse de recibo, porque lo último que quiere es ser parte de una investigación. La gente podría considerarla responsable de lo ocurrido.

—No me extraña. Es una irresponsable.

El camarero encargado de servir el vino les llena las copas.

El restaurante en la azotea del Hotel Hassler es uno de los preferidos del capitán. La vista es tan maravillosa que no se cansa de ella; piensa en Kay Scarpetta y se pregunta si ella y Benton Wesley habrán comido alguna vez allí. Lo más probable es que no. Aparentaban estar demasiado ocupados para prestar atención a las cosas importantes de la vida.

—¿Sabes? Cuanto más me elude, más convencido estoy de que tiene razones para ello —añade el capitán—. Igual se trata de ese perturbado al que hizo referencia. Dime dónde encontrarla, por favor, porque creo que lo sabes.

—¿He mencionado que tenemos normas y estándares en Estados Unidos —replica Maroni—, y que los pleitos son el deporte nacional?

—Sus empleados no van a decirme si es paciente de tu hospital.

—Yo tampoco te lo diría.

—Claro que no. —El capitán sonríe. Maroni lo sabe, no le cabe la menor duda.

—No imaginas cuánto me alegra no estar allí en estos momentos —dice entonces el doctor Maroni—. Tenemos una VIP de lo más difícil en el Pabellón. Espero que Benton Wesley pueda ocuparse de ella como es debido.

—Tengo que hablar con ella. ¿Cómo puedo hacerle creer que me he enterado por medio de alguna otra fuente aparte de ti?

—No has averiguado nada de mí.

—Lo he averiguado de alguien. Exigirá saberlo.

—No has averiguado nada de mí. De hecho, eres tú quien lo ha dicho, y yo no lo he confirmado.

—¿Podríamos discutirlo hipotéticamente?

Maroni bebe un sorbo de vino.

—Prefiero el Barbaresco que tomamos la última vez.

—Normal. Costaba trescientos euros.

—Con mucho cuerpo pero también mucha frescura.

—¿El vino, o la mujer con quien estuviste anoche?

Para un hombre de su edad que come y bebe lo que le viene en gana, el doctor Maroni presenta buen aspecto y siempre tiene compañía femenina. Se le ofrecen como si fuera el dios Príapo, y no le es fiel a ninguna. Por lo general, cuando viene a Roma deja a su esposa en Massachusetts. A ella no parece importarle. Está bien cuidada, y él no se muestra exigente con respecto a sus deseos sexuales porque ella ya no da la talla y él ya no está enamorado. El capitán se niega a aceptar un destino semejante. Es un romántico, y vuelve a pensar en Scarpetta. Ella no necesita que nadie la cuide; no lo permitiría. La presencia de Scarpetta en sus pensamientos es como la luz de las velas en las mesas y las luces de la ciudad del otro lado de la ventana: lo conmueve.

—Puedo ponerme en contacto con ella en el hospital, pero exigirá saber cómo he averiguado que se encontraba allí —dice.

—La VIP, quieres decir. —El doctor Maroni vuelve a introducir una cuchara de madreperla en el caviar y saca suficiente para dos *blinis*, extiende el caviar sobre uno y se lo come—. No debes ponerte en contacto con nadie en el hospital.

—¿Y si mi fuente fuera Benton Wesley? Acaba de estar aquí y está implicado en la investigación. Y ahora la doctora es paciente suya. Me irrita que habláramos de la doctora Self la otra noche y no me dijera que es paciente suya.

—Te refieres a la VIP. Benton no es psiquiatra, y la VIP, técnicamente, no es paciente suya. Técnicamente, la VIP es paciente mía.

El capitán hace una pausa cuando aparece el camarero con los *primi piatti*: *risotto* con champiñones y parmesano; *minestrone* con pasta *quadrucci* sazonada con albahaca.

—En cualquier caso, Benton nunca divulgaría información confidencial como ésa. Sería igual que preguntarle a una piedra —asegura Maroni cuando se marcha el camarero—. Yo diría que la VIP no tardará en marcharse. Lo importante para ti es adónde irá. Dónde ha estado sólo es importante para conocer sus intenciones.

—El programa de la doctora Self se graba en Nueva York.

—Los VIP pueden ir a donde les venga en gana. Si averiguas dónde está y por qué, quizá descubras adónde piensa ir a continuación. Una fuente más verosímil sería Lucy Farinelli.

—¿Lucy Farinelli? —El capitán se muestra desconcertado.

—La sobrina de la doctora Scarpetta. Resulta que le estoy haciendo un favor, y viene al hospital bastante a menudo, de manera que podría oír rumores entre el personal.

—¿Y qué?... Ya entiendo: Lucy se lo contó a Kay, que luego me lo contó a mí. ¿Es eso?

—¿Kay? —El doctor Maroni come—. Entonces ¿has trabado amistad con ella?

—Eso espero. Con él, no tanto. Me parece que no le caigo bien.

—No le caes bien a la mayoría de los hombres, Otto, sólo a los homosexuales. Pero ya ves a qué me refiero. Si la información procede de alguien de fuera, como por ejemplo Lucy, que se lo dice a la doctora Scarpetta, quien te lo dice a ti —Maroni come el *risotto* con entusiasmo—, entonces no hay el menor inconveniente ético ni legal. Puedes empezar a seguir el rastro.

—Y la VIP sabe que Kay trabaja conmigo en el caso, ya que acaba de estar aquí en Roma y salió en las noticias. De manera que esa VIP creerá que Kay es la fuente, de forma indirecta, y entonces no habrá ningún problema. Muy bien pensado. Perfecto.

—El *risotto ai funghi* sí que es casi perfecto. ¿Qué tal el *minestrone*? Ya lo he probado —dice Maroni.

—Excelente. Esa VIP, sin poner en peligro la confidencialidad, ¿puedes decirme por qué ha ingresado en McLean?

—¿Su interpretación o la mía? La suya es la seguridad personal. La mía es que lo hizo para aprovecharse de mí. Tiene patologías tanto de primer como de segundo eje. Es bipolar de ciclo rápido y se niega a reconocerlo, y mucho menos a medicarse para estabilizar su estado de ánimo. ¿De qué trastorno mental quieres que hablemos? Tiene muchos. Lamento decir que la gente con trastornos mentales rara vez cambia.

—Así que algo le provocó una crisis. ¿Es su primera hospitalización por razones psiquiátricas? He estado investigando. Está en contra de la medicación y cree que todos los problemas del mundo podrían arreglarse siguiendo sus consejos, lo que ella denomina «herramientas».

—La VIP no tiene historial conocido de ingresos hospitalarios anteriores a éste. Ahora empiezas a plantear las preguntas importantes. No dónde está, sino por qué. No puedo decirte dónde está ella. Lo que puedo decirte es dónde está la VIP.

—¿Le ocurrió algo traumático a tu VIP?

—Esta VIP recibió un correo electrónico de un loco. Curiosamente, del mismo loco sobre el que me habló la doctora Self el otoño pasado.

—Tengo que hablar con ella.

—¿Con quién?

—De acuerdo. ¿Podríamos hablar de la doctora Self?

—Vamos a cambiar la conversación de la VIP a la doctora Self.

—Cuéntame algo más sobre ese perturbado.

—Como he dicho, es una persona a la que traté varias veces en mi consulta aquí.

—No voy a preguntarte el nombre de ese paciente.

—Bien, porque no lo sé. Pagó en metálico. Y mintió.

—¿No tienes idea de su nombre auténtico?

—A diferencia de ti, no investigo a mis pacientes ni exijo pruebas de su auténtica identidad —responde el doctor Maroni.

—Entonces ¿cuál era su nombre falso?

—No puedo decirlo.

—¿Por qué se puso en contacto contigo la doctora Self en relación con ese individuo? ¿Y cuándo?

—A principios de octubre. Dijo que le estaba enviando correos y que le parecía conveniente remitirlo a otro profesional, tal como he dicho.

—Entonces, ella es responsable al menos en cierta medida, si reconoció que la situación excedía su competencia —señala Poma.

—Ahí es donde, tal vez, no la entiendes. Ella sería incapaz de concebir que algo excede su competencia. No quería tomarse la molestia de tratarlo, y teniendo en cuenta su ego maníaco, no pudo resistirse a remitírselo a un psiquiatra galardonado con el Nobel que forma parte del profesorado de la Facultad de Medicina de Harvard. Le resultó grato causarme molestias, tal como ha hecho en muchas ocasiones. Tiene razones para ello. Como mínimo, probablemente sabía que yo no tendría éxito. El paciente es intratable. —Maroni estudia el vino como si contuviera alguna respuesta.

—Dime una cosa —se interesa el capitán—. Si es intratable, ¿no estás de acuerdo en que eso también justifica lo que estoy pensando? Es un individuo muy anómalo que podría estar haciendo cosas muy anómalas. Le ha enviado correos a la doctora Self. Es posible que le enviara el correo que te mencionó a su ingreso en McLean.

—Te refieres a la VIP. Yo no he dicho en ningún momento que la doctora Self esté en McLean, pero si lo estuviera, sin duda deberías averiguar exactamente por qué. Me parece que eso es lo que importa. Me estoy repitiendo como un disco rayado.

—Es posible que ese individuo enviara a la VIP el correo que la afectó hasta el punto de hacerle esconderse en tu hospital. Tenemos que localizarlo y asegurarnos al menos de que no es un asesino.

—No tengo la menor idea de cómo hacerlo. Tal como he dicho, no podría empezar siquiera a decirte quién es, aparte de que es norteamericano y estuvo destinado a Irak.

—¿Cuál dijo que era su propósito al venir a verte aquí en Roma? Desde luego, es un buen trecho para ir a una consulta.

—Sufría síndrome de estrés postraumático. Por lo visto, tiene relación con alguien en Italia. Me contó una historia de lo más inquietante sobre una joven con la que pasó un día el verano pasado. Un cadáver descubierto en Bari. Seguro que recuerdas el caso.

—¿La turista canadiense? —dice el capitán, sorprendido—. Joder.

—Esa misma. Sólo que al principio no pudieron identificarla.

—Estaba desnuda, gravemente mutilada.

—No como Drew Martin, por lo que me has contado. No le hicieron lo mismo en los ojos.

—También le faltaban buenos trozos de carne.

—Sí. En un primer momento se supuso que era una prostituta atropellada o lanzada de un coche en marcha, lo que explicaría esas heridas —dice Maroni—. La autopsia indicó que no era así. Se llevó a cabo de manera muy competente, si bien en condiciones muy primitivas. Ya sabes cómo van estas cosas en áreas remotas donde no hay dinero.

—Especialmente si se trata de una prostituta. Le hicieron la autopsia en un cementerio. Si no se hubiera informado de la desaparición de una turista canadiense por esas mismas fechas, es posible que la hubieran enterrado en el cementerio, sin identificar —recuerda Poma.

—Se llegó a la conclusión de que le habían arrancado la carne con alguna clase de cuchillo o sierra.

—¿Y no vas a contarme todo lo que sabes acerca de ese paciente que pagó en metálico y mintió sobre su nombre? —protesta el capitán—. Debes de tener notas que podrías poner en mi conocimiento, ¿no?

—Imposible. Lo que me dijo no prueba nada.

—¿Y si es el asesino, Paulo?

—Si dispusiera de más pruebas, te lo diría. Lo único que tengo son sus retorcidas historias y la incómoda sensación que me embargó cuando se pusieron en contacto conmigo para informarme del asesinato de la prostituta que resultó ser la canadiense desaparecida.

—¿Se pusieron en contacto contigo? ¿Para qué? ¿Para pedirte tu opinión? Vaya.

—Se ocupó del caso la policía nacional, no los Carabinieri. Ofrezco asesoría gratuita a mucha gente. En resumen, este paciente no volvió a verme, y no podría decirte dónde está —asegura Maroni.

—No puedes o no quieres.

—No puedo.

—¿No ves que cabe la posibilidad de que sea el asesino de Drew Martin? Fue la doctora Self quien te lo remitió, y de pronto se oculta en tu hospital por causa del correo de un perturbado.

—Ahora te obstinas con el asunto y vuelves a hablar de la VIP. Yo no he dicho que la doctora Self sea paciente del hospital. Pero la motivación para ocultarse es más importante que el hecho de ocultarse en sí.

—Si pudiera cavar con una pala dentro de tu cabeza, Paulo, a saber qué encontraría.

—*Risotto* y vino.

—Si conoces algún detalle que pueda sernos útil para la investigación, no coincido con tu secretismo —le recrimina el capitán, y luego calla porque el camarero se dirige hacia ellos.

El doctor Maroni pide ver el menú de nuevo, aunque a estas alturas ya lo ha probado todo porque come allí a menudo. El capitán, que no quiere el menú, le recomienda langosta espinosa mediterránea a la parrilla, seguida de ensalada y quesos italianos.

La gaviota macho regresa sola y se queda mirando por la ventana mientras eriza el lustroso plumaje blanco. Más allá espejean las luces de la ciudad y la cúpula dorada de San Pedro, que parece una corona.

—Otto, si violo la confidencialidad con pruebas tan escasas y me equivoco, mi carrera se va al garete —dice finalmente Maroni—. No tengo una razón legítima para dar a la policía más detalles sobre él. Sería una terrible imprudencia por mi parte.

—¿Así que sacas a colación el asunto de quién puede ser el

asesino y luego cierras la puerta? —dice desesperado Poma, que se apoya en la mesa.

—Yo no he abierto esa puerta. Lo único que he hecho ha sido señalártela.

Absorta en su trabajo, Scarpetta se sobresalta cuando la alarma de su reloj de pulsera empieza a sonar a las tres menos cuarto.

Termina de suturar la incisión en Y de la anciana en proceso de descomposición cuya autopsia era innecesaria. Placa aterosclerótica. Causa de la muerte, como cabía esperar, cardiopatía arteriosclerótica. Se quita los guantes y los tira a un cubo rojo para residuos de riesgo biológico, y luego llama a Rose.

—Subo en un minuto —le dice—. Si puedes ponerte en contacto con los Meddick, diles que está lista para que pasen a recogerla.

—Ahora mismo bajaba a buscarte —responde Rose—. Temía que te hubieras quedado encerrada en la cámara frigorífica. —Una vieja broma—. Benton está intentando localizarte. Dice que mires el correo electrónico cuando, y cito sus palabras, estés sola y serena.

—Suenas peor que ayer. Más congestionada.

—Es posible que tenga un poco de catarro.

—He oído la moto de Marino hace un rato. Y alguien ha estado fumando aquí. Hasta mi bata apesta a humo.

—Qué raro.

—¿Dónde está Marino? Sería un detalle por su parte que hiciera un hueco para ayudarme aquí abajo.

—En la cocina —contesta Rose.

Guantes nuevos, y Scarpetta traslada el cadáver de la anciana de la mesa de autopsias a la resistente bolsa de vinilo forrada de tela encima de una camilla con ruedas, que empuja dentro de la cámara refrigerada. Limpia con la manguera la zona de trabajo y mete en la nevera tubos de fluido vítreo, orina, bilis y sangre, así como un recipiente con órganos seccionados para posteriores análisis toxicológicos y pruebas histológicas. Las cartulinas con manchas de sangre quedan a secar bajo una campana de cristal: se incluyen muestras para pruebas de ADN en el expediente de cada caso. Tras fregar el suelo, limpiar los instrumentos quirúrgicos y los fregaderos y reunir los documentos para su posterior dictado, está lista para ocuparse de su propia higiene.

Al fondo de la sala de autopsias hay taquillas de oreo con filtros de carbono y partículas de aire de alta eficacia en las prendas ensangrentadas y manchadas antes de ser empaquetadas como prueba y enviadas a los laboratorios. Luego hay una zona de almacenaje, después un lavadero y por último el vestuario, dividido por un tabique de cristal de pavés: un lado para hombres, el otro para mujeres. Teniendo en cuenta que ha abierto su consulta en Charleston hace poco, sólo cuenta con Marino como ayudante en el depósito. Él tiene su lado del vestuario y ella el otro, y siempre la embarga una sensación incómoda cuando los dos se están duchando al mismo tiempo y lo oye y ve los cambios de luminosidad a través del grueso vidrio verde translúcido conforme Marino se mueve.

Scarpetta entra en su lado del vestuario y cierra la puerta con pestillo, se quita las fundas desechables para los zapatos, el delantal, el gorro y la mascarilla, los tira a un cubo para residuos de riesgo biológico y después deja la bata quirúrgica en un cesto. Se ducha con jabón bactericida, luego se pasa el secador por el pelo y vuelve a ponerse el traje y los zapatos de suela plana. Regresa al pasillo y va hasta una puerta al otro lado de la cual hay un empinado tramo de escaleras de roble gastado que lleva directamente a la cocina, donde Marino está abriendo una lata de Pepsi *light*.

Él la mira de arriba abajo.

—Vaya, qué elegancia —comenta—. ¿Has olvidado que es domingo y piensas que tienes que ir a los tribunales? Ya puedo despedirme del viajecito a Myrtle Beach. —Su cara colorada y sin afeitar delata una larga noche de juerga.

—Considéralo un regalo. Otro día de vida. —Scarpetta detesta las motos—. Además, hace mal tiempo y se supone que empeorará.

—Alguna vez conseguiré que te montes en mi Indian Chief Roadmaster y entonces te engancharás y suplicarás que vuelva a dejarte montar.

La idea de estar a horcajadas en esa moto tan grande, con los brazos en torno a Marino y su cuerpo pegado al de él, le resulta repugnante, y él lo sabe. Es su jefa, y en muchos aspectos lo ha sido durante casi veinte años, y eso ya no parece hacerle gracia. Sin duda los dos han cambiado. Desde luego han pasado por buenas y malas épocas, pero en los últimos años, sobre todo de un tiempo a esta parte, el respeto de Marino por ella y por su propio trabajo se ha ido tornando cada vez más irreconocible, y ahora esto. Scarpetta piensa en los correos electrónicos de la doctora Self y se pregunta si él da por sentado que ella los ha visto. Piensa en la especie de juego en que lo está metiendo la doctora Self, un juego que él no entenderá y en el que está destinado a salir perdiendo.

—Te he oído llegar. Es evidente que has vuelto a aparcar la moto en la zona de carga —le dice—. Si la golpea un coche fúnebre o una camioneta —le recuerda—, la responsabilidad será tuya, y no voy a compadecerme.

—Si recibe algún golpe, entrará un cadáver de más en el depósito, el del gilipollas de la funeraria que no miraba por dónde iba.

La moto de Marino, con sus tubos de escape capaces de romper la barrera del sonido, se ha convertido en otro motivo de disensión. Va con ella a los escenarios de crímenes, a los tribunales, a urgencias en los hospitales, a bufetes de abogados, a domicilios de testigos. En la consulta, se niega a dejarla en el aparcamiento y la mete en la zona de carga, que es para la entrega de cadáveres, no para vehículos particulares.

—¿No ha llegado todavía el señor Grant? —pregunta Scarpetta.

—Ha venido en su mierda de furgoneta con su mierda de

barca de pesca, redes para pescar camarones, cubos y demás porquería en el remolque. Es un hijoputa grande de la hostia, negro como el carbón. Nunca he visto negros tan negros como aquí. Ni gota de leche en el café. No como en nuestro viejo terruño en Virginia, donde Thomas Jefferson se acostaba con el servicio.

Scarpetta no está de humor para entrar al trapo de sus provocaciones.

—¿Está en mi despacho? Porque no quiero hacerle esperar.

—No entiendo por qué te has vestido para recibirlo como si fuera un abogado o un juez, o fueses a la iglesia —dice Marino.

Ella se pregunta si lo que espera en realidad es que se haya puesto elegante para él, quizá creyendo que ella ha leído los correos de la doctora Self y está celosa.

—Reunirme con él es tan importante como reunirme con cualquiera —responde ella—. Siempre nos mostramos respetuosos, ¿recuerdas?

Marino huele a tabaco y alcohol, y cuando «su química se desequilibra», como a menudo dice Scarpetta de un tiempo a esta parte restándole importancia, sus profundas inseguridades hacen que su mal comportamiento meta la directa, problema que se convierte en una amenaza considerable debido a su extraordinario físico. A los cincuenta y tantos años, lleva al rape lo que le queda de pelo, suele vestir ropa negra de motero y voluminosass botas, y últimamente un llamativo colgante con un dólar de plata. Es un fanático de la halterofilia, con un pecho tan ancho que se le ha oído jactarse de que hacen falta dos aparatos de rayos X para hacer una radiografía de sus pulmones. En una etapa muy anterior de su vida, de acuerdo con fotografías que ha visto Scarpetta, fue guapo a su modo rudo y viril, y aún podría resultar atractivo si no fuera por su aire grosero, desaseado y áspero, que a estas alturas de su vida no puede achacarse a una infancia difícil en una de las zonas más duras de Nueva Jersey.

—No sé por qué sigues abrigando la fantasía de que lograrás engañarme —le reprende Scarpetta, desviando la conversación del ridículo tema de cómo va vestida y por qué—. Anoche, y a todas luces en el depósito.

—¿Engañarte con qué? —Otro trago de la lata.

—Cuando te echas tanta colonia para disimular el olor a tabaco, lo único que consigues es provocarme dolor de cabeza.

—¿Eh? —Eructa sin hacer ruido.

—A ver si lo adivino, pasaste la noche en el Kick'N Horse.

—Ese antro está lleno de humo. —Encoge sus enormes hombros.

—Y seguro que tú no tuviste nada que ver. Estuviste fumando en el depósito, en la cámara frigorífica. Hasta la bata quirúrgica que me he puesto olía a tabaco. ¿También fumaste en mi vestuario?

—Probablemente se coló desde mi lado. El humo, quiero decir. Es posible que entrara con el cigarrillo en la mano. No lo recuerdo.

—Sé que no quieres contraer cáncer de pulmón.

Desvía la mirada tal como suele hacer cuando cierto tema de conversación le resulta incómodo, y opta por abortarlo.

—¿Has encontrado algo nuevo? No me refiero a la vieja, que no debería haber sido enviada aquí sólo porque el juez de instrucción no quería vérselas con un apestoso cuerpo medio descompuesto, sino al crío.

—Lo he dejado en la cámara. Ahora mismo no podemos hacer nada más.

—No lo soporto cuando se trata de niños. Si me entero de quién se cargó a ese crío allá abajo, soy capaz de matarlo, de hacerlo pedazos con mis propias manos.

—No amenaces con matar a nadie, por favor. —Rose está en el umbral con una expresión extraña.

Scarpetta no está segura de cuánto lleva ahí.

—No es ninguna amenaza —asegura Marino.

—Por eso exactamente lo he mencionado. —Rose entra en la cocina hecha un brazo de mar, según su anticuada expresión, con traje azul y el cabello blanco recogido en la nuca en un rodete francés. Parece agotada y tiene las pupilas contraídas.

—¿Ya estás sermoneándome otra vez? —le dice Marino con un guiño.

—A ti te hacen falta un par de buenos sermones, o tres o cuatro —replica ella al tiempo que se sirve una taza de café bien cargado, una «mala» costumbre a la que renunció hace cosa de un año y en la que, por lo visto, ha recaído—. Y por si lo has olvidado —lo mira fijamente por encima del borde de la taza—, ya mataste a alguien. Así que no deberías proferir amenazas. —Se apoya en la encimera y respira hondo.

—Ya te lo he dicho. No es ninguna amenaza.

—¿Seguro que estás bien? —le pregunta Scarpetta a Rose—. Igual tienes algo más que un poco de catarro. No deberías haber venido.

—Tuve una pequeña charla con Lucy —le dice Rose. Y a Marino—: No quiero que la doctora Scarpetta esté a solas con el señor Grant, ni un solo segundo.

—¿Te mencionó Lucy que ha salido bien parado de la investigación que llevamos a cabo sobre sus antecedentes? —pregunta Scarpetta.

—¿Me oyes, Marino? No dejes a la doctora Scarpetta sola ni un segundo con ese tipo. Me trae sin cuidado la investigación. Es más grande que tú —dice la perpetuamente protectora Rose, con seguridad a instancias de Lucy, también perpetuamente protectora.

Rose lleva casi veinte años trabajando de secretaria de Scarpetta, siguiéndola de la Ceca a la Meca, según sus propias palabras, y estando a las duras y a las maduras. A los setenta y tres años, es una figura atractiva e imponente, erguida y entusiasta, que entra y sale a diario del depósito de cadáveres armada con mensajes telefónicos, informes que deben firmarse sin demora, cualquier clase de asunto que a su juicio no puede esperar, o sencillamente el aviso —no, la orden— de que Scarpetta no ha comido en todo el día y arriba le está esperando la comida —saludable, por supuesto— que ha pedido por teléfono, y que vaya a tomarla ahora mismo y que no beba otra taza de café porque toma demasiado café.

—Por lo visto, Grant se vio implicado en una pelea a navajazos. —Rose sigue preocupándose.

—Está en el informe. Fue la víctima —le recuerda Scarpetta.

—Parece muy violento y peligroso, y es del tamaño de un carguero. Me preocupa que quisiera venir un domingo por la tarde, quizá con la esperanza de encontrarte sola —le dice a Scarpetta—. ¿Cómo sabes que no fue él quien mató a ese niño?

—Vamos a oír lo que tenga que decir.

—En otros tiempos no lo habríamos hecho así. Habría presencia policial —insiste Rose.

—Ya no estamos en los viejos tiempos —replica Scarpetta, intentando no sermonearla—. Esto es una consulta privada, y tenemos más flexibilidad en ciertos aspectos y menos en otros. Pero, en realidad, una parte de nuestro trabajo siempre ha sido reunirnos con cualquiera que pueda aportar información útil, con presencia policial o no.

—Ten cuidado —le advierte Rose a Marino—. Quienquiera que le haya hecho eso al pobre niño sabe perfectamente que su cadáver está aquí y la doctora Scarpetta se está ocupando de él, y por lo general, cuando se ocupa de algo, lo resuelve. Podría estar acechándola, por lo que sabemos.

Rose no suele crisparse así.

—Has estado fumando —le dice entonces a Marino.

Él echa otro largo trago de Pepsi *light*.

—Deberías haberme visto anoche. Tenía diez cigarrillos en la boca y dos en el culo mientras tocaba la armónica y me lo montaba con mi chica nueva.

—Otra velada edificante en ese bar de moteros con alguna mujer que tiene el mismo cociente intelectual que mi nevera: bajo cero. Haz el favor de no fumar. No quiero que te mueras. —Rose parece inquieta mientras se acerca a la cafetera y empieza a preparar café—. El señor Grant quiere café —dice—. Y no, doctora Scarpetta, usted no puede tomar.

6

A Bulrush Ulysses S. Grant siempre lo han llamado Bull. Sin motivo alguno, comienza la conversación explicando el origen de su nombre.

—Supongo que se está preguntando por la S de mi nombre. Pues no es más que eso, una S y un punto —dice desde una silla cerca de la puerta cerrada del despacho de Scarpetta—. Mi madre sabe que la S en el nombre del general Grant es de Simpson, pero le dio miedo que si metía el Simpson ahí en medio, fuera demasiado largo para que yo lo escribiera, así que lo dejó en S. Explicarlo lleva más rato que escribirlo, si me lo pregunta usted.

Va limpio y pulcro con ropa de trabajo gris recién planchada, y sus zapatillas de lona parecen recién salidas de la lavadora. En el regazo tiene una gorra de béisbol deshilachada con un pez estampado, y las manos cortésmente entrelazadas encima. El resto de su aspecto es amedrentador, la cara, el cuello y el cuero cabelludo salvajemente acuchillados con largos tajos rosas que se entrecruzan. Si acudió a un cirujano plástico, desde luego no era muy bueno. Quedará gravemente desfigurado de por vida, un mosaico de cicatrices queloides que a Scarpetta le recuerdan a Queequeg en *Moby Dick*.

—Sé que se mudó usted aquí hace poco —dice Bull, para sorpresa de Scarpetta—. A esa vieja casa cochera cuya parte trasera da al pequeño paseo entre Meeting y King.

—¿Cómo demonios sabe dónde se supone que vive, y qué le importa eso? —lo interrumpe Marino con agresividad.

—Trabajaba para una de sus vecinas. —Bull dirige la respuesta a Scarpetta—. Falleció hace mucho tiempo. Supongo que sería más exacto decir que trabajé tal vez quince años para ella, y luego, hará unos cuatro años, su marido falleció. Después despidió a la mayor parte del servicio, imagino que por problemas de dinero, y tuve que buscar otra cosa. Luego ella también falleció. Lo que le digo es que me conozco la zona donde vive como el dorso de la mano.

Se mira las cicatrices rosadas en el dorso de las manos.

—Conozco su casa... —añade.

—Como he dicho... —empieza Marino de nuevo.

—Déjale acabar —lo corta Scarpetta.

—Conozco su jardín muy bien porque cavé el estanque y vertí el cemento, y me ocupé de la estatua del ángel que vela por él; la mantenía bien limpia. Levanté la verja blanca con remates en forma de flor en un lado, aunque no las columnas de ladrillo y hierro forjado en el otro. Eso es de antes de mi época y probablemente estaba tan cubierto de mirto y bambú cuando compró usted la propiedad que ni siquiera sabía de su existencia. Planté rosas, acebuche, amapolas de California, jazmines, e hice arreglillos en la casa.

Scarpetta está anonadada.

—Sea como sea —continúa Bull—, he estado haciendo trabajos para la mitad de los vecinos de su paseo y también en King Street, Meeting Street, Church Street, por todas partes. Desde que era niño. No se habrá enterado porque no me meto en los asuntos de los demás. Conviene no hacerlo si uno no quiere que la gente de aquí se ofenda.

—¿Como lo están conmigo?

Marino le lanza una mirada desdeñosa: se está mostrando más cordial de la cuenta.

—Sí, señora. Por aquí eso ocurre mucho —dice Bull—. Luego pone usted todos esos dibujos de telarañas en las ventanas, y eso tampoco hace ningún bien, sobre todo teniendo en cuenta cómo se gana la vida. Una de sus vecinas, a decir verdad, la llama «doctora Halloween».

—A ver si lo adivino. Seguro que es la señora Grimball.

—Yo no me lo tomaría muy en serio —dice Bull—. A mí me llama *Olé*, por lo de mi apodo, «Toro».

—Esos dibujos son para que los pájaros no choquen contra los cristales.

—Ajá. Nunca he tenido claro cómo sabemos exactamente lo que ven los pájaros. Como tampoco si, por ejemplo, ven lo que se supone que es una telaraña y vuelan hacia otra parte, aunque yo nunca he visto un pájaro atrapado en una telaraña como si fuera un insecto. Es como decir que los perros no ven los colores o no tienen sentido del tiempo. ¿Cómo podemos saberlo?

—¿Por qué demonios anda usted cerca de la casa de la doctora? —le espeta Marino.

—Buscaba trabajo. Cuando era un chaval, también ayudé a la señora Whaley —le dice Bull a Scarpetta—. Seguro que ha oído usted hablar del jardín de la señora Whaley, el más famoso de todo Charleston, Church Street abajo. —Sonríe orgulloso y, al señalar en la dirección de la calle, las heridas de su mano lanzan un destello rosa.

También tiene heridas en las palmas, heridas defensivas, piensa Scarpetta.

—Fue todo un privilegio trabajar para la señora Whaley. Se portó de maravilla conmigo. Escribió un libro, ¿sabe? Tienen ejemplares en el escaparate de esa librería en el hotel Charleston. Me firmó uno hace tiempo. Aún lo tengo.

—¿Qué hostias pasa aquí? —salta Marino—. ¿Ha venido al depósito para hablarnos del niño muerto, o es esto una maldita entrevista de trabajo y un paseo por sus viejos recuerdos?

—A veces las cosas encajan de una manera misteriosa —responde Bull—. Mi madre siempre lo decía. Igual, de algo malo puede salir algo bueno. Es posible que se derive algo bueno de lo que ocurrió. Y lo que ocurrió es malo, eso desde luego. Como una película que veo una y otra vez dentro de mi cabeza: el pequeño muerto en el barro, plagado de cangrejos y moscas. —Se lleva el índice cubierto de cicatrices al ceño fruncido y también surcado de cicatrices—. Aquí arriba, lo veo cuando cierro los ojos. La policía del condado de Beaufort dice que usted aún se está asentando aquí. —Pasea la mirada por el despacho de Scarpetta, asimilando poco a poco todos sus libros y diplomas enmarcados—. A mí me da la impresión de que está bastante asentada, aunque probablemente yo podría haberla ayudado a hacerlo mejor. —Centra su atención en los armarios recién instalados, donde guarda bajo llave algunos casos delicados y otros que aún no han llegado a los tribunales—. Como esa puerta de nogal negro, que no está al mismo nivel que la de al lado. No se ve recta. Podría arreglársela sin el menor problema. ¿Ha visto alguna puerta torcida en su casa cochera? No, señora, seguro que no. Por lo menos no las que instalé yo cuando trabajaba allí. Puedo hacer prácticamente de todo, y si no sé, estoy más que dispuesto a aprender. Así que me he dicho: igual deberías preguntar. No hay nada de malo en preguntar.

—Pues igual debería preguntar yo —dice Marino—. ¿Mató usted a ese niño? Es una coincidencia que lo encontrara, ¿no cree?

—No, señor. —Bull lo mira directamente a los ojos y se le tensa la mandíbula—. Suelo ir por esa zona a recoger hierba de búfalo, pescar peces y camarones, buscar almejas y coger ostras. Permítame que le pregunte —le sostiene la mirada a Marino—, si yo hubiera matado a ese niño, ¿por qué iba a simular encontrarlo y llamar a la policía?

—Dígamelo usted. ¿Por qué?

—No hubiera hecho nada semejante, desde luego.

—Eso me recuerda algo: ¿cómo pudo llamar a nadie? —dice Marino, y se inclina hacia delante en la silla, sus manos del tamaño de zarpas de oso sobre las rodillas—. ¿Tiene teléfono móvil? —Como si un negro pobre no pudiera tenerlo.

—Llamé a emergencias. Y como he dicho, ¿por qué iba a hacerlo si hubiera sido el asesino?

No lo habría hecho. Además, aunque Scarpetta no va a decírselo, la víctima corresponde a un homicidio por maltrato con viejas fracturas curadas, cicatrices y una larga privación de comida. De manera que, a menos que Bulrush Ulysses S. Grant fuera el tutor o el padre de acogida del niño, o lo hubiera secuestrado y mantenido con vida durante meses o años, desde luego el asesino no es él.

—Llamó aquí diciendo que quería contarnos lo ocurrido el lunes pasado por la mañana, hace casi una semana —le dice Marino a Bull—. Pero primero, ¿dónde vive? Porque, según tengo entendido, no vive en Hilton Head.

—Oh, no, señor, desde luego que no. —Bull ríe—. Me temo que está un poquito por encima de mis posibilidades. Mi familia y yo tenemos una casita al norte, a la salida de la quinientos veintiséis. Me dedico a la pesca y otras cosas por aquí. Tengo el bote en el remolque, lo llevo a algún sitio y lo meto en el agua. Como decía, pesco camarones, peces, ostras, según la estación. Es uno de esos botes de fondo plano que no pesan más que una pluma y permiten ir corriente arriba, siempre y cuando me ande con cuidado con las mareas y no me quede allí varado con todos esos mosquitos y bichejos, mocasines de agua y serpientes de cascabel, también caimanes, pero eso sobre todo en los canales y calas donde hay maderos y el agua es salobre.

—¿Ese bote es el que lleva a remolque en la furgoneta aparcada ahí fuera? —indaga Marino.

—Eso es.

—De aluminio con qué, ¿un motor de cinco caballos?

—Eso es.

—Me gustaría echarle un vistazo antes de que se marche. ¿Tiene alguna objeción a que mire en el interior del bote y la furgoneta? Supongo que la policía ya lo hizo.

—No, señor, no lo hizo. Cuando llegaron allí y les conté lo que sabía, dijeron que podía marcharme. Así que regresé a mi camioneta. Para entonces ya se había reunido toda clase de gente. Pero haga lo que tenga que hacer. No tengo nada que ocultar.

—Gracias, pero no es necesario. —Scarpetta lanza una mirada significativa a Marino, que sabe perfectamente bien que no tienen jurisdicción para registrar la furgoneta de Grant, su bote ni ninguna otra cosa. De eso debe encargarse la policía, y no lo habían considerado necesario.

—¿Dónde botó el bote hace seis días? —le pregunta Marino a Bull.

—En Old House Creek. Hay un embarcadero y una tiendecilla donde, si he tenido un buen día, vendo parte de lo que pesco, sobre todo si tengo suerte con los camarones y las ostras.

—¿Vio a alguien sospechoso en la zona cuando aparcó la furgoneta este lunes por la mañana?

—No puedo decir que viera a nadie, pero no sé de qué hubiera servido. Para entonces el niño ya estaba donde lo encontré. Llevaba días allí.

—¿Quién ha dicho eso? —le pregunta Scarpetta.

—El de la funeraria en el aparcamiento.

—¿El que trajo el cadáver aquí?

—No, señora, el otro. Estaba allí con su cochazo fúnebre. No sé qué hacía allí, salvo hablar.

—¿Lucious Meddick? —pregunta Scarpetta.

—De la Funeraria Meddicks. Sí, señora. En su opinión, el niño llevaba muerto dos o tres días para cuando lo encontré.

Ese maldito Lucious Meddick: un presuntuoso del demonio, y además equivocado. El 29 y 30 de abril, las temperaturas oscilaron entre los 24 y 27 grados. Si el cadáver hubiera estado en las marismas aunque sólo fuera un día entero, habría empezado a descomponerse y sufrir daños sustanciales infligidos por depredadores y peces. Las moscas están tranquilas por la noche pero habrían puesto sus huevos a la luz del día, y habría estado infestado de gusanos. Tal como ocurrió, para cuando el cadáver llegó al depósito, el rígor mortis estaba bastante avanzado pero no era completo, aunque ese cambio post mórtem en concreto habría sido atenuado y ralentizado en cierta medida debido a la malnutrición y las subsiguientes carencias en el desarrollo muscular. El lívor mortis no estaba todavía definido ni asentado. No había decoloración debida a la putrefacción. Los cangrejos, camarones y demás apenas si habían empezado a cebarse con las orejas, la nariz y los labios. A juicio de Scarpetta, el chico llevaba muerto menos de veinticuatro horas, tal vez mucho menos.

—Adelante —le insta Marino—, díganos exactamente cómo encontró el cadáver.

—Anclé el bote y bajé con botas y guantes, preparado con cesta y martillo...

—¿Martillo?

—Para romper ostiones.

—¿Ostiones? —repite Marino con una media sonrisa.

—Los ostiones están pegados unos a otros en racimos, así que hay que romperlos y retirar las conchas muertas. Lo que más se encuentra son ostiones, es difícil encontrar selectas. —Hace una pausa y dice—: No parecen ustedes saber mucho sobre la pesca de ostras, así que se lo explicaré: una ostra selecta es una sola ostra como la que sirven en su media concha en los restaurantes. Ésas son las más codiciadas, pero son difíciles de encontrar. Sea como sea, me puse a pescar hacia mediodía. La marea estaba bastante baja, y es entonces cuando vi de refilón algo entre la hierba que parecía pelo enfangado, me acerqué y allí estaba.

—¿Lo tocó o lo movió? —pregunta Scarpetta.

—No, señora. —Niega con la cabeza—. En cuanto vi lo que era, volví al bote y llamé a emergencias.

—La marea baja empezó a eso de la una de la madrugada —señala ella.

—Así es, y para las siete ya había marea alta otra vez, tan alta que no iba a subir más. Y para cuando salí yo, ya volvía a estar bastante baja.

—Si fuera usted —dice Marino— y quisiera deshacerse de un cadáver sirviéndose de su bote, ¿lo haría con marea baja o marea alta?

—Quienquiera que lo haya hecho, probablemente lo dejó allí con la marea bastante baja, entre el fango y la hierba en la orilla de esa calita. Si la marea hubiera estado alta de veras, el cadáver habría sido arrastrado por la corriente. Pero al dejarlo en un sitio como ese donde lo encontré, se hubiera quedado allí, a menos que hubiese habido una marea de primavera en noche de luna llena, cuando el agua puede superar los tres metros de altura. En ese caso, podría haber sido arrastrado y haber acabado en cualquier parte.

Scarpetta lo ha consultado. La víspera de que se hallara el cadáver, la luna no llegaba a sus tres cuartas partes y el cielo estaba parcialmente cubierto.

—Un buen sitio para deshacerse de un cadáver. En una semana, habría sido poco más que un montón de huesos desperdigados —señala Marino—. Es un milagro que lo encontrara, ¿no cree?

—Allí no tardaría mucho en quedar reducido a huesos, sí, y estuvo en un tris de que nadie llegara a encontrarlo, eso es verdad —reconoce Bull.

—El caso es que, cuando le he mencionado lo de la marea alta y la marea baja, no le pedía que especulara acerca de lo que habría hecho otra persona, sino usted —le recuerda Marino.

—Marea baja con un bote pequeño que no tenga mucha quilla para meterte en sitios donde no cubra más de un palmo. Eso habría hecho yo, pero no lo hice. —Vuelve a mirar a Marino a los ojos—. Yo no le hice nada a ese niño, salvo encontrarlo.

Scarpetta lanza a Marino otra mirada penetrante, ya harta de sus maneras intimidatorias.

—¿Recuerda alguna otra cosa? —le pregunta a Bull—. ¿Alguien que viera por la zona? ¿Alguna persona que le llamara la atención?

—No dejo de pensar en ello, y lo único que me viene a la cabeza es que hace cosa de una semana estuve en ese mismo embarcadero, en Old House Creek, vendiendo camarones en el mercado de allí, y cuando me marchaba me fijé en una persona que amarraba una lancha de pesca. Y me llamó la atención que no llevara ningún aparejo para la pesca de camarones, ostras o peces, así que imaginé que debía gustarle salir a navegar. Le traía sin cuidado pescar y todo eso, sencillamente le gustaba estar en el agua, ya saben. Reconozco que no me hizo gracia su manera de mirarme. Me produjo una sensación extraña, como si me hubiera visto en alguna parte.

—¿Sabría describirlo? —indaga Marino—. ¿Vio qué vehículo conducía? Una camioneta, supongo, para llevar la lancha, ¿no?

—Llevaba una gorra calada y gafas de sol. No me pareció muy grande, pero no podría asegurarlo. No tenía razón para fijarme demasiado en él y no quise que pensara que le estaba mirando. Así suelen empezar los líos, ya saben. Lo que recuerdo es que llevaba botas, pantalones largos y una camiseta de manga larga, eso seguro, y recuerdo que eso me llamó la atención porque era un día caluroso y soleado. No vi qué conducía porque me fui antes que él y había bastantes camionetas y coches en el aparcamiento. Era una hora de ajetreo, venga llegar gente para comprar y vender marisco recién capturado.

—En su opinión, ¿habría que conocer la zona para deshacerse de un cadáver allí? —pregunta Scarpetta.

—¿Después de oscurecer? Dios santo. No sé de nadie que se meta en calas así por la noche, aunque eso no significa que no ocurriera. Quienquiera que lo hiciese no es una persona normal. No puede serlo, para hacerle algo semejante a una criatura.

—¿No observó nada extraño en la hierba, el barro, el banco de ostras cuando encontró el cadáver? —continúa Scarpetta.

—No, señora. Pero si alguien lo hubiera dejado allí la noche anterior durante la marea baja, entonces después la marea alta habría alisado el barro igual que cuando una ola de mar cubre la arena. Habría estado sumergido un rato, pero permaneció en su sitio debido a la hierba alta que lo rodeaba. Y el banco de ostras... supongo que lo saltó o rodeó como mejor pudo. No hay cosa que duela más que el corte de una concha de ostra. Si pisa en mitad de las ostras y pierde el equilibrio, puede hacerse unos cortes de cuidado.

—Igual es eso lo que le produjo a usted los cortes —comenta Marino—. Se cayó en un banco de ostras.

Scarpetta reconoce las heridas provocadas por el filo de un cuchillo cuando las ve, y dice:

—Señor Grant, hay casas no muy lejos de las marismas, y largos embarcaderos, uno no muy lejos de donde encontró al niño. ¿Es posible que lo transportaran en coche y luego lo llevaran embarcadero adelante, pongamos por caso, y acabara donde fue hallado?

—No imagino a nadie bajando los peldaños de uno de esos viejos embarcaderos, sobre todo después de oscurecer, con una linterna y un cadáver a cuestas. Y desde luego haría falta una linterna bien potente. Un hombre puede hundirse hasta la cintura en ese barro; te chupa hasta los zapatos. Imagino que habrían quedado huellas fangosas en el embarcadero, suponiendo que volviera a subir y se fuera por allí después de haber dejado su carga.

—¿Cómo sabe que no había ninguna huella en el embarcadero? —pregunta Marino.

—Eso me dijo el tipo de la funeraria. Yo estuve en el aparcamiento hasta que trajeron el cadáver, y él estaba allí hablando con la policía.

—Debe de tratarse de Lucious Meddick, otra vez —comenta Scarpetta.

Bull asiente.

—Estuvo un buen rato hablando conmigo, también, esperando a ver qué podía aportar yo. No le conté gran cosa.

Llaman a la puerta y entra Rose, que deja con manos temblorosas una taza de café en la mesa al lado de Bull.

—Leche y azúcar —dice—. Lamento haber tardado tanto. La primera cafetera se ha derramado, y había posos por todas partes.

—Gracias, señora.

—¿Alguien más quiere algo? —Rose mira alrededor y respira hondo. Se la ve más agotada y pálida que antes.

—¿Por qué no vas a casa y descansas un poco? —le aconseja Scarpetta.

—Estoy en mi despacho.

Cuando ella se va, Bull dice:

—Me gustaría explicarle mi situación, si no le importa.

—Adelante —asiente Scarpetta.

—Tenía un trabajo de verdad hasta hace tres semanas. —Baja la mirada hacia los pulgares, que hace girar lentamente sobre el regazo—. No voy a mentirle. Me metí en un lío. Basta con mirarme para darse cuenta. Y no es que me cayera en ningún banco de ostras. —Vuelve a mirar a Marino.

—¿En un lío de qué clase? —indaga Scarpetta.

—Fumé hierba y me peleé. Bueno, lo cierto es que no llegué a fumar, pero iba a hacerlo.

—Vaya, qué bonito —se burla Marino—. Resulta que uno de los requisitos que tenemos aquí es que cualquiera que quiera entrar a trabajar tiene que fumar hierba y ser violento y encontrar al menos el cadáver de una persona asesinada. Lo mismo atañe a jardineros y manitas para todo.

—Ya sé lo que parece —dice Bull—, pero no es eso. Estaba trabajando en el puerto.

—¿De qué? —pregunta Marino.

—De mecánico ayudante para el manejo de maquinaria pesada, así se llamaba el puesto. Principalmente, hacía lo que me mandaba el supervisor. Ayudaba a cuidar de la maquinaria, a levantar cosas y llevarlas de un sitio a otro. Tenía que hablar por la radio y arreglar cosas, lo que fuera. Bueno, una noche después de acabar mi turno, decidí escabullirme cerca de esos viejos contenedores que hay en el astillero. Los que ya no se utilizan y están hechos polvo y apartados. Si va en coche por Concord Street, sabrá a lo que me refiero, ahí mismo, al otro lado de la verja de tela metálica. Había sido un día largo, y a decir verdad, la parienta y yo habíamos tenido unas palabras por la mañana y no andaba de buen ánimo, así que decidí fumar un poco de hierba. No lo tengo por costumbre, ni siquiera recuerdo la última vez que lo hice. Aún no había encendido el peta cuando de repente salió un tipo de la nada cerca de las vías del tren y me acuchilló con saña, con mucha saña.

Se levanta las mangas y tiene los brazos musculosos, y vuelve las manos para enseñar más tajos y cortes, de un rosa pálido en contraste con su piel negra.

—¿Cogieron al que lo hizo? —se interesa Scarpetta.

—No creo que se esforzaran mucho. La policía me acusó de meterme en una pelea, dijeron que probablemente me había embroncado con el tipo que me vendió la hierba. No dije quién era, pero no fue él quien me acuchilló. Ni siquiera trabaja en el puerto. Después de salir de urgencias, pasé varias noches en la trena antes de presentarme ante el juez, y el caso se desestimó porque no había sospechoso y tampoco se encontró la hierba.

—Vaya. Entonces ¿por qué lo acusaron de tenencia de marihuana, si no se encontró? —pregunta Marino.

—Porque le dije a la policía que estaba a punto de fumar cuando ocurrió. Me había liado un petardo y justo iba a encenderlo cuando el tipo se me echó encima. Igual la policía no la encontró. No creo que pusieran demasiado interés, a decir verdad. O igual el tipo que me acuchilló se la llevó, no lo sé. Ya no me acerco siquiera a la hierba. Tampoco tomo ni gota de alcohol. Se lo prometí a mi mujer.

—Lo despidieron en el puerto —supone Scarpetta.

—Sí, señora.

—¿Cómo cree que podría sernos de ayuda por aquí, exactamente? —le pregunta.

—Con cualquier cosa que necesite. No hay nada que no esté dispuesto a hacer. La morgue no me asusta. No tengo problemas con los muertos.

—Tal vez pueda dejarme su número de móvil, o la manera más sencilla de ponerme en contacto con usted —le propone.

Bull saca un papel doblado de un bolsillo trasero, se levanta y lo deja en la mesa con gesto amable.

—Está todo aquí, señora. Llámeme cuando quiera.

—El investigador Marino le enseñará la salida. Muchas gracias por su ayuda, señor Grant. —Scarpetta se levanta de la mesa y, teniendo presentes sus heridas, le estrecha la mano con cuidado.

Cien kilómetros al suroeste, en el complejo turístico de la isla de Hilton Head, el cielo está nublado y del mar sopla un viento cálido y racheado.

Will Rambo camina por la playa vacía y en penumbra, rumbo a un punto determinado. Lleva una caja de aparejos de pesca y dirige el haz de una linterna Surefire allí donde le parece, aunque no la necesita para saber el camino. La luz es lo bastante intensa para cegar a una persona al menos unos segundos, y eso le basta, suponiendo que la situación lo requiera. Las ráfagas de arena le azotan la cara y repiquetean contra las gafas ahumadas. La arena se arremolina como vaporosas coristas.

Y la tormenta de arena entró bramando en Al Asad igual que un tsunami y engulló al vehículo blindado Humvee y a él mismo, engulló el cielo, el sol, lo engulló todo. La sangre se escurría entre los dedos de Roger, dándoles aspecto de haber sido pintados de rojo intenso, y la arena arremetía contra él y se le pegaba a los dedos ensangrentados mientras intentaba volver a meterse los intestinos. Su rostro reflejaba un pánico y una conmoción que no se parecían a nada que Will hubiera visto con anterioridad, y él no podía hacer nada salvo prometerle a su amigo que se pondría bien y ayudarle a meterse los intestinos.

Will oye los chillidos de Roger entre las gaviotas que vuelan en círculos sobre la playa, gritos de pánico y dolor.

—*¡Will! ¡Will! ¡Will!*

Gritos penetrantes, y el bramido de la arena.

—*¡Will! ¡Will! ¡Ayúdame, por favor, Will!*

Fue tiempo después de aquello, después de Alemania. Will

regresó a Estados Unidos, a la base de las Fuerzas Aéreas en Charleston, y luego se fue a Italia, a distintos lugares de Italia, donde había crecido. Lo asaltaban bloqueos mentales de manera intermitente. Fue a Roma para encontrarse cara a cara con su padre porque era el momento de hacerlo, y le pareció como un sueño estar rodeado por los frisos de hojas de palmera estarcidas y las molduras de trampantojo del comedor de la casa en la Piazza Navona donde pasara los veranos de su juventud. Bebió vino tinto con su padre, vino tinto como la sangre, y le irritó el ruido de los turistas bajo las ventanas abiertas, turistas estúpidos, más bobos que las palomas, que lanzaban monedas a la Fontana dei Quattro Fiumi de Bernini y hacían fotos, con el constante borboteo del agua como fondo.

—No paran de formular deseos que nunca se hacen realidad. O que si se hacen realidad, es para peor —le comentó a su padre, que no entendía nada pero seguía mirándole como si fuera un mutante.

En la mesa bajo la araña de luces, Will veía reflejada su cara en el espejo veneciano en la pared opuesta. No era verdad. Parecía Will, no un mutante, y veía su boca moverse en el espejo mientras le contaba a su padre que Roger quería ser un héroe cuando regresara de Irak. Su deseo se cumplió, decía la boca de Will. Roger regresó a casa como un héroe en un ataúd barato en la bodega de un avión de transporte C5.

—No teníamos gafas ni equipo de protección ni chaleco antibalas ni nada —le contó Will a su padre en Roma, con la esperanza de que lo entendiera, aun a sabiendas de que eso era imposible.

—¿Por qué fuiste, si no haces más que quejarte?

—Tuve que escribirte para que nos enviaras pilas para las linternas. Tuve que pedirte herramientas porque se nos rompían todos los destornilladores, la mierda de herramientas que nos daban —decía la boca de Will en el espejo—. No teníamos más que mierda de tres al cuarto debido a las malditas mentiras, las malditas mentiras que cuentan los políticos.

—Entonces, ¿por qué fuiste?

—Porque me obligaron, joder, so estúpido.

—¡No te atrevas a hablarme así! En esta casa, no. Aquí vas a tratarme con respeto. Yo no elegí esa guerra fascista, tú sí. Lo único que haces es quejarte como un crío. ¿Rezaste cuando estabas allí?

Cuando la inmensa cortina de arena se cernió sobre ellos y Will no veía la mano delante de su cara, rezó. Cuando la explosión de la bomba al borde del camino volcó el Humvee y no veía nada y el viento bramaba como si estuviera dentro del motor de un C17, rezó. Cuando sostuvo a Roger entre sus brazos, rezó. Y cuando ya no pudo seguir soportando el dolor de Roger, rezó, y ésa fue la última vez que rezó.

—Cuando rezamos, lo único que hacemos es pedirnos ayuda a nosotros mismos, no a Dios. Estamos pidiendo nuestra propia intervención divina —le dijo la boca de Will en el espejo a su padre en Roma—. Así que no necesito rezarle a ningún dios en un trono. Soy la Voluntad de Dios porque soy mi propia Voluntad. No te necesito a ti ni a Dios porque yo soy la Voluntad de Dios.

—Cuando perdiste los dedos de los pies, ¿también perdiste la cabeza? —le contestó su padre en Roma, y fue un comentario de lo más irónico en el comedor donde, sobre una consola dorada debajo del espejo, estaba expuesto el pie de piedra de una antigua estatua con todos los dedos. Pero también era cierto que Will había visto pies desmembrados allá en Irak después de que terroristas suicidas se hicieran estallar en lugares abarrotados, de manera que, a su modo de ver, que le faltaran unos pocos dedos era mejor que ser un pie entero al que le faltara todo lo demás.

—Eso ya ha cicatrizado, pero ¿qué te importa a ti? —le dijo a su padre en Roma—. No viniste a verme ni una sola vez durante los meses que estuve en Alemania o en Charleston, ni los años anteriores. No has ido nunca a Charleston. Yo he estado aquí en Roma infinidad de veces, pero nunca para verte, aunque tú lo creyeras así. Salvo esta vez, por lo que tengo que *hacer, una misión, ¿entiendes? Me fue permitido seguir con vida para aliviar el sufrimiento de otros. Algo que tú nunca entenderías porque eres un egoísta y un inútil, y te trae sin cuidado todo salvo tú mismo. Mírate: rico, todo frialdad y ni pizca de compasión.*

El cuerpo de Will se levantó de la mesa, y se observó en el espejo caminar hasta la consola dorada debajo de éste. Cogió el antiguo pie de piedra mientras la fuente en la plaza seguía borboteando y los turistas metían bulla.

Lleva la caja de aparejos y una cámara colgada del hombro mientras camina por la playa en Hilton Head para cumplir su misión. Se sienta y abre la caja. Saca una bolsa térmica llena de arena especial, y luego unos frasquitos de pegamento violeta pálido. Se ilumina con la linterna mientras se unta el pegamento en la palma de las manos y las mete por turno en la bolsa de arena. Las levanta luego al viento y el pegamento se seca rápidamente, dejándoselas como si fueran de papel de lija. Más frasquitos, y hace lo mismo con la planta de los pies descalzos, con cuidado de cubrir por completo la yema de los siete dedos de los pies. Vuelve a meter los frascos vacíos y lo que queda de arena en la caja de aparejos.

Sus gafas ahumadas miran alrededor, y apaga la linterna.

Su destino es el cartel de «Prohibido el paso» plantado en la playa al cabo de un largo paseo marítimo de tablones que lleva hasta el jardín trasero cercado de la villa.

7

El aparcamiento detrás de la consulta de Scarpetta.

Se armó un gran revuelo cuando abrió la consulta, y los vecinos presentaron objeciones formales prácticamente a todas sus peticiones. Consiguió que le permitieran instalar la verja de seguridad disimulándola con plantas de hoja perenne y rosales, pero no se salió con la suya en lo tocante a la iluminación, y por la noche el aparcamiento está demasiado oscuro.

—Hasta el momento, no veo razón para no darle una oportunidad. Lo cierto es que nos vendría bien alguien —dice Scarpetta.

Se mecen los palmetos, y las plantas que bordean la verja se agitan mientras ella y Rose van hacia sus respectivos coches.

—No tengo a nadie que me ayude en el jardín, si a eso vamos. No puedo desconfiar de todo el mundo —añade.

—No dejes que Marino te empuje a hacer algo de lo que podrías arrepentirte —le advierte Rose.

—Desconfío de él, eso es verdad.

—Tienes que sentarte a hablar con él. No me refiero en el despacho: invítale a tu casa, cocina algo. No tiene intención de hacerte daño.

Han llegado al Volvo de Rose.

—Estás peor de la tos —le dice Scarpetta—. ¿Por qué no te quedas en casa mañana?

—Ojalá no se lo hubieras dicho. Me sorprende que nos lo dijeras siquiera a nosotros.

—Creo que fue el anillo lo que lo dio a entender.

—No deberías haberlo contado —insiste Rose.

—Es hora de que Marino se enfrente a lo que ha eludido desde que lo conozco.

Rose se apoya en su coche como si estuviera muy cansada para sostenerse por sí misma, o quizá le duelen las rodillas.

—Entonces, deberías habérselo dicho hace mucho tiempo, pero no lo hiciste y él siguió abrigando esperanzas, se enconó en su fantasía. Si uno no hace frente a los sentimientos de los demás, lo único que consigue es... —Tose tan fuerte que no puede acabar la frase.

—Me parece que estás incubando la gripe. —Scarpetta le apoya el dorso de la mano en la mejilla—. Estás caliente.

Rose saca un pañuelo de papel del bolso, se enjuga los ojos y lanza un suspiro.

—Ese individuo... Me parece increíble que te lo plantees siquiera. —Vuelve a hablar de Bull.

—El negocio está creciendo. Tengo que contratar un ayudante para el depósito, y ya he perdido toda esperanza de encontrar a alguien con preparación.

—No creo que lo hayas intentado mucho ni hayas tenido una mentalidad abierta al respecto. —El Volvo es tan viejo que Rose tiene que abrir la puerta con llave. Se enciende la luz interior, y la cara se le ve demacrada y ojerosa mientras se acomoda en el asiento y se arregla la falda para cubrirse los muslos.

—Los ayudantes de depósito mejor preparados proceden de las funerarias o las morgues de los hospitales —responde Scarpetta, con la mano sobre el marco de la ventanilla—. Puesto que la funeraria más importante de la zona resulta ser propiedad de Henry Hollings, que casualmente se sirve de la Facultad de Medicina de Carolina del Sur para las autopsias que caen en su jurisdicción o le son subcontratadas, ¿qué suerte crees que tendría si lo llamara para pedirle que me recomiende a alguien? Lo último que quiere el juez de instrucción local es ayudarme a que salga adelante, maldita sea.

—Llevas ya dos años diciendo lo mismo. Pero sin nada en que basarlo.

—Me rehúye.

—Exactamente a eso me refería con lo de que debes expresar tus sentimientos. Tal vez deberías hablar con él.

—¿Cómo sé que no es el responsable de que las direcciones de mi domicilio y mi consulta de pronto aparezcan confundidas en internet?

—¿Por qué iba a esperar hasta ahora para hacer algo así? Suponiendo que lo hiciera.

—Es un buen momento. Mi consulta ha salido en las noticias por lo del caso de maltrato infantil, y el condado de Beaufort me ha pedido que me ocupe del asunto en vez de llamar a Hollings. Estoy implicada en la investigación de Drew Martin y acabo de volver de Roma. Un momento interesante para que alguien llamara deliberadamente a la Cámara de Comercio y registrara mi dirección privada como la dirección de mi consulta, e incluso abonara la cuota de socio.

—Pero les hiciste retirar los datos. Y debería haber quedado constancia de quién pagó la cuota.

—Un cheque bancario —responde Scarpetta—. Lo único que han podido decirme es que quien llamó era una mujer. Retiraron los datos, gracias a Dios, antes de que se propagaran por toda la red.

—El juez de instrucción no es mujer.

—Eso no significa nada, maldita sea. No haría en persona el trabajo sucio.

—Llámale. Pregúntale a bocajarro si está intentando echarte de la ciudad, o, mejor dicho, echarnos a todos de la ciudad. Me da la impresión de que hay unas cuantas personas con las que debes hablar, empezando por Marino. —Tose, y como si eso fuera una orden, la luz interior del Volvo se apaga.

—No debería haberse mudado aquí. —Scarpetta se queda mirando la trasera del viejo edificio de ladrillo, pequeño, con una planta y un sótano que convirtió en depósito de cadáveres—. Florida le encantaba —dice, y eso vuelve a recordarle a la doctora Self.

Rose gradúa el aire acondicionado, gira las rejillas de ventilación para que el aire frío le dé en la cara y vuelve a respirar hondo.

—¿Seguro que estás bien? Déjame que te siga a casa —se ofrece Scarpetta.

—Desde luego que no.

—¿Y si pasamos un rato juntas mañana? Te preparo la comida: *prosciutto* con higos y tu asado de cerdo borracho preferido. Un buen vino toscano. Ya sé cuánto te gusta mi crema de *ricotta* al café.

—Gracias, pero tengo planes —dice Rose, con un deje de tristeza en la voz.

La silueta oscura de un depósito de agua en el extremo sur de la isla, o la puntera, como se lo conoce.

Hilton Head tiene forma de zapato, como los zapatos que veía Will en lugares públicos de Irak. La villa de estuco blanco que se corresponde con el cartel de «Prohibido el paso» vale al menos quince millones de dólares. Las persianas electrónicas están echadas, y ella probablemente se encuentra en el sofá de la enorme sala viendo otra película en la pantalla retráctil que cubre una vidriera que da al mar. Desde la perspectiva de Will, que mira desde fuera, la película discurre del revés. Escudriña la playa, escudriña las casas vacías cercanas. El cielo oscuro y encapotado pende bajo y denso mientras el viento sopla a rachas feroces.

Sube al paseo marítimo y lo sigue hacia la puerta que separa el mundo exterior del jardín trasero mientras las imágenes en la gran pantalla de cine destellan del revés: un hombre y una mujer follando. Se le acelera el pulso mientras camina, sus pasos arenosos quedos sobre los tablones desgastados por el viento y la lluvia; los actores centellean del revés en la pantalla: están follando en un ascensor. El volumen está bajo. Apenas alcanza a oír las embestidas y los gemidos, esos sonidos que resultan tan violentos cuando follan los personajes en las películas de Hollywood, y entonces llega a la puerta de la valla, pero está cerrada. La salta y va a su lugar habitual a un lado de la casa.

A través de un espacio entre la ventana y la persiana ha estado observándola de vez en cuando durante meses, la ha visto caminar arriba y abajo y llorar y mesarse los cabellos. No duerme nunca por la noche, le asusta la noche, le dan miedo las tormentas. Ve películas toda la noche hasta que amanece. Ve películas cuando llueve, y si hay truenos sube el volumen bien alto, y cuando luce mucho el sol, se oculta de él. Por lo general duerme en el sofá envolvente de cuero negro donde está tumbada ahora, apoyada en almohadones de cuero, con una sábana por encima. Levanta el mando a distancia y hace retroceder el DVD para volver a la escena en que Glenn Close y Michael Douglas están follando en el ascensor.

Las casas a ambos lados están ocultas tras altas cercas de bambú y árboles. Están vacías porque los propietarios ricos no las alquilan y no están allí y no han estado allí. Las familias no suelen empezar a servirse de sus caras residencias en la playa hasta que sus hijos terminan el curso escolar. Ella prefiere que no haya más gente, y no ha tenido vecinos en todo el invierno. Quiere estar sola pero le asusta estar sola. Teme los truenos y la lluvia, teme los cielos despejados y el sol, ya no quiere estar en ninguna parte sean cuales sean las circunstancias.

Por eso he venido, piensa él.

Vuelve a echar atrás el DVD. Él está familiarizado con sus rituales, ahí tumbada con el mismo chándal rosa manchado, venga a rebobinar películas para volver a ver ciertas escenas, por lo general de gente follando. De vez en cuando sale a la piscina para fumar un pitillo y dejar que su lastimoso perro tome un poco de aire. Nunca recoge sus heces, la hierba está llena de mierda reseca, y el jardinero mexicano que viene cada quince días tampoco la recoge. Fuma y mira fijamente la piscina mientras el perro deambula por el jardín, a veces lanzando ese aullido profundo y gutural, y ella le dice: «Qué perro tan bueno», o más a menudo: «Qué perro tan malo» y «Ven aquí. ¡Ven aquí ahora mismo!», al tiempo que da unas palmadas.

No lo acaricia, apenas soporta mirarlo. Si no fuera por el perro, su vida sería insoportable. El chucho no entiende nada del asunto. Es poco probable que recuerde lo que ocurrió o lo entendiera en su momento. Lo único que conoce es el cajón en el lavadero donde duerme y permanece sentado y aúlla. Ella no hace caso cuando aúlla, mientras bebe vodka y toma pastillas y se mesa los cabellos, la rutina siempre igual un día tras otro tras otro.

Pronto te tendré entre mis brazos y te llevaré a través de la oscuridad interior hasta el reino en las alturas, piensa Will, y quedarás separada de la dimensión física que es ahora tu infierno. Me lo agradecerás.

Se mantiene alerta para asegurarse de que nadie lo vea. Ahora, la observa levantarse del sofá y caminar borracha hacia la puerta corredera para salir a fumar y, como siempre, olvida que la alarma está conectada. Se sobresalta y maldice cuando comienza a ulular y martillar, y se llega dando traspiés hasta el cuadro de mandos para desconectarla. Suena el teléfono, y se mesa el pelo cada vez más escaso, dice algo y luego grita y cuelga el auricular con un golpe. Will se agazapa pegado al suelo entre los arbustos, no se mueve. En unos minutos llega la policía, dos agentes en un coche patrulla del sheriff del condado de Beaufort. Will, invisible, observa a los agentes en el porche, que no se molestan en entrar porque la conocen. Ha vuelto a olvidar la clave, y la empresa de seguridad ha llamado de nuevo a la policía.

—Señora, no es buena idea utilizar el nombre de su perro. —Uno de los agentes le dice lo mismo que ya le han dicho en otras ocasiones—. Debería utilizar otra cosa como clave. El nombre de la mascota es una de las primeras opciones del intruso.

—Si no soy capaz de recordar el nombre del maldito perro, ¿cómo voy a acordarme de nada más? —balbucea—. Lo único que sé es que la clave es el nombre del perro. Ay, coño. *Merengue*. Eso es, ahora lo recuerdo.

—Sí, señora, pero sigo pensando que debería cambiarlo. Como le he dicho, no conviene utilizar el nombre de la mascota, y si de todos modos nunca lo recuerda... Tiene que haber algo de lo que pueda acordarse. Se producen bastantes robos por aquí, sobre todo en esta época del año, cuando hay tantas casas vacías.

—No consigo recordar ninguna clave nueva. —Apenas es capaz de hablar—. Cuando salta la alarma, no puedo pensar.

—¿Seguro que sola estará bien? ¿Podemos llamar a alguien?

—Ya no tengo a nadie.

Al cabo, los polis se marchan. Will sale de su escondite y por una ventana la ve conectar de nuevo la alarma. Uno, dos, tres, cuatro: el mismo código, el único que es capaz de recordar. La ve sentarse otra vez en el sofá, llorando de nuevo. Se sirve otro vodka. El momento ya no resulta adecuado. Regresa por el paseo marítimo camino de la playa.

8

La mañana siguiente, las ocho en punto, hora del Pacífico. Lucy detiene el coche delante del Centro Oncológico Stanford.

Siempre que vuela en su reactor Citation X a San Francisco y alquila un Ferrari para el trayecto de una hora con el fin de ver a su neuroendocrinólogo, se siente poderosa, tal como se siente en casa. Los vaqueros ceñidos y la camiseta ajustada realzan su cuerpo atlético y la hacen sentirse vital, tal como se siente en casa. Las botas negras de piel de cocodrilo y el reloj de titanio Breitling Emergency con su radiante esfera anaranjada le hacen sentir que todavía es Lucy, intrépida y experta, tal como se siente cuando no piensa en lo que le ocurre.

Baja la ventanilla del F430 Spider rojo.

—¿Puede aparcar este trasto? —le pregunta al aparcacoches de gris que se le acerca con timidez a la entrada del moderno complejo de ladrillo y cristal. No lo reconoce. Debe de ser nuevo—. Tiene cambio de marchas de Fórmula Uno, estas palancas en el volante. A la derecha para entrar una marcha más alta, a la izquierda para una más baja, las dos a la vez para el punto muerto, y este botón es la marcha atrás. —Advierte la ansiedad en los ojos del empleado—. Vale, ya lo sé, reconozco que es complicado —le dice, porque no quiere humillarlo.

Es un hombre mayor, probablemente jubilado y aburrido, así que aparca coches en el hospital. O quizás alguien de su familia tiene cáncer o lo tuvo, pero es evidente que nunca ha conducido un Ferrari y es probable que ni siquiera haya visto uno de cerca. Lo mira como si fuera un ovni. No quiere tener nada que ver, y eso es bueno si uno no sabe conducir un coche que cuesta más que algunas casas.

—Me parece que no —dice el aparcacoches, paralizado por los asientos tapizados en cuero y el botón rojo de *start* en el volante de fibra de carbono. Rodea el coche por detrás y se queda mirando el motor bajo el vidrio mientras menea la cabeza—. Vaya, hay que ver. Un descapotable, supongo. Debe de darle el viento a base de bien cuando baja la capota, con la velocidad que debe de alcanzar, supongo —dice—. Reconozco que me supera. ¿Por qué no lo deja ahí mismo? —Se lo indica con la mano—. El mejor espacio de la casa. Hay que ver qué coche. —Sigue meneando la cabeza.

Lucy aparca, coge el maletín y dos sobres de gran tamaño con placas de resonancia magnética que revelan el secreto más devastador de su vida. Se mete en el bolsillo la llave del Ferrari, le da disimuladamente al hombre un billete de cien dólares y le dice con toda seriedad a la vez que le lanza un guiño:

—Protéjalo con su vida.

El centro oncológico es un complejo médico de lo más hermoso, con ventanas panorámicas y kilómetros de suelos pulidos, todo abierto y lleno de luz. La gente que trabaja allí, todos voluntarios, son indefectiblemente amables. La última vez que acudió a una visita, una arpista en el pasillo pulsaba y rasgueaba elegantemente *Time After Time*. Esta tarde la misma señora toca *What a Wonderful World*. Qué gracioso, y mientras Lucy camina aprisa, sin mirar a nadie, con la gorra de béisbol calada sobre los ojos, cae en la cuenta de que en ese momento nadie podría interpretar ningún tema que no le hiciera sentirse cínica y deprimida.

Las consultas son áreas abiertas, perfectamente decoradas en tonos terrosos, sin cuadros en las paredes, sólo pantallas planas en las que se ven relajantes escenas de naturaleza: prados y montañas, hojarasca otoñal, bosques nevados, inmensas secoyas, las rocas rojizas de Sedona, acompañadas por el suave rumor de arroyos que corren, lluvia que repiquetea, pájaros y brisas. Hay orquídeas naturales en macetas, la iluminación es tenue, las salas de espera no están nunca abarrotadas. La única paciente en la consulta D cuando Lucy llega a recepción es una mujer que lleva peluca y lee un ejemplar de la revista *Glamour*.

Lucy le dice en voz queda al recepcionista que tiene visita con el doctor Nathan Day, o Nate, como le llama ella.

—¿Su nombre? —Con una sonrisa.

Lucy le dice con voz baja el alias que usa. Él teclea algo en el ordenador, sonríe de nuevo y descuelga el auricular. En menos de un minuto, Nate abre la puerta y hace una seña a Lucy para que pase. La abraza, como tiene por costumbre.

—Me alegro de verte. Tienes un aspecto fantástico —le dice mientras acceden al despacho.

Es pequeño, en absoluto lo que cabría esperar de un neuroendocrinólogo titulado en Harvard y considerado uno de los mejores en su especialidad. Tiene la mesa llena de papeles, un ordenador de pantalla grande y unas estanterías desbordadas, así como múltiples cajas luminosas fijadas en las paredes donde en la mayoría de los despachos habría ventanas. Hay un sofá y una silla. Lucy le entrega los resultados que ha traído.

—Análisis —dice—. Y el escáner que viste la última vez, y también el más reciente.

El médico se sienta a la mesa y ella se acomoda en el sofá.

—¿De cuándo son? —pregunta él mientras abre el sobre, y luego lee la gráfica, de la que no hay almacenado electrónicamente ni un solo dato: el informe en papel está en la caja de seguridad personal del médico, identificado por un código, y el nombre de Lucy no aparece en ninguna parte.

—Los análisis de sangre son de hace un par de semanas. El escáner más reciente, de hace un mes. Mi tía lo ha mirado y dice que pinta bien, pero teniendo en cuenta los pacientes que ve la mayor parte del tiempo... —comenta Lucy.

—Dice que no tienes aspecto de estar muerta. Qué alivio. ¿Y qué tal está Kay?

—Charleston le gusta, aunque no estoy segura de que ella le guste a Charleston. A mí ya me va bien... Bueno, siempre me han motivado los sitios donde resulta difícil encajar.

—Cosa que ocurre en la mayoría de los sitios.

—Lo sé. Lucy, la bicho raro. Confío en que seguimos de incógnito. Así me lo parece, porque le he dado mi alias a ese de recepción y no lo ha puesto en tela de juicio. Hoy en día, con internet, la privacidad es un chiste.

—Bien que lo sé. —Lee detenidamente el informe del laboratorio—. ¿Sabes cuántos pacientes míos pagarían de su propio bolsillo, si pudieran permitírselo, para que su información no apareciera en las bases de datos?

—Eso está bien. Si quisiera colarme en vuestra base de datos, probablemente me llevaría cinco minutos. A los federales podría llevarles una hora, pero lo más probable es que ya hayan entrado en vuestra base de datos. Y yo no, porque no me parece bien violar los derechos civiles de una persona, a menos que sea por una buena causa.

—Eso dicen ellos.

—Ellos mienten y son estúpidos, sobre todo el FBI.

—Veo que siguen a la cabeza de tu lista negra.

—Me despidieron sin una buena razón.

—Y pensar que podrías estar abusando de las leyes norteamericanas y cobrando por ello. Bueno, no mucho. ¿Qué mercancía informática estás vendiendo en la actualidad por una porrada de millones?

—Modelos para el desarrollo de datos. Redes neurales que toman datos y básicamente llevan a cabo tareas inteligentes de la misma manera que nuestro cerebro. Y estoy tonteando con un proyecto en torno al ADN que podría resultar interesante.

—La THS es excelente —dice—. La T4 libre está bien, así que tu metabolismo funciona. Eso puedo asegurarlo sin necesidad de análisis. Has perdido algo de peso desde que te vi la anterior vez.

—Unos dos kilos y medio.

—Aparentas tener más masa muscular, así que probablemente has perdido grasa y líquido retenido.

—Qué elocuencia.

—¿Cuánto ejercicio haces?

—Lo mismo.

—Voy a anotarlo como obligatorio, aunque probablemente es obsesivo. Los resultados del hígado están bien, y el nivel de prolactina es estupendo, ha bajado a dos con cuatro. ¿Qué me dices de la regla?

—Normal.

—¿Ninguna emisión blanca, clara o lechosa de los pezones? Aunque tampoco es que quepa esperar lactancia con un nivel de prolactina tan bajo.

—No. Y no te hagas ilusiones, no voy a dejar que lo compruebes.

El médico sonríe y hace más anotaciones en el informe.

—Lo triste es que no tengo los pechos tan grandes.

—Hay mujeres que pagarían una pasta por tenerlos así. Y de hecho la pagan —dice en tono prosaico.

—No están a la venta. En realidad, ni siquiera puedo regalarlos de un tiempo a esta parte.

—Me consta que eso no es cierto.

Lucy ya no se siente cohibida. Puede hablar de lo que sea con él. Al principio era una historia distinta, un horror y una humillación que un macroadenoma de pituitaria benigno —un tumor cerebral— estuviera causando una sobreproducción de la hormona prolactina que hacía creer a su cuerpo que estaba embarazada. Se le retiró la regla y aumentó de peso. No tenía galactorrea ni empezó a producir leche, pero si no hubiera descubierto lo que le ocurría cuando lo descubrió, eso es lo que habría sucedido a continuación.

—Por lo visto, no estás saliendo con nadie. —Saca las placas de la resonancia magnética de los sobres, las levanta y las coloca en las cajas luminosas.

—No.

—¿Qué tal la libido? —Atenúa la iluminación del despacho y enciende las cajas para iluminar las placas del cerebro de Lucy—. A veces al Dostinex se le llama el medicamento del sexo, ya sabes. Bueno, si surge la oportunidad.

Lucy se acerca a él y mira las placas.

—No voy a operarme, Nate.

Se queda mirando con aire sombrío la región de forma más o menos rectangular de hipointensidad en la base del hipotálamo. Cada vez que mira uno de sus escáneres, tiene la sensación de que debe de haber un error. Ése no puede ser su cerebro. Un cerebro joven, como lo llama Nate. Desde el punto de vista anatómico, un cerebro estupendo, dice, salvo por un pequeño fallo, un tumor de la mitad del tamaño de una moneda de un centavo.

—Me trae sin cuidado lo que digan los artículos en las revistas. Nadie va a abrirme. ¿Qué aspecto tiene? Dime que estoy bien, por favor —le pide.

Nate compara la placa antigua con la nueva, las estudia una junto a otra.

—No hay una diferencia drástica. Todavía tiene entre siete y ocho milímetros. No hay nada en la cisterna supraselar. Un leve desplazamiento de izquierda a derecha desde el infundíbulo del tallo pituitario. —Señala con un bolígrafo—. El quiasma óptico está limpio. —Señala de nuevo—. Lo que está muy bien. —Deja el boli y levanta dos dedos, que pone juntos y luego va separando para comprobar la visión periférica de Lucy—. Estupendo —vuelve a decir—. Casi idénticos. La lesión no está creciendo.

—Tampoco está menguando.

—Siéntate.

Lo hace en el borde del sofá.

—En resumen —dice Lucy—, no ha desaparecido. No se ha consumido con la medicación ni se ha vuelto necrótico, y no lo hará nunca, ¿verdad?

—Pero no está creciendo. La medicación lo ha reducido en cierta medida y lo está conteniendo. De acuerdo: opciones. Pero ¿qué quieres hacer? Permíteme que te diga que porque el Dostinex y su genérico hayan sido asociados con el riesgo de padecer enfermedad valvular cardíaca, no creo que tú debas preocuparte. Las investigaciones se centran en gente que la toma para el Parkinson. Con una dosis tan baja como la tuya lo más probable es que te vaya bien. ¿El mayor problema? Puedo extenderte una docena de recetas, pero no creo que encuentres una sola pastilla en este país.

—Se fabrica en Italia. Puedo obtenerlo allí. El doctor Maroni se prestó a ayudarme.

—De acuerdo, pero quiero que te hagas un ecocardiograma cada seis meses.

Suena el teléfono. Nate pulsa un botón, escucha brevemente y le dice al que ha llamado:

—Gracias. Llama a seguridad si el asunto parece desmadrarse. Asegúrate de que nadie lo toque. —Cuelga y le dice a Lucy—: Por lo visto, alguien ha venido en un Ferrari rojo que está llamando la atención a mucha gente.

—Qué ironía. —Se levanta del sofá—. Todo depende del punto de vista, ¿verdad?

—Ya lo conduzco yo, si no lo quieres.

—No es que no lo quiera, es que ya nada me produce la misma sensación que antes. Y eso no es del todo malo, sólo diferente.

—Es lo que conlleva lo que tienes. Se trata de algo que no deseas, pero es más de lo que tenías, porque tal vez ha cambiado tu manera de ver las cosas. —La acompaña a la salida—. Lo veo continuamente por aquí.

—Claro.

—Lo llevas muy bien. —Se detiene junto a la puerta que comunica con la sala de espera y no hay nadie que pueda oírles, sólo el recepcionista, que sonríe mucho y está otra vez al teléfono—. Te incluiría en el diez por ciento más afortunado de mis pacientes por lo que respecta a lo bien que lo llevas.

—El diez por ciento. Me parece que eso es un notable alto. Creo que empecé con un sobresaliente.

—No, nada de eso. Probablemente lo tenías desde siempre pero no te diste cuenta hasta que empezó a ser sintomático. ¿Ya hablas con Rose?

—No está dispuesta a aceptarlo. Intento no molestarme por ello, pero me resulta difícil. Muy, pero que muy difícil. No es justo, sobre todo para mi tía.

—No dejes que Rose te aleje de ella, porque probablemente es eso lo que intenta hacer precisamente por la razón que acabas de dar: no puede aceptarlo. —Introduce las manos en los bolsillos de la bata de laboratorio—. Te necesita. Ten por seguro que no va a hablar del asunto con nadie más.

A la salida del Centro Oncológico, una mujer delgada con la cabeza calva envuelta en un fular rodea el Ferrari acompañada de dos niños.

El aparcacoches sale al encuentro de Lucy.

—No se han acercado más de la cuenta. He estado vigilando. No se ha acercado nadie —dice en voz queda y urgente.

Lucy mira a los niños y a su madre enferma, y se dirige hacia el coche, que abre con el mando a distancia. Los chicos y su madre dan un paso atrás con gesto atemorizado. La madre parece vieja pero probablemente no tiene más de treinta y cinco años.

—Lo siento —le dice a Lucy—, pero están entusiasmados. No lo han tocado.

—¿Qué velocidad alcanza? —pregunta el mayor, un pelirrojo de unos doce años.

—Vamos a ver: cuatrocientos noventa caballos, seis velocidades, un motor V-ocho de cuatro coma tres litros, ocho mil quinientas revoluciones por minuto y panel difusor trasero de fibra de carbono. De cero a noventa en menos de cuatro segundos. En torno a trescientos por hora.

—¡Qué pasada!

—¿Has conducido uno de éstos? —le pregunta Lucy.

—Ni siquiera había visto uno.

—¿Y tú? —le pregunta a su hermano también pelirrojo, de unos ocho o nueve años.

—No, señora. —Con timidez.

Lucy abre la puerta del conductor y los dos pelirrojos alargan el cuello para echar un vistazo, conteniendo la respiración.

—¿Cómo te llamas? —le pregunta al mayor.

—Fred.

—Siéntate al volante, Fred. Voy a enseñarte a poner en marcha este trasto.

—No hace falta que lo haga —tercia la madre, que parece a punto de echarse a llorar—. Cariño, no toques nada.

—Yo soy Johnny —dice el otro chico.

—Tú después —le asegura Lucy—. Ponte a mi lado y presta atención.

Lucy enciende el contacto, se asegura de que el Ferrari esté en punto muerto, coge el dedo de Fred y lo posa sobre el botón rojo de arranque en el volante. Luego le suelta la mano.

—Tenlo apretado unos segundos y se pondrá en marcha.

El Ferrari despierta con un bramido.

Lucy da un paseo por el aparcamiento a cada uno de los chicos mientras su madre permanece de pie y sonríe, saluda con la mano y se enjuga los ojos.

Benton graba a Gladys Self desde su despacho en el laboratorio de neuroimagen del Hospital McLean. El apellido Self, palabra que remite al egotismo, le viene como anillo al dedo, igual que a su famosa hija.

—Si se pregunta por qué esa hija mía tan rica no me pone una bonita mansión en Boca —dice la señora Self—, bueno, pues es porque no quiero ir a Boca ni a Palm Beach ni a ninguna otra parte. Estoy muy bien aquí mismo, en Hollywood, Florida, en mi apartamentito destartalado en primera línea de playa, justo en el paseo marítimo.

—¿Y eso por qué?

—Para hacérselas pagar. Piense en la imagen que dará ella cuando me encuentren muerta en un cuchitril así algún día. A ver cómo le sienta a su popularidad. —Ríe satisfecha.

—Me da la impresión de que no le resulta fácil decir nada agradable de su hija —señala Benton—. Y necesito que la elogie al menos un poco, señora Self. Igual que voy a necesitar unos minutos de comentarios neutrales y luego de críticas.

—Pero, a ver, ¿por qué esta haciendo esto mi hija?

—Se lo he explicado al principio de nuestra conversación. Se ha ofrecido voluntaria para una investigación científica que estoy llevando a cabo.

—Esa hija mía no se ofrece voluntaria para un carajo a menos que espere sacar algo. Nunca le he visto hacer nada por la mera razón de ayudar al prójimo. Tonterías. ¡Ja! Una emergencia familiar. Suerte tiene de que no saliera yo en la CNN para decirle al mundo entero que está mintiendo. Vamos a ver. Me pregunto cuál puede ser la verdad. Déjeme seguir las pistas. ¿Es usted uno de sus psicólogos de la policía en el hospital ése como se llame? ¿McLean? Ah, sí, eso es, adonde van todos los ricos y famosos, justo la clase de lugar adonde iría mi hija si tuviera que ir a alguna parte, y yo sé de una buena razón para que lo haya hecho. Usted se quedará pasmado cuando se la diga. ¡Bingo! ¡Está ingresada como paciente, de eso va todo esto!

—Como le he dicho, ella forma parte de una investigación que estoy llevando a cabo. —Maldita sea. Ya le advirtió a la doctora Self al respecto: si llamaba a su madre para hacer la grabación, quizás ella sospechara que la doctora está ingresada—. No estoy autorizado a hablar de su situación, dónde está, qué está haciendo o por qué. No puedo divulgar información alguna sobre ninguno de los sujetos de nuestros estudios.

—Pues yo sí que podría divulgar un par de cosas. ¡Lo sabía! Es digna de estudio, desde luego. Qué persona normal saldría en la tele haciendo lo que hace ella: retorcer la mente de las personas, tergiversar su vida, como hizo con esa jugadora de tenis que han asesinado. Le apuesto dólares contra dónuts a que Marilyn tiene parte de culpa en ello, la sacó en su programa para hurgar en asuntos íntimos de esa chica delante de todo el mundo. Fue bochornoso, no puedo creer que la familia de la chavalita lo permitiera.

Benton ha visto una grabación del programa. La señora Self está en lo cierto. Drew quedó más expuesta de la cuenta, y eso la hizo vulnerable y accesible, dos ingredientes para convertirse en víctima de acecho, si es que lo fue. No es ése el objetivo de su llamada, pero no puede resistirse a indagar.

—Me pregunto cómo consiguió su hija llevar a Drew Martin a su programa. ¿Ya se conocían?

—Marilyn es capaz de conseguir a quienquiera. Cuando me llama en ocasiones especiales, mayormente se dedica a alardear de tal o cual famoso. Sólo que, tal como lo cuenta, da la impresión de que tienen suerte de conocerla a ella, y no al revés.

—No la ve muy a menudo, ¿verdad?

—¿De veras cree que se tomaría la molestia de visitar a su propia madre?

—Bueno, tampoco es que carezca por completo de sentimientos, ¿no?

—De niña podía ser cariñosa, aunque cueste creerlo. Pero algo se malogró al cumplir los dieciséis años. Se escapó con un seductor que le rompió el corazón, regresó a casa y se armó una de cuidado. ¿No le ha contado nada de eso?

—No, nada.

—No me extraña. Es capaz de hablar sin parar de que su padre se suicidó y de lo horrible que soy yo y la gente en general, pero sus propios errores no existen. Le sorprendería averiguar a cuánta gente ha excomulgado de su vida sin otra razón que le resultaban inconvenientes. O quizá que alguien muestra una faceta de ella que el mundo no debe ver. Eso es una ofensa sólo punible con la muerte.

—Supongo que no lo dice en sentido literal.

—Depende de su definición.

—Vamos a empezar con sus aspectos positivos.

—¿Le ha contado que obliga a todo el mundo a firmar un compromiso de confidencialidad?

—¿Incluso a usted?

—¿Quiere saber la auténtica razón de que viva como vivo? Pues es porque no puedo permitirme su supuesta generosidad. Vivo de la Seguridad Social y de la jubilación que me ha quedado después de trabajar toda la vida. Marilyn nunca ha hecho nada por mí, y encima tuvo la cara de decirme que tenía que firmar uno de esos compromisos de confidencialidad, ¿entiende? Dijo que si no lo hacía, tendría que arreglármelas por mi cuenta por muy enferma que me pusiera. No lo firmé. Y aun así no hablo de ella, aunque podría, vaya sí podría.

—Está hablando conmigo.

—Bueno, ella me dijo que lo hiciera, ¿no? Le dio a usted mi teléfono porque conviene a los intereses egoístas que tiene ahora, sean cuales sean. Y yo soy su debilidad. No puede evitarlo. Se muere de ganas de saber lo que tengo que decir. Así da validez a la noción que tiene de sí misma.

—Lo que necesito —le explica Benton— es que imagine que le está diciendo lo que le gusta de ella. Tiene que haber algo. Por ejemplo: «Siempre he admirado lo lista que eres» o «Estoy muy orgullosa de tu éxito», etcétera.

—¿Aunque no lo sienta de veras?

—Si no puede decir nada positivo, me temo que no podemos seguir adelante. —Cosa que a Benton no le desagradaría.

—No se preocupe. Soy capaz de mentir tan bien como ella.

—Luego lo negativo. «Ojalá fueras más generosa o menos arrogante», o lo que le venga a la cabeza.

—Eso está chupado.

—Por último, los comentarios neutrales. El tiempo, ir de compras, lo que ha estado haciendo, cosas así.

—No se fíe de ella. Fingirá y mandará al cuerno su investigación.

—El cerebro no puede fingir —le asegura Benton—. Ni siquiera el de ella.

Una hora después. La doctora Self, con un reluciente traje pantalón de seda roja y descalza, está recostada en unos almohadones en su cama.

—Entiendo que esto le parezca innecesario —dice Benton, a la vez que pasa las páginas de la edición para pacientes de *Entrevista clínica estructurada para trastornos de Eje 1 según el DSM-IV*.

—¿Le hace falta un guión, Benton?

—Para mantener la coherencia en esta investigación, llevamos a cabo las entrevistas con el manual. En cada ocasión según el sujeto. No voy a hacerle preguntas obvias e irrelevantes, como su estatus profesional.

—Déjeme que le ayude —se ofrece ella—. Nunca he estado ingresada como paciente en un hospital psiquiátrico. No tomo ninguna medicación. No bebo demasiado. Por lo general duermo cinco horas por la noche. ¿Cuántas horas duerme Kay?

—¿Ha adelgazado o engordado mucho recientemente?

—Mantengo mi peso a la perfección. ¿Cuánto pesa Kay en la actualidad? ¿Come mucho cuando está sola o deprimida? Toda esa comida frita de por allí...

Benton pasa las páginas.

—¿Qué me dice de sensaciones extrañas en el cuerpo o la piel?

—Depende de con quién esté.

—¿Alguna vez nota olores o sabores que otros no alcanzan a percibir?

—Hago muchas cosas que otros no alcanzan a hacer.

Benton levanta la mirada.

—Me parece que lo del estudio no es buena idea, doctora Self. Esto no es constructivo.

—No es usted quien debe juzgarlo.

—¿Le parece a usted constructivo?

—No ha hablado sobre la cronología de los estados de ánimo. ¿No me va a preguntar por los ataques de pánico?

—¿Los ha tenido alguna vez?

—Sudores, temblores, mareos, taquicardia. ¿Miedo a morir? —Le mira con aire pensativo, como si fuera él su paciente—. ¿Qué ha dicho mi madre en la grabación?

—¿Qué me dice de cuando ingresó aquí? —pregunta él—. Parecía que un correo le había producido pánico, el que le mencionó al doctor Maroni nada más llegar y no ha mencionado desde entonces.

—Imagine a esa chica ayudante suya creyendo que iba a hacerme la entrevista. —Sonríe—. Soy psiquiatra. Sería como si una principiante se enfrentara a Drew Martin en un partido de tenis.

—¿Cuáles son sus sentimientos acerca de lo que le ocurrió? En las noticias han dicho que la tuvo como invitada en su programa. Hay quien ha sugerido que tal vez el asesino se obsesionó con ella debido a...

—¡Como si en mi programa hubiera sido la única vez que salió en televisión! Tengo muchísimos invitados en mi programa.

—Iba a decir debido a su prominencia en los medios de comunicación, no a la aparición en su programa, específicamente.

—Es probable que me lleve otro Emmy por esa serie de programas. A menos que lo ocurrido...

—¿A menos que lo ocurrido...?

—Eso sería sumamente injusto —dice ella—. Si la academia se mostrara predispuesta en mi contra debido a lo que le ocurrió a Drew Martin. ¡Como si tuviera algo que ver con la calidad de mi trabajo! ¿Qué ha dicho mi madre?

—Es importante que no lo sepa hasta que esté en el escáner.

—Me gustaría hablar de mi padre. Murió cuando yo era muy pequeña.

—De acuerdo —asiente Benton, que se sienta tan lejos de ella como puede, de espaldas a la mesa donde tiene el ordenador portátil. En una mesa entre ambos está la grabadora en marcha—. Vamos a hablar de su padre.

—Yo tenía dos años cuando murió, ni dos siquiera.

—¿Y lo recuerda lo bastante bien como para sentir que la rechazó?

—Como debe de saber por estudios que imagino ha leído, las criaturas que no son amamantadas por la madre tienen más probabilidades de tener mayores niveles de estrés y angustia en la vida. Las presidiarias que no pueden amamantar a sus hijos sufren carencias notables en su capacidad de alimentación y protección.

—No entiendo la relación. ¿Insinúa que su madre estuvo en la cárcel en algún momento?

—Nunca me sostuvo contra su pecho, no me dio de mamar, no me tranquilizó con el latir de su corazón, no mantuvo contacto visual conmigo cuando me alimentaba con el biberón, con una cuchara, una pala, una excavadora. ¿Ha reconocido todo eso en la grabación? ¿Le ha preguntado por nuestra relación?

—Cuando grabamos a la madre de un sujeto, no nos hace falta saber la historia de su relación.

—Su negativa a establecer vínculos conmigo agravó mi sensación de rechazo, mi resentimiento, me hizo más propensa a culparla de que mi padre me abandonara.

—Se refiere a su muerte.

—Es interesante, ¿no cree? Kay y yo perdimos a nuestros padres a edad muy temprana, y ambas nos hicimos doctoras, pero yo me dedico a curar la mente de los vivos mientras ella trocea el cuerpo de los muertos. Siempre me he preguntado cómo será en la cama, teniendo en cuenta su trabajo.

—Culpa a su madre de la muerte de su padre.

—Yo estaba celosa. En varias ocasiones entré en su habitación mientras estaban manteniendo relaciones sexuales, y lo vi, desde el umbral. Vi a mi madre ofrecerle su cuerpo. ¿Por qué él y no yo? ¿Por qué ella y no yo? Quería lo que se daban el uno al otro, sin darme cuenta de lo que significaba, porque desde luego no quería mantener relaciones orales ni genitales con mis padres y no entendía esa parte del asunto. Probablemente me pareció que les dolía algo.

—¿Sin haber cumplido los dos años, los sorprendió en más de una ocasión y lo recuerda? —Ha dejado el manual de diagnóstico bajo la silla y ahora está tomando notas.

Ella vuelve a acomodarse en la cama y adopta una postura más provocativa, asegurándose de que Benton tenga bien presentes todos los contornos de su cuerpo.

—Vi a mis padres vivos, tan vitales, y en un abrir y cerrar de ojos, él había desaparecido. Kay, por otra parte, fue testigo de la larga agonía de su padre provocada por el cáncer. Yo viví con la pérdida y ella vivió con la agonía, y eso supone una diferencia. De manera, Benton, que ya ve: en tanto que psiquiatra, mi objetivo es entender la vida de mi paciente, mientras que la de Kay es entender la muerte del suyo. Eso debe de tener algún efecto sobre usted.

—No estamos aquí para hablar de mí.

—¿No es una maravilla que el Pabellón no se atenga a rígidas normas institucionales? Aquí estamos, a pesar de lo ocurrido cuando ingresé. ¿Le ha contado el doctor Maroni lo de que entró en mi habitación, no en ésta, sino en la primera? ¿Que cerró la puerta y me desabrochó el albornoz? ¿Que me tocó? ¿Fue ginecólogo en una carrera anterior? Parece incómodo, Benton.

—¿Se siente hipersexual?

—Así que ahora estoy sufriendo un episodio maníaco. —Sonríe—. Vamos a ver a cuántos diagnósticos llegamos esta tarde. Pero no estoy aquí para eso. Ya sabemos por qué estoy aquí.

—Dijo que era debido a un correo que descubrió durante un descanso en los estudios de televisión. Hace dos viernes.

—Ya le hablé al doctor Maroni de ese correo.

—Según tengo entendido, le dijo que había recibido un correo —le recuerda Benton.

—Si fuera posible, albergaría la sospecha de que entre todos me hipnotizaron para que ingresara aquí por causa de ese correo electrónico, pero eso sería como el argumento de una película o una psicosis, ¿verdad?

—Le dijo al doctor Maroni que estaba terriblemente afectada y temía por su vida.

—Y luego me medicaron contra mi voluntad. Y después él se largó a Italia.

—Tiene consulta allí. Siempre está viajando, sobre todo en esta época del año.

—El Dipartimento di Scienze Psichiatriche de la Universidad de Roma. Tiene una villa en Roma y un apartamento en Venecia. Es de una familia italiana muy acaudalada. También es director clínico del Pabellón, y todo el mundo cumple su voluntad, incluido usted. Antes de marcharse del país, deberíamos haber solucionado lo que ocurrió cuando me registré en mi habitación.

—¿Se registró en su habitación? Habla de McLean como si fuera un hotel.

—Ahora ya es demasiado tarde.

—¿De veras cree que el doctor Maroni la tocó de alguna manera inadecuada?

—Creo que lo he dejado perfectamente claro.

—Así que lo cree.

—Aquí lo negaría todo el mundo.

—Claro que no lo negaríamos si fuera cierto.

—Lo negaría todo el mundo.

—Cuando la limusina la trajo, usted estaba bastante lúcida pero inquieta. ¿Se acuerda de eso? ¿Recuerda hablar con Maroni en el edificio de ingresos y decirle que necesitaba un lugar donde estar a salvo por causa de un correo electrónico y que ya se lo explicaría más adelante? —le pregunta Benton—. ¿Recuerda haberse mostrado provocativa con él tanto verbal como físicamente?

—Sí que tiene usted tacto con los pacientes. Quizá debería volver al FBI y utilizar mangueras y qué sé yo. Tal vez podría colarse en mi cuenta de correo, mis casas y mis cuentas bancarias.

—Es importante que recuerde cómo estaba cuando llegó aquí. Intento ayudarle a que lo haga —asegura él.

—Recuerdo que el doctor entró en mi habitación aquí en el Pabellón.

—Eso fue después, por la noche, cuando de pronto se puso histérica e incoherente.

—Fue un estado provocado por la medicación. Soy muy sensible a los medicamentos. No los tomo ni creo en ellos.

—Cuando el doctor Maroni entró en su habitación, ya había una neuropsicóloga y una enfermera con usted. Y no dejaba de repetir que algo no era culpa suya.

—¿Estaba usted presente?

—No.

—Ya veo, porque habla como si hubiera estado.

—He leído su informe.

—Mi informe. Supongo que fantasea con la posibilidad de vendérselo al mejor postor.

—Maroni le hizo algunas preguntas mientras la enfermera comprobaba sus constantes vitales, y fue necesario sedarla con una inyección intramuscular.

—Cinco miligramos de Haldol, dos miligramos de Ativan, un miligramo de Cogentin: el infame método de restricción química cinco-dos-uno que se utiliza con los internos violentos. Yo tratada como una presa violenta. Después de eso no recuerdo nada.

—¿Puede decirme qué no era culpa suya, doctora Self? ¿Tenía que ver con ese correo?

—Lo que hizo Maroni no fue culpa mía.

—¿De manera que su angustia no tenía que ver con el correo que, según dijo, era su motivo para venir a McLean?

—Esto es una conspiración. Están todos conchabados. Por eso se puso en contacto conmigo su compinche Pete Marino, ¿verdad? O igual es que quiere dejarlo. Quiere que lo rescate, tal como hice en Florida. ¿Qué le están haciendo?

—No hay ninguna conspiración.

—¿Veo asomar al investigador?

—Lleva aquí diez días y no le ha hablado a nadie de la naturaleza de ese correo.

—Porque en realidad tiene que ver con la persona que me envió una serie de correos. Decir «un correo» es engañoso. Se trata de una persona.

—¿Quién?

—Una persona a la que podría haber ayudado el doctor Maroni, un individuo muy perturbado. Al margen de lo que haya o no haya hecho, necesita ayuda. Y si algo me ocurre, o le ocurre a otra persona, será culpa de Maroni, no mía.

—¿Qué sería culpa suya?

—Acabo de decir que yo no tendría la culpa de nada.

—¿Y no puede enseñarme el correo que nos ayudaría a entender quién es esa persona y tal vez a protegerla a usted de él?

—Es interesante, pero había olvidado que usted trabaja aquí. Lo recordé al ver el anuncio en que pedía voluntarios para su investigación en secretaría. Luego, claro, Marino comentó algo cuando me envió su correo. Y no es ése el correo al que me refiero, así que no se emocione. Trabajar para Kay lo tiene aburrido y sexualmente frustrado.

—Me gustaría hablar con usted acerca de cualquier correo que haya recibido, o enviado.

—Envidia. Así es como empieza. —Lo mira—. Kay me envidia porque su existencia es diminuta. Me envidia con tanta desesperación que tuvo que mentir sobre mí ante los tribunales.

—¿A qué se refiere?

—Sobre todo a ella. —El odio serpentea—. Soy perfectamente objetiva respecto de lo que ocurrió en ese flagrante caso de abuso legal y nunca me tomé de manera personal que usted y Kay, sobre todo ella, prestaran testimonio, convirtiéndose ambos, sobre todo ella, en paladines del abuso legal.

—El odio repta fríamente—. Me pregunto cómo se sentiría ella si supiera que usted está en mi habitación con la puerta cerrada.

—Cuando ha dicho que tenía que hablar conmigo a solas en la intimidad de su habitación, acordamos que yo grabaría la sesión además de tomar notas.

—Grábeme, tome notas, algún día le serán de utilidad. Hay mucho que aprender de mí. Hablemos de su experimento.

—Trabajo de investigación. El mismo para el que usted se presentó voluntaria y obtuvo permiso especial a pesar de que yo le aconsejé en sentido contrario. No utilizamos la palabra «experimento».

—Tengo curiosidad por saber por qué quiere excluirme de su experimento, a menos que tenga algo que esconder.

—Francamente, doctora Self, no estoy convencido de que cumpla los criterios de selección.

—Francamente, Benton, es lo último que le conviene, ¿no es así? Pero no tiene opción porque su hospital es lo bastante inteligente como para no discriminarme.

—¿Se le ha diagnosticado bipolaridad?

—Nunca me han diagnosticado nada aparte de ser superdotada.

—¿Le han diagnosticado bipolaridad a alguien de su familia?

—Lo que todo esto acabe demostrando, bueno, es cosa suya. Durante diversos estados de ánimo la corteza cerebral prefrontal dorsolateral se «ilumina» si recibe los estímulos externos apropiados. Y qué. La TEM y la RMF han demostrado con claridad que la gente que está deprimida presenta anomalías en el flujo de sangre en las regiones prefrontales y una disminución de la actividad en la corteza prefrontal dorsolateral. Así que ahora usted añade violencia a la mezcla, y ¿qué va a demostrar? ¿Y qué importa eso? Sé que su pequeño experimento no fue aprobado por el Comité de la Universidad de Harvard sobre Utilización de Sujetos Humanos.

—No llevamos a cabo estudios que no estén autorizados.

—Los sujetos de control sanos ¿siguen sanos cuando han acabado con ellos? ¿Qué ocurre con los sujetos que no están tan sanos? El pobre desgraciado con un historial de depresión, esquizofrenia, bipolaridad o algún otro trastorno, que también tiene antecedentes de hacerse daño a sí mismo o a otros, o de intentarlo, o de fantasear de manera obsesiva sobre ello.

—Creo que Jackie le dio la información necesaria —dice Benton.

—No del todo. Ésa no sabría distinguir la corteza prefrontal dorsolateral de un bacalao. Ya se han realizado estudios acerca de cómo responde el cerebro a la crítica y el elogio maternos. Así que ahora añade violencia a la mezcla, y ¿qué va a demostrar? ¿Y qué importa eso? Muestra qué diferencia hay entre el cerebro de los individuos violentos y el de los demás, y ¿qué va a demostrar? ¿Y qué importa eso? ¿Habría detenido al Hombre de Arena?

—¿El Hombre de Arena?

—Si echara un vistazo a su cerebro, vería Irak. Y luego ¿qué? ¿Le extirparía Irak como por arte de magia y se pondría bien?

—¿Es quien le envió el correo?

—No sé quién es.

—¿Podría tratarse de la persona perturbada que remitió usted al doctor Maroni?

—No entiendo lo que ve en Kay —dice ella—. ¿Huele a depósito de cadáveres cuando regresa a casa? Aunque, claro, usted no está cuando regresa a casa.

—Según lo que ha dicho, recibió el correo varios días después de que apareciera el cadáver de Drew. ¿Una coincidencia? Si posee información acerca de su asesinato, tiene que dármela —la insta Benton—. Dígamelo. Esto es muy grave.

La doctora estira las piernas y toca con el pie descalzo la mesa que hay entre ellos.

—Si tirara la grabadora de la mesa y se rompiera, ¿qué pasaría?

—El que mató a Drew volverá a matar —insiste Benton.

—Si tirara esta grabadora —la desplaza un poco con el pie—, ¿qué podríamos decir y qué podríamos hacer?

Benton se levanta de la silla.

—¿Quiere que otra persona sea asesinada, doctora Self?

—Coge la grabadora pero no la apaga—. ¿No ha pasado ya por esto?

—Ahí lo tiene —dice ella desde la cama—. Ahí está la conspiración. Kay volverá a mentir sobre mí, igual que antes.

Benton abre la puerta.

—No —le asegura—. Esta vez será mucho peor.

9

Las ocho de la tarde en Venecia. Maroni vuelve a llenarse la copa de vino. A medida que se esfuma la luz del día, le llega el desagradable olor del canal debajo de la ventana abierta. Las nubes se amontonan en el cielo a media altura en un estrato denso y espumoso, y a lo largo del horizonte se ve la primera pincelada dorada.

—Es una maníaca del carajo. —La voz de Benton Wesley suena clara, como si se encontrara allí y no en Massachusetts—. No puedo adoptar una actitud clínica y apropiada. Y tampoco puedo quedarme ahí sentado y prestar oído a sus manipulaciones y mentiras. Encárgasela a otro. Estoy harto de ella. Estoy manejando mal el asunto, Paulo, como un poli, no como un médico.

El doctor Maroni está sentado delante de la ventana de su apartamento, tomando un Barolo delicioso que la conversación está echando a perder. No puede escapar de Marilyn Self. Ha invadido su hospital, ha invadido Roma y ahora lo ha seguido hasta Venecia.

—Lo que te estoy preguntando es si puedo excluirla de la investigación. No quiero someterla a un escáner —se explica Benton.

—Yo, desde luego, no voy a decirte qué hacer —responde Maroni—. Es tu investigación. Pero si quieres un consejo, no la cabrees. Sométela al escáner. Haz que sea una experiencia agradable y sencillamente asume que los datos no son válidos. Luego se largará.

—¿A qué te refieres con que se largará?

—Veo que no te han informado. La han dado de alta y se marcha después del escáner. —Del otro lado de las contraventanas abiertas, el canal presenta un color verde oliva y suave como el vidrio—. ¿Has hablado con Otto?

—¿Otto? —pregunta Benton.

—El capitán Poma.

—Ya sé quién es. ¿Por qué iba a hablar con él sobre esto?

—Cené con él anoche en Roma. Me sorprende que no se haya puesto en contacto contigo. Va de camino a Estados Unidos. En estos mismos instantes está en pleno vuelo.

—Dios santo.

—Quiere hablar con la doctora Self acerca de Drew Martin. Está convencido de que posee información al respecto y no quiere facilitarla.

—Dime que no se lo has dicho, por favor.

—No se lo he dicho, pero lo sabe de todas maneras.

—No veo cómo puede ser —dice Benton—. ¿Te das cuenta de lo que hará si cree que le hemos dicho a alguien que está ingresada aquí?

Pasa un taxi acuático acompañado de un rumor sordo y el agua chapalea contra el apartamento de Maroni.

—Supuse que obtuvo la información de ti —dice—, o de Kay, puesto que los dos sois miembros del RII y estáis investigando el asesinato de Drew Martin.

—Desde luego que no.

—¿Y de Lucy?

—Ni Kay ni Lucy están al tanto de que la doctora Self se encuentra aquí —dice Benton.

—Lucy es buena amiga de Josh.

—Maldita sea. Sólo lo ve cuando tiene que pasar un escáner. Hablan de informática. ¿Por qué iba a decírselo?

Al otro lado del canal, una gaviota maúlla como un gato y un turista le echa pan, y el pájaro vuelve a maullar.

—Lo que estoy diciendo es hipotético, claro —asegura Maroni—. Supongo que me ha pasado por la cabeza porque la llama a menudo cuando se le cuelga el ordenador o hay algún problema que no puede resolver. Es demasiado para Josh ser técnico en RM y también en TI.

—¿Cómo?

—La cuestión es adónde va a ir la doctora Self y qué nuevos problemas puede causar.

—A Nueva York, supongo —dice Benton.

—Dímelo cuando lo sepas. —Maroni toma un sorbo de vino—. Todo esto es hipotético. Me refiero a lo de Lucy.

—Aunque Josh se lo hubiera contado, ¿estás precipitándote a sacar la conclusión de que luego ella se lo dijo a Poma, a quien ni siquiera conoce?

—Tenemos que mantener bajo observación a la doctora Self cuando se marche —advierte Maroni—. Va a causar problemas.

—¿A qué viene toda esta charla tan críptica? No lo entiendo.

—Eso ya lo veo. Es una pena. Bueno, no tiene mayor importancia. Cuando la doctora se marche, dime adónde va.

—¿No tiene mayor importancia? Si averigua que alguien le dijo a Poma que está ingresada en McLean o lo estuvo, es una violación de la Ley de Transferibilidad y Responsabilidad de Seguros Médicos. Ocasionará problemas, desde luego, que es exactamente lo que quiere.

—No tengo control alguno sobre lo que pueda decirle el capitán Poma o cuándo se lo diga. La investigación la llevan los Carabinieri.

—No entiendo qué está ocurriendo aquí, Paulo. Cuando le hice la entrevista clínica, me habló del paciente que te remitió a ti —le dice Benton, con la voz impregnada de frustración—. No entiendo por qué no me lo dijiste.

Bordeando el canal, las fachadas son de apagados tonos pasteles con el ladrillo a la vista allí donde el enlucido está desgastado. Una lustrosa barca de madera de teca pasa por debajo de un puente de ladrillo con arcos. El puente es muy bajo y el timonel, que va de pie, casi lo roza con la cabeza.

—Sí, me remitió un paciente. Otto me preguntó al respecto —reconoce Maroni—. Anoche le dije lo que sé. Al menos, lo que estoy autorizado a contar.

—Habría sido un detalle por tu parte contármelo.

—Te lo estoy contando ahora. Si no lo hubieras sacado a colación, también te lo estaría contando. Lo vi varias veces en el transcurso de varias semanas, el mes de noviembre pasado —dice el doctor Maroni.

—Se refiere a sí mismo como el Hombre de Arena, según la doctora Self. ¿Te suena?

—Lo del Hombre de Arena no me dice nada.

—Ella asegura que firma así sus correos electrónicos —le informa Benton.

—Cuando Self llamó a mi oficina el pasado octubre y me pidió que recibiera a ese hombre en Roma, no me facilitó ningún correo. No mencionó que se llamara a sí mismo el Hombre de Arena, y él tampoco lo dijo cuando vino a mi despacho. En dos ocasiones, creo. En Roma, como he dicho. No tengo información alguna que me lleve a la conclusión de que ha matado a nadie, y así se lo dije a Otto. Por tanto no puedo permitirte acceder a su informe ni a la evaluación que llevé a cabo, y sé que lo entenderás, Benton.

Maroni coge la licorera y vuelve a llenarse la copa mientras el sol se pone sobre el canal. El aire que entra por las contraventanas abiertas es más fresco, y el olor del canal no tan intenso.

—¿Puedes facilitarme alguna clase de información sobre él? —insiste Benton—. ¿Algo sobre su historial? ¿Una descripción física? Sólo sé que estuvo en Irak.

—No podría aunque quisiera, Benton. No tengo mis notas.

—Lo que supone que podría haber información importante en ellas.

—Hipotéticamente —dice Maroni.

—¿No crees que deberías asegurarte?

—No las tengo —insiste.

—¿Cómo que no las tienes?

—No las tengo en Roma, a eso me refiero —dice desde su ciudad medio hundida.

Horas después, en el bar Kick'N Horse, treinta kilómetros al norte de Charleston.

Marino está sentado a la mesa enfrente de Shandy Snook y los dos comen pechuga de pollo frita con bollos, salsa de carne y sémola. Le suena el móvil y mira el número en la pantalla.

—¿Quién es? —pregunta ella, y bebe un sorbo de bloody mary con una pajilla.

—¿Por qué no pueden dejarme en paz?

—Más vale que no sea quien creo que es —amenaza ella—. Son las siete, maldita sea, y estamos cenando.

—No estoy aquí. —Marino pulsa un botón para silenciar el teléfono y aparenta que le trae sin cuidado.

—Eso es.

Shandy termina la copa sorbiendo ruidosamente, lo que a él le hace pensar en líquido desatascador en el desagüe de un lavabo.

—No hay nadie en casa —insiste ella.

Lynyrd Skynyrd suena a todo volumen en los altavoces, los neones de Budweiser están iluminados y los ventiladores del techo giran lentamente. Las paredes están cubiertas de sillas de montar y autógrafos, y los alféizares decorados con miniaturas de motocicletas, caballos de rodeo y serpientes de cerámica. Las mesas de madera están llenas a rebosar de moteros. También hay moteros en el porche: todo el mundo come y bebe, preparándose para el concierto de los Hed Shop Boys.

—Cagüen la leche —masculla Marino, que mira fijamente el móvil encima de la mesa. Hacer caso omiso de la llamada le resulta imposible. Es ella. Aunque en la pantalla se lee «número privado», sabe que es ella. A estas alturas ya debe de haber visto lo que hay en la pantalla de su ordenador. Le sorprende y le irrita que haya tardado tanto. Al mismo tiempo, le embarga la emoción de la venganza justificada. Se imagina a la doctora Self deseándolo igual que Shandy, dejándolo rendido igual que Shandy. Lleva una semana entera sin dormir.

—Como digo siempre, el muerto ya no puede estar más muerto, ¿verdad? —le recuerda ella—. Deja que la Gran Jefa se encargue por una vez.

Es ella la que ha llamado, pero Shandy no lo sabe. Supone que es alguna funeraria. Marino coge el bourbon con ginger ale pero sigue mirando de soslayo el móvil.

—Deja que se ocupe del asunto ella por una vez —repite Shandy—. Que le den.

Marino no responde, cada vez más tenso conforme se termina su copa. No responder a las llamadas de Scarpetta o devolvérselas hace que la ansiedad le produzca una opresión en el pecho. Piensa en lo que dijo la doctora Self y se siente engañado, insultado. Se le suben los colores. Durante casi veinte años, Scarpetta le ha hecho sentir que no es lo bastante bueno, cuando quizás el problema es ella. «Eso es. Probablemente es ella.» A Scarpetta no le caen bien los hombres. «Claro que no, joder.» Y durante todos estos años le ha hecho sentir que el problema es él.

—Deja que la Gran Jefa se encargue del último fiambre, sea quien sea. No tiene nada mejor que hacer —sigue taladrando Shandy.

—No tienes ni idea de quién es ni de su trabajo.

—Te sorprendería lo que sé de ella. Más vale que te andes con cuidado. —Shandy pide otra copa con un gesto.

—¿Con cuidado?

—Ya está bien de defenderla tanto, porque desde luego me estás sacando de quicio. Es como si olvidaras una y otra vez el lugar que ocupo en tu vida.

—¿Me dices eso después de toda una semana?

—Tú recuérdalo, guapo: no sólo estás «de guardia», estás «a su disposición las veinticuatro horas». ¿Por qué? ¿Por qué siempre saltas cuando te lo ordena? ¡Salta! ¡Salta! —Hace chasquear los dedos y ríe.

—Cierra la puta boca.

—¡Salta! ¡Salta! —Se inclina hacia delante para que él pueda ver dentro del chaleco de seda.

Marino recoge el móvil y el auricular.

—¿Quieres saber la verdad? —Shandy no lleva sujetador—. La verdad es que te trata como un mero servicio telefónico, un lacayo, un don nadie. No soy la primera que lo dice.

—No permito que nadie me trate así —se defiende él—. Ya veremos quién es un don nadie. —Piensa en la doctora Self y se imagina en la televisión internacional.

Shandy desliza la mano por debajo de la mesa y Marino ve por el escote del chaleco, ve tanto como le viene en gana. Ella lo acaricia con fuerza.

—No hagas eso —dice él, que está a la espera y cada vez se nota más ansioso y enfadado.

Dentro de nada otros moteros empezarán a pasar por delante para verla apoyada en la mesa y fisgarle el escote. Él ve cómo aumentan sus pechos a medida que el escote va bajando. Ella sabe cómo insinuarse en una conversación para que cualquier interesado pueda imaginarse dándole un buen bocado. Un hombretón con barriga y el billetero sujeto al pantalón con una cadena se levanta lentamente de la barra. Se toma su tiempo para llegarse hasta los servicios, disfrutando de la vista, y Marino se siente violento.

—¿No te gusta? —Shandy sigue sobándolo—. A mí desde luego me parece que sí. ¿Te acuerdas de anoche, cariño? Como un condenado adolescente.

—No sigas.

—¿Por qué? ¿Te resulta duro? —bromea ella, que se enorgullece de su ingenio.

Marino le retira la mano.

—Ahora no.

Le devuelve la llamada a Scarpetta.

—Soy Marino —saluda secamente, como si hablara con

un desconocido, de manera que Shandy no sepa de quién se trata.

—Tengo que verte —responde Scarpetta.

—Sí, ¿a qué hora? —Se comporta como si no la conociera, y se siente excitado y celoso al ver que los moteros pasan por delante de su mesa, mirando a su novia oscura y exótica, que se ofrece a la vista de todos.

—En cuanto puedas llegar aquí, a mi casa —resuena la voz de Scarpetta en el auricular, con un tono al que él no está acostumbrado y que le hace percibir su furia como una tormenta en ciernes. Ha visto los correos electrónicos, no le cabe duda.

Shandy le lanza una mirada de «¿con quién coño estás hablando?».

—Sí, ya. —Marino finge irritación al tiempo que mira su reloj de pulsera—. Llego en media hora. —Cuelga y le dice a Shandy—: Entra un cadáver.

Ella lo mira como si intentara descifrar la verdad en sus ojos, como si de algún modo supiera que está mintiendo.

—¿De qué funeraria? —Se retrepa en el asiento.

—De Meddicks, otra vez. Vaya ardillita. Ese tipo no debe de hacer nada más que conducir el maldito coche fúnebre mañana, tarde y noche. Es lo que llamamos un «caza ambulancias».

—Ah —comenta ella—. Qué putada.

Shandy se fija en un tipo con un pañuelo con estampado de llamas anudado a la cabeza y botas deformadas a la altura del talón. Él no les presta atención al pasar por delante de su mesa camino del cajero automático.

Marino se ha fijado en él al llegar: no lo había visto con anterioridad. Le ve sacar unos míseros cinco dólares del cajero mientras su chucho duerme acurrucado en una silla junto a la barra. El tipo no lo ha acariciado una sola vez ni le ha pedido al camarero algo de comer para el animal, ni siquiera un cuenco de agua.

—No sé por qué tienes que hacerlo tú —empieza Shandy

de nuevo, pero su voz es diferente, más queda, más fría, tal como suele ponerse con la primera escarcha del rencor—. Si piensas en todo lo que sabes y todo lo que has hecho... El gran detective de homicidios... Deberías ser tú el jefe, no ella. Ni la tortillera de su sobrina. —Pasa el último trozo de bollo por la salsa blanca que queda en el plato de papel—. La Gran Jefa ha conseguido convertirte en el hombre invisible.

—Te he dicho que no hables así de Lucy. No tienes ni zorra idea.

—Verdad no hay más que una. No hace falta que me lo digas tú. Todo el mundo en este bar sabe qué clase de silla monta ésa.

—Ya puedes dejar de hablar de ella. —Marino termina la copa con un gesto brusco—. Mantén la boca cerrada en lo que respecta a Lucy. Ella y yo nos conocemos desde que era una cría. Le enseñé a conducir, le enseñé a disparar, y no quiero oír ni una palabra más, ¿lo entiendes? —Quiere otra copa, aunque sabe que no debería tomarla, porque ya se ha metido tres bourbons bien cargados entre pecho y espalda. Enciende dos pitillos, uno para Shandy y otro para él—. Ya veremos quién es invisible.

—Verdad no hay más que una. Tenías una carrera de las buenas antes de que la Gran Jefa empezara a mangonearte de aquí para allá. ¿Y tú por qué le sigues el juego? Yo ya sé por qué. —Le dirige una de sus miradas acusadoras y exhala un chorro de humo—. Piensas que podrías llegar a tirártela.

—Tal vez deberíamos mudarnos —comenta Marino—. Ir a una gran ciudad.

—¿Que me mude yo contigo? —Lanza más humo.

—¿Qué te parecería Nueva York?

—No podemos ir en moto en la maldita Nueva York. No pienso mudarme a una ciudad plagada de malditos yanquis engreídos; ni de coña.

Marino le ofrece su mirada más sexy y desliza la mano por debajo de la mesa para acariciarle la pierna; le aterra perderla. Todos y cada uno de los hombres de ese bar la desean, pero ella lo ha escogido a él. Le soba el muslo y piensa en Scarpetta y en lo que dirá, ahora que ha leído los correos de la doctora Self. Quizá se está dando cuenta de quién es Marino y de lo que piensan de él otras mujeres.

—Vamos a tu casa —propone Shandy.

—¿Cómo es que nunca vamos a tu casa? ¿Temes que te vean conmigo o algo así? ¿Porque vives rodeada de gente rica yo no estoy a la altura?

—Tengo que decidir si voy a quedarme contigo. Mira, no me hace gracia la esclavitud —dice ella—. Va a hacerte trabajar hasta matarte igual que un esclavo, y sé de lo que hablo. Mi bisabuelo era esclavo, pero mi padre no. A él nadie le dijo qué coño debía hacer.

Marino levanta el vaso de plástico vacío y le sonríe a Jess, que tiene un aspecto estupendo esta tarde, con vaqueros ajustados y un top ceñido. Aparece con otro Maker's Mark con ginger ale, lo deja delante de él y dice:

—¿Piensas volver en moto a casa?

—No hay problema. —Le guiña el ojo.

—Quizá deberías quedarte aquí. Hay una caravana vacía en la parte de atrás. —Tiene varias en el bosque detrás del bar, por si los clientes no están en condiciones de coger la moto.

—No podría estar mejor.

—Ponme otro. —Shandy tiene la mala costumbre de espetar órdenes a gente que no tiene su mismo estatus en la vida.

—Aún estoy esperando a que ganes el concurso de tuneo de motos, Pete. —Jess hace caso omiso de Shandy; habla mecánica, lentamente, sus ojos en los labios de Marino.

A él le llevó un tiempo acostumbrarse. Ha aprendido a mirar a Jess cuando habla, sin hacerlo en tono demasiado alto, sin exagerar la manera de expresarse. Apenas es consciente de la sordera de ella y se siente especialmente próximo a esa chica, quizá porque no pueden comunicarse sin mirarse.

—Ciento veinticinco mil dólares para el primero. —Jess alarga la pronunciación de la pasmosa suma.

—Seguro que este año lo ganan los River Rats —le dice

Marino a Jess, a sabiendas de que ella sólo le está tomando el pelo, tal vez flirteando un poco. Nunca ha tuneado una moto ni participado en ningún concurso, y nunca lo hará.

—Y yo apuesto por Thunder Cycle. —Shandy se inmiscuye de esa manera suya tan presuntuosa que Marino detesta—. Eddie Trotta está bueno que te cagas. Puede «trotar» hasta mi cama cuando quiera.

—Voy a confiarte algo —dice Marino a Jess, al tiempo que le pasa el brazo por la cintura y levanta la mirada para que ella pueda verle los labios—: un día de éstos voy a tener pasta gansa. No me hará falta ganar un concurso de tuneo de motos ni tener un curro de mierda.

—Debería dejar su trabajo de mierda, no gana lo suficiente para que le compense, o me compense a mí —juzga Shandy—. No es más que un piel roja para la Gran Jefa. Además, no le hace falta trabajar, ya me tiene a mí.

—¿Ah, sí? —Marino sabe que no debería decirlo, pero está borracho y rebosante de odio—. ¿Y si te dijera que me han hecho una oferta para salir en la tele en Nueva York?

—¿De qué? ¿En un anuncio de crecepelo? —Shandy ríe mientras Jess intenta leer lo que están diciendo.

—Como asesor de la doctora Self. Me lo ha estado pidiendo. —Debería cambiar de tema, pero no puede contenerse.

Shandy, que parece asombrada de veras, salta:

—Mientes. ¿Por qué habrías de importarle tú una mierda a ésa?

—Tenemos relación. Quiere que vaya a trabajar para ella. He estado pensándomelo, tal vez debería haber aceptado de inmediato, pero eso supondría mudarme a Nueva York y dejarte, cariño. —La rodea con el brazo.

Ella se aparta.

—Bueno, me parece que ese programa va camino de convertirse en una comedia.

—Carga a mi cuenta lo que está tomando nuestro invitado de ahí —dice Marino con bravucona generosidad a la vez que señala al individuo con el pañuelo del estampado de llamas sentado junto a su perro en la barra—. Tiene una mala noche. No le quedan más que cinco míseros dólares.

El tipo se vuelve y Marino echa un buen vistazo a su cara picada de cicatrices de acné. Tiene esos ojos de serpiente que Marino asocia con la gente que ha cumplido condena.

—Puedo pagar mi propia cerveza, maldita sea —masculla el tipo del pañuelo en la cabeza.

Shandy sigue quejándose a Jess, sin molestarse en mirarla a la cara, de manera que es como si estuviera hablando consigo misma.

—A mí no me da la impresión de que puedas pagar gran cosa, y te pido disculpas por mi hospitalidad sureña —responde Marino, lo bastante alto para que lo oigan todos los clientes del bar.

—Me parece que no deberías ir a ninguna parte. —Jess mira a Marino, su copa.

—Sólo hay lugar para una mujer en su vida, y un día de éstos se va a dar cuenta —le dice Shandy a Jess y a cualquiera que esté escuchando—. Además, sin mí ¿qué le queda? ¿Quién crees que le dio ese colgante tan chulo que lleva?

—Que te den por culo —le dice el tipo del pañuelo a Marino—. Mecagüen tu madre.

Jess se llega hasta la barra, se cruza de brazos y le dice al tipo del pañuelo:

—Aquí hablamos con corrección. Más vale que te largues.

—¿Cómo dices? —dice a voz en cuello, y se lleva una mano detrás de la oreja para burlarse de ella.

Marino echa atrás la silla arrastrándola por el suelo y en tres zancadas se planta entre los dos.

—Di que lo lamentas, gilipollas —le amenaza Marino.

Los ojos del tipo se clavan en los suyos como agujas. Arruga el billete de cinco dólares que ha sacado del cajero, lo tira al suelo y lo aplasta con la bota como si apagara una colilla. Le da una palmada al perro en el trasero y se dirige hacia la puerta al tiempo que le dice a Marino:

—¿Por qué no sales ahí fuera como un hombre? Tengo que decirte una cosa.

Marino les sigue a él y al perro por el aparcamiento de tierra hasta una vieja *chopper*, probablemente armada en los años setenta, un modelo de cuatro velocidades con pedal de arranque, decorada con llamas y con matrícula de aspecto extraño.

—De cartón —se fija Marino, y lo dice en voz alta—. Hecha en casa. Qué monada. A ver, qué tienes que decirme.

—¿Sabes por qué he venido esta noche? Tengo un mensaje para ti. ¡Siéntate! —le grita al perro, que se encoge de miedo y se agazapa sobre el vientre.

—La próxima vez, me envías una carta. —Marino lo coge por la pechera de la mugrienta cazadora vaquera—. Sale más barato que un funeral.

—Si no me sueltas, haré que te arrepientas. Tengo una razón para haber venido, y más vale que me escuches.

Marino le quita las manos de encima, consciente de que todo el mundo en el garito ha salido al porche a mirar. El perro sigue tumbado sobre el vientre, asustado.

—Esa zorra para la que trabajas no es bienvenida por aquí y haría bien en volverse por donde vino —dice el tipo del pañuelo—. No hago más que darte este consejo de parte de alguien que puede hacer algo al respecto.

—¿Cómo la has llamado?

—Lo que puedo decirte es que esa zorra tiene unas tetas de cuidado. —Ahueca las manos y lame el aire—. Si no se larga de la ciudad, voy a averiguar si me gustan.

Marino le suelta una patada a la *chopper*, que cae al suelo con un golpe seco. Saca la Glock del calibre 40 que lleva remetida en el pantalón por la parte de atrás y apunta al tipo entre los ojos.

—No seas tonto —le dice el tipo, al tiempo que los moteros empiezan a gritar desde el porche—. Si me pegas un tiro, ya puedes dar por terminada la mierda de vida que llevas.

—¡Eh! ¡Eh! ¡Eh!

—¡Venga, tranqui!

—¡Pete!

Marino tiene la sensación de que la parte superior del cráneo se le separa flotando del resto del cuerpo mientras mira fijamente el punto entre los ojos del hombre. Desliza hacia atrás la guía del arma para introducir una bala en la recámara.

—Si me matas, date por muerto tú también —insiste el del pañuelo, pero está asustado.

Los moteros están de pie, venga gritar, y Marino es vagamente consciente de que algunos se aventuran a salir al aparcamiento.

—Recoge esa mierda de moto y lárgate —le dice Marino, y baja el arma—. Deja al perro.

—¡No pienso dejar a mi maldito perro!

—Vas a dejarlo. Lo tratas de puta pena. Y ahora largo de aquí antes de que te abra un tercer ojo.

Mientras la *chopper* se aleja con un bramido, Marino vacía la recámara y vuelve a meterse la pistola en el pantalón a la espalda, sin saber muy bien qué le acaba de sobrevenir, cosa que le aterra.

Acaricia al perro, que sigue aplastado sobre el vientre y le lame la mano.

—Ya encontraremos alguna buena persona que se ocupe de ti —le dice Marino mientras alguien lo coge por el brazo con fuerza. Levanta la mirada hacia Jess.

—Me parece que ya es hora de que te ocupes de esto —le aconseja.

—¿De qué me hablas?

—Ya sabes de qué, de esa mujer: te lo advertí. Te está machacando, te hace sentir como un don nadie, y mira lo que pasa. En apenas una semana te has convertido en un salvaje.

Las manos le tiemblan sin cesar. Mira a Jess para que pueda leerle los labios.

—Ha sido una estupidez, ¿verdad, Jess? Y ahora ¿qué? —Acaricia al perro.

—Será el perro del bar, y si ese tipo vuelve por aquí, no

saldrá bien parado. Pero ahora más vale que te andes con cuidado, porque has echado algo a rodar.

—¿Lo habías visto alguna vez?

Ella niega con la cabeza.

Marino se fija en que Shandy está en el porche, junto a la barandilla. Se pregunta por qué no ha salido de allí. Él ha estado a punto de matar a alguien y ella sigue en el porche.

10

En alguna parte ladra un perro. Es noche casi cerrada y los ladridos se vuelven más insistentes.

Scarpetta detecta el lejano ritmo acompasado —*patata-patata-patata*— del carburador de la Roadmaster de Marino. Oye que el maldito trasto se mete por Meeting Street, hacia el sur. Unos momentos después brama por el estrecho paseo detrás de su casa. Marino ha estado bebiendo, lo ha advertido al hablar con él por teléfono, porque se ha mostrado odioso.

Hace falta que esté sobrio si van a mantener una conversación productiva, tal vez la más importante que han tenido nunca. Empieza a preparar café mientras él gira por King Street y luego dobla a la izquierda de nuevo para enfilar el estrecho sendero de entrada que Scarpetta comparte con su desagradable vecina, la señora Grimball. Marino le da al acelerador varias veces para anunciarse y luego apaga el motor.

—¿Tienes algo de beber aquí? —pregunta en cuanto Scarpetta abre la puerta de entrada—. Un poco de bourbon no me vendría nada mal. ¡Verdad que sí, señora Grimball! —grita en dirección a la casa de estructura amarilla, y entonces se mueve una cortina. Él asegura el candado en la horquilla delantera de la moto y se mete la llave en el bolsillo.

—Entra ahora mismo —le insta Scarpetta al darse cuenta de que está más ebrio de lo que pensaba—. Por el amor de Dios, ¿por qué te parece necesario entrar en moto por el paseo y gritarle a la vecina? —le reprocha mientras él la sigue hasta la cocina, los pasos de sus botas bien sonoros, rozando casi con la cabeza el dintel de cada puerta a medida que pasan.

—Razones de seguridad. Me gusta comprobar que no ocurre nada ahí atrás, que no hay algún coche fúnebre abandonado o algún sin techo merodeando.

Coge una silla y se deja caer en ella repantigado. El olor a alcohol que despide es intenso, tiene la cara enrojecida y los ojos inyectados en sangre.

—No puedo quedarme mucho rato —le dice—. Tengo que volver con mi chica. Se piensa que estoy en la morgue.

Scarpetta le ofrece un café solo.

—Vas a quedarte lo suficiente para que se te pase, o de lo contrario no irás a ninguna parte en moto. Me cuesta creer que hayas podido conducirla en ese estado. No es propio de ti. ¿Qué te ocurre?

—Bueno, me he tomado unas copas. No tiene importancia. Estoy bien.

—Claro que tiene importancia, y no estás bien. Me trae sin cuidado lo supuestamente bien que aguantas el alcohol. Todos los conductores borrachos creen que están bien antes de acabar muertos, tullidos o en la cárcel.

—No he venido aquí a que me sermoneen.

—No te he invitado para que aparecieras borracho.

—¿Para qué me has invitado? ¿Para soltarme una bronca? ¿Para señalarme otro de mis fallos? ¿Alguna otra cosa que no está a la altura de la parra a la que estás subida?

—No es propio de ti hablar así.

—Igual es que nunca me has escuchado.

—Te he pedido que vinieras para que mantuviéramos una conversación franca y sin tapujos, pero no me parece buen momento. Tengo una habitación de invitados. Igual deberías dormir la mona y ya hablaremos por la mañana.

—A mí me parece un momento tan bueno como cualquier otro. —Lanza un bostezo y se despereza, pero no toca la taza de café—. Venga, ya puedes hablar, o si no, me largo.

—Vamos a la sala y nos sentamos delante de la chimenea. —Scarpetta se levanta de la mesa de la cocina.

—Joder, si ahí fuera estamos a veintitantos grados... —Él también se levanta.

—Entonces pondré el aire acondicionado para que estemos más a gusto. —Se acerca al termostato y pone en funcionamiento el aparato—. Siempre me ha resultado más fácil hablar delante del fuego.

Marino la sigue a su habitación preferida, una salita de estar con chimenea de ladrillo, suelos de tea de pino, vigas a la vista y paredes enlucidas. Ella pone un tronco sintético en el hogar y lo enciende, luego acerca dos butacas y apaga las lámparas.

Marino observa cómo las llamas consumen el papel que envuelve el tronco, y dice:

—No puedo creer que uses esas cosas. Tanto insistir en que todo sea auténtico y luego utilizas troncos de pega.

Lucious Meddick da la vuelta a la manzana al volante de su coche y su resentimiento es cada vez más enconado.

Los ha visto entrar después de que el gilipollas del investigador llegara borracho a lomos de su atronadora moto y molestara a los vecinos. «Premio doble», piensa Lucious. Se le ha bendecido porque ha sido víctima de un agravio y ahora Dios lo está compensando por ello. Dispuesto a darle una lección a ella, Lucious los ha pillado a los dos, y ahora dirige lentamente el coche fúnebre hacia el paseo sin iluminación, preocupado por la posibilidad de tener otro pinchazo, y cada vez más furioso. Hace chasquear la goma elástica a medida que su frustración cobra intensidad. Las voces de los operadores en el escáner de la policía que tiene en el vehículo son un lejano ruido parásito que sería capaz de descifrar en sueños.

No le han llamado. Ha pasado por delante de un accidente de carretera mortal en la autopista William Hilton, ha visto cómo cargaban el cadáver en un viejo coche fúnebre de la competencia, y una vez más han vuelto a pasar por alto a Lucious.

Ahora el condado de Beaufort es terreno de ésa, y a él nadie le llama. Lo ha excluido porque cometió un error con su dirección. Si le pareció que aquello era una violación de su intimidad, no conoce el significado del término.

Filmar a mujeres de noche por la ventana no es nada nuevo. Es sorprendente lo fácil que resulta y cuántas no se molestan en tener cortinas ni persianas, o las dejan abiertas unos centímetros, pensando: «¿Quién va a mirar? ¿Quién va a ocultarse tras los arbustos o subirse a un árbol para verme?» Pues Lucious en persona. A ver qué le parece a esa engreída de doctora verse en una película casera que la gente puede descargar gratis sin saber quién la filmó. Mejor aún, los pillará a los dos con las manos en la masa. Lucious piensa en el coche fúnebre ni remotamente tan bonito como el suyo, y en el accidente, y la injusticia le resulta insoportable.

¿A quién han llamado? A él no. A Lucious no, ni siquiera después de haberse puesto en contacto por radio con la operadora de la policía para decirle que estaba en la zona. Ella le contestó con su tonillo seco y respondón que no le había llamado y a ver qué unidad era la suya. Cuando le contestó que no era de ninguna unidad, ella le dijo que se mantuviera alejado de las frecuencias de la policía y, ya puestos, de todas las demás. Hace chasquear la goma elástica hasta que le escuece como un latigazo. El coche fúnebre brinca al pasar por encima de unas piedras delante de la verja de hierro tras el jardín de la casa cochera de la doctora, donde ve un Cadillac blanco que le corta el paso. Apenas hay luz en la parte trasera. Chasquea la goma elástica y maldice. Reconoce la pegatina oval en el parachoques trasero del Cadillac.

HH de Hilton Head.

Va a tener que dejar su coche fúnebre allí mismo. De todas maneras, nadie circula por ese paseo, y le pasa por la cabeza denunciar el Cadillac y echarse unas risas mientras la policía le pone una multa al conductor. Piensa maliciosamente en YouTube y en el lío que está a punto de montar. El jodido investigador se está cepillando a la zorra esa. Los ha visto entrar en la casa, a hurtadillas como adúlteros. Él tiene novia, esa chavala tan sexy con la que estaba en la morgue, y Lucious los vio montárselo creyendo que él estaba distraído. Por lo que ha oído, la doctora Scarpetta tiene pareja en el norte. Hay que ver. Lucious se pone en evidencia, anuncia su negocio y le dice a ese investigador tan cabroncete que estaría agradecido si él y su jefa le hicieran encargos, ¿y cómo le responden? Le faltan al respeto, lo discriminan. Ahora pagarán por ello.

Apaga el motor y las luces y se apea mientras mira ferozmente el Cadillac. Abre la puerta trasera del coche y saca una camilla con patas extensibles con un montón de sábanas blancas y bolsas blancas para restos humanos pulcramente dobladas encima. Busca la cámara y las baterías de repuesto que guarda en una caja de herramientas y cierra la puerta. Luego mira el Cadillac y pasa por su lado, sopesando la mejor manera de acercarse a la casa de la doctora.

Alguien se mueve detrás de la ventanilla del conductor, un levísimo indicio de algo oscuro que se desplaza en el interior del coche. Al poner en marcha la cámara, Lucious se alegra de ver cuánta memoria queda, y la sombra en el interior del Cadillac vuelve a moverse, y Lucious rodea el vehículo por detrás y filma la matrícula.

Probablemente se trata de una pareja dándose el lote, y se excita al pensar en ello. Han visto los faros de su coche y no se han apartado: qué desfachatez. Le han visto aparcar en la oscuridad porque no podía pasar, y no podrían haberse mostrado más desconsiderados. Se arrepentirán. Llama a la ventanilla con los nudillos para darles un buen susto.

—Tengo la matrícula. —Eleva el tono—. Y voy a llamar a la poli, maldita sea.

El tronco crepita al arder y en la repisa de la chimenea se oye el tictac de un reloj de sobremesa inglés.

—¿Qué es lo que te pasa? —le pregunta Scarpetta, mirándolo—. ¿Qué ocurre?

—Eres tú la que me ha dicho que venga, así que es de suponer que a quien le ocurre algo es a ti.

—Nos ocurre a los dos, ¿no crees? Pareces muy desdichado, y me estás haciendo desdichada a mí. Esta semana pasada las cosas se han salido de madre. ¿Quieres decirme lo que has hecho y por qué? —le insta—. ¿O quieres que te lo diga yo?

El fuego crepita.

—Venga, Marino. Habla conmigo, por favor.

Él contempla el fuego. Durante un rato ninguno habla.

—Sé lo de los correos —dice ella al final—. Aunque probablemente ya estás al corriente, porque la otra noche le pediste a Lucy que comprobara la supuesta falsa alarma.

—Así que le hiciste husmear en mi ordenador. Eso sí que es confianza.

—Vaya, no creo que sea buena idea por tu parte hablar de confianza.

—Yo hablo de lo que me da la gana.

—El paseo que le diste a tu novia quedó todo grabado, y lo he visto, hasta el último minuto.

A Marino se le crispa la cara. Claro que sabía de la existencia de las cámaras y los micrófonos, pero no le pasó por la cabeza que los estuvieran observando. Sin duda era consciente de que todos sus actos y palabras estaban quedando registrados, pero dio por sentado que, con toda probabilidad, Lucy no tendría motivo para revisar las grabaciones. No le faltaba razón en eso: Lucy no hubiera tenido motivo alguno. Marino estaba seguro de que se saldría con la suya, y eso empeora su proceder.

—Hay cámaras por todas partes —le recuerda ella—. ¿De verdad pensabas que nadie averiguaría lo que hiciste?

No responde.

—Creía que te importaba ese niño asesinado. Y, sin embargo, abriste la cremallera y se lo enseñaste a tu novia como si se tratara de un juego. ¿Cómo pudiste hacer tal cosa?

No quiere mirarla ni responder.

—Marino. ¿Cómo pudiste hacerlo?

—Fue idea de ella. Eso debiste verlo en la grabación —se defiende.

—Que la metieras aquí sin mi permiso ya es bastante grave, pero ¿cómo pudiste enseñarle los cadáveres? En especial el del pequeño.

—Ya viste la grabación. —La mira con ceño—. Shandy no estaba dispuesta a aceptar una negativa, y tampoco quería salir de la cámara de refrigeración. Lo intenté.

—No tienes excusa.

—Estoy harto de que me espíen.

—Y yo estoy harta de traición y falta de respeto —replica Scarpetta.

—De todos modos, estaba pensando en marcharme —continúa él con tono desagradable—. Si has metido las narices en mis correos de la doctora Self, deberías saber que tengo mejores oportunidades que quedarme aquí el resto de mi vida.

—¿Marcharte? ¿Quieres que te despida? Porque eso es lo que te mereces después de lo que hiciste. No hacemos visitas turísticas por el depósito ni convertimos en un espectáculo a la pobre gente que acaba aquí.

—Joder, odio esa manera que tenéis las mujeres de reaccionar de forma tan exagerada ante cualquier cosa. Qué susceptibles e irracionales os ponéis, maldita sea. Venga, adelante, despídeme —dice con lengua espesa, pronunciando con más énfasis del necesario, como suele pasar cuando uno se esfuerza por parecer sobrio.

—Eso es lo que quiere que ocurra la doctora Self.

—Lo que pasa es que estás celosa porque ella es mucho más importante que tú.

—No hablas como el Pete Marino que conozco.

—Tú no eres la doctora Scarpetta que conozco. ¿Leíste lo demás que decía de ti?

—Decía muchas cosas sobre mí.

—La mentira en la que vives. ¿Por qué no lo reconoces de una vez? Igual es de ahí de donde le viene a Lucy. De ti.

—¿Mi orientación sexual? ¿Es eso lo que quieres saber tan desesperadamente?

—Te da miedo reconocerlo.

—Si lo que daba a entender la doctora Self fuera cierto, desde luego no tendría miedo de reconocerlo. Es la gente como ella, la gente como tú, quienes parecen tener miedo.

Él se repantiga en la silla y por un instante parece a punto de echarse a llorar. Luego vuelve a adoptar una expresión dura mientras contempla el fuego.

—Lo que hiciste ayer —dice ella— no es propio del Marino que conozco desde hace años.

—Quizá sí lo es y sencillamente no querías verlo.

—Sé que no lo es. ¿Qué te ha ocurrido?

—No sé cómo he llegado hasta aquí —suspira—. Al volver la vista atrás, veo a un tipo al que se le dio bien el boxeo durante una temporada, pero no quería que el cerebro se le quedara hecho papilla. Me harté de ser un poli de uniforme en Nueva York. Me casé con Doris, que se hartó de mí, tuve un hijo pirado que ahora está muerto, y aún sigo persiguiendo a cabrones pirados, no sé muy bien por qué. De todas maneras, nunca he sido capaz de entender por qué haces tú lo que haces, y probablemente no me lo dirás —añade con hosquedad.

—Quizá porque crecí en una casa donde nadie me hablaba para decirme nada que necesitara oír, o que me hiciera tener la sensación de que me escuchaban y era importante. Quizá porque estuve viendo morir a mi padre. Día tras día, eso era lo único que veíamos. Quizá porque he pasado el resto de mi vida intentando entender lo que me frustró de niña: la muerte. No creo que haya razones sencillas ni lógicas siquiera para ser como somos y hacer lo que hacemos. —Aunque ella le mira, Marino no le sostiene la mirada—. Quizá no haya razones sencillas ni lógicas que expliquen tu comportamiento, pero ojalá las hubiera.

—En los viejos tiempos, yo no trabajaba para ti, eso es lo que ha cambiado. —Se levanta—. Voy a tomarme un bourbon.

—Más bourbon es justo lo que no necesitas —dice ella, consternada.

Marino no escucha, y sabe dónde se guarda la bebida. Ella le oye abrir un armario y sacar un vaso, y luego otro para coger una botella. Vuelve a la salita con un vaso de licor en una mano y la botella en la otra. Scarpetta nota un desasosiego en la boca del estómago y le gustaría que se marchara, pero no puede despacharlo en plena noche borracho como está.

Él deja la botella en la mesita de centro y dice:

—Nos llevamos bastante bien en Richmond todos aquellos años cuando yo era detective en jefe y tú la mandamás. —Levanta el vaso. Marino no toma sorbos, sino grandes tragos—. Después te despidieron y yo lo dejé. Desde entonces, nada ha resultado tal como pensaba. Florida me gustaba de la hostia. Teníamos unas instalaciones deportivas de cine. Yo a cargo de las investigaciones, buen sueldo, hasta tenía mi propia loquera para famosos. Aunque no es que necesitara una loquera, pero perdí peso, estaba en una forma estupenda. Me iba de maravilla hasta que dejé de verla.

—Si hubieras seguido viendo a la doctora Self, te habría arruinado la vida. Y me resulta increíble que no veas cómo el que se haya puesto en contacto contigo no es sino una manipulación. Ya sabes cómo es. Viste cómo era ante los tribunales. La has oído.

Marino echa otro trago de bourbon.

—Por una vez hay una mujer más poderosa que tú, y no lo soportas. Igual es que no puedes soportar mi relación con ella. Así que te pusiste a vilipendiarla porque era lo único que podías hacer. Estás aquí atrapada en tierra de nadie y a punto de convertirte en ama de casa.

—No me insultes. No quiero pelearme contigo.

Marino bebe, y su vileza está plenamente despierta.

—Quizá fue mi relación con ella lo que te animó a que nos fuéramos de Florida. Ahora lo veo claro.

—Me parece que si nos mudamos de Florida fue por el huracán *Wilma* —le recuerda ella, y la sensación en el estómago empeora—. Eso y mi necesidad de volver a disponer de unas instalaciones como es debido, una auténtica consulta.

Él se termina la copa y se sirve otra.

—Ya es suficiente —le advierte ella.

—En eso tienes razón. —Levanta el vaso y echa otro trago.

—Creo que ha llegado el momento de llamar un taxi para que te lleve a casa.

—Quizá deberías poner en marcha una consulta como es debido en otra parte y marcharte de aquí de una puta vez. Sería lo mejor para ti.

—No te toca a ti decidir lo que es mejor para mí —responde ella, observándolo con detenimiento mientras la luz del fuego le ilumina la enorme cara—. No bebas más, por favor. Ya es suficiente.

—Ya es suficiente, desde luego.

—Marino, no dejes que la doctora Self haga cuña para distanciarnos, por favor.

—No hace falta que lo haga, ya te has encargado tú de eso.

—No sigamos.

—Sigamos. —Tiene la lengua pastosa y se mece un poco en la butaca con un brillo en los ojos que resulta desconcertante—. No sé cuántos días me quedan. ¿Quién coño sabe lo que va a ocurrir? Así que no intentes que malgaste el tiempo en un lugar que detesto, trabajando para alguien que no me trata con el respeto que merezco. Como si fueras mejor que yo. Pues no lo eres.

—¿A qué te refieres con «cuántos días me quedan»? ¿Me estás diciendo que estás enfermo?

—Lo que estoy es harto. A eso me refiero.

Nunca le ha visto tan borracho. Se tambalea al ponerse en pie, escancia más bourbon y lo derrama. Ella siente el impulso de arrebatarle la botella, pero la mirada que reluce en sus ojos la detiene.

—Vives sola y eso no es seguro —le advierte—. No es seguro que vivas aquí, en esta casita vieja, sola.

—Siempre he vivido sola, más o menos.

—Sí. ¿Qué hostias es eso que dicen sobre Benton? Espero que os vaya bien la vida.

Nunca ha visto a Marino tan borracho y odioso, y no sabe qué hacer.

—Me encuentro en una situación en la que debo tomar decisiones, así que ahora voy a decirte la verdad. —Escupe al hablar, el vaso de bourbon peligrosamente ladeado en la mano—. Me aburre de la hostia trabajar para ti.

—Si te sientes así, me alegra que me lo digas. —Pero cuanto más intenta ella aplacarlo, más se enciende él.

—Benton, ese esnob forrado, el «doctor» Wesley. De manera que, puesto que no soy médico, abogado o jefe indio, no soy lo bastante bueno para ti. Voy a decirte algo, joder: soy lo bastante bueno para Shandy, y desde luego ella no es lo que piensas. Es de mejor familia que tú. No se crió en la pobreza en Miami con un tendero de tres al cuarto recién llegado como inmigrante.

—Estás muy borracho. Puedes dormir en la habitación de invitados.

—Tu familia no es mejor que la mía. Italianos recién llegados al país sin otra cosa que comer que macarrones baratos y salsa de tomate cinco noches a la semana —le espeta.

—Voy a pedirte un taxi.

Deja el vaso en la mesita de centro con un golpe.

—A mí me parece buena idea largarme a lomos de mi montura. —Se agarra a la silla para mantener el equilibrio.

—No vas a acercarte a esa moto —le advierte ella.

Marino echa a andar y se golpea con el marco de la puerta al mismo tiempo que ella lo coge del brazo. Casi la arrastra hacia la puerta principal cuando intenta detenerlo y le implora que no se marche. Él hurga en el bolsillo en busca de la llave de la moto y Scarpetta se la arrebata de la mano.

—Dame la llave. Te lo pido con educación.

Scarpetta la aferra en su puño a la espalda, en el pequeño vestíbulo ante la puerta delantera.

—No vas a subirte a la moto. Apenas si puedes andar. O

coges un taxi o te quedas a pasar la noche aquí. No voy a dejar que te mates o mates a alguien. Haz el favor de escucharme.

—Dámela.

La mira con fijeza y rotundidad, y es un tipo enorme al que ya no reconoce, un desconocido que podría atacarla.

—Dámela.

Alarga la mano detrás de ella y Scarpetta se espanta cuando la coge por la muñeca.

—Marino, déjame. —Forcejea para que le suelte el brazo, pero es como si lo tuviera en un torno—. Me haces daño.

Él le pasa la otra mano por detrás y le coge la muñeca libre, y el miedo se convierte en terror cuando se inclina sobre ella, aplastándola contra la pared con su corpachón. Le invaden la mente pensamientos desesperados acerca de cómo detenerlo antes de que siga adelante.

—Marino, suéltame, me estás haciendo daño. Volvamos a sentarnos en la sala. —Intenta mostrarse impávida, pero tiene los brazos dolorosamente inmovilizados tras la espalda y el cuerpo de Marino la oprime con fuerza—. Ya está bien. No tienes intención de hacer esto. Estás muy borracho.

Él la besa y abraza, y ella aparta la cabeza, intenta retirarle las manos, forcejea y le dice que no. La llave de la moto repiquetea al caer al suelo mientras Marino sigue besándola y ella se resiste e intenta que escuche. Él le desgarra la blusa al abrírsela. Ella le dice que pare, intenta detenerlo mientras él le rasga la ropa, intenta apartarle las manos y repite que le está haciendo daño, y luego ya no forcejea con él porque es otra persona. No es Marino, sino un desconocido que arremete contra ella en su propia casa. Ve la pistola en la parte de atrás de sus vaqueros cuando él se deja caer de rodillas, haciéndole daño con las manos y la boca.

—¿Marino? ¿Es esto lo que quieres? ¿Violarme, Marino? —Suena tan tranquila e impávida que su voz parece proceder de otra parte—. ¿Marino? ¿Quieres esto? ¿Violarme? Ya sé que no quieres hacerlo. Ya lo sé.

De pronto, él se detiene, la suelta; el aire se mueve y ella lo nota fresco sobre la piel, húmeda de la saliva de Marino e irritada y escocida de resultas de su violencia y su barba. Él se tapa la cara con las manos y se encorva hacia delante arrodillado, le abraza las piernas y se echa a llorar como un crío. Ella le saca suavemente la pistola del cinturón mientras él solloza.

—Suelta. —Intenta apartarse de él—. Suéltame.

Aún de rodillas, Marino vuelve a cubrirse la cara con las manos. Scarpetta saca el cargador de la pistola y desliza la guía para asegurarse de que no queda una bala en la recámara, mete el arma en el cajón de una mesa junto a la puerta y recoge la llave de la moto, que esconde junto al cargador dentro del paragüero. Ayuda a Marino a ponerse en pie y lo lleva hasta el dormitorio de invitados, al lado de la cocina. La cama es pequeña, y él parece llenarla hasta el último centímetro cuando lo hace acostar. Luego le quita las botas y lo arropa con una colcha.

—Ahora mismo vuelvo —le dice, y deja la luz encendida.

En el cuarto de baño de invitados, llena un vaso de agua y agita un frasco de Advil para hacer caer cuatro comprimidos analgésicos. Se pone el albornoz; tiene las muñecas doloridas, la piel escocida, y el recuerdo de las manos, la boca y la lengua de Marino le resulta repugnante. Se inclina sobre la taza del váter y le sobrevienen arcadas. Se apoya en el borde del lavabo y respira hondo mientras se mira en el espejo el rostro enrojecido con la sensación de que le resulta tan desconocido como el de Marino. Se echa agua fría a la cara, se enjuaga la boca, lava hasta el último rastro de Marino de todos los lugares donde la ha tocado. Se enjuga las lágrimas y le lleva unos minutos recuperar el control. Luego regresa a la habitación de invitados, donde él ya ronca.

—Marino, despierta, siéntate. —Le ayuda ahuecando los almohadones a su espalda—. Venga, tómate éstas y bébete el vaso de agua. Tienes que beber mucha agua. Vas a sentirte fatal por la mañana pero esto te ayudará.

Él bebe el agua y se toma los comprimidos, luego vuelve la cara hacia la pared cuando Scarpetta le trae otro vaso.

—Apaga la luz —le dice a la pared.

—Necesito que estés despierto.

Marino no responde.

—No hace falta que me mires, pero tienes que permanecer despierto.

No la mira. Apesta a whisky, tabaco y sudor, y el olor le recuerda a ella lo ocurrido y se nota dolorida, nota dónde la ha tocado y vuelve a sentir náuseas.

—No te preocupes —dice él con lengua espesa—. Te dejaré en paz y no tendrás que volver a verme. Me largaré de una vez por todas.

—Estás muy, pero que muy borracho y no sabes lo que haces —le dice—. Pero quiero que lo recuerdes. Tienes que permanecer despierto el tiempo suficiente para que lo recuerdes mañana, de manera que podamos superarlo.

—No sé qué me ocurre. He estado a punto de pegarle un tiro a ese tipo. Lo deseaba con todas mis fuerzas. No sé qué me ocurre.

—¿A quién has estado a punto de pegarle un tiro?

—En el bar —farfulla como un borracho—. No sé qué me pasa.

—Cuéntame lo ocurrido en el bar.

Se hace el silencio mientras él mira fijamente la pared, otra vez sin resuello.

—¿A quién has estado a punto de pegarle un tiro? —repite ella, en voz más alta.

—Me ha dicho que lo habían enviado.

—¿Enviado?

—Ha lanzado amenazas contra ti. Casi le pego un tiro. Luego vengo aquí y me comporto igual que él. Debería pegarme un tiro.

—No vas a pegarte un tiro.

—Debería.

—Eso sería peor que lo que acabas de hacer. ¿Me entiendes?

No responde. No la mira.

—Si te matas, no me compadeceré de ti ni te perdonaré

—le asegura—. Matarse es un acto egoísta y ninguno te perdonaríamos.

—No soy lo bastante bueno para ti. Nunca lo seré. Venga, dilo y acaba con el asunto de una vez —dice con lengua de trapo.

Suena el teléfono en la mesilla de noche y Scarpetta contesta.

—Soy yo —saluda Benton—. ¿Has visto lo que te he enviado? ¿Qué tal estás?

—Sí, ¿y tú?

—¿Kay? ¿Estás bien?... Joder. ¿Estás con alguien? —dice, alarmado.

—Todo va bien.

—¿Estás con alguien?

—Ya hablaremos mañana. He decidido quedarme en casa, cuidar del jardín, pedirle a Bull que venga a echarme una mano.

—¿Estás segura? ¿Seguro que estarás bien con ése?

—Ahora sí —responde.

Las cuatro en punto de la mañana, Hilton Head. Las olas esparcen espuma blanca al romper contra la playa, como si el mar echara espumarajos por la boca.

Will Rambo recorre en silencio los peldaños de madera, sigue el paseo marítimo y trepa la verja cerrada. La villa de falso estilo renacentista italiano es de estuco con múltiples chimeneas y arcos, y tiene un tejado rojo de teja árabe en pendiente muy pronunciada. En la parte de atrás hay lámparas de cobre y una mesa de piedra cubierta de ceniceros sucios y vasos vacíos, y no hace mucho, las llaves de su coche. Desde entonces, ella ha usado las de reserva, aunque rara vez conduce. No suele ir a ninguna parte, y Will guarda silencio mientras deambula, rodeado de palmeras y pinos que se agitan al viento.

Los árboles se mecían cual varitas mágicas, lanzando su

hechizo sobre Roma, y los pétalos de las flores revoloteaban cual copos de nieve por la via D'Monte Tarpeo. Las amapolas eran rojo sangre y la vistaria que trepaba por los antiguos muros de ladrillo tenía el mismo tono púrpura que las magulladuras. Las palomas correteaban de aquí para allá por las escaleras y las mujeres daban de comer a los gatos silvestres Whiskas y huevos en platos de plástico entre las ruinas.

Era un día estupendo para pasear, no había demasiados turistas y ella estaba un poco borracha pero a gusto con él, feliz con él, como bien sabía él que lo estaría.

—Me gustaría presentarte a mi padre —le dijo él mientras se sentaba en un murete y contemplaban los gatos silvestres.

Ella señaló una y otra vez que eran lastimosos gatos callejeros, engendrados por endogamia y deformes, y que alguien debería salvarlos.

—No son callejeros sino silvestres, hay diferencia. Estos gatos silvestres quieren estar aquí y te harían pedazos si intentaras rescatarlos. No son animales abandonados o heridos sin otra esperanza que hurgar en la basura y esconderse hasta que alguien los atrape y sacrifique.

—¿Por qué habrían de sacrificarlos? —preguntó ella.

—Porque sí. Es lo que ocurre cuando los sacan de su hábitat y acaban en algún lugar expuesto donde los atropellan los coches y los persiguen los perros, corren peligros constantes y sufren heridas irrecuperables. A diferencia de estos gatos. Fíjate en ellos, solos por completo, y nadie se atreve a acercárseles a menos que se lo permitan. Quieren estar exactamente donde están, ahí abajo entre las ruinas.

—Qué raro eres —dijo ella, y le dio un codazo—. Ya me había parecido al conocernos, pero eres una monada.

—Venga —repuso él, y la ayudó a levantarse.

—Tengo calor —se quejó ella, porque él le había echado su largo abrigo negro sobre los hombros y le había hecho ponerse una gorra y sus gafas de sol, a pesar de que no hacía frío ni mucho sol.

—Eres famosísima y la gente se va a quedar embobada

mirándote —le recordó él—. Ya lo sabes, y no nos conviene que la gente nos moleste.

—Tengo que encontrar a mis amigas antes de que piensen que me han raptado.

—Venga. Tienes que ver el apartamento, es espectacular. Te llevo en coche, porque veo que estás cansada. Puedes llamar a tus amigas e invitarlas a que vengan, si te apetece. Tomaremos un vino riquísimo y quesos.

Luego la oscuridad, como si una luz se le hubiera fundido en la cabeza, y despertó para encontrarse con escenas en brillantes fragmentos quebrados, como los brillantes fragmentos quebrados de un vitral de colores que una vez relatara una historia o una verdad.

Las escaleras en la fachada norte de la casa están sin barrer, y la puerta que da al lavadero lleva sin abrirse desde la última vez que pasó por allí la asistenta, casi dos meses atrás. Al otro lado de las escaleras hay hibiscos, y detrás, del otro lado de una vidriera, alcanza a ver el cuadro de la alarma y su piloto rojo. Abre la caja de aparejos y saca el cortavidrios con estribo en el mango y punta de carburo. Corta un cristal y lo deja sobre la tierra arenosa detrás de los arbustos mientras el cachorro dentro de su jaula empieza a ladrar. Will vacila, sin perder la calma. Mete la mano y abre el cerrojo de seguridad. Entra y la alarma se dispara, pero al punto introduce el código para silenciarla.

Está en el interior de la casa que lleva meses vigilando. Lo ha imaginado y planeado con tal detalle que al fin el acto de llevarlo a cabo resulta sencillo y tal vez un tanto decepcionante. Se acuclilla y pasa los dedos arenosos por la jaula de alambre, mientras le susurra al basset:

—No pasa nada. Todo va a ir bien.

El basset ceja en sus aullidos y Will le permite que le lama el dorso de la mano, donde no hay pegamento ni arena especial.

—Buen chico —le susurra—. No te preocupes.

Los pies arenosos le llevan del lavadero hacia el sonido de

la película que se proyecta de nuevo en la enorme sala. Siempre que ella sale a fumar, tiene la mala costumbre de dejar la puerta abierta de par en par mientras permanece sentada en las escaleras y contempla fijamente la piscina de fondo negro que parece una herida abierta, y parte del humo entra flotando mientras sigue ahí sentada y fuma y contempla la piscina. El humo ha impregnado todo aquello que toca y Will huele el hedor rancio que da un sesgo silíceo al aire, un acabado duro y gris mate, como el aura de la mujer. Resulta empalagoso: un aura casi de muerte.

Las paredes y el techo están pintados de ocre y pardo oscuro, los colores de la tierra, y el suelo de piedra es del color del mar. Todas las puertas son abovedadas, y hay inmensas macetas de acantos lánguidos y apergaminados porque no los riega como es debido, y hay pelos morenos por el suelo. Pelo de la cabeza, vello púbico, de cuando se pasea de aquí para allá, a veces desnuda, mesándose los cabellos. Está dormida en el sofá, de espaldas a él, la calva en la coronilla pálida como una luna llena.

Sus pies descalzos y arenosos avanzan en silencio, y la película continúa. Michael Douglas y Glenn Close beben vino mientras suena un aria de *Madame Butterfly* en el equipo de alta fidelidad. Will permanece bajo el arco de la puerta y sigue *Atracción fatal*: se la sabe de cabo a rabo, la ha visto muchas, muchísimas veces, la ha visto con ella del otro lado de la ventana sin su conocimiento. Oye los diálogos en la cabeza antes que los personajes los digan, y entonces Michael Douglas va a marcharse y Glenn Close se enfurece y le desgarra la camisa.

Venga desgarrar y rasgar, desesperado por llegar a lo que había debajo. Tenía tanta sangre en las manos que no podía ver el color de su propia piel mientras intentaba remeterle los intestinos a Roger, y el viento y la arena los azotaban a ambos, que apenas podían verse ni oírse.

Ella duerme en el sofá, tan borracha y drogada que no le ha oído entrar. No nota su espectro flotando cerca, a la espera de llevarla consigo. Ella se lo agradecerá.

—¡Will! ¡Ayúdame! ¡Ayúdame, por favor! ¡Ay, Dios, por favor! —A voz en grito—. ¡Cómo me duele! ¡No me dejes morir, por favor!

—No vas a morir. —Lo sostiene en brazos—. Estoy aquí. Estoy aquí. Estoy aquí mismo.

—¡No lo soporto!

—Dios no impone nunca más de lo que puedas soportar. —Su padre siempre lo decía, desde que Will era un crío.

—No es cierto.

—¿Qué no es cierto? —Su padre se lo preguntó en Roma mientras tomaban vino en el comedor y Will tenía entre las manos el antiguo pie de estatua.

—Lo tenía en las manos y la cara, y noté su sabor, lo probé. Me embebí de él tanto como pude para mantenerlo vivo en mi interior porque le prometí que no moriría.

—Más vale que salgamos. Vamos a tomar un café.

Will hace girar un mando en la pared que sube el *surround* hasta que la película resulta atronadora, y entonces ella se incorpora y al verlo grita, pero él apenas oye sus gritos confundidos con la banda sonora de la película mientras se le acerca, le pone un dedo arenoso sobre los labios y niega con la cabeza, lentamente, para hacerla callar. Vuelve a llenarle el vaso de vodka, se lo ofrece y asiente para que beba. Deja la caja de aparejos, la linterna y la cámara en la alfombra y se sienta a su lado en el sofá y observa sus ojos llorosos, inyectados en sangre y aterrados. No tiene pestañas, se las ha arrancado todas. No intenta levantarse ni huir. Will asiente para que beba y ella lo hace. Ya está aceptando lo que tiene que ocurrir. Se lo agradecerá.

La película hace vibrar la casa entera y los labios de la mujer dicen:

—No me hagas daño, por favor.

Fue atractiva, tiempo atrás.

—Shhhhh. —Niega con la cabeza y la hace callar de nuevo con su dedo arenoso, tocándole los labios y apretándoselos con fuerza contra los dientes. Con dedos recubiertos de arena abre la caja de herramientas, dentro de la que hay más frascos de pegamento y disolvente, y la bolsa de arena, y también una sierra de fibra prensada de doble filo de quince centímetros con mango negro y la correspondiente hoja dentada, y un juego de cuchillos.

Entonces oye la voz dentro de su cabeza. Roger llora y grita mientras en la boca le burbujea espuma ensangrentada. Sólo que no es Roger quien grita, sino la mujer que suplica con labios ensangrentados.

—¡No me hagas daño, por favor!

Mientras tanto, Glenn Close le dice a Michael Douglas que se vaya al infierno y el volumen hace vibrar la sala entera.

Ella solloza aterrada, estremeciéndose como si fuera presa de un ataque. Will sube al sofá y se acuclilla como un indio. La mujer le mira fijamente las manos de papel de lija y las plantas recubiertas de arena de los pies descalzos y mutilados, y también la caja de aparejos, la cámara en el suelo, y en su rostro hinchado y lleno de manchas se trasluce que ha comprendido lo inevitable. Will observa lo descuidadas que tiene las uñas y le sobreviene la misma sensación que lo embarga cuando abraza espiritualmente a la gente que sufre de una manera insoportable y los libera de su dolor.

Nota en los huesos el altavoz que emite los tonos graves de la banda sonora.

Los labios abiertos y ensangrentados de la mujer se mueven.

—No me hagas daño, por favor, por favor, no... —Y llora y le moquea la nariz y se humedece los labios ensangrentados con la lengua—. ¿Qué quieres? ¿Dinero? No me hagas daño, por favor. —Sus labios ensangrentados se mueven.

Él se quita la camisa y el pantalón caqui, los dobla con esmero y los deja sobre la mesita de centro. Se quita los calzoncillos y los deja encima de las demás prendas. Siente el poder, lo nota punzante en el cerebro como una descarga eléctrica, y la coge con fuerza por las muñecas.

11

Amanecer. Parece que va a llover.

Rose mira por una ventana de su apartamento en la esquina mientras el océano rompe suavemente contra el malecón al otro lado de Murray Boulevard. Cerca de su edificio —antaño un espléndido hotel— están algunas de las casas más caras de Charleston, formidables mansiones a orillas del mar que Rose ha fotografiado y dispuesto en un álbum que examina con detenimiento de vez en cuando. Le resulta casi imposible creer lo ocurrido, que está viviendo una pesadilla y un sueño al mismo tiempo.

Cuando se mudó a Charleston, su única petición fue vivir cerca del mar. «Lo bastante cerca para saber que está ahí mismo —así lo describió—. Sospecho que ésta es la última vez que te sigo a otra parte —le dijo a Scarpetta—. A mi edad, no quiero un jardín del que preocuparme, y siempre he deseado vivir cerca del agua, aunque no de un pantanal con olor a huevos podridos. El océano: me gustaría tener el océano al menos lo bastante cerca como para pasear hasta allí.»

Pasaron mucho tiempo buscando. Rose acabó en el Ashley River en un apartamento destartalado que remozaron Scarpetta, Lucy y Marino. A Rose no le costó ni un penique, y además Scarpetta le subió el sueldo. De otro modo, Rose no habría podido permitirse el alquiler, pero aquello nunca se mencionó. Lo único que dijo Scarpetta es que Charleston es una ciudad cara en comparación con otros lugares en los que habían vivido, pero aunque no lo fuera, Rose se merecía un aumento.

Prepara café y ve las noticias mientras espera a que llame Marino. Transcurre otra hora y Rose se pregunta dónde estará. Otra hora y nada, y cada vez está más frustrada. Le ha dejado varios mensajes para avisarle que esa mañana no puede ir y que a ver si se pasa él para ayudarla a mover el sofá. Además, tiene que hablar con él. Le dijo a Scarpetta que lo haría y ahora es un momento tan bueno como cualquier otro. Son casi las diez. Ha vuelto a llamarle al móvil y salta el buzón de voz. Mira por la ventana abierta y la brisa fresca sopla procedente de más allá del malecón, donde el agua de color peltre está picada y malhumorada.

Sabe que no debería mover el sofá ella sola, pero está lo bastante impaciente y molesta como para hacerlo. Tose mientras sopesa la locura de una hazaña que habría estado a su alcance no mucho tiempo atrás. Permanece sentada con aire de desaliento y se pierde en los recuerdos de la noche anterior, de hablar y cogerse de la mano y besarse en ese mismo sofá. Tiene sentimientos que ya no creía poder tener, pero al mismo tiempo no deja de preguntarse cuánto durarán. No puede renunciar a ello pese a que no durará, lo sabe, y siente una tristeza tan honda y oscura que no tiene sentido indagar en ella.

Suena el teléfono. Es Lucy.

—¿Qué tal fue? —le pregunta Rose.

—Nate te envía recuerdos.

—Estoy más interesada en lo que dijo sobre ti.

—Nada nuevo.

—Eso es una noticia estupenda. —Rose se llega hasta la encimera de la cocina y coge el mando a distancia de la tele. Respira hondo—. Marino tenía que haber venido a cambiar el sofá de sitio, pero como suele ocurrir...

Una pausa, y Lucy dice:

—Ésa es una de las razones de mi llamada. Iba a pasarme por ahí para ver a tía Kay y hablarle de la visita a Nate. No sabe que fui. Siempre se lo digo después, para que no se vuelva loca de preocupación. La moto de Marino está aparcada delante de su casa.

—¿Esperaba tu visita?

—Acabo de decirte que no.

—¿A qué hora fue?

—A eso de las ocho.

—Imposible —dice Rose—. Marino sigue en coma a las ocho, al menos de un tiempo a esta parte.

—Fui al Starbucks y luego volví a casa de Kay hacia las nueve, y adivina qué. Me crucé con la novia de Marino, la de las patatas, al volante de su BMW.

—¿Seguro que era ella?

—¿Quieres el número de matrícula? ¿Su fecha de nacimiento? ¿Su saldo bancario? Que no es mucho, por cierto. Me parece que ya se ha fundido la mayor parte del dinero. Que no era de su papaíto muerto, además. El que no le dejara nada te da una idea de por dónde van los tiros. Pero hace cantidad de ingresos dudosos en su cuenta, y lo gasta tal como le va llegando.

—Esto no es bueno. ¿Te ha visto cuando regresabas del Starbucks?

—Yo iba con el Ferrari. Así que a menos que sea ciega además de una putilla insípida... Perdona.

—Sé lo que es una putilla, y desde luego ella encaja con la descripción. Marino tiene un detector especial que lo lleva directamente hacia las putillas.

—No pareces muy animada. Das la impresión de que te cuesta respirar —dice Lucy—. ¿Me paso luego por allí y te ayudo a mover el sofá?

—Aquí mismo estaré —responde Rose, y tose en el momento de colgar.

Enciende la tele justo a tiempo para ver cómo una pelota de tenis levanta una nubecilla de polvo rojo muy cerca de la línea, el servicio de Drew Martin tan rápido y esquivo que su contrincante ni siquiera intenta restarlo. La CNN emite pasajes del Roland Garros del año pasado: el asunto de Drew sigue incesantemente. Repeticiones de partidos, y de su vida y su muerte. Una y otra vez. Más metraje. Roma, la ciudad ancestral, luego el pequeño solar en construcción acordonado por la policía y la cinta amarilla. Las luces de emergencia destellantes.

«¿Qué más sabemos a estas alturas? ¿Hay algún avance en el caso?»

«Las autoridades romanas mantienen un hermético silencio. Da la impresión de que no hay pistas ni sospechosos, y el terrible crimen sigue envuelto en misterio. Aquí la gente se pregunta por qué. Se ve a muchos dejando ramos de flores en el margen del solar donde se encontró el cadáver.»

Más repeticiones. Rose intenta no mirar. Lo ha visto infinidad de veces, pero sigue hipnotizándola.

Drew da un revés como si soltara un mandoble.

Se adelanta a la carrera hasta la red y lanza una volea por alto con tanta fuerza que rebota hasta las gradas. El público se pone en pie y la aclama con entusiasmo.

El hermoso rostro de Drew en el programa de la doctora Self. Habla aprisa y salta de un tema al siguiente, entusiasmada porque acaba de ganar el Open de Estados Unidos y la están llamando la Tiger Woods del tenis. La doctora sigue apretándole las tuercas y le hace preguntas impropias.

«¿Eres virgen, Drew?»

Sonrojada, entre risas, la joven se tapa la cara con las manos.

«Venga. —Self sonríe, encantada consigo misma—. A esto precisamente me refiero —le dice al público—. A la vergüenza. ¿Por qué nos avergüenza hablar de sexo?»

«Perdí la virginidad cuando tenía diez años —dice Drew—. Por culpa de la bici de mi hermano.»

El público se pone como loco.

«Drew Martin, fallecida a sus dulces dieciséis años», dice una presentadora.

Rose se las arregla para empujar el sofá a través de la sala de estar y apoyarlo contra la pared. Luego se sienta en él y llora. Se levanta y camina de aquí para allá y llora, y se lamenta del error que es la muerte y de que la violencia es insoportable y la aborrece. Lo aborrece todo. En el cuarto de baño, coge un frasco de la medicina que le han recetado. En la cocina, se pone una copa de vino. Toma una pastilla y se la traga con el vino, y unos momentos después, tosiendo tanto que apenas puede respirar, se toma otra pastilla. Suena el teléfono y se nota temblorosa cuando va a contestar. Se le cae el auricular y lo recoge con torpeza.

—¿Sí?

—¿Rose? —Es Scarpetta.

—No debería ver las noticias.

—¿Estás llorando?

La habitación le da vueltas y empieza a ver doble.

—No es más que la gripe.

—Voy para allá.

Marino apoya la cabeza en el respaldo del asiento, los ojos enmascarados tras las gafas de sol, las manazas en los muslos.

Va vestido con la misma ropa que la víspera. Ha dormido sin desvestirse y tiene precisamente ese aspecto. La cara se le ve de un intenso tono rojizo y despide el hedor rancio de un borracho que se baña una vez al mes. Verlo y olerlo le traen a la cabeza imágenes demasiado horribles para describirlas, y nota el escozor y el dolor en esa piel que Marino no debería haber visto ni tocado. Lleva puestas prendas de seda y algodón, tejidos agradables al tacto, la camisa abrochada hasta el cuello, la cremallera de la chaqueta subida también, para ocultar las lesiones, para ocultar su humillación. En torno a él, se siente impotente y desnuda.

Otro silencio horrible mientras conduce. El coche huele a ajo y queso fuerte, y eso que Marino lleva la ventanilla abierta.

—La luz hace que me duelan los ojos —dice—. Es increíble cómo me está haciendo polvo los ojos la luz.

Lo ha dicho numerosas veces, en respuesta a la pregunta

que nadie le ha planteado de por qué no la mira ni se quita las gafas de sol a pesar del cielo encapotado y la lluvia. Cuando Scarpetta preparó café y tostadas hace apenas una hora y se lo llevó a la cama, Marino gimió mientras se incorporaba y se llevaba las manos a la cabeza. De una manera poco convincente, preguntó:

—¿Dónde estoy?

—Anoche estabas muy borracho. —Dejó el café y las tostadas en la mesilla de noche—. ¿Lo recuerdas?

—Si como cualquier cosa, voy a vomitar.

—¿Recuerdas anoche?

Él asegura que no recuerda nada después de haber llegado en moto a su casa, pero su actitud da a entender que lo recuerda todo. Sigue quejándose de que se encuentra fatal.

—Ojalá no llevaras comida ahí atrás —dice ahora—. No es buen momento para que huela comida.

—Es una pena. Rose tiene gripe.

Se detiene en el aparcamiento junto al edificio de Rose.

—Pues yo no quiero pillar la gripe, joder —dice él.

—Entonces quédate en el coche.

—Quiero saber qué hiciste con mi pistola. —También lo ha preguntado en varias ocasiones.

—Como te he dicho, está en lugar seguro.

Aparca. En el asiento de atrás hay una caja llena de platos tapados. Ha estado despierta toda la noche cocinando. Ha preparado suficientes *tagliolini* con salsa *fontina*, lasaña boloñesa y sopa de verduras para alimentar a veinte personas.

—Anoche no estabas en condiciones de llevar una pistola cargada —añade.

—Quiero saber dónde está. ¿Qué has hecho con ella?

Camina un poco por delante de ella, sin ofrecerse a llevar la caja.

—Voy a decírtelo de nuevo. Te la cogí anoche. Te cogí la llave de la moto. ¿Recuerdas que te quité la llave porque insistías en irte en moto cuando apenas eras capaz de tenerte en pie?

—Ese bourbon que tienes —dice mientras caminan hacia el edificio encalado bajo la lluvia—. Booker's. —Como si la culpa la tuviera ella—. No puedo permitirme un bourbon así. Entra tan suave que se me olvida la graduación que tiene.

—Así que la culpa la tengo yo.

—No sé por qué tienes algo tan fuerte en casa.

—Porque lo trajiste tú en Nochevieja.

—Es como si alguien me hubiera pegado en la cabeza con una palanqueta —dice mientras suben la escalera y el portero les franquea la entrada.

—Buenos días, Ed —dice Scarpetta, que alcanza a oír una tele en su habitáculo junto al vestíbulo. Le llega el sonido de las noticias, más cobertura del asesinato de Drew Martin.

Ed mira hacia su oficina, niega con la cabeza y dice:

—Es terrible. Era una chica estupenda, una chica estupenda de veras. La vi aquí mismo antes de ser asesinada, me daba veinte dólares de propina cada vez que cruzaba la puerta. Es terrible. Una chica tan simpática. Se comportaba como una persona de lo más normal, ¿sabe?

—¿Se alojaba aquí? —indaga Scarpetta—. Creía que siempre se quedaba en el hotel Charleston Place. Al menos eso han dicho en las noticias sobre sus estancias aquí.

—Su entrenador tiene un apartamento aquí, apenas si llega a pisarlo, pero lo tiene —informa Ed.

Scarpetta se pregunta cómo no se había enterado. Ahora no es momento de interpelar. Le preocupa Rose. Ed llama el ascensor y luego aprieta el botón del piso de Rose.

Se cierra la puerta. Las gafas de sol de Marino miran fijas al frente.

—Creo que tengo migraña —dice—. ¿Tienes algo para la migraña?

—Ya has tomado ochocientos miligramos de ibuprofeno. No vas a tomar nada al menos durante cinco horas.

—Eso no surte efecto contra la migraña. Ojalá no hubieras tenido ese bourbon en casa. Es como si alguien me hubiera metido algo en el vaso, como si me hubieran drogado.

—La única persona que te metió algo fuiste tú mismo.

—No puedo creer que llamaras a Bull. ¿Y si es peligroso?

A Scarpetta le resulta increíble que haga semejante comentario después de lo de anoche.

—Desde luego, espero que no le pidas que te ayude en la consulta, joder —dice—. ¿Qué coño sabe hacer? No hará más que causar molestias.

—Ahora mismo no puedo pensar en eso. Estoy pensando en Rose. Y quizá sería un buen momento para que te preocuparas por alguien aparte de ti mismo. —Scarpetta empieza a notarse furiosa y camina aprisa por el pasillo de viejo enlucido blanco y moqueta azul desgastada.

Llama al timbre de Rose, pero no hay respuesta, no se oye otro sonido en el interior que la televisión. Deja la caja en el suelo y llama otra vez, y luego otra. La llama al móvil y al teléfono fijo. Los oye sonar dentro de la casa, y luego el buzón de voz.

—¡Rose! —Scarpetta golpea la puerta con el puño—. ¡Rose!

—A la mierda. —Marino propina un patadón a la puerta.

La madera se hace astillas y salta la cadena de seguridad, cuyos eslabones tintinean al caer al suelo mientras la puerta se abre de súbito y golpea la pared.

En el interior, Rose está en el sofá, inmóvil, con los ojos cerrados, la cara pálida, mechones de largo cabello canoso desprendidos del peinado.

—¡Llama a urgencias! —Scarpetta le pone unos cojines detrás de la espalda para recostarla mientras Marino pide una ambulancia.

Le toma el pulso: 61.

—Vienen de camino —anuncia Marino.

—Ve al coche. Tengo el maletín en el maletero.

Sale a la carrera del apartamento y entonces ella ve la copa de vino y el frasco de pastillas en el suelo, casi oculto bajo el faldón del sofá. Le asombra ver que Rose ha estado tomando Roxicodona, marca comercial del hidrocloruro de oxicodona, un analgésico opioide famoso por crear adicción. La receta de cien comprimidos tiene fecha de hace diez días. Quita el tapón al frasco y cuenta las pastillas verdes de quince miligramos: quedan diecisiete.

—¡Rose! —La sacude. Está caliente y sudorosa—. ¡Rose, despierta! ¿Me oyes? ¡Rose!

Corre al cuarto de baño y regresa con un paño húmedo, se lo pone en la frente y le coge la mano, hablándole para despertarla. Entonces regresa Marino, que parece frenético y asustado al entregarle el maletín.

—Ha cambiado de sitio el sofá. Tenía que haberlo hecho yo —dice mientras mira fijamente el mueble con las gafas de sol.

Rose se mueve justo cuando a lo lejos suena una sirena. Scarpetta saca el tensiómetro y el estetoscopio del maletín.

—Le prometí que vendría a ayudarla —insiste Marino—. Lo ha cambiado de sitio ella sola. Estaba ahí. —Sus gafas de sol miran un espacio vacío cerca de la ventana.

Scarpetta le levanta la manga a Rose, le pone el estetoscopio en el brazo, le envuelve el manguito por encima del codo, lo bastante ajustado para detener la presión sanguínea.

La sirena es estruendosa.

Aprieta el dispositivo, infla el manguito y luego abre la válvula para dejar escapar el aire lentamente mientras escucha el latido de la sangre en su discurrir por la arteria. El aire lanza un quedo siseo conforme el manguito se va desinflando.

La sirena calla: la ambulancia ha llegado.

Presión sistólica: 86; diastólica: 58. Desplaza el diafragma al pecho y luego a la espalda. Tiene la respiración deprimida y está hipotensa.

Rose se mueve y vuelve la cabeza.

—¿Rose? —dice Scarpetta, bien alto—. ¿Me oyes?

La otra pestañea y abre los ojos.

—Voy a tomarte la temperatura. —Le pone debajo de la lengua el termómetro digital, que lanza un pitido en cuestión de segundos. Treinta y siete y medio. Le enseña el frasco de pastillas—. ¿Cuántas has tomado? ¿Cuánto vino has bebido?

—No es más que la gripe.

—¿Has movido el sofá tú sola? —le pregunta Marino, como si tuviera importancia.

Ella asiente.

—Me he pasado. Eso es todo.

Pasos rápidos, el jaleo de los paramédicos y una camilla de ruedas en el pasillo.

—No —protesta—. Diles que se vayan.

Entran dos hombretones de mono azul y empujan hasta el interior una camilla con desfibrilador y demás.

Rose dice «No» y menea la cabeza.

—No; estoy bien. No pienso ir al hospital.

En el vano de la puerta aparece Ed con cara de preocupación y echa un vistazo al interior.

—¿Qué ocurre, señora? —Uno de los sanitarios, rubio y de ojos azul claro, se acerca al sofá y observa a Rose con atención. Luego mira a Scarpetta.

—No. —Rose se muestra inflexible y con un gesto de la mano les indica que se retiren—. ¡Lo digo en serio! Hagan el favor de irse. Me he desmayado. Eso es todo.

—No, eso no es todo —replica Marino, pero sus gafas de sol miran al técnico rubio—. He tenido que abrir la maldita puerta de una patada.

—Y más vale que la arregles antes de irte —masculla Rose.

Scarpetta se presenta y explica que, por lo visto, Rose ha mezclado alcohol con oxicodona, y estaba inconsciente cuando han llegado.

—¿Señora? —El sanitario rubio se acerca un poco más a Rose—. ¿Cuánto alcohol y oxicodona ha tomado, y cuándo?

—Una más de lo habitual. Tres pastillas. Y un poquito de vino, nada más. Media copa.

—Señora, es muy importante que sea sincera conmigo.

Scarpetta le entrega el frasco de pastillas y le dice a Rose:

—Un comprimido cada cuatro o seis horas. Has tomado más. Y ya te han prescrito una dosis elevada. Quiero que vayas al hospital para asegurarnos de que todo va bien.

—Ni hablar.

—¿Las has desmenuzado, las has masticado o te las has tomado enteras? —pregunta Scarpetta, porque cuando las pastillas están desmenuzadas, se disuelven más aprisa y la oxicodona se absorbe con mayor rapidez.

—Las he tragado enteras, como siempre. Me dolían muchísimo las rodillas. —Mira a Marino—. No debería haber cambiado de sitio el sofá.

—Si no te vas con estos sanitarios tan simpáticos, pienso llevarte yo misma —le dice Scarpetta, consciente de que el rubio la está mirando.

—Olvídalo. —Rose niega tozuda con la cabeza.

Marino ve que el sanitario rubio no quita ojo a Scarpetta, pero no se acerca a ella con ademán protector como hubiera hecho antes. Ella no plantea la pregunta más inquietante: por qué Rose toma Roxicodona.

—No pienso ir al hospital —dice Rose—. No pienso ir. Lo digo en serio.

—Me da la impresión de que no van a hacernos falta —dice Scarpetta a los sanitarios—. Gracias de todos modos.

—Asistí a su conferencia hace unos meses —le dice el rubio—. La sesión sobre muertes infantiles en la Academia Forense Nacional. La conferencia que usted dio.

En su placa de identificación pone «T. Turkington». Scarpetta no lo recuerda en absoluto.

—¿Qué demonios hacía allí? —le pregunta Marino—. La AFN es para polis.

—Soy investigador del departamento del sheriff del condado de Beaufort. Me enviaron a la AFN. Me he licenciado.

—Vaya, qué curioso —comenta Marino—. Entonces ¿qué coño hace aquí en Charleston, paseándose en ambulancia?

—En los días libres trabajo como técnico de emergencias.

—Esto no es el condado de Beaufort.

—No me viene mal el dinero extra. La asistencia médica de emergencia constituye una buena preparación suplementaria para mi trabajo de verdad. Tengo novia aquí, o la tenía. —Se muestra relajado al respecto, y le dice a Scarpetta—: Si está segura de que todo anda bien por aquí, vamos a marcharnos.

—Gracias. La tendré vigilada —responde ella.

—Me alegra verla de nuevo, por cierto. —La mira fijamente con sus ojos azules, y luego su compañero y él se marchan.

Scarpetta le dice a Rose:

—Voy a llevarte al hospital para asegurarme de que no ocurre nada más.

—No me vas a llevar a ninguna parte —replica ella—. ¿Quieres hacer el favor de hacer que me pongan una puerta nueva? —le suelta a Marino—. O una cerradura nueva, o lo que haga falta para arreglar el estropicio que has montado.

—Puedes usar mi coche —le dice Scarpetta, y le lanza las llaves—. Yo volveré a casa andando.

—Tengo que pasar un momento por tu casa.

—Eso tendrá que esperar hasta más tarde —responde ella.

El sol aparece y desaparece tras nubes brumosas, y el mar arremete contra la orilla.

Ashley Dooley, un tipo de Carolina de Sur de pura cepa, se ha quitado la cazadora y se la ha atado por las mangas debajo de su abultado vientre. Dirige la videocámara recién comprada hacia su mujer Madelisa, y luego deja de filmar cuando aparece un basset blanco y negro entre las matas de avena de mar. El perro se llega al trote hasta Madelisa arrastrando las orejas mustias por la arena y se apoya en sus piernas, jadeante.

—¡Ay, mira, Ashley! —Se acuclilla y lo acaricia—. Pobrecillo, está temblando. ¿Qué ocurre, bonito? No tengas miedo. No es más que un cachorrillo.

Los perros la adoran y la buscan. Nunca se ha encontrado con un perro que le ladre o tenga otro comportamiento con ella que quererla. El año pasado tuvieron que sacrificar a *Frisbee* cuando se le detectó un tumor. Madelisa no lo ha superado; no perdona a Ashley que rechazara el tratamiento por lo caro que salía.

—Vete hacia ahí —le indica Ashley—. El perro puede salir en la película si quieres. También voy a filmar todas esas casas tan elegantes al fondo. Joder, fíjate en ésa: parece traída de Europa. ¿A quién coño le hace falta algo tan grande?

—Ojalá pudiéramos ir a Europa.

—Esta cámara es lo más, te lo aseguro.

Madelisa no soporta oírle hablar de ello. Por alguna razón, ha podido permitirse gastar mil trescientos dólares en una cámara cuando no pudo gastar ni un céntimo en *Frisbee*.

—Fíjate, todos esos balcones y el tejado rojo —dice—. Imagina vivir en un sitio así.

«Si viviéramos en un sitio así —piensa ella—, no me importaría que compraras videocámaras caras y una tele con pantalla de plasma, y podríamos habernos permitido pagar el veterinario de *Frisbee*.»

—No puedo ni imaginármelo —dice mientras posa delante de la duna. El basset se ha sentado a sus pies, resollando.

—Tengo entendido que hay una de treinta millones de dólares por ahí. —Señala—. Sonríe. Eso no es una sonrisa. Una sonrisa bien grande. Me parece que es propiedad de algún famoso, igual del tipo que puso en marcha Wal-Mart. ¿Por qué jadea tanto ese perro? No hace tanto calor. Y también está temblando. Igual está enfermo, podría tener la rabia.

—No, cariño mío, tiembla porque está asustado. Quizá tiene sed. Ya te he dicho que trajeras una botella de agua. Y el tipo que puso en marcha Wal-Mart ya murió —añade, mientras acaricia al chucho y escudriña la playa. No ve a nadie cerca, sólo alguna que otra persona en la lejanía, pescando—. Me parece que se ha perdido —dice—. No veo a nadie por aquí que pueda ser su dueño.

—Lo buscaremos, filmaremos un poco.

—¿Buscar, qué? —pregunta ella, con el perro pegado a las piernas, venga jadear y temblar. Le echa un buen vistazo y repara en que le hace falta un baño y también que le recorten las garras. Luego se fija en algo más—: Ay, Dios mío, me parece que está herido. —Le toca la cerviz, se mira los dedos ensangrentados y empieza a removerle el pelaje en busca de una herida, pero no la encuentra—. Vaya, qué raro. ¿Cómo se habrá manchado de sangre? Tiene más por aquí, pero no parece estar herido. Qué asco.

Se limpia los dedos en los bermudas.

—Igual encontramos el cadáver de un gato mordisqueado en alguna parte. —Ashley detesta los gatos—. Vamos a seguir paseando. Tenemos clase de tenis a las dos y antes tengo que almorzar un poco. ¿Queda algo de jamón glaseado?

Ella vuelve la mirada: el basset está sentado en la arena y los mira sin dejar de jadear.

—Sé que guardas una llave de reserva en esa cajita que tienes enterrada en el jardín bajo un montón de ladrillos detrás de los arbustos —dice Rose.

—Tiene una resaca de cuidado y no quiero que se suba a la moto con una maldita pistola del calibre cuarenta metida en el pantalón —le explica Scarpetta.

—Bueno, ¿y cómo es que fue a parar a tu casa? Y, ya que estamos, ¿cómo es que se quedó allí a dormir?

—No quiero hablar de él. Quiero hablar de ti.

—Por qué no te levantas del sofá y traes una silla. Me resulta difícil hablar cuando te tengo prácticamente sentada encima —dice Rose.

Scarpetta acerca una silla del comedor y dice:

—Tu medicación.

—No he estado sisando pastillas de la morgue, si eso crees. Todos esos cadáveres que llegan con docenas de frascos que les han recetado, ¿y por qué? Pues porque no se las toman. Las pastillas no arreglan nada, maldita sea. Si lo hicieran, toda esa gente no acabaría en el depósito.

—Tu frasco lleva escrito tu nombre y el de tu médico. Ahora bien, puedo buscarlo yo misma o puedes decirme qué clase de médico es y por qué lo visitas.

—Es oncólogo.

Para Scarpetta equivale a una patada en el pecho.

—Por favor. No me lo pongas más difícil —dice Rose—. Confiaba en que no te enteraras hasta que fuera el momento de elegir una urna aceptable para mis cenizas. Ya sé que no debería haberlo hecho. —Intenta recobrar el aliento—. Me encontraba en tal estado, me sentía tan mal... y me dolía todo el cuerpo.

Scarpetta le coge la mano.

—Es curioso las emboscadas que nos tienden nuestros sentimientos. Te has mostrado estoica. ¿O debería decir «obstinada»? Hoy tienes que reconocerlo.

—Voy a morirme. Me sabe fatal hacerle esto a todo el mundo.

—¿Qué clase de cáncer? —No le suelta la mano.

—De pulmón. Antes de que pienses que se debe a todo el humo que inhalé en aquellos tiempos en que tú fumabas sin parar en tu despacho, he de decirte que... —empieza Rose.

—Ojalá no hubiera fumado. No sabes cuánto desearía no haberlo hecho.

—Lo que me está matando no tiene nada que ver contigo —dice Rose—. Te lo aseguro. Lo digo con toda sinceridad.

—¿Es de células no pequeñas o de células pequeñas?

—No pequeñas.

—¿Adenocarcinoma escamoso?

—Adenocarcinoma. Lo mismo de lo que murió mi tía. Al igual que yo, no fumó en su vida. Su abuelo murió de cáncer escamoso, y él sí fumaba. Ni por asomo pensé que tendría cáncer de pulmón, y tampoco se me había ocurrido que moriría. ¿No es ridículo? —Lanza un suspiro. El color va volviendo lentamente a su cara, la luz a sus ojos—. Vemos la muerte todos los días y aun así seguimos negándola. Tienes razón, doctora Scarpetta. Supongo que hoy me ha cogido por sorpresa. No la vi venir.

—Quizá va siendo hora de que me llames Kay.

Ella niega con la cabeza.

—¿Por qué no? ¿Es que no somos amigas?

—Siempre hemos creído en los límites —dice Rose—, y nos han resultado de provecho. Trabajo para una persona que me enorgullece conocer. Se llama doctora Scarpetta, o jefa. —Sonríe—. Sería incapaz de llamarte Kay.

—Así que ahora me despersonalizas. A menos que estés hablando de otra persona.

—Sí, es otra persona. Una mujer a quien tú no conoces de veras. Creo que la tienes en mucha menor estima que yo. Sobre todo de un tiempo a esta parte.

—Lo siento, no soy esa mujer heroica que acabas de describir, pero déjame ayudar lo poco que pueda, ingresándote en el mejor centro del país, el Centro Oncológico Stanford, el mismo al que va Lucy. Yo misma te llevaré. Seguirás cualquier tratamiento que...

—No, no. —Rose vuelve a negar con la cabeza lentamente—. Ahora calla y escúchame. He consultado a toda clase de especialistas. ¿Recuerdas que el verano pasado me fui a hacer un crucero de tres semanas? Era mentira. El único crucero que hice fue de un especialista a otro, y luego Lucy me llevó a Stanford, que es donde encontré médico. El diagnóstico es el mismo. La única opción era quimio y radio, y me negué.

—Deberíamos probar todo lo que esté a nuestro alcance.

—Ya estoy en la fase tres B.

—¿Se ha extendido a los nódulos linfáticos?

—A los nódulos linfáticos y al hueso. Ya va camino de la fase cuatro. No hay posibilidad de operar.

—La quimioterapia y la radioterapia, o incluso la terapia de radiación por sí sola. Tenemos que intentarlo. No podemos darnos por vencidas así.

—En primer lugar, no se trata de nosotras. Se trata de mí. Y no, no pienso pasar por eso. Prefiero morir a soportar que se me caiga el pelo y estar triste y hecha polvo cuando me consta que esta enfermedad va a matarme, y no tardará mucho. Lucy llegó a decirme que me facilitaría marihuana para que la quimio fuera más llevadera. Imagínate, yo fumando porros.

—Así que ella lo sabe desde que tú lo averiguaste.

Rose asiente.

—Deberías habérmelo dicho.

—Se lo dije a Lucy, y ella es una maestra en lo que a secretos se refiere, tiene tantos que no creo que ninguno sepamos qué es cierto en realidad. Lo que quería evitar era precisamente esto: que te sintieras mal.

—Dime qué puedo hacer. —Mientras la tristeza se apodera de ella.

—Cambia lo que puedas. No pienses nunca que está fuera de tu alcance.

—Dímelo. Haré todo lo que quieras —insiste Scarpetta. De pronto acuden a su mente imágenes de la noche pasada, y por un instante huele y siente a Marino, y se esfuerza por no dejar ver hasta qué punto está destrozada.

—¿De qué se trata? —Rose le aprieta la mano.

—¿Cómo no voy a sentirme fatal?

—Estabas pensando en algo, y no era en mí —dice Rose—. Marino. Tiene un aspecto horrible y se comporta de una manera rara.

—Porque se puso como una puta cuba —dice Scarpetta, y la ira se trasluce en su voz.

—«Puta cuba.» Ésa expresión no te la había oído. Pero también es verdad que yo ando bastante vulgar de un tiempo a esta parte. A decir verdad, he utilizado la palabra «putilla» esta mañana cuando hablaba con Lucy por teléfono, refiriéndome a la última novia de Marino, con la que Lucy se ha cruzado casualmente en tu vecindario a eso de las ocho, cuando la moto de él seguía aparcada delante de tu casa.

—Te he traído una caja con comida. Está en el vestíbulo. Voy a guardarlo todo.

Un acceso de tos, y cuando Rose retira el pañuelo de la boca, está moteado de sangre.

—Déjame que vuelva a llevarte a Stanford —le ruega Scarpetta.

—Cuéntame qué ocurrió anoche.

—Hablamos. —Scarpetta se nota enrojecer—. Hasta que se puso más borracho de la cuenta.

—Me parece que nunca te había visto sonrojarte.

—Un golpe de calor.

—Sí, claro, y yo tengo la gripe.

—Dime qué puedo hacer por ti.

—Deja que me las apañe como siempre. No quiero que me resuciten. No quiero morir en un hospital.

—¿Por qué no vienes a vivir conmigo?

—Eso no sería apañármelas como siempre —señala Rose.

—¿Me permitirás al menos hablar con tu médico?

—No hay nada que no sepas ya. Me has preguntado qué quiero, y te lo estoy diciendo. No quiero someterme a ningún tratamiento curativo, sólo atención paliativa.

—Tengo una habitación de invitados en mi casa, aunque es bastante pequeña. Igual debería mudarme a una casa más grande —comenta Scarpetta.

—No seas tan generosa, porque eso te convierte en egoísta. Y sería egoísta si me hicieras sentirme enteramente culpable y horrenda por estar haciendo daño a los que me rodean.

Scarpetta vacila, y luego dice:

—¿Puedo contárselo a Benton?

—A él sí, pero no a Marino. No quiero que se lo digas. —Se incorpora y apoya los pies en el suelo para luego cogerle ambas manos a Scarpetta—. No soy patóloga forense, ¿pero cómo es que tienes magulladuras recientes en las muñecas?

El basset sigue ahí mismo, donde lo han dejado, sentado en la arena al lado del cartel de «Prohibido el paso».

—Bueno, esto no es normal —exclama Madelisa—. Lleva ahí sentado más de una hora, esperando a que volvamos. Ven, *Tristón*. Qué bonito eres.

—Cariño, no se llama así. No empieces a ponerle nombres. Fíjate en la chapa —señala Ashley—. Mira cómo se llama de verdad y dónde vive.

Madelisa se agacha y el chucho se le acerca bamboleante, se apoya en ella, le lame las manos. Ella entorna los ojos para mirarle la chapa, pero no lleva las gafas de leer. Ashley tampoco lleva las suyas.

—No lo veo —dice—. Por lo poco que distingo... no, me parece que no hay número de teléfono. De todas maneras, no he traído el móvil.

—Yo tampoco.

—Vaya, qué tontería. ¿Y si me hago un esguince o algo por el estilo? Alguien está preparando una barbacoa —comenta, y husmea el aire, mira alrededor y ve una voluta de humo que sale de la parte trasera de la enorme casa blanca con balcones y tejado rojo, una de las pocas que ha visto con un cartel de «Prohibido el paso»—. Venga, ¿por qué no vas a ver qué están preparando? —le dice al basset, al tiempo que le acaricia las orejas lacias—. Igual podríamos salir a comprarnos una de esas parrillitas para cocinar esta noche al aire libre.

Intenta leer la chapa del perro de nuevo, pero es inútil sin las gafas, y se imagina gente rica, imagina a algún millonario preparando una parrillada en el patio de esa inmensa casa blanca detrás de la duna, parcialmente oculta tras unos altos pinos.

—Saluda a tu hermana la solterona —dice Ashley, que sigue filmando—. Dile lo lujosa que es nuestra residencia aquí en la urbanización de los millonarios en Hilton Head. Dile que la próxima vez que vengamos vamos a alojarnos en una mansión como esa donde están preparando la barbacoa.

Madelisa mira playa adelante en dirección a su propia residencia, incapaz de verla a través de la espesura. Vuelve a centrar la atención en el perro y dice:

—Seguro que vive en esa casa de ahí. —Señala la mansión blanca de aspecto europeo donde preparan la barbacoa—. Voy a acercarme a preguntar.

—Muy bien. Yo voy a pasear un poco para seguir filmando. He visto unas marsopas hace un momento.

—Venga, *Tristón*. Vamos a buscar a tu familia —le dice Madelisa al perro.

El chucho permanece sentado en la arena. Ella le tira del collar, pero no quiere moverse.

—Bueno, bueno —le dice—. Tú quédate aquí y ya voy yo a ver si esa casa tan grande es la tuya. Igual te has escapado y no se han dado cuenta. ¡Pero lo que está claro es que alguien te echa de menos un montón!

Lo abraza y le da un beso. Luego se va por la arena dura, llega a la arena blanca, atraviesa la zona de avena de mar, a pesar de que tiene entendido que es ilegal pasear por las dunas. Vacila ante el cartel de «Prohibido el paso», se encarama valientemente al entablado del paseo marítimo, camino de la inmensa casa blanca donde algún rico, quizás un famoso, cocina a la parrilla. El almuerzo, supone, mientras vuelve la mirada una y otra vez, con la esperanza de que el basset no se escape. No puede verlo al otro lado de la duna. Tampoco lo ve en la playa, sólo a Ashley, una figurita, filmando unos delfines que hacen acrobacias en el agua, escindiendo las olas con las aletas para luego volver a sumergirse. Al final del paseo hay una puerta de madera y le sorprende no ver el pestillo pasado. No está cerrada del todo.

Atraviesa el jardín trasero, mirando hacia todas partes mientras grita: «¡Hola!» Nunca ha visto una piscina tan grande, lo que llaman una piscina de fondo negro, revestida de elegantes baldosas que parecen importadas de Italia, España u otro lugar exótico y lejano. Mira alrededor, vuelve a gritar «¡Hola!» y se detiene curiosa ante la parrilla de gas encendida donde hay un trozo de carne mal cortado: carbonizado por un lado y crudo y sangriento por el otro. Le pasa por la cabeza que la carne es rara, no parece ternera ni cerdo, y desde luego no es pollo.

—¡Hola! —dice en voz bien alta—. ¿Hay alguien en casa?

Llama con los nudillos a la puerta de la solana, pero no obtiene respuesta. Rodea la casa por un lado, dando por sentado que quien cocina debe de estar allí, pero el jardín lateral está vacío y cubierto de malas hierbas. Mira por una ranura entre la persiana y el borde de un gran ventanal y ve una cocina vacía, toda de piedra y acero inoxidable. Nunca había visto una cocina así salvo en las revistas. Ve dos boles de perro grandes encima de una estera cerca de la tabla de madera para cortar la carne.

—¡Hola! —insiste—. ¡Creo que tengo su perro! ¡Hola! —Avanza por el lateral de la casa, anunciando su presencia. Sube los peldaños hasta una puerta al lado de una ventana a la que le falta un vidrio. Hay otro vidrio roto. Piensa en volver corriendo a la playa, pero en el lavadero hay una jaula de perro de gran tamaño, vacía.

—¡Hola! —El corazón le late con fuerza. Está entrando en propiedad privada, pero ha encontrado la casa del basset y tiene que ayudarle. ¿Cómo se hubiera sentido ella si se tratara de *Frisbee* y alguien no lo llevara de vuelta a su hogar?

—¡Hola! —Prueba con la puerta, que se abre.

12

El agua gotea de los robles.

En las profundas sombras de los tejos y olivos, Scarpetta dispone trozos quebrados de cerámica en el fondo de las macetas para facilitar el drenaje de manera que las plantas no se pudran. El aire cálido está húmedo tras la intensa lluvia que ha empezado de repente y ha escampado también de súbito.

Bull lleva una escalera hasta un roble que extiende su dosel por encima de la mayor parte del jardín de Scarpetta. Ella empieza a aplastar la tierra en las macetas y planta petunias, luego perejil, eneldo e hinojo, porque atrae a las mariposas. Dispone los rizados oídos de cordero de color plateado y las artemisas en sitios mejores, donde les dé el sol.

El aroma a tierra húmeda y margosa se entrevera con la acritud del ladrillo viejo y el moho mientras ella se desplaza con cierta rigidez —debido a los años de implacables suelos de baldosa en el depósito de cadáveres— hasta una columna de ladrillo recubierta de helechos. Se pone a diagnosticar el problema.

—Si arranco estos helechos, Bull, es posible que dañe el ladrillo. ¿A usted qué le parece?

—Es ladrillo de Charleston, probablemente de un par de siglos de antigüedad, diría yo. —Encaramado a la escalera—. Yo arrancaría un poco, a ver qué pasa.

El helecho se desprende sin dificultad. Scarpetta llena la

regadera e intenta no pensar en Marino. Se pone fatal cuando se acuerda de Rose.

—Un hombre ha venido por el paseo en una *chopper* justo antes de que llegara usted —informa Bull.

Ella deja lo que está haciendo y se queda mirándolo.

—¿Era Marino?

Al volver a casa del apartamento de Rose, la moto había desparecido. Debe de haber ido en el coche de ella hasta su casa para coger una llave de reserva.

—No, señora, no era él. Yo estaba subido a la escalera podando los nísperos y lo vi en su moto por encima de la verja. Él no me vio. Igual no era nada. —Chasquean las tijeras de podar y caen al suelo ramillas laterales y esos brotes que se llaman serpollos—. ¿La ha estado molestando alguien? Porque me gustaría que me lo dijera.

—¿Qué hizo?

—Dobló la esquina y avanzó muy lento hasta la mitad del paseo, luego dio media vuelta y regresó. Me pareció que llevaba un pañuelo anudado a la cabeza, creo que anaranjado y amarillo. Era difícil asegurarlo desde mi posición. La *chopper* tenía los tubos de escape hechos polvo, traqueteaba y chisporroteaba como si estuviera a punto de fallar. Si hay algo que yo deba saber, debe decírmelo. Estaré atento.

—¿Le había visto alguna vez por aquí?

—Reconocería esa *chopper*.

Scarpetta piensa en lo que le dijo Marino anoche. Un motero le dijo que le ocurriría alguna desgracia a ella si no se iba de la ciudad. ¿Quién puede querer que se vaya hasta el punto de hacerle llegar un mensaje así? El juez de instrucción local es el primero que le viene a la cabeza.

—¿Sabe algo sobre el juez de instrucción de aquí? —le pregunta a Bull—. ¿Henry Hollings?

—Sólo que su familia lleva esa funeraria desde la guerra, ese sitio enorme detrás de un alto muro allá en Calhoun, no muy lejos de aquí. No me hace gracia pensar que alguien la está molestando. Su vecina es un rato curiosa, desde luego.

La señora Grimball está otra vez mirando por la ventana.

—Me vigila como un halcón —comenta Bull—. Si me permite decirlo, tiene un ramalazo de crueldad y no le importa hacer daño a la gente.

Scarpetta vuelve a poner manos a la obra. Algo está devorándole algunas flores, y se lo comenta a Bull.

—Tenemos un grave problema con las ratas por aquí —responde él con tono que suena profético.

Ella examina los pensamientos dañados.

—Babosas —decide.

—Podría probar con cerveza —propone Bull, al tiempo que hace chasquear la podadora—. Ponga unos cuencos después de oscurecer. Se arrastran hasta allí, se emborrachan y se ahogan.

—Ya, y la cerveza atraerá más babosas de las que había al principio. Además, sería incapaz de ahogar nada.

Se desprenden más serpollos del roble.

—He visto excrementos de mapache por ahí. —Señala con la podadora—. Podrían ser ellos los que se comen los pensamientos.

—Mapaches, ardillas. No puedo hacer nada al respecto.

—Claro que sí, pero no quiere. Está claro que no le gusta matar nada. Es interesante, teniendo en cuenta su trabajo. Es de imaginar que no tendría por qué afectarle. —Habla desde el árbol.

—Tengo la impresión de que mi profesión hace que me afecte todo.

—Ajá. Eso es lo que ocurre cuando uno sabe demasiado. Esas hortensias ahí cerca de usted, si pone alrededor unos clavos oxidados, se volverán de un hermoso color azul.

—La epsomita también da buen resultado.

—¿Epso qué?

Scarpetta mira a través de una lente de joyero el dorso de una hoja de camelia y repara en unas escamas blancuzcas.

—Vamos a podar éstas, y puesto que hay gérmenes patógenos en los cortes, tendremos que desinfectar las herramientas antes de utilizarlas en otra cosa. He de llamar al patólogo de plantas.

—Ajá. Las plantas tienen enfermedades igual que la gente.

Los cuervos empiezan a alborotarse en el dosel del roble que Bull está podando, y varios remontan el vuelo de repente.

Madelisa se queda paralizada como la mujer de la Biblia a la que, por no cumplir su voluntad, Dios convirtió en estatua de sal. Está entrando en propiedad privada, cometiendo un acto ilegal.

—¿Hola? —vuelve a llamar.

Se arma de valor para abandonar el lavadero y entrar en la gran cocina de la casa más elegante que ha visto en su vida, mientras sigue repitiendo «¡Hola!», sin saber muy bien qué hacer. Está asustada como nunca en su vida, y debería marcharse de allí ya mismo. Empieza a deambular, mirándolo todo boquiabierta, con la sensación de ser una ladrona, temerosa de que la cojan —ahora o más adelante— y vaya a parar a la cárcel.

Debería marcharse, irse de inmediato. Nota punzadas a la altura de la nuca y sigue llamando «¡Hola!» y «¿Hay alguien en casa?», sin dejar de preguntarse por qué demonios está abierta la casa y hay carne en la parrilla si no hay nadie. Empieza a imaginar que la observan mientras merodea, y algo le advierte que tiene que escapar tan rápido como pueda de esa casa y regresar con su marido. No tiene derecho a deambular y curiosear, pero no puede evitarlo ahora que ya está allí. Nunca había visto una casa así y no entiende por qué nadie contesta a sus llamados, pero es demasiado curiosa para dar media vuelta, o tiene la sensación de que no puede hacerlo.

Pasa por debajo de un arco para acceder a un tremendo salón. El suelo es de una piedra azul que parece gema y está adornado con preciosas alfombras orientales. Las enormes vigas están a la vista y hay una chimenea lo bastante grande para asar un cerdo. Ve una pantalla de cine extendida sobre una cristalera que da al océano. El polvo revolotea en el haz de luz del retroproyector, la pantalla está iluminada pero sin imagen, y no hay sonido. Mira el sofá envolvente de cuero negro, perpleja ante las prendas pulcramente dobladas que hay encima: una camiseta oscura, pantalones oscuros, unos calzoncillos de hombre. La mesa de centro, de gran tamaño, está cubierta de paquetes de tabaco, frascos de pastillas y una botella pequeña de vodka Grey Goose casi vacía.

Madelisa se imagina a alguien, probablemente un hombre, borracho, deprimido o enfermo, lo que quizás explicaría que el perro escapara. Alguien ha estado aquí hace poco, bebiendo, piensa, y quienquiera que haya empezado a preparar la barbacoa parece haberse desvanecido. El corazón le palpita. No puede desembarazarse de la sensación de que alguien la observa, y piensa: «Dios santo, qué frío hace aquí.»

—¡Hola! ¿Hay alguien en casa? —grita por enésima vez con voz ronca.

Le parece que sus pies se mueven por voluntad propia mientras indaga atemorizada, y el miedo produce un zumbido en su interior igual que una corriente eléctrica. Debería marcharse. Está violando propiedad privada igual que un ladrón: allanamiento de morada. Va a meterse en un buen lío. Nota que algo la observa. La policía la observará desde luego, si la atrapa, o mejor dicho, cuando la atrapen, y empieza a entrarle pánico, pero los pies no la escuchan y siguen llevándola de un lugar a otro.

—¿Hola? —dice con voz quebrada.

Al otro lado de la sala, hacia la izquierda del vestíbulo, hay otra habitación, y oye correr agua.

—¡Hola!

Se dirige vacilante hacia el sonido del agua. Por lo visto, no puede hacer que sus pies se detengan. Siguen adelante, y se encuentra en un dormitorio de grandes dimensiones con mobiliario caro y elegante, cortinas de seda echadas y fotos en todas las paredes. Una niña preciosa con una mujer muy bonita y feliz que debe de ser su madre. La alegre niña en una piscina hinchable con un perrito, el basset. La misma mujer hermosa llorando, sentada en un sofá junto a la famosa psiquiatra del programa de la tele, la doctora Self, rodeada de cámaras que la filman de cerca. La misma mujer hermosa con Drew Martin y un hombre atractivo de piel aceitunada y cabello negro. Drew y el hombre visten ropa de tenis y están en una pista con la raqueta en la mano.

Drew Martin fue asesinada, recuerda.

El edredón azul pálido de la cama está arrebujado. En el suelo de mármol negro cerca de la cabecera hay prendas que parecen tiradas: un chándal rosa, unos calcetines, un sujetador. El sonido del agua corriente resulta más audible conforme sus pies avanzan, y Madelisa ordena a sus pies que corran en dirección contraria, pero no le hacen caso. «Corred», les dice cuando la hacen entrar en un cuarto de baño de ónice negro y cobre. «¡¡Corred!!» Asimila lentamente la visión de las toallas húmedas y ensangrentadas en el lavabo de cobre, el sangriento cuchillo con filo dentado y el juego de cuchillos cubiertos de sangre detrás del retrete negro, el pulcro montón de sábanas rosa pálido encima del cesto.

Tras las cortinas echadas con estampado de rayas de tigre en torno a la bañera de cobre, corre el agua, borboteando sobre algo que no suena a metal.

13

Ya ha oscurecido. Scarpetta dirige la linterna hacia un revólver Colt de acero inoxidable en medio del pequeño paseo detrás de su casa.

No ha llamado a la policía. Si el juez de instrucción está implicado en este último giro siniestro de los acontecimientos, llamar a la policía no haría sino empeorar la situación. Bull tiene una historia de cuidado, y ella no sabe qué pensar. Dice que cuando los cuervos echaron a volar del roble en el jardín, eso quería decir algo, así que a ella le dijo una mentira: que tenía que irse a casa, cuando lo que tenía intención de hacer era escabullirse; así lo ha dicho. Se apostó tras los arbustos entre las dos verjas de la casa y aguardó; aguardó casi cinco horas. Scarpetta no tenía la menor idea.

Ella siguió con sus cosas, terminó lo que estaba haciendo en el jardín y se dio una ducha. Luego trabajó en el despacho de arriba, hizo unas llamadas para ver cómo estaba Rose, cómo estaba Lucy, cómo estaba Benton. Mientras tanto, no sabía que Bull estaba escondido entre las dos verjas detrás de la casa. Él dice que es como pescar: uno no coge nada a menos que haga creer al pez que ya ha dado por terminada la jornada. Cuando el sol estaba más bajo y las sombras eran más alargadas, y Bull llevaba apostado en los ladrillos fríos y oscuros entre las verjas toda la tarde, vio a un hombre en el paseo. El tipo se llegó hasta la puerta de la verja exterior que rodea la casa de Scarpetta e intentó introducir la mano para abrirla. Al no conseguirlo, empezó a trepar por el hierro forjado, y fue entonces cuando Bull abrió la puerta de golpe y se enfrentó a él. Creyó que era el tipo que iba en la *chopper*, pero quienquiera que fuese no traía buenas intenciones, y mientras estaban en plena refriega se le cayó el arma.

—Quédese aquí mismo —le dice Scarpetta a Bull en el paseo en penumbra—. Si sale algún vecino o aparece alguien por la razón que sea, que nadie se acerque. Que nadie toque nada. Por suerte, me parece que nadie puede vernos aquí.

La linterna de Bull sondea los ladrillos desiguales mientras ella regresa a su casa. Sube a la primera planta y en unos minutos está de vuelta en el paseo con la cámara y el maletín para el escenario del crimen. Saca fotografías. Se pone unos guantes de látex. Coge el revólver, abre el cilindro y extrae seis proyectiles del calibre 38 que introduce en una bolsa de papel; al arma la mete en otra. Luego sella las dos con cinta adhesiva para pruebas de color amarillo que etiqueta e inicializa con un rotulador.

Bull sigue buscando, el haz de la linterna arriba y abajo conforme camina, se detiene, se acuclilla y luego sigue caminando, todo muy lentamente. Pasan unos minutos más, y dice:

—Aquí hay algo. Más vale que eche un vistazo.

Scarpetta se acerca, mirando dónde pisa, y a unos treinta metros de la verja, sobre el asfalto sembrado de hojarasca, hay una monedita de oro unida a una cadena dorada rota que destella bajo el haz, el oro reluciente como la luna.

—¿Estaba tan lejos de la verja cuando forcejeó con él? —pregunta, un tanto escéptica—. Entonces ¿cómo es que el arma estaba allí? —Señala hacia las siluetas oscuras de las verjas y el muro del jardín.

—No es fácil saber dónde estaba —dice Bull—. Estas cosas pasan muy rápido. No creo que llegara hasta aquí, pero no puedo asegurarlo.

Scarpetta vuelve la mirada hacia su casa.

—De aquí a allí hay un buen trecho —señala—. ¿Está seguro de que no lo persiguió después de que él dejara caer el arma?

—Lo único que puedo decir es que una cadena de oro con una moneda de oro no iba a durar mucho ahí tirada. Así que es posible que lo persiguiera y se le cayera cuando forcejeamos. No creía haberle perseguido, pero cuando están en juego la vida y la muerte, uno no siempre mide bien el tiempo y la distancia.

—No siempre —coincide ella.

Scarpetta se pone unos guantes nuevos y recoge por la cadena el colgante roto. Sin gafas no puede ver qué clase de moneda es, sólo alcanza a distinguir una cabeza coronada por una cara, y por la otra una guirnalda y el número uno.

—Así que probablemente se rompió cuando empecé a forcejear con él —decide Bull, como convenciéndose a sí mismo—. Desde luego espero que no le hagan ponerles al tanto de todo esto. A la policía, me refiero.

—No hay nada de lo que ponerles al tanto —dice ella—. De momento no hay delito, sólo una refriega entre usted y un desconocido, cosa que no tengo intención de mencionar a nadie, salvo a Lucy. Ya veremos qué se puede hacer en el laboratorio mañana.

Bull ya ha tenido problemas y no quiere tenerlos de nuevo.

—Cuando alguien encuentra un arma tirada, se supone que debe llamar a la policía —señala Bull.

—Bueno, pues yo no voy a llamarlos. —Recoge los útiles que ha sacado.

—Usted teme que los polis piensen que yo andaba metido en algo y me enchironen. No se meta en problemas por mi culpa, doctora Kay.

—Nadie va a enchironarle.

El Porsche Carrera 911 negro de Gianni Lupano está permanentemente aparcado en Charleston, aunque él apenas pase por allí.

—¿Dónde está? —le pregunta Lucy a Ed.

—No le he visto.

—Pero sigue en la ciudad.

—Hablé con él ayer. Me llamó y me pidió que enviara a alguien de mantenimiento porque el aire acondicionado no funcionaba bien. Así que mientras estaba ausente, y no sé adónde fue, cambiaron el filtro. Es muy reservado. Sé cuándo viene y va porque una vez a la semana tengo que poner en marcha su coche para que la batería no se descargue. —Ed abre un recipiente de comida para llevar y su despachito huele a patatas fritas—. ¿Le importa? No quiero que se enfríe. ¿Quién le ha dicho lo de su coche?

—Rose no sabía que él tuviera un apartamento en el edificio —dice Lucy desde el umbral, mirando el vestíbulo para ver quién entra—. Cuando lo descubrió, supuso quién era y me dijo que le había visto al volante de un coche deportivo caro que le había parecido un Porsche.

—Ella tiene un Volvo más viejo que mi gato.

—Siempre me han gustado los coches, y Rose sabe mucho de coches —asegura Lucy—. Pregúntele por Porsche, Ferrari, Lamborghini, y ya le contará. Por aquí, la gente no alquila Porsches. Tal vez un Mercedes, pero no un Porsche como el que tiene él. Así que he supuesto que podía guardarlo aquí.

—¿Qué tal le va? —Ed se sienta a la mesa para comerse la hamburguesa del café Sweetwater—. Antes ha pasado un mal rato.

—Bueno —contesta Lucy—. Rose no se encuentra en su mejor momento.

—Yo me he vacunado contra la gripe este año y la cogí dos veces, además de un catarro. Es como masticar golosinas para que no te salgan caries. Es la última vez que lo hago.

—¿Estaba aquí Gianni Lupano cuando Drew fue asesinada en Roma? —pregunta Lucy—. Me dijeron que estaba en Nueva York, pero eso no significa que sea cierto.

—La chica ganó el torneo aquí un domingo, hacia mitad de mes. —Se limpia la boca con una servilleta de papel, coge un vaso grande de refresco y sorbe por la pajilla—. Sé que esa noche Gianni se fue de Charleston, porque me pidió que cuidara de su coche. Dijo que no sabía cuándo regresaría, y luego, de repente, aquí está.

—Pero no le ha visto.

—No le veo casi nunca.

—Habla con él por teléfono.

—Habitualmente sí.

—No lo entiendo —dice Lucy—. Aparte de la participación de Lucy en la Copa Círculo Familiar, ¿qué otra razón podía tener para estar en Charleston? ¿Cada cuánto se celebra el torneo? ¿Una vez al año?

—Le sorprendería la gente que tiene su residencia en la zona. Hasta estrellas de cine.

—¿Tiene GPS en el coche?

—Tiene de todo. Es un coche de aúpa.

—Déjeme las llaves un momento.

—Ah. —Ed vuelve a dejar la hamburguesa con queso en el recipiente—. Eso no puedo hacerlo.

—No se preocupe. No voy a ponerlo en marcha, sólo quiero mirar una cosa, y sé que no dirá ni palabra al respecto.

—No puedo darle las llaves. —Ha dejado de comer—. Si llegara a enterarse...

—Las necesito sólo diez minutos, quince a lo sumo. No se enterará nunca, lo prometo.

—Quizá podría ponerlo en marcha, ya que está, por la batería, ya sabe. No hay ningún mal en ello. —Rasga una bolsita de ketchup para abrirla.

—Eso haré.

Lucy sale por una puerta trasera y se encuentra el Porsche en un rincón apartado del aparcamiento. Lo enciende y abre la guantera para echar un vistazo a los documentos de matriculación. El Carrera es de 2006 y está registrado a nombre de Lupano. Conecta el GPS, revisa el historial de destinos en la memoria y los anota.

La rápida respiración del imán que mantiene su baja temperatura.

Dentro de la sala de resonancia magnética, Benton mira desde el otro lado del cristal los pies de la doctora Self, cubiertos por una sábana. Está sobre una camilla que se desliza hasta el interior del imán de catorce toneladas, con la barbilla sujeta como recordatorio de que no debe mover la cabeza, que tiene apoyada sobre una bobina que recibirá los impulsos de radiofrecuencia necesarios para obtener la imagen de su cerebro. Lleva puestos unos auriculares que amortiguan el sonido a través de los que, poco después, cuando comience el proceso de obtención de imágenes por resonancia funcional, oirá la grabación de la voz de su madre.

—Hasta el momento, vamos bien —le dice Benton a la doctora Susan Lane—. Salvo por los jueguecillos que se trae ésa entre manos. Lamento que haya tenido a todo el mundo esperando. —Al técnico—: ¿Josh? ¿Qué tal tú? ¿Estás despierto?

—No sabes la ilusión que me hace todo esto —dice Josh desde la consola—. Mi niña lleva vomitando todo el día. Pregúntale a mi mujer las ganas que tiene de matarme ahora mismo.

—Nunca he conocido a nadie capaz de traer tanta alegría al mundo. —Benton se refiere a la doctora Self, el ojo de la tormenta. Mira a través del cristal los pies de Self y alcanza a verle las medias—. ¿Lleva pantis?

—Tienes suerte de que lleve algo. Al hacerle pasar, ha insistido en quitárselo todo —explica Lane.

—No me sorprende. —Se anda con cuidado. Aunque la doctora Self no puede oírles a menos que utilicen el interfono, puede verlos—. Está maníaca perdida. Lo ha estado desde que ingresó. Ha sido una estancia de lo más productiva. Pregúntaselo. Tiene la cordura de un juez.

—Le he preguntado si llevaba algo de metal, un sujetador con refuerzo —dice Lane—. Le he explicado que el escáner ejerce una atracción magnética sesenta mil veces mayor que la de la Tierra y no puede haber nada ferroso cerca, y que un sujetador adquiriría un significado completamente distinto si lleva refuerzo metálico y no nos lo decía. Ha asegurado que lo llevaba, que estaba orgullosa de ello, y ha empezado a hablar del... bueno, del lastre de tener pechos grandes. Como es natural, le he dicho que tenía que quitarse el sujetador, y ha contestado que prefería quitárselo todo y ha pedido una bata. Así que lleva una bata, pero la he convencido de que se deje las bragas puestas, y las medias.

—Bien hecho, Susan. Vamos allá.

La doctora Lane pulsa el botón del interfono y dice:

—Lo que vamos a hacer ahora es empezar con unas imágenes de localización: obtención de imágenes estructurales. La primera parte durará unos seis minutos; oirá unos ruidos bastante fuertes y extraños que produce el aparato. ¿Qué tal se encuentra?

—¿Podemos empezar, por favor? —La voz de la doctora Self.

Lane suelta el botón del interfono y le dice a Benton:

—¿Listo para la Escala PANAS de Afecto Positivo y Negativo?

Benton aprieta el botón del interfono y dice:

—Doctora Self, voy a empezar con una serie de preguntas acerca de cómo se siente. Y le haré las mismas preguntas varias veces durante la sesión, ¿de acuerdo?

—Ya sé cómo funciona la PANAS.

Benton y Lane cruzan una mirada, los semblantes impertérritos, sin dejar traslucir nada, mientras Lane dice con sarcasmo:

—De maravilla.

—No le hagáis caso —replica Benton—. Prosigamos.

Josh mira a Benton, listo para empezar. Benton piensa en su conversación con el doctor Maroni y en la acusación implícita de que Josh le habló a Lucy de su paciente VIP, y luego Lucy se lo contó a Scarpetta. Sigue perplejo. ¿Qué intentaba sugerir Maroni? Mientras observa a la doctora Self a través de la cristalera le viene algo a la cabeza: el expediente que no está en Roma, el expediente del Hombre de Arena, tal vez esté aquí, en McLean.

En un monitor aparecen las constantes vitales enviadas a distancia por la pinza en el dedo y el manguito del tensiómetro que lleva puestos la doctora Self.

—Presión sanguínea: ciento doce sobre setenta y ocho —dice Benton, y lo anota—. Pulso: setenta y dos.

—¿Qué saturación de oxígeno indica el pulso? —pregunta la doctora Lane.

Él responde que la saturación arterial de oxihemoglobina —o medición de saturación de oxígeno en la sangre— es de 99. Normal. Pulsa el botón del interfono y empieza con la PANAS.

—Doctora Self, ¿lista para las preguntillas?

—Por fin. —Su voz por el interfono.

—Voy a formularle las preguntas y quiero que puntúe sus sentimientos en una escala de uno a cinco. Uno cuando no siente nada. Dos, siente algo. Tres, moderado. Cuatro, mucho. Y cinco, sentimiento extremo. ¿Le parece correcto?

—Estoy familiarizada con la PANAS. Soy psiquiatra.

—Cualquiera diría que también es neurocientífica —comenta Lane—. Va a hacer trampas en esta parte.

—Me da igual.

Benton aprieta el botón del interfono y aborda las preguntas, las mismas que le reformulara durante la prueba. ¿Se siente molesta, avergonzada, inquieta, hostil, irritable, culpable? ¿O interesada, orgullosa, decidida, activa, fuerte, inspirada, entusiasmada, excitada, alerta? Ella puntúa con 1 todas las preguntas, y asegura que no siente nada.

Benton supervisa las constantes vitales y las anota: normales, no han cambiado.

—¿Josh? —Lane indica que ha llegado el momento.

Comienza el proceso de escaneo estructural. Se oye una suerte de intenso martilleo y las imágenes del cerebro de la doctora Self aparecen en el ordenador de Josh. No revelan gran cosa. A menos que haya alguna patología considerable, como un tumor, no empezarán a ver nada hasta dentro de un rato, cuando se analicen miles de imágenes captadas por resonancia magnética.

—Listos para empezar —anuncia la doctora Lane por el interfono—. ¿Se encuentra bien ahí?

—Sí. —Impaciente.

—Los primeros treinta segundos no oirá nada —explica Lane—. Así que permanezca en silencio y relajada. Luego oirá la grabación de la voz de su madre, y quiero que se limite a escuchar. Permanezca completamente inmóvil y escuche.

Las constantes vitales continúan igual.

Un sonido como de sónar que recuerda a un submarino empieza a oírse. Benton mira los pies de la doctora bajo la sábana al otro lado del cristal.

«El tiempo ha sido perfectamente maravilloso, Marilyn. —La voz grabada de Gladys Self—. No me he preocupado siquiera de poner el aire acondicionado, aunque tampoco es que funcione bien: vibra como un insecto. Me basta con tener las ventanas y las puertas abiertas porque la temperatura no está tan mal ahora mismo.»

Aunque se trata de la serie neutral, la más inocua, las constantes vitales de la doctora Self han cambiado.

—Pulso setenta y tres, setenta y cuatro —dice Benton, y lo anota.

—Yo diría que esto no le resulta neutral —comenta Lane.

«Estaba pensando en todos esos maravillosos frutales que tenías cuando vivías aquí, Marilyn, los que te obligó a talar la Oficina de Agricultura porque tenían el cáncer de los cítricos. Un jardín bonito es una maravilla. Y te alegrará saber que ese estúpido programa de erradicación ha quedado prácticamente detenido porque no funciona. Qué pena. En la vida todo depende de encontrarse en el momento adecuado, ¿verdad?»

—Pulso setenta y cinco, setenta y seis. Saturación de oxígeno noventa y ocho —dice Benton.

«... Una cosa de lo más curiosa, Marilyn. Hay un submarino que se pasa el día yendo de aquí para allá a eso de kilómetro y medio de la orilla. Lleva una banderita americana que ondea en el como se llame. Esa torre donde está el periscopio. Debe de ser la guerra. De aquí para allá, de aquí para allá, alguna clase de entrenamiento, con la banderita ondeando. Yo les digo a mis amigas: ¿entrenamiento, para qué? ¿Es que nadie les ha dicho que no hacen falta submarinos en Irak?»

Termina la primera serie neutra de preguntas, y durante el periodo de recuperación de treinta segundos vuelven a tomarle la presión sanguínea, que ha subido a 116/82. Entonces se vuelve a oír la voz de su madre. Gladys Self habla sobre dónde le gusta hacer la compra de un tiempo a esta parte en el sur de Florida, y las obras interminables, los rascacielos que brotan por todas partes, dice. Muchos están desocupados porque el mercado inmobiliario se ha ido al carajo. Sobre todo por la guerra de Irak, que ha tenido consecuencias para todos.

La doctora Self reacciona de la misma manera.

—Vaya —dice Lane—. Algo ha captado la atención de su amígdala, desde luego. Fíjate en la saturación de oxígeno.

Ha bajado a 97 por ciento.

La voz de la madre otra vez, comentarios positivos. Luego las críticas.

«... Eras una mentirosa patológica, Marilyn. Desde que aprendiste a hablar, me era imposible sonsacarte la verdad. ¿Y luego? ¿Qué ocurrió? ¿De dónde sacaste esa moral? De nadie de esta familia, eso desde luego. Tú y tus sucios secretillos. Es asqueroso y reprobable. ¿Qué le ocurrió a tu corazón, Marilyn? ¡Si lo supieran tus seguidores! Qué vergüenza, Marilyn...»

La sangre oxigenada de la doctora Self ha descendido a un 96, su respiración es más rápida y superficial, tanto así que resulta audible por el interfono.

«... La gente que descartaste. Y ya sabes a qué y a quién me refiero. Mientes como si dijeras la verdad. Eso es lo que me ha preocupado toda tu vida, y te pasará cuentas cualquier día de éstos...»

—Pulso ciento veintitrés —apunta la doctora Lane.

—Acaba de mover la cabeza —dice Josh.

—¿Puede corregirlo el *software* de movimiento? —pregunta Lane.

—No lo sé.

«... Y te piensas que el dinero lo resuelve todo. Envías tu óbolo y eso te absuelve de cualquier responsabilidad. Untas a la gente para desentenderte de ella. Bueno, ya veremos. Algún día vas a cosechar lo sembrado. No quiero tu dinero. Me voy de copas a la coctelería con mis amigas y ni siquiera saben que estás emparentada conmigo...»

El pulso está a 134. El oxígeno en sangre ha descendido a 95. Se le notan inquietos los pies. Quedan nueve segundos. La madre habla, activando neuronas en el cerebro de su hija. La sangre fluye hasta esas neuronas, y con el aumento de sangre hay un incremento de sangre desoxigenada que es detectado por el escáner, que capta imágenes funcionales. La doctora Self sufre angustia física y emotiva. No está fingiendo.

—No me gusta lo que está ocurriendo con sus constantes vitales. Ya vale. Hemos terminado —dice Benton a Lane.

—De acuerdo.

Enciende el interfono.

—Doctora Self, vamos a parar.

Lucy coge un estuche de herramientas de un armario cerrado, una memoria USB y una cajita negra mientras habla con Benton por teléfono.

—No preguntes —dice él—. Acabamos de terminar un escáner. O mejor dicho, acabamos de abortarlo. No puedo hablarte del asunto, pero necesito una cosa.

—Vale. —Toma asiento delante del ordenador.

—Tengo que hablar con Josh. Me hace falta que te introduzcas.

—¿Para qué?

—Una paciente está haciendo que le remitan el correo electrónico al servidor del Pabellón.

—¿Y?

—Y en ese mismo servidor hay ficheros electrónicos. Uno de un individuo que fue a la consulta del director clínico del Pabellón. Ya sabes a quién me refiero.

—¿Y?

—Y vio a una persona de gran interés en Roma en noviembre pasado —dice Benton por teléfono—. Lo único que puedo decirte es que este paciente que nos interesa sirvió en Irak, parece ser que se lo remitió la doctora Self.

—¿Y bien? —Lucy se conecta a internet.

—Josh acaba de terminar el escáner, el que no ha llegado a buen puerto. Se lo hemos hecho a una persona que se va esta misma noche, lo que supone que no van a llegarle más correos. El tiempo es esencial.

—¿Sigue ahí? ¿La persona que se va?

—Ahora mismo sí. Josh ya se ha marchado, tiene a su hija enferma. Lleva prisa.

—Si me facilitas tu contraseña, puedo acceder a la red interna —asegura Lucy—. Eso lo hará más sencillo, pero vas a estar colgado durante una hora más o menos.

Lucy llama al móvil de Josh. Está en el coche, saliendo del hospital. Mejor aún. Le dice que Benton no puede entrar en su cuenta de correo, que le ocurre algo al servidor, ella tiene que solventarlo de inmediato, y parece que le va a llevar un buen rato. Lo puede hacer a distancia, pero necesita la clave del administrador del sistema, a menos que Josh quiera regresar y ocuparse del asunto en persona. Él, que no quiere hacer nada semejante, empieza a hablar de su esposa y su niña. De acuerdo, sería estupendo si Lucy pudiera encargarse de todo. Abordan problemas técnicos continuamente, y a él no le pasaría por la cabeza que la intención de Lucy es acceder a la cuenta de correo de una paciente y los archivos privados del doctor Maroni. Y aunque Josh sospechara lo peor, daría por sentado que Lucy se limitaría a introducirse por su cuenta, sin pedir permiso. Está al tanto de sus aptitudes, así es como ella se gana la vida, por el amor de Dios.

Lucy no quiere introducirse ilegalmente en el hospital de Benton, y además le llevaría demasiado tiempo. Una hora después, le devuelve la llamada a Benton:

—No tengo tiempo de mirar —le dice—. Eso te lo dejo a ti. Te lo he enviado todo, y tu correo ya funciona.

Sale del laboratorio y se marcha en su moto Agusta Brutale, abrumada por la ansiedad y el peligro. La doctora Self está en McLean. Lleva allí casi dos semanas. Maldita sea. Benton estaba al tanto.

Va rápido, con el viento cálido azotándole el casco, como si intentara hacerle entrar en razón.

Entiende por qué Benton no podía decir ni palabra, pero no está bien. La doctora Self y Marino se escriben correos y entretanto ella está delante de las narices de Benton en McLean. Y Benton no pone sobre aviso a Marino ni a Scarpetta. Y tampoco a ella, a Lucy, mientras los dos vigilaban a Marino a través de la cámara en el depósito de cadáveres durante la visita guiada a Shandy. Lucy hacía comentarios sobre Marino, sobre sus correos electrónicos a la doctora Self, y Benton se limitaba a escuchar, y ahora Lucy se siente como una imbécil; se siente traicionada. Benton no tiene reparos en pedirle que acceda de manera ilegal a archivos electrónicos confidenciales, pero no es capaz de decirle que la doctora Self es paciente suya y está sentada en su sala privada precisamente en ese Pabellón tan exclusivo, pagando tres mil putos dólares al día para joder a todo el mundo.

Mete la sexta, agazapada, y va adelantando a otros vehículos en el puente Arthur Ravenel Jr., con sus altos picos y cables verticales que le recuerdan al Centro Oncológico Stanford, a la mujer que interpreta temas incongruentes al arpa. Es posible que Marino ya anduviera desquiciado, pero no contaba con el caos que podría provocar la doctora Self. Él es demasiado simplón para entender una bomba de neutrones. En comparación con la doctora Self, no es más que un chavalote estúpido con un tirachinas en el bolsillo del pantalón. Quizás el asunto lo pusiera en marcha él al enviarle un correo a Self, pero ella sabe cómo finiquitar algo. Sabe cómo finiquitarlo a él.

Pasa a toda velocidad por delante de los barcos camaroneros amarrados en Shem Creek, cruza el puente Ben Sawyer hasta isla Sullivan, donde vive Marino en lo que en cierta ocasión aseguró era la casa de sus sueños: una diminuta y destartalada cabaña pesquera encaramada a unos pilares, con tejado metálico rojo. Las ventanas se ven oscuras; no está encendida ni siquiera la luz del porche. Detrás de la cabaña, un larguísimo embarcadero cruza las marismas y va a parar a un estrecho riachuelo que serpentea hasta el canal Intracostero. Al mudarse allí, él compró un bote de remos y disfrutaba dedicándose a explorar las ensenadas y pescar, o a navegar y beber cerveza. Lucy no sabe a ciencia cierta qué le ocurrió. ¿Adónde se ha ido?, se pregunta. ¿Quién ocupa su cuerpo?

La zona del jardín delantero es arenosa y está cubierta de malas hierbas altas y finas. Se abre paso entre un montón de trastos: viejas neveras portátiles, una parrilla oxidada, tarros para cangrejos, redes medio podridas, cubos de basura que huelen como un pantano. Sube unos peldaños de madera combados y llama a una puerta con la pintura descascarillada. La cerradura es endeble, pero no quiere forzarla. Más vale sacar la puerta de las bisagras. Un destornillador, y ya está dentro de la casa soñada de Marino. No tiene alarma, siempre dice que sus armas ya son alarma suficiente.

Tira de la cadenita de una bombilla colgada del techo, y a la luz estridente que proyecta sombras desiguales, mira en torno para ver lo que ha cambiado desde la última vez que estuvo allí. ¿Cuándo fue? ¿Hace seis meses? No ha cambiado nada, como si él hubiera dejado de vivir allí pasado un tiempo. La sala tiene un suelo de madera desnudo, un sofá barato de tela escocesa, dos sillas de respaldo recto, una tele bien grande, un ordenador y la impresora. Contra la pared hay una cocina pequeña, latas de cerveza vacías y una botella de Jack Daniel's en la encimera. En la nevera descubre cantidad de fiambres, queso y más cerveza.

Lucy se sienta a la mesa de Marino y retira del puerto USB de su ordenador un lápiz de memoria USB de 256 *megabytes* unido a una cuerdecita. Abre el estuche de herramientas y coge unos alicates puntiagudos, un destornillador fino y un taladro a pilas tan diminuto como el de los joyeros. En la cajita negra hay cuatro micrófonos unidireccionales, cada uno de un tamaño inferior a ocho milímetros, más o menos como una aspirina infantil. Tirando del capuchón de plástico de la memoria USB, retira el lápiz y la cuerdecita e introduce un micrófono, cuya cubierta de malla metálica pasa inadvertida en el agujerito al que iba unida la cuerdecita. El taladro produce un zumbido quedo al abrir un segundo orificio en la base del capuchón, donde inserta el anillo de la cuerdecita para volver a sujetarlo.

Luego mete la mano en uno de los numerosos bolsillos de sus pantalones anchos y saca otra memoria USB —la que ha cogido del laboratorio— que inserta en el puerto. Descarga su propia versión de un programa espía que remitirá hasta el último toque de tecla de Marino a una de las cuentas de correo de Lucy. Revisa el disco duro en busca de documentos. No hay prácticamente nada salvo los correos de la doctora Self que ya copió en su ordenador en la oficina. No le supone mayor sorpresa. No lo imagina allí sentado escribiendo artículos periodísticos profesionales o una novela. Bastante mal se le da el papeleo. Vuelve a introducir la memoria USB de Marino en el puerto y empieza a registrar la habitación rápidamente, abriendo cajones donde encuentra tabaco, un par de *Playboy*, un Magnum .357 Smith & Wesson, unos cuantos dólares y calderilla, recibos, correo basura.

Nunca ha entendido cómo cabe Marino en el dormitorio, donde el armario es una barra sujeta de pared a pared a los pies de la cama, con la ropa amontonada y colgada de cualquier manera, otras prendas por el suelo, incluidos enormes calzoncillos bóxer y calcetines. Ve unos pantis y un sujetador de encaje rojos, un cinturón de cuero negro tachonado con puntas metálicas y otro de cocodrilo, muy pequeños para ser suyos, una mantequera de plástico llena de condones y anillos para la polla. La cama está deshecha. Dios sabe cuándo lavó las sábanas por última vez.

Una puerta da paso al cuarto de baño tamaño cabina telefónica: retrete, ducha, lavabo. Lucy mira en el botiquín, donde encuentra los artículos de higiene y los medicamentos contra la resaca que cabía esperar. Coge un frasco de Fiorinal con codeína recetado a nombre de Shandy Snooks, casi vacío. En otra estantería hay un tubo de Testroderm, recetado a nombre de un desconocido, e introduce la información en su iPhone. Vuelve a colocar la puerta en sus bisagras y desciende por los peldaños desvencijados. Se ha levantado viento y oye un tenue ruido procedente del embarcadero. Saca con suavidad la Glock, alerta, y dirige la linterna hacia el ruido, pero el haz no alcanza hasta allí y la longitud del embarcadero se disuelve en la oscuridad del anochecer.

Sube los escalones que llevan al embarcadero, viejos y con los tablones arqueados, algunas caídas. El olor a fango cenagoso es intenso. Empieza a lanzar manotazos a los mosquitos y recuerda lo que le dijo un antropólogo. Guarda relación con el grupo sanguíneo: a los bichos como los mosquitos les encanta el grupo O. Es el suyo, pero nunca ha tenido claro cómo puede oler un mosquito su grupo sanguíneo si no está sangrando. Revolotean a su alrededor, la atacan, hasta le pican en el cuero cabelludo.

Sus pasos son silenciosos mientras camina y escucha, hasta que oye un pequeño topetazo. El haz de luz pasa por encima de maderos envejecidos y clavos herrumbrosos y doblados, y una brisa susurra en la hierba de las marismas. Las luces de Charleston se ven lejanas en el aire húmedo que huele a azufre, la luna esquiva tras las densas nubes, y al cabo del embarcadero alcanza a ver el origen del ruido. El bote de pesca de Marino ha desaparecido y unas boyas naranja intenso descargan sordos topetazos contra los pilares.

14

Karen y la doctora Self en las escaleras de entrada al Pabellón en la penumbra casi cerrada.

Una luz de porche que no alumbra mucho, y la doctora saca un papel del bolsillo del impermeable, lo abre y saca un bolígrafo. En los bosques más allá, el agudo zumbido estático de los insectos, el aullido lejano de los coyotes.

—¿Qué es eso? —le pregunta Karen.

—Siempre que llevo invitados a mis programas firman uno de éstos. Es una simple autorización para que los saque en antena, para hablar de ellos. Nadie puede ayudarte, Karen. Queda claro, ¿no?

—Me siento un poco mejor.

—Te pasa siempre porque te programan, igual que intentaron programarme a mí. Es una conspiración. Por eso me han hecho escuchar a mi madre.

Karen le coge el formulario e intenta leerlo, pero no hay suficiente luz.

—Me gustaría compartir nuestras maravillosas conversaciones y lo mucho que he aprendido de ellas, para que así sirvan de ayuda a mis millones de espectadores en todo el mundo. A menos que prefieras utilizar un alias.

—¡Qué va! Estaré encantada de que hable de mí y utilice mi auténtico nombre. ¡E incluso de estar en su programa, Marilyn! ¿Qué conspiración? ¿Cree que me incluye a mí?

—Tienes que firmar esto. —Le tiende el bolígrafo.

Karen lo hace.

—Espero que me informe de cuándo va a hablar de mí para que pueda verlo. En caso de que lo haga, quiero decir. ¿Cree que lo hará?

—Si sigues aquí.

—¿Cómo?

—No puede ser en mi primer programa. El primero es acerca de Frankenstein y experimentos chocantes. Ser drogada contra mi voluntad, sometida a tormentos y humillaciones en el imán. Lo repetiré: un inmenso imán, mientras escuchaba a mi madre, mientras me obligaban a oír su voz mintiendo acerca de mí, culpándome. Podrían pasar semanas antes de que salgas en mi programa, ¿sabes? Espero que sigas aquí.

—¿Se refiere al hospital? Me voy mañana a primera hora.

—Me refiero a aquí.

—¿Dónde?

—¿Quieres seguir en este mundo, Karen? ¿Alguna vez has llegado a querer estar aquí? Ésa es la auténtica cuestión.

Karen enciende un cigarrillo con manos temblorosas.

—Ya viste mi serie sobre Drew Martin —añade la doctora.

—Qué triste.

—Debería contarle a todo el mundo la verdad acerca de su entrenador. Desde luego intenté contársela a ella.

—¿Qué hizo su entrenador?

—¿Alguna vez has visitado mi página web?

—No; debería haberlo hecho. —Karen se sienta encorvada sobre el frío peldaño de piedra, fumando.

—¿Qué te parecería salir en mi página? ¿Hasta que podamos llevarte al programa?

—¿Salir en la página? ¿Se refiere a contar mi historia en ella?

—Brevemente. Tenemos una sección titulada «En palabras propias». La gente confecciona su *blog*, cuentan sus historias y se escriben entre sí. Algunos no saben escribir muy bien, claro, por eso tengo un equipo de gente que edita y reescribe, escribe al dictado y entrevista. ¿Recuerdas cuando nos conocimos? ¿Te di mi tarjeta?

—Todavía la tengo.

—Quiero que envíes tu historia a la dirección de correo electrónico en esa tarjeta, y la colgaremos en la página. Puedes ser toda una inspiración, a diferencia de la pobre sobrina del doctor Wesley.

—¿Quién?

—En realidad no es su sobrina. Tiene un tumor cerebral. Ni siquiera con mis herramientas puedo curar a alguien en esas circunstancias.

—Ay, Dios, qué horror. Supongo que un tumor cerebral puede llevar a alguien a la locura, y no hay manera de ayudarle.

—Puedes leer todo al respecto cuando visites mi página. Verás su historia y todas sus entradas en el *blog*. Te quedarás de una pieza —dice la doctora, un peldaño por encima de ella, con la brisa a favor que se lleva el humo hacia atrás—. Tu historia enviará un mensaje magnífico. ¿Cuántas veces has estado ingresada? Al menos diez. ¿A qué se deben los fracasos?

La doctora Self se imagina preguntándoselo al público mientras las cámaras se acercan para tomar un primer plano de su cara, una de las caras más reconocibles del planeta. Le encanta su nombre. Su nombre forma parte de su increíble destino: Self, sí misma. Siempre se ha negado a renunciar a él. No cambiaría su nombre por ninguno, ni lo compartiría nunca, y todo aquel que no lo quiera está condenado porque el pecado imperdonable no es el sexo, es el fracaso.

—Iré a su programa cuando quiera. Llámeme, por favor. Puedo presentarme aunque me avise con muy poca antelación —insiste Karen—. Siempre y cuando no tenga que hablar de... no puedo decirlo.

Pero ni siquiera entonces, cuando más nítidas eran las fantasías de la doctora Self, cuando su pensamiento se tornó mágico y comenzaron las premoniciones, llegó a soñar lo que ocurriría.

«Soy la doctora Marilyn Self. Bienvenidos a Self o Self. SOS. ¿Necesitan ayuda?» Al principio de cada programa, entre los aplausos desaforados del público en directo mientras millones de personas ven el programa en todo el mundo.

—No me hará contarlo, ¿verdad? Mi familia no me perdonaría nunca. Por eso no puedo dejar de beber. Se lo contaré si no me hace decirlo en la tele ni en su página web. —Karen se ha perdido en sus propias tonterías.

«Gracias, gracias.» A veces la doctora Self no puede hacer que la gente deje de aplaudir. «Yo también os adoro.»

—Mi Boston terrier, *Bandida*. La dejé salir una noche muy tarde y olvidé hacerla entrar porque estaba muy borracha. Era en invierno.

Aplausos que suenan como un chaparrón, como un millar de manos batiendo palmas.

—Y a la mañana siguiente me la encontré muerta junto a la puerta trasera, y la madera estaba toda arañada de tanto que se había esforzado por entrar. Mi pobrecilla *Bandida*, con el pelito tan corto que tenía. Temblando, llorando y ladrando, no me cabe duda. Intentando volver dentro porque hacía un frío helador. —Karen solloza—. Así que destruyo mi cerebro para no tener que pensar. Dicen que tengo un montón de áreas en blanco y aumento de... bueno, y la atrofia. Vas bien, Karen, me digo. Te estás cargando tu propio cerebro. Salta a la vista. Está muy claro que no soy normal. —Se toca la sien—. Lo vi allá arriba, en la caja de luz que el neurólogo tiene en su consulta, tan grande como un paisaje, mi cerebro anómalo. Nunca seré normal. Casi tengo sesenta años y ya no hay vuelta atrás.

—La gente es implacable en lo que respecta a los perros —dice la doctora, perdida en sí misma.

—Yo sé que lo soy. ¿Qué puedo hacer para superarlo? Dígamelo, por favor.

—La gente con enfermedades mentales presenta peculiaridades en la forma del cráneo. Los lunáticos tienen la cabeza muy contraída o deforme —asegura la doctora—. Los maníacos tienen el cerebro blando. Todo eso se vio en un estudio científico llevado a cabo en París en 1824. De un centenar de idiotas e imbéciles examinados, sólo catorce tenían una cabeza normal.

—¿Está diciendo que soy imbécil?

—¿Acaso es muy distinto de lo que te han estado diciendo los médicos aquí? ¿Que tu cabeza es diferente en cierta manera, lo que supone que tú eres diferente en cierta medida?

—¿Soy una imbécil? Maté a mi perra.

—Esas supersticiones y manipulaciones llevan siglos circulando. Miden el cráneo de la gente encerrada en manicomios y diseccionan el cerebro de idiotas e imbéciles.

—¿Soy una imbécil?

—Hoy en día te meten en un tubo mágico, un imán, y te dicen que tienes el cerebro deforme, y te obligan a escuchar a tu madre. —La doctora se interrumpe cuando ve que una figura alta camina decidida hacia ellas en la oscuridad.

—Karen, si no le importa, tengo que hablar con la doctora Self —dice Benton Wesley.

—¿Soy una imbécil? —le pregunta Karen, al tiempo que se levanta del peldaño.

—Usted no es ninguna imbécil —le asegura Benton en tono amable.

Karen se despide de él y antes de alejarse le dice:

—Usted siempre se ha portado bien conmigo. Regresaré a casa y no volveré aquí.

La doctora lo invita a sentarse a su lado en los peldaños, pero él rehúsa. Ella nota su ira, es un triunfo, otro más. Le dice:

—Me siento mucho mejor.

Las sombras que destierran las lámparas transforman a Benton. Ella nunca lo ha visto en la oscuridad, y caer en la cuenta de ello le resulta fascinante.

—Me pregunto qué diría el doctor Maroni ahora mismo. Y qué diría Kay —continúa—. Me recuerda a las vacaciones de primavera en la playa. Una joven se fija en un glorioso hombre también joven, ¿y entonces? Él repara en ella. Se sientan en la arena y caminan por el agua, se salpican uno al otro y hacen todo lo que desean hasta que sale el sol. Les trae sin cuidado estar mojados y pegajosos debido a la sal y al otro. ¿Dónde ha quedado la magia, Benton? Uno envejece cuando nada es suficiente y sabe que nunca volverá a sentir la magia. Yo sé lo que es la muerte, y usted también. Siéntese a mi lado, Benton. Me alegra que quiera charlar conmigo antes de mi partida.

—He hablado con su madre —le informa él—. Otra vez.

—Debe de caerle muy bien.

—Me ha contado una cosa muy interesante que me ha llevado a retractarme de algo que le dije a usted, doctora Self.

—Las disculpas siempre se agradecen. Viniendo de usted, son una atención inesperada.

—Tenía razón en lo tocante al doctor Maroni. En lo de que usted se acostó con él.

—Yo no dije que me acostara con él. —La doctora sintió un frío interior—. ¿Cuándo podría haber ocurrido algo así? ¿En mi maldita habitación con esa maldita vista? No podría haberme acostado con nadie a menos que fuera contra mi voluntad. Me drogó.

—No estoy hablando de ahora.

—Mientras estaba inconsciente, me abrió el albornoz y me manoseó. Dijo que mi cuerpo le encantaba.

—Porque el doctor Maroni lo recordaba.

—¿Quién ha dicho que me acosté con él? ¿Esa maldita zorra? ¿Qué sabe ella de lo que ocurrió en el momento de mi ingreso? Debe de haberle dicho que soy una paciente. Les pondré un pleito. Ya dije que él no pudo evitarlo, no pudo resistirse, y luego huyó. Dije que el doctor Maroni era consciente de que había hecho algo malo y por tanto huyó a Italia. Yo nunca reconocí haberme acostado con él. Me drogó y se aprovechó de mí, y yo debería haber sabido que lo haría. ¿Por qué no iba a hacerlo?

La excita. La excitaba entonces y sigue excitándola, y ella no tenía ni idea de que sería así. En aquel momento lo reprendió pero no le dijo que parara. «¿Por qué cree necesario examinarme con tanto entusiasmo?», le preguntó, y él le dijo: «Porque es importante que lo averigüe.» Y ella respondió: «Sí. Debería averiguar qué no es suyo.» Y él, mientras seguía adelante con la exploración, dijo: «Es como un lugar especial que visitaste antaño y llevabas muchos años sin ver. Quieres averiguar qué ha cambiado y qué no ha cambiado, y si se podría revivir.» Y ella dijo: «¿Se podría?» Y él respondió: «No.» Luego se fue, y eso fue lo peor que hizo, porque ya lo había hecho con anterioridad.

—Le estoy hablando de hace mucho tiempo —señala Benton.

El agua chapalea suavemente a su alrededor.

Will Rambo está rodeado por el agua y la noche mientras rema para alejarse de isla Sullivan, donde ha dejado el Cadillac en un lugar apartado, a un breve paseo de donde ha tomado prestado el bote. Ya lo había cogido antes. Utiliza el motor fueraborda cuando lo necesita. Cuando quiere silencio, rema. El agua chapalea. En la oscuridad.

En la Grotta Bianca, el lugar donde llevó a la primera. La sensación, la familiaridad, conforme se van recomponiendo los fragmentos en una profunda caverna dentro de su mente, entre estalactitas de caliza y musgo allí donde alcanza el sol. La llevó más allá de la Columna de Hércules hasta un mundo subterráneo de pasillos de piedra con prismas de minerales y el sonido constante de agua cayendo.

Aquel día de ensueño estuvieron solos por completo salvo en una ocasión, cuando él dejó pasar a unos escolares alborotados con chaqueta y gorra, y le dijo: «Son tan ruidosos como una bandada de murciélagos.» Y ella se echó a reír y dijo que se estaba divirtiendo con él, y le cogió el brazo y se pegó a él, que alcanzó a notar la suavidad de su piel. A través del silencio, con el único sonido del agua al caer. La llevó a través del Túnel de las Serpientes bajo arañas de luz de piedra, por de-

lante de telones translúcidos de piedra hasta el Pasillo del Desierto.

—Si me dejas aquí, sería incapaz de encontrar el camino de salida —le dijo ella.

—¿Por qué iba a dejarte? Soy tu guía. En el desierto es imposible sobrevivir sin guía a menos que sepas orientarte.

Y la tormenta de arena se alzó formando un inmenso muro, y se frotó los ojos para disiparla.

—¿Cómo sabes el camino? Debes de venir a menudo —comentó ella, y entonces él abandonó la tormenta de arena y estaba otra vez en la cueva, y era una chica tan hermosa, pálida y de rasgos bien definidos, como tallada en cuarzo, pero triste porque su amante la había dejado por otra mujer—. ¿Qué te hace ser tan especial como para conocer un sitio así? —le preguntó a Will—. Tres kilómetros hacia el interior de la tierra y un infinito laberinto de piedra húmeda. Qué horror perderse aquí. Me pregunto si alguna vez se ha perdido alguien aquí. De noche, cuando apagan las luces, debe de quedar completamente a oscuras, frío como un sótano.

Will no alcanzaba a ver sus propias manos delante de la cara. Lo único que veía era un rojo intenso mientras la arena los azotaba hasta que tuvo la sensación de que iba a despellejarlo.

«¡Will! ¡Ay, Dios! ¡Ayúdame, Will!» Los gritos de Roger se convirtieron en los gritos de los escolares en el pasillo de al lado, y el bramido de la tormenta se interrumpió.

El agua goteaba y sus pasos sonaban húmedos.

—¿Por qué no dejas de frotarte los ojos? —le preguntó ella.

—Sería capaz de orientarme incluso en la oscuridad. Veo muy bien en la oscuridad, y venía a menudo de niño. Soy tu guía. —Se mostraba muy simpático con ella, muy amable, porque era consciente de que su pérdida era más de lo que podía soportar—. ¿Ves cómo la luz hace que la piedra se vuelva translúcida? Es lisa y fuerte como los tendones y los nervios, y los cristales son del amarillo cerúleo del hueso. Y por ese estrecho pasillo se llega a la Cúpula de Milán, gris, húmeda y fría como el tejido y los vasos sanguíneos de un cuerpo viejísimo.

—Tengo los zapatos y el ruedo de los pantalones manchados de caliza húmeda, como cal. Me has echado a perder la ropa.

Sus quejas lo irritan. Le ha enseñado un estanque natural en cuyo fondo hay dispersas monedas verdes, y se ha preguntado en voz alta si se habrán cumplido los deseos de alguien, y ella ha lanzado una moneda que ha resonado al caer al agua y se ha hundido.

—Ya puedes pedir todos los deseos que quieras —le dice él—. Pero nunca se hacen realidad, y si se cumplen, peor para ti.

—Qué horrible es eso que dices —le recrimina ella—. ¿Cómo puedes decir que un deseo hecho realidad sería malo? No sabes lo que he deseado. ¿Y si mi deseo fuera hacer el amor contigo? ¿Eres mal amante?

Él no respondió a su pregunta, cada vez más enfadado, porque si hacían el amor, ella le vería los pies descalzos. La última vez que hizo el amor fue en Irak, con una cría de doce años que gritaba y le golpeaba con sus puñitos. Luego dejó de hacerlo y cayó dormida, y él nunca ha sentido nada al respecto porque esa niña no tenía vida, no tenía nada que esperar salvo la interminable destrucción de su país e infinitas muertes. El rostro de la pequeña se desvanece de su mente mientras el agua gotea. Sostiene la pistola en la mano mientras Roger grita porque el dolor es insufrible.

En la Cueva de la Cupola, las piedras eran torneadas cual cráneos y el agua goteaba incesantemente, como si hubiera llovido, y había formaciones de escarcha pétrea y carámbanos y espolones que relucían como velas. Le advirtió que no los tocara.

—Si los tocas, se vuelven negros como el hollín.

—Es la historia de mi vida —dijo ella—. Todo lo que toco se convierte en mierda.

—Me estarás agradecida.

—¿Por qué?

En el Pasillo del Regreso, el aire era cálido y húmedo, y el agua corría paredes abajo como si fuera sangre. Sostenía la

pistola y estaba a un golpe de dedo del final de todo lo que sa-
bía sobre sí mismo. Si Roger pudiera agradecérselo, lo haría.
Un simple gracias, y hacerlo de nuevo no es necesario. La
gente es ingrata y te arrebata todo aquello que tiene sentido.
Luego a uno deja de importarle. No puede importarle.

Un faro a franjas rojas y blancas, construido poco después de la guerra, está aislado unos cien metros mar adentro, ya sin luz.

A Will le arden los hombros de tanto remar y le duelen las nalgas sobre el asiento de fibra de vidrio. Es mucho esfuerzo porque la carga que lleva pesa casi tanto como el bote de fondo plano, y ahora que está cerca de su casa no quiere usar el motor fueraborda. Nunca lo hace. Es ruidoso, y no quiere hacer ruido, aunque no haya nadie que pueda oírlo. Allí no vive nadie. No viene nadie si no es de día, y sólo cuando hace buen tiempo. Pero ni siquiera entonces está nadie al tanto de que ese lugar le pertenece. La pasión por un faro y un cubo de arena. ¿Cuántos niños son propietarios de una isla? Un guante y una pelota, y un pícnic de acampada. Todo ha desaparecido. Está enterrado. La triste travesía en barco hasta el otro extremo.

Al otro lado del agua se ven las luces de Mount Pleasant, y las luces de la isla James y Charleston. Hacia el suroeste está Folly Beach. Mañana será un día cálido y nuboso, y a media tarde la marea estará baja. El bote pasa rozando conchas de ostra cuando lo arrastra playa arriba.

15

En el interior del laboratorio de fotografía forense, a primera hora de la mañana siguiente. Miércoles.

Scarpetta prepara lo que puede necesitar: esta vez el método científico es sencillo. De armarios y cajones saca cuencos de cerámica, papel y tazas de poliestireno, servilletas de papel, gasas estériles, sobres, arcilla para modelar, agua destilada, una botella de azul arma (una solución de dióxido de selenio que vuelve las superficies de metal de un azul oscuro/negro), un frasco de TXR (tetraóxido de rutenio), tubos de supercola y una cazuela de aluminio. Acopla una macrolente al dispositivo de control a distancia de una cámara digital montada sobre un atril para hacer copias, y luego cubre una encimera con papel marrón grueso.

Aunque hay varias mezclas que puede utilizar para que las huellas latentes se aprecien en superficies no porosas, como el metal, el procedimiento estándar es el vapor. No es magia, sólo química. La supercola está compuesta casi por completo de cianocrilato, una resina acrílica que reacciona a los aminoácidos, la glucosa, el sodio, el ácido láctico y otros agentes químicos exudados por los poros de la piel. Cuando los vapores de supercola entran en contacto con una huella latente (inapreciable a simple vista), una reacción química da lugar a un nuevo compuesto, es de esperar que muy duradero y con estribaciones blancas visibles con todo detalle.

Scarpetta sopesa su enfoque. Muestras de ADN, pero no en este laboratorio, y no debería hacerlo primero, no necesita hacerlo primero porque ni el TXR ni la supercola destruyen el ADN. Supercola, decide, y saca el revólver de la bolsa de papel para luego anotar el número de serie. Abre el cilindro vacío y obtura ambos extremos del cañón con bolas de papel. De otra bolsa saca las seis balas del 38 especial, que coloca en vertical dentro de una cámara de vapor, que no es otra cosa que una fuente de calor en el interior de una campana de cristal. En su interior hay un cable tendido de un extremo al otro, del que deja suspendido el revólver por la guarda del gatillo. Coloca un cuenco de agua caliente para que haya humedad, echa supercola a una cazuela de aluminio y cubre la cámara de vapor con una tapa. Luego pone en marcha un extractor de aire.

Otro par de guantes nuevos, y coge la bolsa de plástico que contiene el colgante de la moneda de oro. La cadenita de oro tiene muchas probabilidades de cobijar restos de ADN, y la embolsa por separado antes de etiquetarla. En la moneda puede haber restos de ADN, pero también huellas; la sostiene levemente por el canto y la observa con ayuda de una lupa cuando oye la cerradura biométrica de la puerta del laboratorio. Entra Lucy, y Scarpetta percibe su estado de ánimo.

—Ojalá tuviéramos un programa de reconocimiento de fotografías —comenta Scarpetta, porque sabe cuándo no hacer preguntas acerca del ánimo de Lucy y sus causas.

—Lo tenemos —dice Lucy, que evita su mirada—. Pero necesitas algo para compararlo. Muy pocos organismos policiales tienen bases de datos con fotografías en las que buscar, y aquellos que las tienen tampoco sirven porque no hay nada integrado. Quienquiera que sea este gilipollas, tendremos que identificarlo de otra manera. Y no me refiero necesariamente al cabrón de la *chopper* que se supone apareció en el paseo detrás de tu casa.

—Entonces ¿a quién te refieres?

—Pues a quien llevaba el colgante y tenía el arma. Y a que no sabes con seguridad que no fuera Bull.

—Eso no tendría sentido.

—Lo tendría si quisiera hacerse pasar por un héroe, o esconder alguna otra cosa que se traiga entre manos. No sabes quién llevaba el arma ni el colgante porque no viste a quién los perdió.

—A menos que las pruebas indiquen algo diferente —le recuerda Scarpetta—, voy a dar crédito a sus palabras y le voy a estar agradecida por haber corrido el peligro que corrió para protegerme.

—Tú piensa lo que quieras.

Scarpetta la mira a la cara.

—Me parece que ocurre algo.

—Sólo digo que el supuesto altercado entre él y quienquiera que sea el tipo de la *chopper* tuvo lugar sin testigos, eso es todo.

Scarpetta echa un vistazo al reloj y se acerca a la cámara de vapor.

—Cinco minutos, ya debería estar. —Retira la tapa para detener el proceso—. Tenemos que comprobar el número de serie del revólver.

Lucy se acerca y mira en el interior de la campana de cristal. Se pone guantes, introduce las manos, suelta el cable y recoge el revólver.

—Se aprecian estrías muy leves en el cañón. —Vuelve el arma de aquí para allá y luego la deja en la encimera recubierta de papel, introduce de nuevo las manos en la campana y recoge las balas—. Hay alguna huella parcial. Me parece que se aprecian suficientes detalles. —Las posa también sobre la encimera.

—Voy a fotografiarlas y tal vez puedas escanear las fotos de manera que podamos obtener las características e introducirlas en el Sistema Automatizado de Identificación de Huellas.

Scarpetta telefonea al laboratorio de huellas digitales y explica lo que están haciendo.

—Trabajaré primero con ellos para ahorrar tiempo —dice Lucy, y su tono no es amistoso—. Elimina los canales de color para que el blanco pase a negro y pásalas por el sistema de identificación lo antes posible.

—Ocurre algo. Supongo que ya me lo dirás en el momento oportuno.

Lucy no escucha.

—Entra basura, sale basura —dice con furia.

Es su comentario preferido cuando está en plan cínico. Se escanea una huella para introducirla en el sistema de identificación y el ordenador no sabe si está viendo una roca o un pez. El sistema automatizado no piensa, no sabe nada. Solapa las características de una huella con las características correspondientes de otra huella, lo que supone que si faltan características o están oscurecidas o no las ha codificado correctamente un investigador forense competente, hay muchas probabilidades de que la búsqueda resulte nula. El sistema de identificación no es el problema, sino la gente. Lo mismo puede decirse del ADN. Los resultados sólo están al nivel de las muestras tomadas, la manera en que se han procesado y la persona que se ha encargado de la tarea.

—Ya sabes cuán raro es que las huellas estén siquiera tomadas como Dios manda, ¿no? —Lucy sigue despotricando en tono mordiente—. Hay algún agente paleto en una cárcel que recoge todas esas tarjetas con las diez huellas digitales, anclado todavía en el sistema de tinta y presión que se utiliza desde hace siglos, y luego las vuelcan todas en el sistema de identificación y no son más que mierda, cuando podrían no serlo si utilizáramos un sistema de escaneo óptico biométrico. Pero no hay ninguna cárcel que tenga dinero suficiente. No hay dinero para nada en este jodido país.

Scarpetta coloca la moneda de oro en el sobre de plástico transparente y la observa con una lupa.

—¿Quieres decirme por qué estás de tan mal humor? —Teme la respuesta.

—¿Dónde está el número de serie para que pueda introducir esa arma en la base de datos del Centro Nacional de Información Criminal?

—Ese papel de ahí encima del mostrador. ¿Has hablado con Rose?

Lucy lo coge y se sienta ante un ordenador para empezar a pulsar teclas.

—He llamado para ver qué tal estaba. Ha dicho que la que necesitaba ayuda eras tú.

—Una moneda de un dólar americano —dice Scarpetta, refiriéndose a la moneda aumentada por la lupa, para no tener que decir nada más—. De mil ochocientos setenta y tres. —Y repara en algo que nunca había visto en una prueba sin procesar.

—Me gustaría disparar el arma en el tanque de agua y contrastar los datos de balística con la RNIIB. —La Red Nacional Integrada de Información Balística—. A ver si se ha utilizado el revólver en otro delito. Aunque ya sé que aún no consideras delito lo que ocurrió y no quieres meter en esto a la policía.

—Tal como te he dicho —Scarpetta no quiere mostrarse a la defensiva—, Bull forcejeó con él y le hizo soltar el arma. —Observa la moneda y va ajustando la lente—. No puedo demostrar que el tipo de la *chopper* hubiera venido a agredirme. No llegó a entrar en la propiedad, sólo lo intentó.

—Eso dice Bull.

—En otras circunstancias, diría que esta moneda ya ha sido sometida al método de la supercola en busca de huellas dactilares. —Con la lupa, Scarpetta examina lo que parecen pálidas estrías blancas en ambas caras.

—¿A qué te refieres con «en otras circunstancias»? No tienes ninguna información, no sabes nada acerca de la moneda, dónde ha estado ni de dónde ha salido, salvo que Bull la encontró detrás de tu casa. Quién la perdió es otra historia.

—Desde luego parecen residuos de polímeros, como la supercola. No lo entiendo —dice Scarpetta, y lleva la moneda protegida por el plástico hasta el atril de copia—. Hay muchas cosas que no entiendo. —Levanta la mirada hacia Lucy—. Supongo que cuando estés lista para hablar conmigo ya lo harás. —Se quita los guantes, se pone otros nuevos y una mascarilla.

—A mí me parece que lo único que hace falta es fotografiarla. No es necesario recurrir al azul arma ni al TXR. —Lucy se refiere a las estrías que se aprecian en la moneda.

—Como mucho, pólvora negra, quizá, pero sospecho que ni siquiera nos hará falta recurrir a eso. —Scarpetta ajusta la cámara montada sobre la columna del atril de copia y manipula los brazos de los cuatro focos—. Voy a fotografiarla. Luego se puede enviar todo a ADN.

Arranca un pedazo de papel marrón para la base del atril de copia, saca la moneda del sobre y la deja con la cara hacia arriba. Corta un vaso de polietileno por la mitad y coloca la mitad en forma de embudo sobre la moneda. Iluminación de carpa casera para minimizar el resplandor, y los detalles de las estrías resultan mucho más visibles. Coge el dispositivo de control a distancia de la cámara y empieza a sacar fotografías.

—Supercola —dice Lucy—. Así que podría ser la prueba de un delito y de alguna manera volvió a entrar en circulación, por así decirlo.

—Eso lo explicaría. No tengo ninguna certeza, pero desde luego lo explicaría.

Un rápido tecleo.

—Moneda de oro de un dólar —dice Lucy—. Americana, de mil ochocientos setenta y tres. A ver qué encuentro al respecto. —Pulsa más teclas—. ¿Por qué tomaría alguien Fiorinal con codeína? ¿Y qué es, exactamente?

—Butalbital con fosfato de codeína, aspirina, cafeína —explica Scarpetta, al tiempo que vuelve la moneda con cuidado para fotografiarla del otro lado—. Un fuerte narcótico con efectos analgésicos, a menudo recetado para los dolores de cabeza intensos provocados por la tensión. —Se cierra el obturador de la cámara—. ¿Por qué?

—¿Y qué me dices del Testroderm?

—Un gel de testosterona que se frota sobre la piel.

—¿Has oído hablar de Stephen Siegel?

Scarpetta piensa un momento, pero no se le ocurre nadie, el nombre le resulta desconocido por completo.

—No, que yo recuerde.

—El Testroderm lo recetó él, y resulta que es un proctólogo de tres al cuarto en Charlotte, de donde es Shandy Snook. Y resulta que su padre era paciente de ese proctólogo, lo que podría indicar que Shandy lo conoce y puede obtener recetas de su puño y letra cuando le viene en gana.

—¿Dónde fue presentada la receta?

—En una farmacia de isla Sullivan, donde resulta que Shandy posee una casa de dos millones de dólares a nombre de una S. L. —dice Lucy, que vuelve a teclear—. Quizá sería buena idea que le preguntaras a Marino qué coño está pasando. Creo que todos tenemos motivos para estar preocupados.

—Lo que más me preocupa es lo furiosa que estás.

—Me parece que no sabes cómo me pongo cuando estoy cabreada de veras. —Lucy sigue descargando golpes de dedo rápidos, duros y furiosos—. Así que Marino va colocado hasta las cejas. Lo más probable es que se esté untando gel de testosterona como si fuera bronceador y tragando pastillas como loco para superar las resacas. De pronto se ha convertido en un King Kong ebrio y furioso. —Pulsa las teclas con sonoros chasquidos—. Probablemente sufra de priapismo, y podría tener un ataque al corazón. O volverse tan agresivo que pierda el control cuando ya está fuera de control de tanto beber. Es asombroso el efecto que puede tener una persona en otra en apenas una semana.

—Está claro que su novia no es una buena influencia.

—No me refiero a ella. Tuviste que soltarle tu noticia.

—Pues sí, tuve que decírselo, y también a ti y Rose —responde Scarpetta con voz queda.

—Tu moneda de oro vale unos seiscientos dólares —dice Lucy, y cierra un fichero en el ordenador—. Sin contar la cadena.

El doctor Maroni está sentado delante de la chimenea en su apartamento al sur de San Marco, las cúpulas de la basílica grises bajo la lluvia. La gente, sobre todo los de la zona, llevan botas de goma verde, mientras que los turistas calzan unas amarillas baratas. En cuestión de un momento, el agua cubre las calles de Venecia.

—Sencillamente oí lo del cadáver. —Habla por teléfono con Benton.

—¿Cómo? En un primer momento el caso no era importante. ¿Por qué ibas a oír hablar del asunto?

—Me lo contó Otto.

—Te refieres al capitán Poma. —Benton está decidido a distanciarse del capitán, tanto que ni siquiera es capaz de pronunciar su nombre de pila.

—Otto me llamó por otra razón y lo mencionó —dice Maroni.

—¿Por qué estaba él al corriente? Al principio, no se dijo gran cosa en las noticias.

—Estaba al corriente porque es Carabiniere.

—¿Y eso lo convierte en omnisciente? —bromea Benton.

—Estás resentido con él.

—Lo que estoy es perplejo —replica Benton—. Es *medico legale* de los Carabinieri. Y era la policía nacional, no los Carabinieri, quien tenía jurisdicción en este caso. Y como siempre, eso es porque la nacional llegó antes al escenario del crimen. Cuando era crío, a eso se le llamaba «pedirse prime». En lo que respecta a una actuación policial, a eso se le llama «inaudito».

—¿Qué quieres que te diga? Así funcionan las cosas en Italia. La jurisdicción depende de quién llega al escenario primero, o a quién llaman. Pero no es eso lo que te tiene tan irritable.

—No estoy irritable.

—¿Le estás diciendo a un psiquiatra que no estás irritable? —Maroni enciende la pipa—. No estoy allí para ver en qué estado te encuentras, pero no me hace falta: estás irritable. ¿Dime por qué tiene importancia cómo me enteré acerca de la mujer muerta cerca de Bari?

—Ahora das a entender que no soy objetivo.

—Lo que estoy dando a entender es que te sientes amenazado por Otto. Permite que intente explicarte la secuencia de los hechos con más claridad. El cadáver se encontró en la cuneta de la Autostrada en las afueras de Bari, y no me llamó la atención en un primer momento. Nadie sabía quién era la mujer y se pensó que se trataba de una prostituta. La policía especuló con que el asesinato estaba relacionado con la Sacra Corona Unita, la mafia de Puglia. Otto dijo que se alegraba de que los Carabinieri no estuvieran implicados, porque no le hacía ninguna gracia vérselas con gánsteres. Según dijo, no le atraía resolver crímenes en los que las víctimas eran tan corruptas como sus asesinos. Creo que fue un día después cuando do me informó de que había hablado con el patólogo forense en la Sezione di Medicina Legale en Bari. Por lo visto, la víctima era una turista canadiense desaparecida a quien se había visto por última vez en una discoteca en Ostuni. Iba bastante borracha y se fue con un hombre. Una joven que encajaba con la misma descripción fue vista al día siguiente en la Grotta Bianca, en Puglia, la Caverna Blanca.

—Otra vez da la impresión de que el capitán Poma es omnisciente, y al parecer todo el mundo lo informa a él.

—Otra vez pareces resentido con él.

—Hablemos de la Caverna Blanca. Tenemos que dar por sentado que este asesino hace asociaciones simbólicas —propone Benton.

—En los niveles más profundos de la conciencia —señala Maroni—. Recuerdos de infancia soterrados, recuerdos suprimidos de trauma y dolor. Podríamos interpretar la exploración de una caverna como su viaje mitológico hacia los secretos de sus propias neurosis y psicosis, sus temores. Le ocurrió algo terrible, y es probable que sea anterior a lo que él considera el acontecimiento terrible que le ocurrió.

—¿Qué recuerdas de su descripción física? ¿Dio la gente

que aseguraba haberlo visto con la víctima en la discoteca, la caverna o cualquier otro lugar, una descripción física?

—Joven, con gorra —dice Maroni—. Eso es todo.

—¿Eso es todo? ¿Raza?

—Tanto en la discoteca como en la caverna estaba muy oscuro.

—En las notas de tu paciente, aquí mismo, las tengo delante, el paciente menciona conocer a una joven canadiense en una disco. Lo dijo el día después de que se encontrara el cadáver. Luego no volviste a tener noticias de él. ¿De qué raza era?

—Caucásico.

—En tus notas indicaba que, y cito textualmente: «había dejado a la chica junto a la carretera en Bari».

—En aquellos momentos, no se sabía que fuera canadiense. Aún estaba por identificar, y se dio por sentado que era prostituta, como he dicho.

—Cuando averiguaste que era una turista canadiense, ¿no lo relacionaste?

—Me preocupó, sí, pero no tenía pruebas.

—Vale, Paulo, protege al paciente. Nadie se preocupó una mierda por proteger a la turista canadiense, cuyo único crimen fue divertirse en la discoteca y conocer a alguien que le gustó y en quien pensó que podía confiar. Sus vacaciones en el sur de Italia acabaron con una autopsia en un cementerio. Tuvo suerte de que no la enterraran en una fosa común.

—Estás muy impaciente y disgustado.

—Igual ahora que tienes las notas delante, Paulo, recuperas la memoria.

—Yo no di permiso para que te hicieran llegar estas notas. No alcanzo a imaginar cómo las has obtenido. —Tiene que decirlo repetidamente, y Benton debe seguirle la corriente.

—Si almacenas notas sobre los pacientes en formato electrónico en el servidor del hospital, conviene desconectar la función «compartir archivos» —le dice Benton—. Porque si alguien averigua en qué disco duro están esos expedientes tan confidenciales, es posible que consiga acceder a ellos.

—Internet resulta de lo más traicionero.

—La turista canadiense fue asesinada hace casi un año. La misma clase de mutilación. Dime cómo es que no pensaste en ese caso, no pensaste en tu paciente, después de lo que le hicieron a Drew Martin. Trozos cortados de la misma zona del cuerpo. Desnuda, abandonada en un lugar donde la descubrieran enseguida y causara conmoción. Y sin dejar rastro.

—No parece que las viole.

—No sabemos lo que hace. Sobre todo si las obliga a permanecer en una bañera llena de agua fría durante Dios sabe cuánto. Me gustaría que Kay se pusiera al teléfono. La he llamado antes de telefonearte. Espero que al menos le haya echado un vistazo a lo que le he enviado. Lo intento de nuevo y ahora te llamo, para hablar a tres bandas.

Maroni espera contemplando fijamente la pantalla del ordenador mientras fuera llueve intensamente y el canal sube de nivel. Abre las contraventanas lo suficiente para ver que hay más de un palmo de agua en las aceras. Se alegra de no tener que salir. Las inundaciones no tienen el carácter de aventura que parece representar para los turistas.

—¿Paulo? —Benton otra vez al aparato—. ¿Kay?

—Aquí estoy.

—Kay tiene los archivos —le dice Benton a Maroni—. ¿Estás mirando las dos fotografías? —le pregunta a Scarpetta—. ¿Y los otros archivos?

—Lo que le hizo en los ojos a Drew Martin —dice ella—. No hay indicios de nada parecido en el caso de la asesinada cerca de Bari. Tengo delante el informe de su autopsia, en italiano, y entiendo lo que puedo. Y me preguntaba cómo es que el informe de la autopsia está incluido en el expediente de este paciente, el Hombre de Arena, supongo.

—Está claro que así es como se refiere a sí mismo —reconoce Maroni—. Según los correos de la doctora Self. Y ya ha visto algunos, ¿no?

—Los estoy viendo ahora.

—¿Por qué estaba el informe de la autopsia en el informe

de tu paciente —le recuerda Benton—, el informe del Hombre de Arena?

—Porque estaba muy preocupado, pero no tenía ninguna prueba.

—¿Asfixia? —pregunta Scarpetta—. Sobre la base de las petequias y la ausencia de cualquier otro indicio.

—¿Es posible que se ahogara? —pregunta Maroni, con los informes que le ha enviado Benton, impresos y ya sobre el regazo—. ¿Es posible que Drew también muriera ahogada?

—No, Drew desde luego no. Pero las víctimas estuvieron en la bañera antes de su muerte, o lo que por desgracia suponemos que fue su muerte, en eso sí coincido. Debemos tener en cuenta el ahogamiento si no hay ninguna prueba que lo descarte. Puedo asegurar con toda certeza que Drew no se ahogó, pero eso no significa que la víctima de Bari corriera la misma suerte. Y no podemos saber qué le ocurrió a esta mujer en la bañera de cobre. Ni siquiera podemos asegurar que esté muerta, aunque me temo que sí lo está.

—Parece drogada —comenta Benton.

—Tengo fundadas sospechas de que las tres mujeres en cuestión tienen eso en común —señala Scarpetta—. La víctima de Bari había perdido la voluntad, según indica su nivel de alcohol en sangre, que era el triple del límite legal. El de Drew sólo doblaba el límite.

—Les hace perder la voluntad para controlarlas —dice Benton—. ¿De manera que nada indica que la víctima de Bari muriera ahogada? ¿No hay nada en ese sentido en el informe? ¿Algo sobre diatomeas?

—¿Diatomeas? —se interesa Maroni.

—Algas microscópicas —aclara Scarpetta—. Antes tendría que haberlo comprobado alguien, cosa poco probable si no se sospecha que muriera ahogada.

—¿Por qué tendría que haber muerto ahogada? La encontraron junto a la carretera —le recuerda Maroni.

—En segundo lugar —dice Scarpetta—, las diatomeas son omnipresentes. Están en el agua y también en el aire. El único examen que podría ofrecer información significativa sería el análisis de médula ósea u órganos internos. Y tiene razón, doctor Maroni, ¿por qué tendría que haber muerto ahogada? Por lo que respecta a la víctima de Bari, sospecho que pudo ser una víctima de mera oportunidad. Tal vez el Hombre de Arena, como de ahora en adelante me referiré a él...

—No sabemos cómo se refería a sí mismo entonces —le recuerda Maroni—. Desde luego mi paciente no mencionó su nombre.

—Lo llamaré Hombre de Arena para que resulte más claro —insiste Scarpetta—. Igual había salido de bares, discotecas, lugares turísticos, y ella tuvo la trágica mala fortuna de encontrarse en el lugar y el momento equivocados. Sin embargo, Drew Martin no me parece una víctima al azar.

—Eso tampoco lo sabemos. —Maroni da unas chupadas a la pipa.

—Yo creo que sí —dice ella—. Empezó a enviarle correos sobre Drew Martin a la doctora Self el otoño pasado.

—Suponiendo que sea el asesino.

—Envió a la doctora Self la fotografía de Drew en la bañera que sacó pocas horas después del crimen —insiste Scarpetta—. A mi manera de ver, eso lo convierte en el asesino.

—Cuénteme algo más sobre sus ojos —pide Maroni.

—Según este informe, el asesino no le sacó los ojos a la víctima canadiense. A Drew sí se los sacó, le llenó las cuencas de arena y le cerró los párpados con pegamento. Por fortuna, con los datos que tengo, parece que lo hizo post mórtem.

—No es sadismo, sino simbolismo —señala Benton.

—El Hombre de Arena te esparce arena sobre los ojos y hace que concilies el sueño —dice Scarpetta.

—A esa mitología me refería yo —apunta Maroni—. Freudiana, jungiana, pero pertinente. Si hacemos caso omiso de las profundas implicaciones psicológicas de este caso, corremos grave peligro.

—Yo no hago caso omiso de nada. Ojalá tú no hubieras hecho caso omiso de lo que sabías acerca de tu paciente. Te preocupaba que tuviera algo que ver con el asesinato de la turista y no dijiste nada —le espeta Benton.

Discuten; dejan caer insinuaciones de errores y culpas. La conversación a tres bandas continúa mientras la ciudad de Venecia se inunda. Entonces Scarpetta dice que tiene un trabajo entre manos en el laboratorio y que, si no necesitan nada más de ella, va a colgar. Eso hace, y Maroni reemprende su propia defensa.

—Eso habría sido violar el secreto profesional. No tenía ninguna prueba en absoluto —le dice a Benton—. Ya conoces las reglas. ¿Qué pasaría si acudiéramos a la policía cada vez que un paciente hace alusiones violentas o referencias a actos violentos que no tenemos razón para considerar ciertas? Informaríamos a la policía sobre nuestros pacientes a diario.

—Creo que deberías haber informado sobre tu paciente y creo que deberías haberle pedido a la doctora Self más información sobre él.

—Pues yo creo que ya no eres un agente del FBI que puede detener a la gente, sino un patólogo forense en un hospital psiquiátrico. Formas parte del profesorado de la Facultad de Medicina de Harvard. Te debes al paciente antes que nada.

—Igual ya no soy capaz de eso. Tras dos semanas con la doctora Self, ya no tengo la misma opinión respecto a nada. Incluido tú, Paulo. Protegiste a tu paciente, y ahora hay al menos otras dos mujeres muertas.

—Si lo hizo él.

—Lo hizo.

—Dime qué hizo la doctora Self cuando le presentaste esas imágenes: la de Drew en la bañera, en una habitación que parece italiana y antigua.

—Debía de estar en Roma o cerca de Roma. Tenía que estar allí —explica Benton—. Cabe suponer que fue asesinada en Roma.

—¿Y luego esta segunda imagen? —Abre un segundo archivo que estaba en el correo de la doctora Self, una mujer en una bañera, ésta de cobre. Aparenta treinta y tantos años, de pelo largo y moreno. Tiene los labios hinchados y ensangrentados, el ojo derecho tan hinchado que se le cierra—. ¿Qué dijo la doctora Self cuando le enseñaste la imagen más reciente que le envió el Hombre de Arena?

—Cuando llegó, la doctora estaba en el escáner. Cuando se la enseñé más tarde, era la primera vez que la veía. Su principal preocupación era que habíamos pirateado, esa palabra utilizó, su correo electrónico y violado sus derechos, y habíamos infringido el Procedimientos en Asuntos Confidenciales de Salud porque Lucy era la pirata, según la acusación de la doctora Self, y eso suponía que había gente fuera del hospital que estaba al tanto de su ingreso en McLean. Por cierto, ¿cómo es que culpó a Lucy? Da que pensar.

—Es curioso que la culpara sin vacilar, desde luego.

—¿Has visto lo que colgó en su página web la doctora Self? Se trata de una supuesta confesión de Lucy, hablando sin tapujos de su tumor cerebral. Está por todas partes.

—¿Eso ha hecho Lucy? —Maroni se sorprende. No tenía la menor idea.

—Desde luego que no. Imagino que, de alguna manera, la doctora Self averiguó que Lucy viene a McLean con regularidad para someterse a escáneres, y cediendo a su insaciable apetito de hostigamiento, pergeñó esa confesión en su página.

—¿Qué tal está Lucy?

—¿A ti qué te parece?

—¿Qué más dijo la doctora Self acerca de esta segunda imagen? La mujer en la bañera de cobre. ¿No tenemos idea de quién es?

—De manera que alguien tiene que haberle metido en la cabeza a la doctora Self que Lucy se coló en su correo. Qué extraño.

—La mujer en la bañera de cobre —vuelve a decir Maroni—. ¿Qué dijo la doctora Self cuando te encaraste con ella en las escaleras al anochecer? Debió de ser digno de verse. —Vuelve a encender la pipa.

—Yo no he dicho que estuviera en las escaleras.

Maroni sonríe y va dando chupadas mientras el tabaco en la cazoleta reluce.

—Y bien, cuando se la enseñaste ¿qué dijo?

—Me preguntó si la imagen era real. Dijo que no lo podemos saber sin ver los archivos en el ordenador de la persona que la envió. Pero parece auténtica. No veo indicio de que haya sido retocada: un sombra que falta, un error en la perspectiva, iluminación o tiempo atmosférico incongruentes.

—No, no parece retocada —coincide Maroni, que la observa en su pantalla mientras la lluvia cae más allá de las contraventanas y el agua del canal chapalea contra el estuco—. Por lo que sé de estas cosas.

—La doctora insistió en que podía ser una sucia treta, una broma macabra. Yo le dije que la foto de Drew Martin es real, y que era algo más que una broma macabra. Está muerta. Le expresé mi preocupación con respecto a que la mujer de esta segunda fotografía también esté muerta. Me da la impresión de que alguien está hablando con la doctora Self de manera indiscriminada, y no sólo acerca de este caso. Me pregunto quién puede ser.

—¿Y qué dijo ella?

—Pues que no era culpa suya —responde Benton.

—Y ahora que Lucy nos ha conseguido esta información, es posible que averigüe... —empieza Maroni, pero Benton se le adelanta.

—... de dónde las enviaron. Lucy me lo ha explicado. El tener acceso al correo electrónico de la doctora Self le ha permitido rastrear la dirección IP del Hombre de Arena, lo que prueba en mayor medida aún que a ella le trae sin cuidado, porque podría haber rastreado esa dirección ella misma o haber hecho que alguien la rastreara. Pero no lo hizo. Probablemente ni le pasó por la cabeza. Se corresponde con un dominio de Charleston, del puerto, específicamente.

—Qué interesante.

—Estás de lo más abierto y efusivo, Paulo.

—No sé a qué te refieres. ¿De lo más abierto y efusivo?

—Lucy habló con el informático del puerto, el que se encarga de todos los ordenadores, la red inalámbrica y demás —explica Benton—. Lo más importante, según ella, es que la dirección IP del Hombre de Arena no se corresponde con ningún CDA en el puerto, es decir, un Código de Dirección de Aparato. El ordenador que está utilizando el Hombre de Arena para enviar sus correos, sea cual sea, no parece contarse entre los del puerto, lo que supone que no es probable que sea un empleado de allí. Lucy ha señalado varias posibilidades. Podría ser alguien que entra y sale del puerto, en un crucero o barco mercante, y cuando atraca se introduce en la red del puerto. En ese caso, debe de trabajar en un crucero o un carguero que haya estado en el puerto de Charleston cada vez que ha enviado algún correo a la doctora Self. Todos y cada uno de sus correos, los veintisiete que ha encontrado Lucy en la carpeta de entrada de la doctora Self, se enviaron desde la red inalámbrica del puerto, incluido el que acaba de recibir, el de la mujer en la bañera de cobre.

—Entonces debe de estar en Charleston en este momento —dice Maroni—. Espero que tengáis el puerto vigilado. Podría ser la manera de echarle el guante.

—Hagamos lo que hagamos, debemos conducirnos con cuidado. No podemos implicar a la policía ahora mismo. Ese tipo se asustaría.

—Debe de haber listas de cruceros y cargueros. ¿Coinciden esas fechas con los días en que le envió los correos a la doctora Self?

—Sí y no. Ciertas fechas de un crucero en particular, y estoy hablando de programas de embarque y desembarque, se corresponden con las fechas en los correos que envió, pero otras no. Lo que me lleva a pensar que tiene alguna razón para estar en Charleston, posiblemente vive allí y accede a la red del puerto tal vez aparcando muy cerca para colarse.

—Ahora me estoy perdiendo. Vivo en un mundo muy antiguo. —Vuelve a encender la pipa; una de las razones por las que disfruta fumando en pipa es el placer de encenderla.

—Algo parecido a ir en coche con un escáner y monitorizar los teléfonos móviles de la gente —explica Benton.

—Supongo que de eso tampoco tiene la culpa la doctora Self —dice Maroni en tono apesadumbrado—. Este asesino lleva desde el otoño pasado enviando correos electrónicos desde Charleston, y ella podría haberlo averiguado y alertado a alguien.

—Podría haberte alertado a ti, Paulo, cuando te remitió como paciente al Hombre de Arena.

—¿Y ella está al corriente de esta conexión con Charleston?

—La informé. Confiaba en que de esa manera recordara algo o nos diera alguna otra información que pudiera servirnos de ayuda.

—¿Y cómo reaccionó cuando le dijiste que el Hombre de Arena lleva todo este tiempo enviándole correos desde Charleston?

—Dijo que no era culpa suya. Luego se montó en su limusina para ir al aeropuerto y se marchó en su avión privado.

16

Aplausos acompañados de música, y la voz de la doctora Self: su página web.

Scarpetta es incapaz de disimular su malestar mientras lee el falso artículo de carácter confesional de Lucy sobre los escáneres cerebrales en McLean y por qué se somete a ellos y cómo lo lleva.

Lee las entradas del *blog* hasta que ya no puede soportarlo, y Lucy no puede por menos de pensar que el disgusto de su tía no es tan intenso como debería ser en realidad.

—No puedo hacer nada. Lo hecho, hecho está —dice Lucy mientras escanea huellas parciales en un sistema digital de obtención de imágenes—. Ni siquiera yo soy capaz de desenviar cosas, de descolgar cosas, de des-yo-qué-sé. Una manera de enfocar el asunto es que, una vez que ha trascendido, ya no hay razón para temer que me saquen del armario.

—¿Qué te saquen del armario? Vaya manera de describirlo.

—Tal como lo veo, tener un problema de salud es peor que cualquier otra razón que haya tenido para que me saquen del armario. De manera que quizás es mejor que la gente lo sepa de una vez por todas y así quitármelo de encima. La verdad supone un alivio. Es mejor no esconder nada, ¿no crees? Lo curioso de que la gente lo sepa es que eso da pie a recibir regalos inesperados, de que la gente te tienda la mano cuando no tenías ni idea de que les preocuparas. Vuelven a hablarte voces del pasado. Otras voces callan por fin. Hay gente que por fin desaparece de tu vida.

—¿A quién te refieres?

—Digamos que no ha sido una sorpresa.

—Regalos al margen, la doctora Self no tenía ningún derecho a hacerlo —dice Scarpetta.

—Deberías escucharte.

Scarpetta no responde.

—Quieres dilucidar en qué medida puede ser culpa tuya. Ya sabes, si yo no fuera la sobrina de la infame doctora Scarpetta, no habría el menor interés. Tienes una necesidad implacable de cargar con la culpa de todo e intentar solucionarlo —le espeta Lucy.

—Ya no puedo seguir leyendo. —Scarpetta sale del *blog*.

—Es tu mayor defecto —le recrimina Lucy—. El que más me cuesta aceptar, si quieres que te sea sincera.

—Tenemos que encontrar un abogado especializado en cosas así: libelo en internet, difamación contra una persona en la red, donde no hay apenas regulación; es como una sociedad sin leyes.

—Intenta demostrar que no lo escribí yo. Intenta montar un caso sobre esa base. No te centres en mí porque no quieres centrarte en algo que tiene que ver contigo misma. Te he dejado en paz toda la mañana y ahora ya he tenido suficiente. No lo aguanto más.

Scarpetta empieza a limpiar una encimera y a guardar el material.

—Estoy ahí sentada oyéndote hablar tranquilamente por teléfono con Benton y Maroni. ¿Cómo puedes hacerlo sin darte cuenta de que estás eludiendo el asunto, negándolo?

Scarpetta abre el grifo de un lavabo de acero junto a un dispensador de colirio. Se lava las manos frotándoselas con fuerza, como si acabara de realizar una autopsia en vez de haber estado trabajando en un laboratorio inmaculadamente limpio donde apenas se hace otra cosa que sacar fotografías. Lucy ve las magulladuras en las muñecas de su tía.

Ya puede intentarlo todo lo que quiera, le es imposible ocultarlas.

—¿Vas a seguir protegiendo a ese cabrón el resto de tu vida? —Lucy se refiere a Marino—. Vale, no me contestes. Quizá la mayor diferencia entre él y yo no es tan evidente. No pienso dejar que la doctora Self me aboque a cometer ningún acto fatal conmigo misma.

—¿Fatal? Espero que no. No me hace ninguna gracia que uses esa palabra. —Scarpetta se ocupa en volver a guardar la moneda de oro y la cadena—. ¿De qué estás hablando? ¿Qué quieres decir con «acto fatal»?

Lucy se quita la bata de laboratorio y la cuelga detrás de la puerta cerrada.

—No voy a dar a la doctora Self el placer de incitarme a hacer algo que no tenga vuelta atrás. No soy Marino.

—Tenemos que llevar esto a ADN de inmediato. —Scarpetta corta cinta adhesiva para pruebas y sella los sobres—. Voy a entregarlas en mano de forma que la cadena de custodia permanezca intacta, y quizás en treinta y seis horas... ¿Tal vez menos? Si no surgen complicaciones imprevistas. No quiero que se demore el análisis. Seguro que entiendes por qué, teniendo en cuenta que alguien vino de visita con un arma.

—Recuerdo aquella ocasión en Richmond. Era Navidad y estaba pasando las fiestas contigo, durante las vacaciones en la Universidad de Virginia. Yo había ido con una amiga y Marino le tiró los tejos delante de mis narices.

—¿En qué ocasión? Lo ha hecho más de una vez. —Scarpetta tiene una expresión que Lucy nunca le ha visto.

Su tía cumplimenta los formularios, se ocupa en una cosa tras otra, lo que sea para no tener que mirarla, porque le resulta imposible. Lucy no recuerda ninguna ocasión en que su tía pareciera furiosa y avergonzada. Tal vez furiosa, pero nunca avergonzada, y la mala sensación que tenía Lucy se agrava.

—Porque era incapaz de estar cerca de mujeres a las que quería impresionar desesperadamente, y nosotras, lejos de mostrarnos impresionadas, al menos en el sentido que él quería, no mostrábamos el menor interés por él salvo de una manera que nunca ha sido capaz de encajar —explica Lucy—. Queríamos relacionarnos con él como personas normales, ¿y qué hace? Pues intenta sobar a mi amiga justo delante de mí. Estaba borracho, claro.

Se levanta del ordenador y se acerca a la encimera, donde su tía se afana en sacar rotuladores de un cajón y probarlos uno tras otro.

—No se lo aguanté —dice Lucy—. Le planté cara. Yo sólo tenía dieciocho años pero igual le llamé la atención, y tuvo suerte de que no hiciera algo peor. ¿Vas a seguir distrayéndote como si esperaras que todo este asunto fuera a desaparecer?

Lucy le coge las manos y le levanta suavemente las mangas. Tiene las muñecas de un rojo intenso, el tejido profundo parece dañado, como si hubiera llevado grilletes de hierro fuertemente ceñidos.

—Más vale que no entremos en esto —dice Scarpetta—. Ya sé que te preocupa. —Aparta las muñecas y se baja las mangas—. Pero haz el favor de no darme la lata con esto, Lucy.

—¿Qué te hizo?

Scarpetta toma asiento.

—Te conviene contármelo todo —la insta Lucy—. Me trae sin cuidado qué hizo la doctora Self para provocarle, y las dos sabemos que no hace falta gran cosa. Se ha pasado de la raya y no hay vuelta atrás, ni excepciones a la regla. Pienso castigarle.

—Deja que me ocupe yo del asunto, por favor.

—No te estás ocupando, ni te ocuparás. Siempre acabas excusándolo.

—Nada de eso. Pero castigarle no es la solución. ¿De qué serviría?

—¿Qué ocurrió exactamente? —Lucy habla en voz queda y sosegada, pero por dentro se nota entumecida, tal como le ocurre cuando se siente capaz de cualquier cosa—. Pasó en tu casa toda la noche. ¿Qué hizo? Nada que tú consintieras, eso seguro, o no estarías magullada. Tú no querías tener nada con él, así que te forzó, ¿no es eso? Te cogió por las muñecas. ¿Qué hizo? Tienes rozaduras en el cuello. ¿Dónde más? ¿Qué hizo ese hijo de puta? Teniendo en cuenta con qué gentuza se acuesta, no me extrañaría que hubieras pillado alguna enfermedad...

—No llegó hasta ese extremo.

—¿Qué extremo? Qué hizo. —Lucy no lo plantea como pregunta, sino como un hecho que requiere explicación más detallada.

—Estaba borracho. Ahora nos enteramos de que probablemente utiliza un complemento de testosterona que podría ponerlo muy agresivo, dependiendo de la cantidad que se ponga, y ése no sabe lo que significa moderación. Siempre a vueltas con sus excesos. Demasiado. Demasiado. Tienes razón, todo lo que ha bebido esta semana pasada, todo lo que ha fumado. Nunca se le han dado bien los límites, pero ahora ni siquiera los tiene. Bueno, supongo que todo conducía a esto.

—¿Todo conducía a esto? ¿Después de tantos años vuestra relación ha conducido a que te agreda sexualmente?

—Nunca lo había visto así. Era como si no lo conociera, agresivo y furioso, totalmente fuera control. Quizá deberíamos estar más preocupadas por él que por mí.

—No me vengas con eso.

—Intenta entenderlo, por favor.

—Lo entenderé mejor cuando me expliques qué te hizo. —La voz de Lucy es monocorde, tal como suena cuando es capaz de cualquier cosa—. ¿Qué? Cuanto más lo eludes, más ganas tengo de castigarle, y peor será cuando lo haga. Y me conoces lo suficiente como para tomarme en serio, tía Kay.

—Llegó sólo hasta cierto punto y luego paró y se echó a llorar —le explica Scapertta.

—¿Qué es «sólo hasta cierto punto»?

—No puedo hablar de ello.

—¿De veras? ¿Y si hubieras llamado a la policía? Exigen detalles, ya sabes cómo va eso. Te violan una vez y luego te violan otra vez cuando lo cuentas todo y algún madero empieza a imaginarse cómo ocurrió y lo disfruta en secreto. Hay pervertidos de esos que van de sala en sala del tribunal en busca de casos de violación. Se sientan al fondo y escuchan todos los detalles.

—¿Por qué te sales por esa tangente? No tiene nada que ver conmigo.

—¿Qué crees que habría pasado si hubieses llamado a la policía y Marino hubiera sido acusado de agresión sexual, como mínimo? Acabarías en los tribunales, y Dios sabe qué circo se montaría. La gente escucharía todos los detalles, se lo imaginaría todo, como si, en cierto sentido, estuvieras desnuda en público, observada como un objeto sexual, degradada. La gran doctora Kay Scarpetta desnuda y maltratada a la vista del mundo entero.

—No llegó a tal extremo.

—¿Ah, no? Ábrete la camisa. ¿Qué escondes? Veo abrasiones en el cuello. —Lucy tiende la mano hacia la camisa de su tía para desabrocharle el botón del cuello.

Scarpetta le aparta las manos.

—No eres enfermera forense, y ya he oído suficiente. No hagas que me enfade contigo.

La ira de Lucy empieza a emerger. La nota en el corazón, en los pies, en las manos.

—Yo me ocupo de esto —dice.

—No quiero que te ocupes de nada. Está claro que ya te has metido en su casa y la has registrado. Ya sé cómo te ocupas de las cosas, y yo sé ocuparme de mí misma. Lo último que necesito es una confrontación entre vosotros dos.

—¿Qué hizo? ¿Qué te hizo exactamente ese borrachuzo hijo de de puta?

Scarpetta guarda silencio.

—Lleva a esa tirada de su novia de visita a tu edificio. Benton y yo vemos hasta el último detalle de lo que ocurre, vemos con toda claridad que está empalmado en el depósito de cadáveres. No es de extrañar. Es una erección potenciada por un gel de hormonas para satisfacer a esa puta zorra que no tiene la mitad de años que él. Y luego va y te hace esto.

—Ya vale.

—No pienso dejarlo. ¿Qué hizo? ¿Te arrancó la ropa? ¿Dónde la tienes? Es una prueba. ¿Dónde tienes la ropa?

—Ya vale, Lucy.

—¿Dónde está? La quiero. Quiero la ropa que llevabas puesta. ¿Qué hiciste con ella?

—Lo estás empeorando.

—La tiraste, ¿verdad?

—Déjalo estar.

—Agresión sexual, un delito grave, y veo que no piensas contárselo a Benton, o si no ya lo habrías hecho. Y tampoco ibas a contármelo a mí. Tuvo que decírmelo Rose, al menos confírmame que ella lo sospechaba. ¿Qué te pasa? Creía que eras una mujer de armas tomar, que eras poderosa. Lo he creído toda mi vida. Ahí está, tu defecto. Le permites hacerte eso y no lo delatas. ¿Por qué se lo permitiste?

—Vaya, ¿de eso se trata?

—¿De qué?

—Vamos a hablar de tu defecto.

—No vuelvas esto contra mí.

—Podría haber llamado a la policía, sí. Tenía a mi alcance su arma y podría haberlo matado, y habría estado justificado. Hay muchas cosas que podría haber hecho —dice Scarpetta.

—Entonces ¿por qué no las hiciste?

—Opto por el mal menor. Así se solucionará. Con cualquier otra opción, no se habría arreglado —arguye Scarpetta—. Y tú sabes bien por qué te has puesto así.

—No es cómo me he puesto yo, sino tú.

—Por causa de tu madre, mi patética hermana, que se llevaba a un hombre tras otro a casa. No es que sea dependiente de los hombres, es que tiene adicción a ellos —dice Scarpetta—. ¿Recuerdas lo que me preguntaste una vez? Por qué los hombres eran siempre más importantes que tú.

Lucy aprieta los puños.

—Dijiste que cualquier hombre en la vida de tu madre era más importante que tú. Y tenías razón. ¿Recuerdas la explicación que te di? Que Dorothy es una vasija vacía. No tiene que ver contigo, sino con ella. Siempre te sentiste violada por causa de lo que ocurría en tu casa... —Deja la frase en suspenso y una sombra hace que sus ojos adquieran un azul más profundo—. ¿Ocurrió algo? ¿Alguna otra cosa? ¿Alguna vez se propasó contigo uno de sus novios?

—Probablemente yo quería que me prestaran atención.

—¿Qué ocurrió?

—Olvídalo.

—¿Qué ocurrió, Lucy? —insiste Scarpetta.

—Olvídalo. No estamos hablando de mí. Y no era más que una cría. Tú no eres ninguna cría.

—Igual que si lo hubiera sido. ¿Cómo iba a plantarle cara?

Permanecen en silencio. La tensión mengua. Lucy ya no quiere discutir, pero se siente más resentida con Marino que con cualquier otra persona en toda su vida porque por un instante le ha hecho mostrarse cruel con su tía, que no hizo más que sufrir. Él le infligió una herida que no puede cicatrizar, no del todo, y Lucy no ha hecho sino empeorarlo.

—Eso no estuvo bien —insiste Lucy—. Ojalá hubiera estado yo allí.

—No puedes solucionar siempre las cosas —dice Scarpetta—. Tú y yo tenemos más cosas en común que diferencias.

—El entrenador de Drew Martin ha estado en la funeraria de Henry Hollings —dice Lucy, porque ya no deberían hablar más de Marino—. La dirección está guardada en el GPS de su Porsche. Puedo echar un vistazo si prefieres mantenerte alejada del juez de instrucción.

—No; creo que es hora de que nos conozcamos.

Un despacho decorado con buen gusto, con elegantes antigüedades y cortinas de damasco retiradas para enseñar el paisaje. En las paredes revestidas de caoba hay retratos al óleo de los antepasados de Henry Hollings, una serie de hombres sombríos que contemplan su propio pasado.

Tiene el sillón giratorio encarado hacia la ventana, tras la que hay otro jardín de Charleston perfectamente espléndido. No parece consciente de que Scarpetta está en el umbral.

—Puedo recomendarle algo que quizá le convenga. —Habla por teléfono en un tono balsámico con una marcada cadencia sureña—. Tenemos urnas hechas precisamente con ese fin, una excelente innovación que la mayoría de la gente desconoce. Son biodegradables, se disuelven en el agua, no son en absoluto recargadas ni caras... Sí, si tiene previsto un entierro en el agua... Eso es... esparcir sus cenizas en el mar... Desde luego. Basta con lanzar la urna, y así evita que el viento las disperse por todas partes. Ya entiendo que no le parezca lo mismo. Puede elegir aquello que revista más sentido para usted, naturalmente, y le ayudaré en la medida de mis posibilidades... Sí, sí, es lo que yo le recomiendo... No, mejor que no se dispersen por todas partes. ¿Cómo se lo puedo decir con delicadeza? Mire, si acaban diseminadas por la cubierta de la embarcación, sería lamentable.

Añade varios comentarios en tono compasivo y cuelga. Cuando se vuelve, no parece sorprendido de ver a Scarpetta. La estaba esperando. Ella le llamó antes de ir. Si le pasa por la cabeza que estaba escuchando su conversación, no parece preocuparle ni ofenderle. A ella le desconcierta que parezca sinceramente atento y amable. Las suposiciones ofrecen cierto consuelo, y Scarpetta siempre había supuesto que era un individuo avaro, empalagoso y pagado de sí mismo.

—Doctora Scarpetta. —Sonríe al tiempo que se levanta y rodea la mesa perfectamente ordenada para estrecharle la mano.

—Le agradezco que me reciba, habiéndole avisado con tan poca antelación —dice ella, a la vez que opta por la butaca orejera mientras él se acomoda en el sofá, elección de asiento que resulta significativa. Si quisiera abrumarla o menospreciarla, permanecería entronado tras su enorme escritorio de madera arce.

Henry Hollings es un hombre distinguido, viste un elegante traje oscuro de sastre con los pantalones planchados a raya y una chaqueta negra con forro de seda de un solo botón, y camisa azul pálido. Tiene el cabello del mismo tono plateado que la corbata de seda, el rostro surcado de arrugas pero en absoluto riguroso, con pliegues que indican una mayor tendencia a la sonrisa que al ceño. Su mirada es amable. No deja de inquietar a Scarpetta el que no encaje con la imagen del político astuto que se había hecho, y se recuerda a sí misma que eso es lo malo de los políticos astutos: engañan a la gente justo antes de aprovecharse de ella.

—Seré franca —comienza Scarpetta—. Ha tenido oportunidades más que de sobra para darse por enterado de mi presencia. Hace casi dos años que estoy aquí. Déjeme que lo diga y luego seguimos adelante.

—Salir en su busca habría sido un atrevimiento por mi parte —se justifica él.

—Habría sido un gesto de amabilidad. Yo soy la nueva en la ciudad. Tenemos las mismas prioridades, o deberíamos tenerlas.

—Gracias por su sinceridad, que me da la oportunidad de explicarme. En Charleston tendemos a ser etnocéntricos, se nos da muy bien tomarnos nuestro tiempo, a la espera de ver qué es cada cosa. Sospecho que a estas alturas ya debe haber advertido que por aquí las cosas no suelen suceder con celeridad. Bueno, ni siquiera la gente camina aprisa. —Sonríe—. Así que estaba esperando a que tomara usted la iniciativa, si es que se decidía a ello. No creía que fuera a hacerlo ya. ¿Me permite seguir adelante con mi explicación? Usted es una patóloga forense, de considerable reputación, si me permite decirlo, y la gente como usted acostumbra a tener muy mala opinión de los jueces de instrucción elegidos en las urnas. No somos médicos ni expertos forenses, por lo general. Esperaba que usted se mostrara a la defensiva cuando decidió abrir aquí su consulta.

—En ese caso, yo diría que ambos nos hemos dejado llevar por suposiciones. —Está dispuesta a concederle el beneficio de la duda, o al menos a fingir que lo hace.

—Charleston puede ser un nido de chismes. —A Scarpetta le recuerda una fotografía de Matthew Brady, sentado bien erguido, con las piernas cruzadas y las manos entrelazadas en el regazo—. Buena parte de ellos mezquinos —añade.

—Seguro que usted y yo podemos llevarnos bien como profesionales. —No está segura de tal cosa.

—¿Tiene relación con su vecina, la señora Grimball?

—La veo mayormente cuando me observa por la ventana.

—Por lo visto, se ha quejado de que había un coche fúnebre en el paseo detrás de su casa, en dos ocasiones.

—Estoy al tanto de una. —No se le ocurre cuál puede ser la otra—. Lucious Meddick. Y una misteriosa confusión con mi dirección privada en internet, que espero ya esté resuelta.

—Se quejó a personas que podrían haberle causado a usted graves problemas. Recibí una llamada al respecto e intercedí. Dije tener la seguridad de que no hace que envíen cadáveres a su domicilio, y que debía de tratarse de error.

—Me pregunto si me lo hubiera comentado de no haberle llamado.

—Si tuviera intención de perjudicarle, ¿por qué iba a protegerla en este caso? —dice Hollings.

—No lo sé.

—A mi modo de ver, hay muertes y tragedias suficientes para todos, pero nadie parece pensar lo mismo —asegura—. No hay una sola funeraria en Carolina del Sur que no quiera encargarse de mis casos, incluida la de Lucious Meddick. Dudo mucho que en ningún momento pensara que su casa cochera era el depósito de cadáveres, por mucho que hubiera leído la dirección errónea en alguna parte.

—¿Qué razones podría tener para perjudicarme? Ni siquiera le conozco.

—Ahí tiene la respuesta. No la ve como una fuente de ingresos porque, y esto es sólo una suposición, usted no está haciendo nada por ayudarlo —dice Hollings.

—No me dedico al *marketing*.

—Si me lo permite, enviaré un correo a todos y cada uno de los jueces forenses, funerarias y servicios de traslado con los que pueda tener usted relación y me aseguraré de que tengan la dirección adecuada.

—No es necesario, puedo hacerlo yo misma. —Cuanto más amable se muestra, menos confía en él.

—Francamente, es mejor que sea yo quien lo envíe. Eso da a entender que usted y yo trabajamos juntos. ¿No es a eso a lo que ha venido?

—Gianni Lupano —dice Scarpetta.

La expresión de él no se altera.

—El entrenador de tenis de Drew Martin.

—Estoy seguro de que no tiene usted jurisdicción en su caso, ni información alguna más allá de lo que han dicho en las noticias —aventura Hollings.

—Ha venido a su funeraria al menos en una ocasión.

—Si hubiera venido a hacer alguna pregunta sobre ella, con toda seguridad yo estaría al tanto.

—Ha estado aquí por alguna razón —insiste ella.

—¿Puedo preguntarle cómo lo sabe? Tal vez ha oído más chismes de Charleston que yo.

—Como mínimo, ha estado en su aparcamiento, permítame decirlo así.

—Ya veo. —Asiente—. Supongo que la policía o alguien consultó el GPS de su coche y mi dirección estaba en el archivo. Y eso me llevaría a preguntarle si es sospechoso del asesinato.

—Imagino que están interrogando a todos los que tuvieron relación con la chica. O los interrogarán. Y ha mencionado usted «su coche». ¿Cómo sabe que tiene un coche en Charleston?

—Porque resulta que estoy al corriente de que posee un apartamento aquí —dice él.

—La mayoría de la gente, incluida la de su edificio, no sabe que tiene apartamento aquí. Cómo es que usted sí.

—Tenemos un libro de visitas —responde él—. Está en un atril a la salida de la capilla, de manera que quienes asisten a un velatorio u oficio puedan firmarlo. Tal vez asistió a un funeral aquí. Puede consultar el libro si lo desea, o los libros, remóntese tanto tiempo como quiera.

—Me basta con los dos últimos años —dice Scarpetta.

Unas esposas sujetas a una silla de madera en una sala de interrogatorios.

Madelisa Dooley se pregunta si no acabará ella en esa sala, por mentir.

—Mayormente casos de droga, pero nos encontramos de todo —dice el investigador Turkington mientras ella y Ashley le siguen por delante de diversas salas, cada cual más inquietante que la anterior, en el departamento del sheriff del condado de Beaufort—. Allanamientos, robos, homicidios.

Es más grande de lo que Madelisa imaginaba. No sabía que pudiera haber asesinatos en la isla de Hilton Head, pero según Turkington, ocurren suficientes crímenes al sur del río Broad como para tener ocupados a sesenta agentes jurados, incluidos ocho investigadores, las veinticuatro horas del día.

—El año pasado —dice— nos ocupamos de más de seiscientos delitos graves.

Madelisa se pregunta cuántos entrarían en la categoría de allanamiento y perjurio.

—No se imagina lo afectada que estoy —le dice, nerviosa—. Creíamos que éste era un sitio tan seguro que ni siquiera nos molestábamos en cerrar la puerta.

Él los lleva a una sala de reuniones y dice:

—Les asombraría saber cuánta gente cree que, sólo por ser ricos, son inmunes a que les ocurra nada malo.

A Madelisa le halaga que el policía piense que ella y Ashley son ricos. No recuerda nadie que haya pensado nada semejante de ellos, y por un momento se siente feliz, hasta que recuerda dónde están. En cualquier instante, este joven de elegante traje y corbata averiguará la verdad sobre la situación económica de Ashley Dooley y su esposa. Sumará dos y dos en cuanto descubra cuál es su insignificante dirección en el norte de Charleston y el adosado barato que alquilaron allí, tan alejado entre los pinares que ni siquiera se alcanza a otear el océano.

—Siéntense, por favor. —Saca una silla para ella.

—Tiene toda la razón —dice Madelisa—. El dinero no da la felicidad ni hace que la gente se lleve bien. —Como si ella lo supiera.

—Vaya cámara tiene usted —le dice el policía a Ashley—. ¿Cuánto le ha costado? Al menos mil pavos. —Le indica a Ashley que se la entregue.

—¿Tiene que cogerla? —replica él—. ¿No puede echar un vistazo rápido a lo que tengo?

—Lo que aún no me queda claro —los ojos pálidos de Turkington miran fijamente a Madelisa— es qué la llevó a acercarse a esa casa en un principio. Por qué entró en la propiedad a pesar del cartel de «Prohibido el paso».

—Estaba buscando al propietario —responde Ashley, como si le hablara a la cámara encima de la mesa.

—Señor Dooley, haga el favor de no responder por su esposa. Según me ha contado ella, usted no fue testigo, sino que estaba en la playa cuando encontró lo que encontró en la casa.

—No veo por qué se la tiene que quedar. —Ashley se obsesiona con su cámara mientras Madelisa se obsesiona con el basset, solito en el coche.

Ha dejado las ventanillas abiertas una ranura para que le entre aire; gracias a Dios, no hace mucho calor. Ay, por favor, que no ladre. Ya está enamorada de ese chucho. Pobrecillo. Lo que ha tenido que pasar, y recuerda cuando tocó la sangre pringosa en su pelaje. No puede mencionar al perro, por mucho que sirva para explicar que es la única razón por la que se acercó a la casa. Si la policía descubre que tiene a ese pobre perro tan encantador, se lo quitarán y acabará en la perrera, donde al final lo sacrificarán, igual que ocurrió con *Frisbee*.

—Buscaba al propietario de la casa. Eso ha dicho en varias ocasiones. Aún no tengo claro por qué lo buscaba. —Turkington vuelve a mirarla fijamente con sus ojos pálidos, el bolígrafo apoyado en el bloc mientras sigue tomando nota de sus embustes.

—Es una casa preciosa —dice ella—. Quería que Ashley la filmara, pero no me pareció adecuado hacerlo sin permiso. Así que busqué a alguien junto a la piscina, a cualquiera que pudiera estar en la casa.

—No hay mucha gente por aquí en esta época del año, sobre todo allí donde ustedes estaban. Muchas de esas mansiones son segundas o terceras residencias de gente muy rica. No las alquilan, y estamos en temporada baja.

—Eso es, exactamente —coincide ella.

—Pero supuso que había alguien en casa porque vio algo en la parrilla, ¿no es así?

—Así es, exacto.

—¿Cómo lo vio desde la playa?

—Vi humo.

—Vio humo de la parrilla y tal vez olió lo que se estaba asando. —Lo anota.

—Exactamente.

—¿Qué era?

—¿Qué era qué?

—Lo que se estaba asando.

—Carne. Cerdo, quizás. Es posible que fuera asado de ternera, supongo.

—Y se tomó la libertad de entrar en la casa. —Anota algo más, luego el bolígrafo se queda quieto y levanta la mirada hacia ella—. Sabe, ésta es la parte que aún no alcanzo a entender.

Es la parte que a ella también le ha costado mucho entender, aunque no ha hecho más que darle vueltas. ¿Qué mentira puede contar que tenga visos de verdad?

—Como le he dicho por teléfono —asegura Madelisa—, estaba buscando al propietario y luego empecé a inquietarme. Empecé a imaginar a algún rico que preparaba una barbacoa y de repente sufría un ataque al corazón. ¿Por qué, si no, iba alguien a poner algo en la parrilla y luego desaparecer? Así que seguí gritando: ¿hay alguien en casa? Después me encontré el lavadero abierto.

—Quiere decir que no estaba cerrado con llave.

—Así es.

—La puerta junto a la ventana donde ha dicho que faltaba un vidrio y otro estaba roto —dice el investigador Turkington, y lo anota.

—Y entré, a sabiendas de que probablemente no debía. Pero pensé: ¿y si ese viejo rico está tumbado en el suelo tras haber sufrido un infarto?

—Ahí está el quid de la cuestión: el momento de tomar decisiones difíciles —comenta Ashley, cuya mirada se columpia entre el investigador y la cámara—. ¿No entrar? O no poder perdonarte nunca cuando después lees en el periódico que podrías haber ayudado a alguien.

—¿Filmó usted la casa, señor?

—Filmé unas marsopas mientras esperaba a que mi mujer regresara.

—Le he preguntado si filmó la casa.

—Déjeme pensar. Supongo que un poco. Antes, con Madelisa delante. Pero no pensaba enseñárselo a nadie si ella no obtenía permiso.

—Ya veo. Querían permiso para filmar la casa pero la filmaron de todas maneras sin permiso.

—Y al no obtenerlo, lo borré —asegura Ashley.

—¿De veras? —pregunta Turkington, y fija la mirada en él—. Su esposa sale corriendo de la casa porque alguien ha sido asesinado ¿y a usted se le ocurre borrar parte de lo que ha filmado porque no ha obtenido permiso de la persona asesinada?

—Ya sé que suena raro —admite Madelisa—. Pero lo importante es que no llevaba ninguna mala intención.

—Cuando mi mujer salió de la casa tan afectada, tuve el impulso de llamar a emergencias, pero no llevaba el móvil. Ella tampoco llevaba el suyo.

—¿Y no se les ocurrió utilizar el teléfono de la casa?

—¡No después de lo que había visto! —exclama Madelisa—. ¡Tuve la sensación de que ese hombre seguía allí!

—¿Ese hombre?

—Fue una sensación horrible. Nunca había estado tan asustada. No creerá que después de lo que vi iba a pararme a llamar por teléfono, cuando sentía que alguien me estaba mirando. —Hurga en el bolso en busca de un pañuelo de papel.

—Así que volvimos a toda prisa a nuestro adosado y ella se puso tan histérica que tuve que tranquilizarla —explica Ashley—. Estaba llorando como una cría y nos perdimos la clase de tenis. No hacía más que llorar, hasta bien entrada la noche. Al final le dije: cariño, más vale que duermas un poco y ya hablaremos del asunto por la mañana. A decir verdad, no estaba seguro de creerla. Mi esposa tiene una imaginación desbordante. Lee un montón de novelas de misterio, ve programas de crímenes, ya sabe. Pero como seguía llorando, empezó a preocuparme que hubiera algo de verdad en el asunto. Así que les llamé.

—No hasta después de asistir a otra clase de tenis —le hace ver Turkington—. Seguía afectadísima y, sin embargo, asistieron a la clase de tenis esta mañana, y luego volvieron al adosado, se ducharon, se cambiaron e hicieron las maletas para regresar a Charleston. ¿Y luego, por fin, deciden llamar a la policía? Lo siento. ¿Quiere que me lo trague?

—Si no fuera cierto, ¿por qué íbamos a adelantar dos días el regreso de las vacaciones? Llevábamos todo un año planeándolas —asegura Ashley—. ¿Cree que devuelven el dinero cuando hay una emergencia? Tal vez podría interceder por nosotros ante el agente de la inmobiliaria.

—Si ha llamado a la policía para eso —dice Turkington—, ha perdido el tiempo.

—Mi cámara no les servirá de nada. He borrado el trocito que filmé delante de la casa. No hay nada que ver, sólo a Madelisa hablando con su hermana durante unos diez segundos.

—¿Ahora resulta que su hermana estaba con ustedes?

—Hablándole a la cámara. No sé qué van a ver que les sea de ayuda, porque lo borré.

Madelisa le hizo borrarlo por el perro: él la había filmado acariciando al perro.

—Tal vez si viera lo que filmó —le dice Turkington—, vería el humo saliendo de la barbacoa. Ha dicho que lo vieron desde la playa, ¿no es así? De manera que si filmó la casa, ¿no se vería también el humo?

El comentario coge a Ashley por sorpresa.

—Bueno, me parece que esa parte no la grabé, no tenía la cámara enfocada en esa dirección. ¿No puede ver lo que hay filmado y devolvérmela? Bueno, sobre todo se ve a Madelisa y unas cuantas marsopas y otras cosas que grabé en casa. No veo por qué tienen que quedarse la cámara.

—Tenemos que asegurarnos de que no filmó nada que pueda ofrecernos información sobre lo ocurrido, detalles de los que ustedes no sean conscientes.

—¿Como qué? —insiste Ashley, alarmado.

—Por ejemplo, si es cierto que usted no entró en la casa después de que su esposa le contara lo que había visto. —Turkington se está poniendo muy hostil—. Me parece insólito que no entrara a corroborar la historia de su mujer con sus propios ojos.

—Si lo que decía era cierto, no pensaba entrar allí ni loco —responde Ashley—. ¿Y si había algún asesino escondido?

Madelisa recuerda el sonido del agua al correr, la sangre, la ropa, la fotografía de la tenista muerta. Imagina el desbarajuste en el inmenso salón, todos los frascos de pastillas y el vodka. Y el proyector en marcha con la pantalla en blanco. El detective no la cree. Se va a meter en un buen lío por allanamiento de morada, por robar un perro, por mentir. La policía no puede enterarse de lo del perro, si no quiere perderlo. Ese perro la tiene enamorada. Qué diablos con las mentiras. Sería capaz de abrirse paso mintiendo hasta el mismo infierno por ese chucho.

—Sé que no es asunto mío —dice Madelisa, y necesita todo su valor para preguntarlo—, pero ¿sabe quién vive en esa casa y si le ha ocurrido algo malo?

—Sabemos quién vive allí, una mujer cuyo nombre prefiero no divulgar. Resulta que no está en casa, y su perro y su coche han desaparecido.

—¿No está su coche? —A Madelisa empieza a temblarle el labio inferior.

—Yo diría que se fue a alguna parte y se llevó el perro, ¿no les parece? ¿Y saben qué más creo? Ustedes querían darse un paseíto gratis por la mansión y luego tuvieron miedo de que alguien les hubiera visto entrar, así que se han inventado esta historia increíble para protegerse, una actitud de lo más astuta.

—Si se molestan en echar un vistazo al interior de la casa, averiguarán la verdad. —La voz de Madelisa suena trémula.

—Nos hemos molestado en hacerlo, señora. He enviado unos cuantos agentes a comprobarlo, y no han encontrado nada de lo que se supone que vio usted. No falta ningún vidrio en la ventana junto al lavadero. No hay ningún vidrio roto, ni sangre, ni cuchillos. La parrilla de gas estaba apagada, limpia como una patena, sin rastro de que se haya cocinado nada en ella recientemente. Y el proyector no estaba encendido —añade.

En la sala de preparativos donde Hollings y su equipo se reúnen con las familias, Scarpetta está sentada en un sofá a rayas oro pálido y crema, donde hojea otro libro de visitas.

Sobre la base de todo lo que ha visto hasta el momento, Hollings es un hombre atento y de buen gusto. Los libros de invitados, grandes y gruesos, están encuadernados en elegante cuero negro con páginas pautadas de tono crema, y debido a la magnitud de su negocio, le hacen falta entre tres y cuatro libros al año. Una tediosa búsqueda en los primeros cuatro meses del año anterior no ha arrojado el menor indicio de que Gianni Lupano asistiera a ningún funeral.

Coge otro libro de visitas y empieza a hojearlo, va recorriendo cada página de arriba abajo con el dedo y reconoce apellidos renombrados de Charleston. Ningún indicio de Gianni Lupano entre enero y marzo. Ni rastro de él en abril, y la decepción de Scarpetta es cada vez más intensa. Nada en mayo ni en junio. Su dedo se detiene sobre una generosa firma en forma de lazo que resulta fácil de descifrar. El 12 de julio del año pasado, parece ser que asistió al funeral de una persona llamada Holly Webster. Por lo visto no asistió mucha gente: sólo firmaron el libro once invitados. Scarpetta anota todos los nombres y se levanta del sofá. Luego pasa por delante de la capilla, en cuyo interior hay dos señoras que disponen flores en torno a un lustroso ataúd de bronce. Sube un tramo de escaleras de caoba y regresa al despacho de Henry Hollings, que, una vez más, está hablando por teléfono de espaldas a la puerta.

—Hay quien prefiere doblar la bandera en un triángulo y colocarla detrás de la cabeza de la persona —dice con su voz balsámica y cantarina—. Claro, desde luego. Podemos extenderla sobre el ataúd. ¿Qué le recomiendo yo? —Levanta un papel—. Parece que a usted le agrada el de color avellana con satén achampañado, pero también el de acero estilo Twenty Gauge... Claro que lo sé. Todo el mundo dice lo mismo... Resulta difícil. Tan difícil como puede ser tomar decisiones así. Si quiere que le sea sincero, yo me decantaría por el de acero.

Habla unos minutos más, se vuelve y ve a Scarpetta de nuevo en el umbral.

—En algunos casos resulta muy duro —le dice—. Un veterano de setenta y dos años que había perdido a su esposa recientemente y estaba muy deprimido: se metió una pistola en la boca y punto final. Hemos hecho lo que estaba en nuestra mano, pero no hay procedimientos cosméticos ni de restauración que puedan darle un aspecto presentable, y sé que usted me entiende. Es imposible celebrar el funeral con el ataúd abierto, pero la familia no está dispuesta a aceptar una negativa.

—¿Quién era Holly Webster?

—Una tragedia horrible. —No vacila—. Uno de esos casos que no se olvidan.

—¿Recuerda a Gianni Lupano en su funeral?

—No lo hubiera reconocido por aquel entonces —dice él.

—¿Era amigo de la familia?

Se levanta de la mesa y abre lateralmente la puerta de un armario de cerezo, hojea unos informes y saca uno.

—Lo que tengo aquí son los detalles de los preparativos para el funeral, copias de los impresos y demás, aunque no puedo dejárselos ver por respeto a la intimidad de la familia. Pero puede echar un vistazo a los recortes de prensa. —Se los entrega—. Guardo los de todas las muertes de las que me ocupo. Como bien sabe, los únicos que pueden facilitarle documentos legales son la policía y el médico forense que se ocupó del caso, y el juez de instrucción que remitió aquí el caso para la autopsia, ya que el condado de Beaufort no tiene oficina forense, aunque usted ya está al tanto de todo eso, puesto que ahora le remite sus casos a usted. Cuando murió Holly, aún no contaban con sus servicios. De otra manera, supongo que la triste situación habría ido a parar a usted en vez de a mí.

Scarpetta no detecta el menor indicio de resentimiento: no parece importarle.

—La muerte se produjo en Hilton Head, en el seno de una familia muy pudiente. No hay más que unas pocas menciones, la más detallada la del *Island Packet* de Hilton Head. Según ese artículo, a media mañana del diez de julio de 2006, Holly Webster estaba jugando en el patio con su cachorro basset. La niña tenía el acceso prohibido a la piscina olímpica a menos que estuviera bajo supervisión, y esa mañana no lo estaba. Según el periódico, sus padres habían salido de la ciudad y se alojaban en casa de unos amigos. No se hace mención alguna del paradero de los padres ni de los nombres de sus amigos. Casi a mediodía, alguien salió a decirle a Holly que era hora de comer. No estaba por ninguna parte, y el cachorro correteaba de aquí para allá junto a la piscina, tocando el agua con la pata. El cadáver de la niña se descubrió en el fondo, la larga melena morena enganchada en el desagüe. Cerca de ella había un hueso de goma que, según la policía, la niña intentaba recuperar para el perro.

Otro recorte, uno muy breve. Antes de que hubieran transcurrido dos meses, la madre, Lydia Webster, aparecía como invitada en el programa de entrevistas de la doctora Self.

—Recuerdo haber oído hablar del caso —dice Scarpetta—. Creo que estaba en Massachusetts cuando ocurrió.

—Una mala noticia, pero sin mucha resonancia. La policía hizo todo lo posible por restarle importancia, porque a las urbanizaciones turísticas no les hace ninguna gracia que se aireen los sucesos negativos, por así decirlo. —Hollings levanta el auricular—. No creo que vaya a decirle nada el médico que llevó a cabo la autopsia, pero vamos a probar. —Hace una pausa—. Soy Henry Hollings... Bien, bien... Hasta el cuello. Lo sé, lo sé... Tienen que conseguirle ayuda, desde luego... No, hace tiempo que no salgo a navegar... Claro... Le debo una salida de pesca. Y usted me debe darles una conferencia a todos esos chavales aspirantes que se creen que las investigaciones forenses son una juerga... El caso de Holly Webster. Tengo aquí a la doctora Scarpetta. Me preguntaba si le importaría hablar con ella un momento.

Hollings le alcanza el auricular. Ella le explica al subjefe de medicina forense de la Facultad de Medicina de Carolina del Sur que la han requerido como asesora en un caso que podría estar relacionado con el ahogamiento de Holly Webster.

—¿Qué caso? —pregunta el subjefe.

—Lo siento, pero no estoy autorizada a revelarlo. Se trata de la investigación de un homicidio.

—Me alegra que sepa cómo funcionan estas cosas. No puedo hablar del caso Webster.

Lo que quiere decir es que no piensa hablar.

—No quiero causarle dificultades —le dice Scarpetta—.

Permítame que se lo exponga de esta manera: estoy aquí con el juez de instrucción Hollings porque al parecer el entrenador de tenis de Drew Martin, Gianni Lupano, asistió al funeral de Holly Webster. Estoy intentando averiguar por qué, y no puedo decirle nada más al respecto.

—No me suena. No había oído hablar de él.

—¿Tiene idea de qué relación podía tener Lupano con la familia Webster?

—Ni idea.

—¿Qué puede decirme sobre la muerte de Holly?

—Se ahogó accidentalmente, y no hay nada que indique lo contrario

—Lo que significa que no hay indicios patognómicos. El diagnóstico se basa en las circunstancias —dice Scarpetta—, sobre todo en cómo fue hallada.

—Así es.

—¿Le importaría decirme el nombre del agente a cargo de la investigación?

—No hay problema. Espere. —Chasquea las teclas de un ordenador—. Déjeme ver. Sí, eso me parecía. Turkington, del departamento del sheriff del condado de Beaufort. Si quiere saber cualquier otra cosa, tiene que ponerse en contacto con él.

Scarpetta vuelve a darle las gracias, cuelga y le dice a Hollings:

—¿Sabía usted que la madre, Lydia Webster, fue al programa de entrevistas de la doctora Self apenas dos meses después de la muerte de su hija?

—No vi el programa, nunca lo veo. Esa mujer se merece que le peguen un tiro —dice.

—¿Tiene idea de cómo fue a parar la señora Webster a ese programa?

—Yo diría que tienen un buen equipo de investigadores que hurgan en las noticias en busca de material e invitados. A mi modo de ver, tuvo que ser muy perjudicial para la señora Webster desde el punto de vista psicológico quedar expuesta ante el mundo entero cuando aún no había tenido oportunidad de hacer frente a lo ocurrido. Tengo entendido que fue la misma clase de situación que en el caso de Drew Martin.

—¿Se refiere a su aparición en el programa de la doctora Self el otoño pasado?

—A mis oídos llega buena parte de lo que ocurre por aquí, tanto si quiero como si no. Cuando viene a la ciudad, siempre se aloja en el Charleston Place. Esta última vez, hace apenas tres semanas, casi no pasó por su habitación, y desde luego no durmió en ella. El servicio entraba y se encontraba la cama hecha, sin otro indicio de que hubiera pasado por allí que sus pertenencias, o al menos parte de las mismas.

—¿Y cómo es que está usted al tanto de eso? —indaga Scarpetta.

—Un buen amigo mío es jefe de seguridad. Cuando vienen parientes y amigos de los fallecidos, les recomiendo el Charleston Place, siempre y cuando se lo puedan permitir.

Scarpetta recuerda lo que dijo Ed, el portero. Cada vez que Drew iba al edificio de apartamentos, le daba veinte dólares de propina. Tal vez era algo más que generosidad; tal vez le estaba recordando que mantuviera la boca cerrada.

17

Pinos de mar, la plantación más selecta en la isla de Hilton Head.

Por cinco dólares se puede adquirir un pase para todo el día en la garita de seguridad, y los guardias, de uniforme azul y gris, no piden identificación. Scarpetta solía quejarse al respecto cuando Benton y ella tenían un adosado allí, y los recuerdos de aquellos tiempos siguen siendo dolorosos.

—Compró el Cadillac en Savannah —dice el investigador Turkington, que lleva a Scarpetta y Lucy en su coche patrulla sin distintivos—. Blanco, lo que no es de gran ayuda. ¿Se imaginan cuántos Cadillac y Lincoln blancos hay por aquí? Probablemente dos de cada tres coches de alquiler son blancos.

—¿Y los guardias a la entrada no recuerdan haberlo visto, tal vez a una hora fuera de lo normal? ¿Grabaron algo las cámaras? —pregunta Lucy, en el asiento del pasajero.

—Nada útil. Ya saben cómo va eso. Una persona dice que tal vez lo vio y otra persona dice que no. Yo creo que salió al volante del coche pero no regresó, de manera que no hubieran reparado en él de todos modos.

—Depende de cuándo lo cogió —señala Lucy—. ¿Lo guardaba en el garaje esa mujer?

—Solían verlo aparcado en el sendero de entrada, por lo general. De modo que no me parece probable que ese tipo lo haya tenido mucho tiempo. ¿Qué? —Mira de soslayo a

Lucy mientras conduce—. ¿Se las arregló para robarle las llaves, llevarse el coche y ella no se dio cuenta?

—No hay manera de saber de qué se dio cuenta o no.

—Continúa convencida de que ocurrió lo peor, ¿verdad? —comenta Turkington.

—Sí, lo estoy, remitiéndome a los hechos y al sentido común. —Lucy lleva tomándole el pelo desde que al recogerlas en el aeropuerto hizo un comentario en plan listillo acerca del helicóptero, llamándolo «batidora». Ella le tildó de ludita. El agente no sabía qué era un ludita, y sigue sin saberlo. Lucy no se lo ha explicado—. Pero eso no descarta que haya sido secuestrada para pedir un rescate. No digo que sea imposible. No lo creo, pero desde luego cabe esa posibilidad. Deberíamos hacer exactamente lo que estamos haciendo: involucrar en la investigación a todos los organismos policiales.

—Ojalá hubiéramos podido evitar que trascendiera a los medios. Becky dice que llevan toda la mañana echando gente de la casa.

—¿Quién es Becky? —pregunta Lucy.

—La jefa del equipo de investigación científica. Al igual que yo, tiene otro empleo como técnico de emergencias.

Scarpetta se pregunta a qué viene ese comentario. Quizá no lleva bien lo de estar pluriempleado.

—Aunque, claro, supongo que ustedes no tienen que preocuparse por el alquiler —comenta.

—Claro que sí. Sólo que el mío es un poco más elevado que el suyo —replica Lucy.

—Sí, un poco. Ni me imagino cuánto le cuesta ese laboratorio. O las cincuenta casas y los Ferrari.

—No llegan a cincuenta, ¿y cómo sabe lo que tengo?

—¿Han empezado a utilizar su laboratorio muchos departamentos? —pregunta él.

—Alguno que otro. Aún estamos terminando de instalarnos, pero tenemos lo básico. Y estamos acreditados. Se puede elegir entre nosotros o la DPCS. —La División Policial de Carolina del Sur—. Somos más rápidos —añade—. Si necesita algo que no está en el menú, tenemos amigos en lugares con tecnología punta como Oak Ridge y Y-Twelve.

—Creía que en esos sitios se dedicaban a la fabricación de armas nucleares.

—No es lo único que hacen.

—Me está tomando el pelo. ¿Se dedican a asuntos forenses? ¿Como qué?

—Es un secreto.

—Da igual —refunfuña el policía—. Nosotros no podemos permitirnos contar con sus servicios.

—No, no pueden, lo que no significa que no vayamos a prestárselos.

Las gafas oscuras de Turkington se reflejan en el espejo retrovisor. Entonces le dice a Scarpetta, probablemente porque ya está un poco harto de Lucy:

—Qué, ¿sigue con nosotros?

El investigador lleva un traje color crema, y Scarpetta se pregunta cómo hace para no ensuciarse en un escenario del crimen. Vuelve sobre los asuntos más importantes que él y Lucy venían discutiendo, y les recuerda que nadie debe dar nada por sentado, incluido el momento de la desaparición del Cadillac de Lydia Webster, porque parece que apenas conducía y sólo se ponía rara vez al volante para ir en busca de tabaco, bebida o algo de comer. Por desgracia, conducir no fue buena idea por su parte, teniendo en cuenta lo afectada que estaba. De manera que alguien podía haberse llevado el automóvil días atrás, y es posible que su desaparición no tuviera nada que ver con la del perro. Luego están las imágenes que envió el Hombre de Arena por correo electrónico a la doctora Self. Tanto Drew Martin como Lydia Webster fueron fotografiadas en bañeras que parecían llenas de agua fría. Las dos parecían drogadas, ¿y qué hay de lo que vio la señora Dooley? El caso debería abordarse como un homicidio, al margen de cuál pueda ser la realidad. Porque —y Scarpetta lleva predicándolo más de veinte años— no se puede volver atrás.

Pero luego se refugia en su propio ámbito privado, no

puede evitarlo: sus pensamientos se remontan a la última vez que estuvo en Hilton Head, cuando vació el adosado de Benton. En ningún momento de aquella época, la más oscura de su vida, le pasó por la cabeza que el asesinato de Benton pudiera haber sido pergeñado para ocultarlo de quienes sin duda lo habrían asesinado de haber tenido oportunidad. ¿Dónde están ahora esos supuestos asesinos a sueldo? ¿Perdieron interés y decidieron que Benton ya no constituía una amenaza o no valía la pena matarlo? Se lo ha preguntado al propio Benton, pero no está dispuesto a hablar de ello, asegura que no puede. Baja la ventanilla del coche y su alianza reluce al sol, pero eso no la tranquiliza, y el buen tiempo seguro que no durará mucho. Está previsto que descargue otra tormenta ese mismo día.

La carretera serpentea entre campos de golf y por encima de breves puentes que cruzan fugazmente angostos canales y estanques. En una ribera terraplenada y cubierta de hierba, un caimán parece un tronco, y las tortugas permanecen inmóviles entre el fango mientras una garceta blanca se yergue sobre sus patas de palillo en aguas poco profundas. La conversación en el asiento delantero se centra en la doctora Self durante un rato, y la luz se convierte en penumbra a la sombra de los inmensos robles. El musgo español semeja cabello gris y muerto. Apenas ha cambiado nada. Se ha construido alguna que otra casa nueva, y Scarpetta recuerda largos paseos y el aire y la brisa salados, las puestas de sol en la galería y el momento en que todo tocó a su fin. Imagina lo que creyó el cadáver de Benton entre las ruinas carbonizadas del edificio donde supuestamente había muerto. Ve su pelo plateado y la carne incinerada entre la madera ennegrecida y la mugre de un fuego del que aún quedaban rescoldos a su llegada. Su rostro había desaparecido, no era más que hueso quemado, y los informes de la autopsia eran falsos. La habían engañado. Quedó desolada, destruida, y ahora siempre será una persona distinta por causa de lo que hizo Benton, mucho más distinta que por culpa de Marino.

Aparcan en el sendero de entrada de la enorme casa blanca de Lydia Webster. Scarpetta recuerda haberla visto con anterioridad desde la playa, y le parece irreal debido al motivo que los lleva allí. Hay coches de policía aparcados uno detrás de otro en la calle.

—Adquirieron la casa hará cosa de un año. Antes la tenía algún magnate de Dubai —les informa Turkington, al tiempo que abre la puerta del conductor—. Qué triste. Justo habían terminado una renovación general y se habían instalado cuando la niña se ahogó. No sé cómo aguantaba seguir viviendo en este sitio la señora Webster.

—A veces la gente es incapaz de soltar amarras —dice Scarpetta a medida que sortean los adoquines camino de las puertas de teca de doble hoja al final de las escaleras de piedra—. Se quedan varados en un lugar entre sus recuerdos.

—¿Le correspondió en el acuerdo de separación? —pregunta Lucy.

—Es probable que le hubiera correspondido. —Como si, en realidad, no hubiera duda de que está muerta—. Seguían en trámites de divorcio. Su marido se dedica a los fondos de cobertura, inversiones, lo que sea, es casi tan rico como usted.

—¿Por qué no dejamos de hablar del asunto? —rezonga Lucy, molesta.

Turkington abre la puerta principal. Los investigadores científicos están dentro. En el vestíbulo, apoyada en una pared de estuco, hay una ventana con un vidrio roto.

—La señora que estaba de vacaciones —le dice Turkington a Scarpetta—, Madelisa Dooley. Según su declaración, el vidrio ya no estaba en la ventana cuando ella entró por la puerta del lavadero. Este cristal de aquí —se agacha y señala un vidrio en la parte inferior derecha de la ventana— es el que ese tipo retiró y volvió a pegar. Si se mira, apenas se aprecia el pegamento. Le he hecho creer a la señora Dooley que no encontramos cristales rotos cuando entraron los agentes. Quería ver si cambiaba su versión, así que le dije que no había vidrios rotos.

—Supongo que no lo han rociado con espuma primero —dice Scarpetta.

—He oído hablar de ello —reconoce Turkington—. Tenemos que empezar a hacerlo. Yo tengo la teoría de que si la versión de la señora Dooley es correcta, después de que ella se fuera ocurrió algo en la casa.

—Lo rociaremos con espuma antes de envolverlo para su transporte —dice Scarpetta—, para estabilizar el vidrio roto.

—Como prefiera. —Se llega hasta la sala de estar, donde un investigador saca fotografías del desorden sobre la mesa de centro y otro levanta cojines del sofá.

Scarpetta y Lucy abren los maletines negros. Se ponen fundas para el calzado y guantes. Una mujer con pantalones vaqueros y un polo con la leyenda «Forense» a la espalda sale de la sala. Probablemente tiene unos cuarenta y tantos, con ojos castaños y el pelo moreno y corto. Es menuda, y a Scarpetta le resulta difícil imaginar que una mujer tan pequeña y liviana quisiera entrar a formar parte de un organismo policial.

—Usted debe de ser Becky —dice, y hace las presentaciones.

Becky indica la ventana apoyada contra la pared y dice:

—El vidrio inferior derecho. Tommy debe de habérselo explicado ya. —Se refiere a Turkington, y señala con un dedo enguantado—. Se utilizó un cortavidrios y luego se volvió a pegar el cristal. ¿Que por qué me fijé? —Se le nota orgullosa de sí misma—. Había arena pegada a la cola. ¿Ven?

Miran, y alcanzan a verlo.

—Parece que cuando la señora Dooley entró en busca del propietario —explica Becky—, el vidrio debía de estar desprendido de la ventana y en el suelo. A mí me resulta verosímil que hiciera lo que dice. Salió de aquí por piernas, y luego el asesinó lo ordenó todo antes de marcharse.

Lucy inserta dos recipientes presurizados en una funda a la que va unida una pistola mezcladora.

—Sólo pensarlo hace que se te pongan los pelos de punta —dice Becky—. Esa pobre señora probablemente estaba aquí a la vez que él. Dijo tener la sensación de que alguien la estaba observando. ¿Es eso aerosol de cola? He oído hablar de ello. Fija en su lugar el vidrio roto. ¿De qué está hecho?

—Mayormente de poliuretano y gas comprimido —dice Scarpetta—. ¿Han tomado fotografías? ¿Han espolvoreado en busca de huellas? ¿Han hecho frotis para ver si hay ADN?

Lucy fotografía la ventana desde distintos ángulos, con escala y sin ella.

—Fotos y frotis, pero no huellas. A ver si encontramos restos de ADN, pero me sorprendería, teniendo en cuenta lo limpio que está todo —asegura Becky—. Está claro que limpió la ventana, toda. No sé cómo se rompió. Quizá se estrelló contra ella algún pajarraco, como un pelícano o un buitre.

Scarpetta empieza a tomar notas, documenta las zonas donde el vidrio está dañado y las mide.

Lucy protege con cinta adhesiva los bordes del marco de la ventana y pregunta:

—¿Desde qué lado te parece a ti?

—Yo diría que lo rompieron desde dentro —contesta Scarpetta—. ¿Podemos darle la vuelta? Tengo que rociar con aerosol el otro lado.

Ella y Lucy levantan la ventana con cuidado y le dan la vuelta de manera que se vea el reverso, la apoyan contra la pared y toman más fotografías y notas mientras Becky se mantiene aparte y las observa.

—Necesito que me eche una mano —le dice Scarpetta—. ¿Puede acercarse?

Becky se coloca a su lado.

—Muéstreme a qué altura estaría el vidrio roto si la ventana estuviera en su lugar. Enseguida voy a echar un vistazo al sitio donde lo recogieron, pero de momento, déjeme hacerme una idea.

Becky toca la pared.

—Yo soy baja, claro —dice.

—Más o menos a la altura de mi cabeza —señala Scarpetta, observando el vidrio roto—. Esta rotura es similar a la que vemos en los accidentes de tráfico, cuando la persona no lleva el cinturón de seguridad y golpea el parabrisas con la cabeza. Esta zona no fue perforada. —Señala el agujero en el cristal—. Sencillamente recibió lo más recio del golpe, y apuesto a que hay fragmentos de vidrio en el suelo, dentro del lavadero, quizá también en el alféizar.

—Los he recogido. ¿Cree que alguien golpeó el vidrio con la cabeza? —pregunta Becky—. ¿No le parece que habría sangre?

—No necesariamente.

Lucy fija con cinta adhesiva papel marrón sobre una cara de la ventana, abre la puerta de entrada y les pide a Scarpetta y Becky que salgan mientras echa el aerosol.

—Vi a Lydia Webster en una ocasión. —Becky sigue hablando; están en el porche—. Cuando se ahogó su pequeña y tuve que venir a hacer fotos. No se imagina lo mucho que me afectó, porque yo tengo una hija pequeña. Aún veo a Holly con su bañadorcito morado, sumergida cabeza abajo con el pelo enganchado en el desagüe. Tenemos el permiso de conducir de Lydia, por cierto, y nos han informado de una detención, aunque yo no me haría muchas ilusiones. Ella es más o menos de su misma altura. Podría ser que se hubiera golpeado con el cristal y lo hubiera roto. No sé si Tommy se lo dijo, pero su cartera estaba aquí mismo, en la cocina. No parece que la tocara nadie. No creo que la persona que buscamos tuviera como móvil el robo.

Incluso fuera, Scarpetta alcanza a oler el poliuretano. Contempla los grandes robles recubiertos de musgo español y un depósito de agua que descuella sobre los pinos. Dos personas pasan lentamente en bici y se quedan mirando.

—Ya se puede entrar. —Lucy está en el umbral, quitándose las gafas y la mascarilla.

El vidrio roto está recubierto de una gruesa espuma amarillenta.

—Bueno, ¿qué hacemos ahora con eso? —pregunta Becky, cuya mirada se demora en Lucy.

—Me gustaría envolverlo para llevárnoslo —dice Scarpetta.

—¿Y qué van a buscar?

—El pegamento. Cualquier partícula microscópica que se haya adherido a él. Su composición elemental o química. A veces uno no sabe lo que está buscando hasta que lo encuentra.

—Le deseo buena suerte a la hora de meter la ventana bajo el microscopio —bromea Becky.

—Y también necesito los fragmentos de vidrio que han recogido —añade Scarpetta.

—¿Los algodones?

—Todo lo que quiera que analicemos en el laboratorio. ¿Podemos echar un vistazo al lavadero? —pregunta Scarpetta.

Está al lado de la cocina, y dentro, hacia la derecha de la puerta, han fijado papel marrón con cinta adhesiva sobre el hueco que ha quedado al retirar la ventana. Scarpetta se anda con cuidado al acercarse a lo que se considera el punto de entrada del asesino. Hace lo mismo que siempre: se queda fuera y mira hacia el interior, escudriñando hasta el último centímetro. Pregunta si han tomado fotografías del lavadero. Así es, y han buscado huellas de pies, de zapatos, huellas digitales. Contra una pared se ven cuatro lavadoras y secadoras de gama alta, y contra la pared opuesta, una jaula de perro vacía. Hay armarios y una mesa de gran tamaño. En una esquina, un cesto de mimbre está lleno hasta los topes de prendas sucias.

—¿Estaba esta puerta cerrada cuando llegaron? —pregunta Scarpetta, refiriéndose a la puerta de teca tallada que da al exterior.

—No, y la señora Dooley dice que estaba abierta, lo que le permitió acceder. Lo que creo es que el tipo retiró el vidrio e introdujo la mano. Como puede ver —Becky se acerca al espacio recubierto con papel donde antes estaba la ventana—, si se quita el vidrio de aquí, es fácil alcanzar el cerrojo de seguridad cerca del cristal. Naturalmente, si la alarma antirrobo estaba conectada...

—¿Sabemos que no lo estaba?

—No lo estaba cuando entró la señora Dooley.

—Pero no sabemos si lo estaba cuando entró él, ¿no es así?

—He pensado en ello. Parece que, de haber estado conectada, el cortavidrios... —empieza Becky, pero se lo piensa—. Bueno, no creo que cortar el vidrio la activase. Son muy silenciosos.

—Lo que indica que la alarma no estaba conectada cuando se rompió el otro vidrio. Y que nuestro hombre ya estaba dentro de la casa en ese momento. A menos que el vidrio se rompiera con anterioridad, cosa que dudo.

—Yo también —coincide Becky—. Lo más lógico habría sido repararlo para que no entraran bichos ni lluvia. O al menos recoger los trozos, sobre todo teniendo en cuenta que tenía aquí al perro. Me pregunto si tal vez forcejeó con él o intentó alcanzar la puerta para huir. Anteanoche ella hizo saltar la alarma, no sé si lo sabían. Era algo bastante habitual, porque se emborrachaba tanto que se le olvidaba que la alarma estaba conectada y abría la puerta corredera, que la activaba. Luego era incapaz de recordar la contraseña cuando la llamaban los del servicio de vigilancia, así que se avisaba a un coche patrulla.

—¿No hay indicio de que la alarma saltara desde entonces? —pregunta Scarpetta—. ¿Ha tenido oportunidad de pedir un informe a la empresa de seguridad? ¿Cuándo se activó por última vez? ¿Cuándo la desconectaron por última vez?

—La falsa alarma que le he mencionado fue la última vez.

—Cuando acudió la policía, ¿recuerdan haber visto su Cadillac blanco?

Becky responde que no, los agentes no recuerdan el coche, pero cabe que estuviera en el garaje.

—Parece que conectó la alarma más o menos a la hora del anochecer del lunes, y luego la desconectó a las nueve o así, para luego conectarla otra vez. Después la desconectó a las cuatro y catorce minutos de la mañana siguiente, es decir, de ayer.

—¿Y no volvió a conectarla? —pregunta Scarpetta.

—No. Es sólo una opinión personal, pero cuando la gente se dedica a beber y drogarse, no siguen un horario normal. Duermen de vez en cuando durante el día, se levantan a horas extrañas, de manera que igual desconectó la alarma a las cuatro y catorce para sacar al perro, quizá para fumar un pitillo, y el tipo la estaba vigilando, tal vez llevaba vigilándola cierto tiempo. Al acecho, quiero decir. Hasta donde sabemos, bien podría haber cortado ya el vidrio y estar esperándola aquí atrás en la oscuridad. Hay arbustos y bambúes en este lado de la mansión, y no hay ningún vecino cerca, de modo que incluso con los focos encendidos, podría haberse ocultado ahí atrás sin que nadie lo viera. Lo del perro es extraño. ¿Dónde se habrá metido?

—Tengo una persona ocupándose del asunto —dice Scarpetta.

—Igual el animal se nos pone a hablar y resuelve el caso —bromea.

—Tenemos que encontrarlo. Nunca se sabe qué puede resolver un caso.

—Si se escapó, alguien tiene que haberlo encontrado —señala Becky—. No es que se vean bassets por ahí todos los días, y en esta zona la gente se fija en los perros perdidos. Otro asunto distinto es que, si la señora Dooley decía la verdad, ese individuo debió de estar un buen rato con la señora Webster, tal vez la mantuvo viva durante horas. La alarma se desconectó a las cuatro y catorce de ayer, y la señora Dooley encontró la sangre y todo lo demás en torno a la hora de comer, unas ocho horas después, y probablemente el tipo seguía en la casa.

Scarpetta examina las prendas sucias en el cesto de mimbre. Encima de todo hay una camiseta arrugada, y con una mano enguantada la coge y deja que se despliegue. Está húmeda y manchada. Se incorpora y mira en el interior del lavabo. El acero inoxidable está salpicado de gotas, y hay un pequeño charco de agua en torno al desagüe.

—Me pregunto si utilizó esto para limpiar la ventana —comenta Scarpetta—. Todavía parece húmedo, y está sucio, como si alguien lo hubiera utilizado de trapo. Me gustaría sellarlo en una bolsa de papel y enviarlo al laboratorio.

—¿Para buscar qué? —Becky vuelve a plantear la misma pregunta.

—Si lo tuvo en la mano, es posible que obtengamos restos de ADN. Podría ser una prueba. Más vale que decidamos a qué laboratorio enviarlo.

—El de la DPCS está muy bien, pero se lo toman con mucha calma. ¿Puede ayudarnos con su laboratorio?

—Para eso lo tenemos. —Scarpetta mira el teclado numérico de la alarma cerca de la puerta que da al pasillo—. Tal vez desconectó la alarma al entrar. No creo que podamos descartarlo. Una pantalla de cristal líquido en vez de botones: una buena superficie para sacar huellas, y tal vez ADN.

—Eso supondría que el intruso la conocía, si desconectó la alarma. Tiene sentido si se piensa en todo el tiempo que estuvo en la casa.

—Supondría que estaba familiarizado con este lugar. No quiere decir que la conociera —matiza Scarpetta—. ¿Cuál es el código?

—Lo que denominamos el código uno, dos, tres, cuatro y ya puedes ir entrando. Probablemente preestablecido, y ella no se molestó en cambiarlo. Déjeme que me asegure de lo del laboratorio antes de que empecemos a enviarles todo a ustedes. Tengo que preguntárselo a Tommy.

Turkington está en el vestíbulo con Lucy, y Becky le pregunta lo del laboratorio, y él hace un comentario acerca de cuántas cosas van a parar a manos privadas hoy en día. Hay departamentos que incluso contratan polis privados.

—Eso haremos nosotros —dice Lucy, y le entrega a Scarpetta un par de gafas tintadas de amarillo—. Los teníamos en Florida.

Becky se interesa por el maletín abierto en el suelo. Observa los cinco reflectores forenses de alta intensidad en forma de linterna, las baterías de níquel de 9 voltios, las gafas, el cargador multipuerto.

—He suplicado al sheriff que nos deje adquirir uno de esos reflectores portátiles para los escenarios del crimen. Cada uno tiene un ancho de banda diferente, ¿verdad?

—Espectros violeta, azul, verde azulado y verde —explica Lucy—. Y esta luz blanca de banda ancha tan práctica —la coge—, con filtros intercambiables en azul, verde y rojo para realzar el contraste.

—¿Funciona bien?

—Fluidos corporales, huellas digitales, restos de sustancias, fibras y otros vestigios. Sí, funciona de maravilla.

Selecciona una luz violeta con un espectro visible de 400 a 430 nanómetros y Becky, Scarpetta y ella entran en la sala. Todas las persianas están abiertas, y al otro lado se ve la piscina de fondo oscuro donde se ahogó Holly Webster, y más allá las dunas, las matas de avena de mar, la playa. El océano está tranquilo y el sol espejea sobre la marea como un cardumen de pececillos plateados.

—Aquí también hay muchas pisadas —indica Becky mientras miran—. De pies descalzos, de zapatos, todas pequeñas, probablemente de ella. Es curioso, porque no hay indicios de que él limpiara los suelos antes de irse, como debió de limpiar la ventana. De manera que cabría esperar que hubiera huellas de zapatos. El suelo es de piedra brillante, ¿verdad? Nunca había visto baldosas tan azules, parece el océano.

—Ése es probablemente el efecto deseado —dice Scarpetta—. Mármol azul, sodalita, tal vez lapislázuli.

—Joder. Una vez me hice un anillo de lapislázuli. Es increíble que alguien tenga todo un suelo. Disimula la porquería bastante bien —comenta—, pero desde luego hace mucho tiempo que no lo limpian. Hay cantidad de polvo y trastos, la casa entera está así. Si dirigen el haz de luz al sesgo verán a qué me refiero. Sencillamente no entiendo cómo es que parece no haber dejado ni una sola huella de zapato, ni siquiera en el lavadero por donde entró.

—Voy a dar una vuelta —dice Lucy—. ¿Y la planta superior?

—Creo que la señora Webster no utilizaba el piso de arriba. Dudo que él subiera. No han tocado nada. Sólo hay habitaciones de invitados, una especie de galería de arte y una sala de juegos. En mi vida había visto una casa así; debe de ser agradable.

—Para ella no —asegura Scarpetta, que está mirando las hebras de cabello largo y moreno que hay por el suelo, los vasos vacíos y la botella de vodka en la mesa delante del sofá—. No creo que este lugar le ofreciera ni un solo momento de felicidad.

Madelisa no lleva en casa ni una hora cuando suena el timbre.

En otros tiempos, ni siquiera se habría molestado en preguntar quién es.

—¿Quién es? —pregunta antes de abrir la puerta.

—El investigador Pete Marino, de la oficina forense —dice una voz, una voz profunda con un acento que le hace pensar en el Norte, en los yanquis.

Madelisa sospecha lo que ya temía. La señora de Hilton Head está muerta. ¿Por qué, si no, iba a presentarse alguien de la oficina forense? Ojalá Ashley no hubiera decidido irse a hacer recados en cuanto llegaron a casa, dejándola sola después de todo lo que ha pasado. Aguza el oído para detectar al basset, que, gracias a Dios, está en silencio en la habitación de invitados. Abre la puerta y se queda aterrada. Un hombretón vestido como un maleante de esos que van en moto. Es el monstruo que mató a esa pobre mujer y la ha seguido hasta su casa para matarla a ella también.

—No sé nada —dice, e intenta cerrar la puerta.

El matón encaja el pie para impedir que la cierre y accede al interior.

—Tranquila, señora —le dice, y abre el billetero para enseñarle la placa—. Como decía, soy Pete Marino de la oficina forense.

Ella no sabe qué hacer. Si intenta llamar a la policía, la matará allí mismo. Hoy en día, cualquiera puede procurarse una placa.

—Vamos a sentarnos y charlar un poco —dice él—. Acabo de enterarme de su visita al departamento del sheriff en Hilton Head.

—¿Quién se lo ha dicho? —Se siente un poco mejor—. ¿Se ha puesto en contacto con usted ese investigador? ¿Y por qué lo ha hecho? Le dije todo lo que sé, aunque no me creyó. ¿Quién le ha dicho que vivo aquí? Eso sí que me preocupa. Coopero con las autoridades y ellos facilitan mi dirección.

—Tenemos un problemilla con su versión —dice Pete Marino.

Las gafas de cristales amarillos de Lucy miran a Scarpetta.

Se encuentran en el dormitorio principal y las persianas están bajadas. Encima del edredón de seda marrón se ve la fluorescencia verde neón de varias manchas y lamparones bajo la luz halógena violeta.

—Podría ser fluido seminal —dice Lucy—. U otra cosa. —Explora la cama con el haz como si de un escáner se tratara.

—Saliva, orina, grasas sebáceas, sudor —enumera Scarpetta, y se acerca a una mancha luminiscente de grandes dimensiones—. No huelo a nada. Sostén la luz justo ahí. El problema es que no hay manera de saber cuándo se limpió por última vez el edredón. No creo que la limpieza fuera prioritaria. Típico de la gente deprimida. El edredón se irá al laboratorio. Lo que necesitamos es el cepillo de dientes y el del pelo, y los vasos en la mesita de centro, claro.

—En las escaleras de atrás hay un cenicero lleno de colillas —dice Lucy—. No creo que el ADN de esa mujer vaya a ser problema, ni sus huellas de pies y manos. El problema es él: sabe lo que se hace. Hoy en día, todo el mundo es un experto.

—No —responde Scarpetta—. Lo que pasa es que todo el mundo cree serlo.

Se quita las gafas y las manchas fluorescentes en el edredón desaparecen. Lucy apaga la linterna halógena y también se quita las gafas.

—¿Qué estamos haciendo? —pregunta.

Scarpetta observa una fotografía en que se ha fijado nada más entrar en el dormitorio: la doctora Self sentada en el decorado de una sala de estar, y delante de ella una mujer atractiva de larga melena oscura. Las cámaras de televisión están cerca de ambas, y el público sonríe y aplaude.

—Es de cuando fue al programa de la doctora Self —le dice a Lucy—. Pero la que no esperaba es ésta.

Lydia y Drew Martin acompañadas de un hombre de rostro atezado que Scarpetta supone el entrenador de Drew, Gianni Lupano. Los tres sonríen y tienen los ojos entornados al sol en mitad de la pista del Centro de Tenis de la Copa Círculo Familiar en isla Daniel, a escasos kilómetros del centro de Charleston.

—Bueno, ¿cuál es el denominador común? —dice Lucy—. A ver si lo adivino: el inmenso ego de la doctora Self.

—En este último torneo no. Fíjate en la diferencia entre las fotos. —Señala la fotografía de Lydia y Drew y luego la de Lydia con la doctora Self—. El deterioro es apreciable. Mira qué ojos.

Lucy enciende la luz del dormitorio.

—Cuando se tomó esta foto en el estadio de la Copa Círculo Familiar, Lydia no parecía una persona que abusara del alcohol y los medicamentos —dice—. Y se mesara los cabellos —añade—. No entiendo por qué hace eso la gente: el cabello, el vello púbico. Están por todas partes. ¿La foto de ella en la bañera? Parece que le falta la mitad del pelo: las cejas, las pestañas.

—Tricotilomanía —explica Scarpetta—. Es un trastorno obsesivo compulsivo. Ansiedad, depresión, su vida era un infierno.

—Si el denominador común era la doctora Self, ¿qué pasa con la mujer asesinada en Bari? La turista canadiense. No hay indicio de que haya ido al programa de la doctora Self, ni de que la conociese siquiera.

—Creo que pudo ser entonces cuando lo experimentó por primera vez.

—Cuando experimentó qué —pregunta Lucy.

—Lo que era matar a un civil —responde Scarpetta.

—Eso no explica el vínculo con la doctora Self.

—El envío de fotografías indica que ha creado un paisaje psicológico y un ritual para sus crímenes. Y también se convierte en una suerte de juego, tiene un objetivo. Lo distancia del horror de lo que está haciendo, porque enfrentarse al hecho de que inflige dolor de una manera sádica y asesina tal vez sea más de lo que puede soportar, así que tiene que otorgarle un sentido, tiene que convertirlo en algo ingenioso. —Saca del maletín un taco escasamente científico pero muy práctico de notas autoadhesivas—. Algo muy parecido a la religión. Si haces algo en nombre de Dios, está justificado. Apedrear a alguien hasta matarlo, quemarlo en la hoguera, la Inquisición, las Cruzadas, oprimir a creyentes de otras religiones. Ha otorgado sentido a lo que hace, o al menos eso me parece.

Explora la cama con una brillante luz blanca y se sirve del lado adhesivo de las notas para recoger fibras, cabellos, suciedad y restos de arena.

—Entonces ¿no crees que la doctora Self sea importante a título personal para este tipo? ¿Consideras que no es sino accesoria en su drama? Que se ha aferrado a ella sencillamente porque está a mano, en antena, porque es una persona archiconocida.

Scarpetta introduce las notas autoadhesivas en una bolsa de plástico para pruebas y la sella con cinta amarilla que luego etiqueta y fecha con rotulador. Ambas empiezan a doblar el edredón.

—Creo que es algo muy personal —replica Scarpetta—. Uno no ubica a alguien en la matriz de su juego o drama psicológico si no se trata de algo personal. Lo que no sé es el motivo.

Se oye una fuerte rasgadura cuando Lucy arranca un trozo de papel marrón del rollo.

—Es posible que no haya llegado a conocerla. Ocurre con algunos acechadores. O es posible que sí —conjetura Scarpetta—. Por lo que sabemos, podría haber ido a su programa o haber pasado algún tiempo con ella.

Colocan el edredón doblado sobre el papel.

—Tienes razón. De una manera u otra, es personal —decide Lucy—. Igual mata a la mujer en Bari y prácticamente se lo confiesa al doctor Maroni con la intención de que la doctora Self se entere. Pero ella no se entera. Y entonces ¿qué?

—Se siente más desdeñado.

—Y entonces ¿qué?

—Hay una escalada. ¿Qué ocurre cuando la madre no presta atención a su criatura profundamente perturbada y herida?

—Déjame pensarlo —responde Lucy—. ¿La criatura crece y se convierte en alguien como yo?

Scarpetta corta un trozo de cinta adhesiva amarilla y dice:

—Qué horror. Torturar y matar a personas que fueron como invitados a tu programa. O hacerlo para llamar tu atención.

La pantalla plana de 60 pulgadas le habla a Marino: le dice algo acerca de Madelisa que puede utilizar en su contra.

—¿Es una pantalla de plasma? —le pregunta—. Nunca he visto una tan grande.

La mujer tiene sobrepeso, los párpados caídos, y le convendría ir a un buen dentista —su dentadura recuerda a una estacada—; además, alguien debería pegarle un tiro a su peluquero. Está sentada en un sofá con estampado de flores y no deja de mover las manos.

—Mi marido y sus cacharros —comenta—. No sé qué es, salvo un televisor grande y caro.

—Ver un partido en ese aparato debe de ser el súmmum.

Seguro que yo me sentaría ahí delante y no conseguiría hacer nada más. —Que es probablemente lo que hace ella, estar sentada todo el día delante de la tele como una zombi—. ¿Qué le gusta ver?

—Me gustan los programas de crímenes y las series de misterio, porque generalmente los resuelvo, pero después de lo que me ocurrió, no sé si seré capaz de volver a ver nada violento.

—Entonces, probablemente es una entendida en ciencia forense —comenta Marino—, teniendo en cuenta la cantidad de programas de crímenes que ve.

—Formé parte de un jurado hará cosa de un año y sabía más de medicina forense que el juez. Eso no deja en muy buen lugar al juez, pero sé unas cuantas cosillas.

—¿Qué me dice de la recuperación de imágenes?

—He oído hablar de ello.

—Como en fotografías, cintas de vídeo, grabaciones digitales que se han borrado.

—¿Quiere un té con hielo? Puedo preparárselo.

—Ahora no, gracias.

—Me parece que Ashley iba a comprar algo en Jimmy Dengate's. ¿Ha probado el pollo frito que hacen allí? Llegará en cualquier momento, y tal vez quiera usted acompañarnos.

—Lo que querría es que deje usted de cambiar de tema. Como decía, con la recuperación de imágenes, es prácticamente imposible deshacerse por completo de una imagen digital que esté en un disquete o lápiz de memoria o lo que sea. Puede borrar documentos una y otra vez y aun así podemos recuperarlos. —Eso no es completamente cierto, pero Marino no tiene el menor empacho en mentir.

Madelisa adopta la actitud de un ratoncillo acorralado.

—Ya sabe adónde quiero llegar, ¿no? —dice él, que la tiene donde quería pero no se siente satisfecho, porque ni siquiera él mismo sabe adónde quiere llegar.

Cuando Scarpetta le llamó hace un rato y dijo que Turkington albergaba sospechas acerca de lo que había borrado el señor Dooley porque lo mencionaba una y otra vez durante la entrevista, Marino le contestó que obtendría una respuesta. En estos momentos, lo que desea más que cualquier otra cosa es contentar a Scarpetta, convencerla de que aún hay algo en él que merece la pena. Se había sobresaltado al recibir su llamada.

—¿Por qué me lo pregunta? —dice Madelisa, y se echa a sollozar—. He dicho que sólo sé lo que conté al investigador.

Sigue mirando más allá de Marino, hacia el fondo de su casita amarilla. Empapelado amarillo, moqueta amarilla. Marino nunca había visto tanto amarillo. Es como si un decorador se hubiera meado encima de todas las posesiones de los Dooley.

—Si le hablo de recuperación de imágenes es porque tengo entendido que su marido borró parte de lo que grabó en la playa —dice Marino, a quien no le conmueven sus lágrimas.

—Sólo era yo delante de la casa antes de pedir permiso. Es lo único que borró. No llegué a obtener permiso, claro, ¿cómo iba a obtenerlo? Pero no es que no lo intentara, soy una persona educada.

—Lo cierto es que me importa un carajo usted y su educación. Lo que me importa es lo que nos está ocultando. —Se echa hacia delante en el sillón reclinable—. Sé perfectamente que no está siendo sincera conmigo, maldita sea. ¿Que cómo lo sé? Gracias a la ciencia.

No sabe nada semejante. La recuperación de imágenes borradas de una cámara digital no está garantizada. Si es que puede hacerse, el proceso es complicado y lleva su tiempo.

—No, por favor —le suplica ella—. Lo siento muchísimo, pero no se lo lleve. Lo adoro con toda mi alma.

Marino no sabe a qué se refiere la mujer. Tal vez a su marido, pero no está seguro.

—Si no me lo llevo, ¿entonces qué? —dice—. ¿Cómo lo explico cuando me vaya de aquí y me lo pregunten?

—Finja que no sabe nada. —Llora con más fuerza—. ¿Qué más da? No ha hecho nada. Ay, el pobrecillo. Quién sabe lo que ha sufrido. Estaba temblando y cubierto de sangre.

No hizo nada más que asustarse y huir, y si se lo lleva ya sabe lo que ocurrirá, lo sacrificarán. Ay, por favor, deje que me lo quede. ¡Por favor! ¡Por favor! ¡Por favor!

—¿Cómo? ¿Dice que estaba cubierto de sangre?

En el dormitorio principal, Scarpetta dirige oblicuamente el haz de la linterna hacia un suelo de ónice color ojo de tigre.

—Huellas de pies descalzos —dice desde el vano de la puerta—. Más bien pequeñas. Tal vez de ella otra vez. Y más pelo.

—Si hemos de creer a Madelisa Dooley, ese individuo debería haber caminado por aquí. Es rarísimo —comenta Becky cuando Lucy aparece con una cajita azul y amarilla y una botella de agua esterilizada.

Scarpetta entra en el cuarto de baño, descorre la cortina de la ducha con estampado atigrado y dirige la linterna hacia el interior de la honda bañera de cobre. Nada, pero entonces algo le llama la atención y recoge lo que parece un trozo de cerámica blanca que por alguna razón estaba entre una pastilla de jabón y una bandejita sujeta a un costado de la bañera. Lo examina con cuidado y saca la lente de joyero.

—Es parte de una corona dental —comenta—. No es de porcelana, sino una pieza temporal rota.

—Me pregunto dónde estará el resto —dice Becky, y se agacha en el umbral y escudriña el suelo, volviendo la linterna para enfocarla en todas direcciones—. A menos que no sea reciente.

—Podría haberse colado por el agujero. Deberíamos registrar el desagüe. Podría estar en cualquier parte. —A Scarpetta le parece ver un rastro de sangre reseca en lo que calcula que es casi la mitad de la corona de un incisivo—. ¿Hay alguna forma de saber si Lydia Webster había ido al dentista recientemente?

—Puedo comprobarlo. No hay muchos dentistas en la isla, así que, a menos que haya ido a otra parte, no deberíamos tener problema para averiguarlo.

—Tuvo que ser hace poco, muy poco —señala Scarpetta—. Por mucho que alguien descuide su higiene, no se puede pasar por alto una corona rota, sobre todo si se trata de un incisivo.

—Podría ser de él —sugiere Lucy.

—Eso sería mejor incluso. Necesitamos un sobre pequeño de papel.

—Ya voy yo —se ofrece Lucy.

—No veo nada. Si se la rompió aquí, no veo el resto de la pieza. Supongo que aún podría seguir unida al diente. Una vez se me rompió una corona y una parte quedó unida al pedacito de diente que me quedaba. —Becky mira más allá de Scarpetta, hacia la bañera de cobre—. Hablando del falso positivo más grande sobre la faz de la tierra —añade—, éste va a ser de récord. Una de las pocas veces que tengo que utilizar luminol, y la maldita bañera y el lavabo son de cobre. Bueno, ya podemos olvidarnos.

—Yo ya no utilizo luminol —dice Scarpetta, como si el agente oxidante fuera un amigo poco de fiar.

Hasta hace poco era un artículo esencial en el escenario de un crimen, y nunca había puesto en tela de juicio su utilización para encontrar sangre que ya no fuera visible. Si la sangre se había lavado o incluso cubierto con una capa de pintura, la manera de detectarla era servirse de un aerosol de luminol para ver qué fluorescencias salían a la luz. Los problemas siempre han sido muchos. Igual que un perro que menea el rabo a todos los vecinos, el luminol no sólo reacciona ante la hemoglobina en la sangre, sino que, por desgracia, es sensible a muchas cosas: pintura, barniz, líquido desatascador, lejía, diente de león, cardo, mirto y maíz, entre otras. Y, naturalmente, al cobre.

Lucy coge un pequeño recipiente de Hemastix para un análisis presuntivo en busca de algún resto de lo que podría ser sangre fregada. El análisis presuntivo indica que podría haber sangre, y Scarpetta abre la caja de Bluestar Magnum y saca un frasco de vidrio marrón, un rollo de papel de aluminio y un aerosol.

—Es más fuerte, dura más y no tengo que utilizarlo en la oscuridad cerrada —le explica a Becky—. No contiene perborato de sodio tetrahidratado, de manera que no es tóxico. Se puede usar con el cobre porque la reacción será de una intensidad diferente, de un espectro de color distinto, y tendrá una duración diferente que en el caso de la sangre.

Aún tiene que encontrar sangre en el dormitorio principal. A pesar de las afirmaciones de Madelisa, ni siquiera la luz blanca más intensa ha revelado la mínima mancha. Pero eso ya no es de extrañar. Según todo indica, después de que ella huyese de la casa, el asesinó limpió meticulosamente todos sus rastros. Scarpetta escoge la pieza más fina para la boquilla del aerosol y vierte cuatro onzas de agua esterilizada. Luego añade dos comprimidos. Remueve suavemente con una pipeta unos minutos y después abre el frasco marrón y vierte una solución de hidróxido sódico.

Empieza a rociar y surgen por toda la habitación manchas y vetas, siluetas y salpicaduras de un intenso azul cobalto luminiscente. Becky toma fotografías.

Poco después, cuando Scarpetta ha terminado de limpiar y está volviendo a meter los bártulos en el maletín forense, suena su teléfono móvil. Es el especialista en huellas digitales del laboratorio de Lucy.

—No te lo vas a creer —dice.

—No me vengas con un comentario así a menos que lo digas muy en serio. —Scarpetta no bromea.

—La huella en la moneda de oro. —Está tan entusiasmado que se atropella al hablar—. Tenemos una coincidencia: el niño sin identificar que se encontró la semana pasada, el pequeño de Hilton Head.

—¿Estás seguro? No puede ser. No tiene sentido.

—Es posible que no lo tenga, pero no hay la menor duda al respecto.

—No me vengas con eso tampoco, a menos que vaya en serio. Mi primera reacción es pensar que se trata de un error —dice Scarpetta.

—No hay ningún error. He sacado la tarjeta con las diez huellas que tomó Marino en el depósito. Lo he verificado visualmente. Es incuestionable, los detalles de las estrías de la huella parcial en la moneda coinciden con la huella del pulgar derecho del niño sin identificar. No hay error posible.

—¿Una huella en una moneda impregnada de vapor de cola? No veo cómo.

—Créeme, estoy contigo. Todos sabemos que las huellas de niños prepúberes no duran lo suficiente para someterlas a un análisis con vapor. Son mayormente agua, sólo sudor en vez de las grasas, los aminoácidos y todo lo demás que llega con la pubertad. Nunca he sometido a un análisis con vapor las huellas de un niño, y no creo que pueda hacerse. Pero esta huella es de un crío, y ese crío es el que está en tu depósito.

—Igual no es así como ocurrió —dice Scarpetta—. Igual no sometieron la moneda a ese análisis.

—Tuvo que ser así. Hay detalles de estrías en lo que a todas luces parece ser supercola, igual que si hubieran llevado a cabo esa prueba.

—Quizá tenía pegamento en el dedo y tocó la moneda —sugiere ella—, y de ese modo dejó la huella.

18

Las nueve de la noche. Una intensa lluvia azota la calle delante de la cabaña de pescador de Marino.

Lucy está empapada hasta los huesos mientras conecta una grabadora Mini Disc de receptor inalámbrico con apariencia de iPod. Dentro de seis minutos exactamente, Scarpetta va a llamar a Marino. Ahora mismo él está discutiendo con Shandy, y todas y cada una de sus palabras están siendo recogidas por el micrófono multidireccional oculto en la memoria USB de su ordenador.

Los pasos pesados de Marino, la puerta de la nevera al abrirse, el tenue burbujeo de una lata recién abierta, probablemente de cerveza.

La voz furiosa de Shandy resuena en el auricular de Lucy:

—No me mientas. Te lo advierto. ¿Así, de repente? ¿De repente decides que no quieres comprometerte en una relación? Y por cierto, ¿quién te ha dicho que yo me he comprometido contigo? El único compromiso que debería haber aquí es el tuyo con un puto manicomio. Igual el prometido de la Gran Jefa puede hacerte descuento en una habitación de su hospital.

Él le ha contado que Scarpetta y Benton tienen previsto casarse. Y ella le está dando a Marino donde le duele, lo que significa que sabe dónde le duele. Lucy se pregunta hasta qué punto ella lo ha utilizado contra él, lo ha zaherido con ello.

—No soy de tu propiedad. ¡No puedes poseerme hasta que ya no te convenga, así que igual me libro yo de ti antes! —grita Marino—. Me resultas perjudicial. Me obligas a ponerme esa mierda de hormonas, es un milagro que no me haya dado un infarto o algo peor. Y sólo llevo una semana. ¿Qué pasará de aquí a un mes, eh? ¿Ya has escogido un puto cementerio? O igual voy a parar a la puta trena porque se me va la olla y hago algo.

—Igual ya has hecho algo.

—Vete a la mierda.

—¿Por qué iba a comprometerme con un puto viejo seboso como tú, que ni siquiera se empalma con esa «mierda de hormonas»?

—Ya te vale, Shandy. Estoy harto de que me machaques, ¿me has oído? Si soy un pringado, ¿por qué estás aquí? Necesito espacio, tiempo para pensar. Ahora mismo todo está patas arriba. El trabajo se ha convertido en una mierda. Estoy fumando, no voy al gimnasio, bebo más de la cuenta, me coloco. Todo se ha ido a la mierda, y lo único que haces tú es meterme en líos cada vez más graves.

Le suena el móvil pero no responde, y el teléfono sigue sonando una y otra vez.

—¡Contesta! —exclama Lucy bajo la lluvia intensa y constante.

—¿Sí? —suena la voz de Marino en el auricular de Lucy.

«Gracias a Dios.» Marino guarda silencio un momento, a la escucha, y luego contesta a Scarpetta:

—No puede ser.

Lucy no alcanza a oír la parte de la conversación a cargo de Scarpetta pero sabe lo que está diciendo. Le está diciendo a Marino que no se han hallado concordancias en la RNIIB ni en el SIHAI del número de serie del Colt .38, ni de ninguna de las huellas completas o parciales recuperadas del arma y los proyectiles que encontró Bull en el paseo detrás de su casa.

—¿Qué hay de él? —pregunta Marino.

Se refiere a Bull. Scarpetta no puede responder a eso. Las

huellas de Bull no aparecerían en el SIHAI, porque no ha sido condenado por ningún delito y su detención hace unas semanas no cuenta. Si el Colt es suyo pero no es robado ni fue utilizado en un delito y luego acabó otra vez en circulación, no estará en la RNIIB. Scarpetta ya le ha dicho a Bull que sería útil tomar sus huellas dactilares para poder excluirle, pero aún no se ha sometido al proceso, y no puede recordárselo porque no consigue ponerse en contacto con él. Tanto ella como Lucy lo han intentado en varias ocasiones después de salir de la casa de Lydia Webster. La madre de Bull dice que salió en su barca a recoger ostras. Teniendo en cuenta el mal tiempo, es incomprensible que haya hecho algo semejante.

—Ajá, ajá. —La voz de Marino colma el oído de Lucy, y otra vez está caminando de aquí para allá, cauteloso a todas luces de lo que dice delante de Shandy.

Scarpetta también va a contarle a Marino lo de la huella parcial en la moneda de oro. Tal vez eso es lo que le está diciendo ahora mismo, porque Marino lanza una exclamación de sorpresa.

Luego añade:

—Me alegra saberlo.

Después vuelve a guardar silencio. Lucy le oye caminar. Se acerca más al ordenador, a la memoria USB, y una silla roza contra el entarimado como si estuviera tomando asiento. Shandy está callada, probablemente intentando averiguar de qué habla y con quién.

—De acuerdo —dice Marino, al cabo—. ¿Nos podemos ocupar de esto un poco más tarde? Ahora mismo tengo algo entre manos.

Lucy está segura de que su tía va a obligarle a abordar lo que ella quiere, o al menos a escucharla. Scarpetta no va a colgar sin recordarle que, en algún momento de la semana anterior, Marino empezó a llevar al cuello un antiguo dólar estadounidense de plata. Es posible que no esté relacionado con el colgante de la moneda de oro que como mínimo tocó, en algún momento, el niño muerto en la cámara frigorífica de Scarpetta, pero ¿de dónde sacó Marino ese colgante tan llamativo? Si le está planteando la pregunta, él no responde. No puede: Shandy está allí mismo, a la escucha. Y mientras Lucy permanece en la oscuridad, bajo la lluvia, y la lluvia le empapa la capucha y le cae por el cuello del chubasquero, piensa en lo que Marino le hizo a su tía, y vuelve a tener aquella sensación: una sensación rotunda, audaz.

—Sí, sí, no hay problema —dice Marino—. Eso cayó por su propio peso.

Lucy deduce que su tía le está dando las gracias. Qué irónico que sea ella quien le dé las gracias. ¿Cómo hostias puede agradecerle nada? Lucy sabe la razón, pero aun así lo encuentra asqueroso. Scarpetta le está dando las gracias por hablar con Madelisa, de lo que se derivó su confesión de que se había llevado el basset; luego le enseñó unos pantalones cortos con manchas de sangre, la misma sangre que llevaba el perro. Madelisa se la limpió en los pantalones, lo que indica que debió de llegar al escenario muy poco después de que alguien fuera herido o asesinado, porque la sangre en el pelaje del perro seguía húmeda. Marino se llevó los pantalones y dejó que la mujer se quedara con el perro. Su versión, según le aseguró a Madelisa, será que el asesino secuestró el perro, probablemente lo mató y lo enterró en alguna parte. Es asombroso lo amable que es Marino con mujeres que no conoce.

La lluvia es como un tamborileo incesante de dedos fríos sobre la coronilla de Lucy. Echa a andar, manteniéndose fuera del campo de visión de Marino o Shandy en caso de que se acercaran a la ventana. Quizás esté oscuro, pero Lucy no se arriesga. Marino ya ha colgado.

—¿Crees que soy tan estúpida que no sé con quién coño estabas hablando? ¿Te parece que has tenido buen cuidado de que no me enterara de lo que decías? Que hablabas en clave, por así decirlo —le increpa Shandy—. Como si fuera tan estúpida para tragarme algo así. ¡Estabas hablando con la Gran Jefa, ni más ni menos!

—No es asunto tuyo, maldita sea. ¿Cuántas veces tengo

que decírtelo? Puedo hablar con quien me dé la puta gana.

—¡Todo es asunto mío! ¡Pasaste la noche con ella, fulero de mierda! ¡Vi la maldita moto a primera hora de la mañana siguiente! ¿Te piensas que soy tonta? ¿Mereció la pena? ¡Ya sé que llevabas media vida esperándolo! ¿Mereció la pena, puto cabrón seboso?

—No sé quién demonios te ha metido en esa cabecita de niña mimada que todo en esta vida es asunto tuyo, pero escúchame bien: no lo es.

Tras unos cuantos «vete a tomar por culo» y demás juramentos y amenazas, Shandy sale encolerizada y da un portazo a su espalda. Desde donde se oculta, Lucy la ve ir a zancadas enfurecidas hasta debajo del alero de la cabaña, donde tiene la moto. Arranca y cruza hecha una furia la estrecha franja arenosa que es el patio delantero de Marino, y luego acelera estruendosa en dirección al puente de Ben Sawyer. Lucy espera unos minutos, con el oído atento para asegurarse de que Shandy no regresa. Nada salvo el sonido lejano del tráfico y el sonoro repiqueteo de la lluvia. Una vez en el porche delantero de Marino, llama a la puerta. Él la abre de golpe, su rostro furioso repentinamente neutro, luego incómodo, su semblante pasando de una emoción a la siguiente como una máquina tragaperras.

—¿Qué haces aquí? —pregunta, aunque mira más allá, como si le preocupara que Shandy fuera a regresar.

Lucy entra en el miserable refugio que conoce mejor de lo que él se piensa. Se fija en el ordenador, con el lápiz de memoria todavía conectado. Lleva el falso iPod y el auricular en un bolsillo del impermeable. Marino cierra la puerta y se queda delante de ella, más incómodo cada segundo que pasa, mientras ella toma asiento en un sofá con funda a cuadros que huele a moho.

—Tengo entendido que nos espiabas a Shandy y a mí cuando estuvimos en el depósito, como si hubieras decidido recortar las libertades ciudadanas por tu cuenta y riesgo. —Es él quien toma la iniciativa, dando por supuesto tal vez que ésa es la razón de su visita—. A estas alturas, ¿no sabes que es mejor no putearme de esa manera?

Intenta intimidarla como un bobo, cuando sabe perfectamente que nunca la ha intimidado, ni siquiera cuando era niña. Ni siquiera cuando era adolescente y se reía de ella —a veces hasta el extremo de la burla y el desprecio— por quién era y lo que era.

—Ya hablé del asunto con la doctora —continúa—. No queda nada por decir, así que no empieces con eso.

—¿Y eso es todo lo que hiciste con ella? ¿Hablar? —Lucy se inclina hacia delante, saca la Glock de la funda sujeta al tobillo y le apunta—. Dame una buena razón para que no te pegue un tiro —le dice sin asomo de emoción.

Marino no responde.

—Una buena razón —insiste Lucy—. Tú y Shandy teníais una pelea de la hostia. Se os oía gritar desde la calle.

Se levanta del sofá, se acerca a una mesa y abre el cajón. Saca el Smith & Wesson .357 que vio la noche anterior, vuelve a sentarse y guarda la Glock en la funda para luego apuntar a Marino con su propia arma.

—Las huellas de Shandy están por todas partes. Supongo que también hay ADN suyo más que de sobra. Tenéis una pelea, ella te dispara y se larga a toda prisa en su moto. Vaya celosa patológica está hecha esa zorra.

Amartilla el revólver. Marino ni se inmuta; no parece importarle.

—Una buena razón —repite ella.

—No tengo ninguna; adelante. La deseaba y ella no quería. —Se refiere a Scarpetta—. Debería haber querido. No quería, así que, adelante. Me la trae floja que culpen a Shandy. Hasta voy a ayudarte. Hay ropa interior suya en mi cuarto. Puedes obtener su ADN. Si encuentran su ADN en esa arma, no necesitan más. Todo el mundo en el bar la conoce. Basta con que le preguntes a Jess. No le sorprendería a nadie.

Luego calla. Por un momento, los dos permanecen inmóviles. Él delante de la puerta, con las manos a los costados.

Lucy en el sofá, el revólver apuntando a la cabeza de Marino. No necesita un objetivo más grande. Marino es perfectamente consciente de ello.

Lucy baja el arma.

—Siéntate —le indica.

Él lo hace en la silla al lado del ordenador.

—Supongo que debería haber previsto que te lo contaría —dice.

—Supongo que el que no lo haya hecho, el que no haya dicho ni una palabra a nadie, debería darte una idea de por dónde van los tiros: sigue protegiéndote. ¿No es increíble? ¿Has visto lo que le hiciste en las muñecas?

Su respuesta es un súbito brillo en los ojos inyectados en sangre. Lucy no le había visto nunca llorar.

—Rose se dio cuenta —continúa ella—. Me lo dijo. Esta mañana en el laboratorio lo he visto con mis propios ojos: las magulladuras en las muñecas de tía Kay. Como te decía, ¿qué vas a hacer al respecto?

Lucy intenta alejar de su mente las imágenes de lo que se figura que le hizo a su tía. La idea de Marino viéndola, tocándola, hace sentir a Lucy más violentada que si ella misma hubiera sido la víctima. Le mira los enormes brazos y las manazas, la boca, e intenta alejar de su mente lo que imagina que hizo.

—Lo hecho, hecho está —dice él—. Es así de sencillo. Te prometo que no tendrá que volver a estar cerca de mí nunca más. Ninguno tendréis que verme. O puedes pegarme un tiro tal como has dicho y salirte con la tuya como haces siempre; como has hecho en otras ocasiones. Puedes salir bien parada de todo lo que te propongas, adelante. Si alguien le hubiera hecho a mi tía lo que le hice yo a la tuya, lo mataría. Ya estaría muerto.

—Cobarde de mierda. Al menos dile que lo sientes, en vez de largarte o suicidarte dejando que te pegue un tiro un poli.

—¿Qué bien le haría a Kay? Esto ha terminado. Por eso me entero de todo después de que ocurra. A mí nadie me llamó para que fuera a Hilton Head.

—No seas llorica. Tía Kay te pidió que fueras a ver a Madelisa Dooley. No me lo podía creer. Es asqueroso.

—No volverá a pedirme nada. No después de tu visita. No quiero que ninguna de las dos me pida nada —dice Marino—. Hasta aquí hemos llegado.

—¿Recuerdas lo que hiciste?

Él no responde. Lo recuerda.

—Di que lo sientes —le insta—. Dile que no estabas tan borracho como para no acordarte de lo que hiciste. Dile que lo recuerdas y lo lamentas, y que no puedes dar marcha atrás pero lo sientes. A ver qué hace ella. No te pegará un tiro. Ni siquiera te despedirá. Es mejor persona que yo. —Lucy sujeta el arma con más fuerza—. ¿Por qué? Sólo dime por qué. En otras ocasiones ya la habías visto estando borracho. Has estado a solas con ella un millón de veces, incluso en habitaciones de hotel. ¿Por qué? ¿Cómo pudiste?

Marino enciende un pitillo con manos temblorosas.

—Sé que no tengo excusa. He estado medio loco. Es todo lo que puedo alegar, y sé que no vale. Ella volvió con la alianza y no sé...

—Sí que lo sabes.

—No debería haberme puesto en contacto con la doctora Self. Ella me comió el tarro. Luego Shandy, las pastillas, la bebida. Es como si se hubiera mudado un monstruo al interior de mi cuerpo. No sé de dónde ha salido.

Asqueada, Lucy se levanta, tira el revólver al sofá y pasa por su lado camino de la puerta.

—Escúchame —le dice él—. Shandy me pasó un producto. No soy el primer tipo al que se lo da. El último estuvo empalmado durante tres días. A ella le pareció que tenía gracia.

—¿Qué producto?

—Un gel hormonal. Está haciendo que se me vaya la olla, como si quisiera follarme a todo el mundo, matar a todo el mundo. Ella nunca tiene suficiente. Nunca había estado con una mujer que no tenga suficiente.

Lucy se apoya en la puerta y cruza los brazos.

—Testosterona recetada por un proctólogo de baratillo en Charlotte.

Marino parece perplejo.

—¿Cómo has...? —Se le ensombrece el gesto—. Ya lo entiendo. Has estado aquí. Debería habérmelo imaginado, joder.

—¿Quién es el gilipollas de la *chopper*, Marino? ¿Quién es el imbécil al que casi te cargas en el aparcamiento del Kick'N Horse? ¿El que supuestamente quiere ver muerta a tía Kay, o que se marche de la ciudad?

—Ojalá lo supiera.

—Yo creo que lo sabes.

—Te digo la verdad, lo juro. Shandy debe de conocerle. Debe de ser ella la que está intentando echar a la doctora de la ciudad. Esa puta zorra celosa.

—O quizá sea la doctora Self.

—No tengo ni idea.

—Igual deberías haber comprobado los antecedentes de esa puta zorra celosa —señala Lucy—. Igual enviar correos electrónicos a la doctora Self para poner celosa a tía Kay fue como azuzar una serpiente con un palo. Pero supongo que estabas muy ocupado follando hasta las cejas de testosterona y violando a mi tía.

—No la violé.

—¿Cómo lo consideras tú?

—Lo peor que he hecho en mi vida —admite Marino.

Lucy no aparta la mirada de la suya.

—¿Y ese colgante con un dólar de plata que llevas? ¿De dónde lo sacaste?

—Ya sabes de dónde.

—¿Te contó Shandy que la casa de su papi, el de las patatas fritas, fue robada no mucho antes de que ella se mudara aquí? Fue robada justo después de que él muriera, a decir verdad. Tenía una colección de monedas y algo de pasta en efectivo. Desapareció todo. La policía sospechó que era un trabajo planeado desde dentro, pero no pudieron probarlo.

—La moneda de oro que encontró Bull —dice Marino—.

No me dijo nada de ninguna moneda de oro. La única moneda que he visto es el dólar de plata. ¿Cómo sabes que no fue Bull quien lo perdió? Fue él quien encontró al crío aquel, y la moneda tiene la huella del crío, ¿no es así?

—¿Y si la moneda se la robaron al papi muerto de Shandy? ¿Qué te dice eso?

—Ella no mató al crío —replica Marino sin asomo de duda—. Bueno, nunca ha dicho nada de tener niños. Si la moneda tiene algo que ver con ella, probablemente se la dio a alguien. Cuando me dio a mí la mía, lo hizo entre risas, dijo que era una placa de identificación para que tuviera bien presente que soy uno de sus soldados, que le pertenezco. No imaginaba que lo decía literalmente.

—Obtener su ADN es una idea estupenda —dice Lucy.

Marino se levanta y va a buscar las bragas rojas. Las mete en una bolsa para sándwiches y se las entrega a Lucy.

—Es un tanto raro que no sepas dónde vive —señala ella.

—No sé nada de ella. La verdad es ésa, maldita sea —reconoce Marino.

—Te diré exactamente dónde vive: en esta misma isla, en una casita acogedora a la orilla del mar, un sitio de aspecto romántico. Ah, se me olvidaba: cuando fui a echar un vistazo, me fijé en que había una moto, una vieja *chopper* con matrícula de cartón, bajo una funda en la cochera. No había nadie en casa.

—No lo vi venir. Yo antes no era así.

—Ése no va a volver a acercarse a un millón de kilómetros de tía Kay. Me he ocupado de él, porque no confiaba en que lo hicieras tú. Esa *chopper* es vieja, un trasto con manillares altos. No creo que sea segura.

Marino ni siquiera la mira.

—Yo antes no era así —repite.

Lucy abre la puerta de entrada.

—¿Por qué no te largas de una puta vez de nuestras vidas? —dice desde el porche, bajo la lluvia—. Ya no me importas una mierda.

El viejo edificio de ladrillo observa a Benton con ojos vacíos, muchas de sus ventanas rotas. La tabacalera abandonada no tiene iluminación y el aparcamiento está completamente a oscuras.

Benton tiene el ordenador portátil en equilibrio sobre los muslos mientras se conecta a la red inalámbrica del puerto, se introduce ilegalmente y aguarda en el interior del todoterreno Subaru negro de Lucy, un coche que la gente no suele asociar con la policía. De tanto en tanto, echa un vistazo por el parabrisas. La lluvia resbala suavemente por el vidrio, como si la noche llorara. Observa la valla de tela metálica en torno al astillero vacío al otro lado de la calle, contempla las siluetas de los contenedores abandonados cual vagones de tren descarrilados.

—No hay actividad —dice.

La voz de Lucy resuena en su auricular:

—Mantente a la espera tanto como puedas.

La frecuencia de radio es segura. Las habilidades tecnológicas de Lucy le resultan incomprensibles a Benton, y no es ningún ingenuo. Lo único que sabe es que Lucy conoce los medios para protegerse, y tiene emisores de interferencias, y está convencida de que es estupendo poder espiar a otros sin que la espíen a ella. Él confía en que esté en lo cierto, tanto sobre eso como sobre muchas otras cosas, incluida su tía. Cuando le pidió a Lucy que le enviara su avión, especificó que no quería que Scarpetta lo supiera.

—¿Por qué? —le preguntó Lucy.

—Porque probablemente tenga que pasarme la noche en un coche aparcado, vigilando el maldito puerto —contestó él.

El que Scarpetta supiera que está allí, a escasos kilómetros de la casa de Kay, no haría sino empeorar las cosas. Tal vez insistiría en ir con él. A lo que Lucy le respondió que su tía no realizaría labores de vigilancia con él en el puerto ni loca. En palabras de Lucy, ése no es el trabajo de su tía, no es agente secreta y las armas no le gustan especialmente, aunque desde luego sabe utilizarlas; ella prefiere ocuparse de las víctimas y dejar que Lucy y Benton se ocupen de todos los demás. Lo que Lucy quería decir en realidad era que estar allí en el puerto podía resultar peligroso, y no quería que Scarpetta lo hiciera.

Es curioso que Lucy no mencionara que Marino podría haber echado una mano.

Benton permanece sentado a oscuras en el Subaru, que huele a nuevo, a cuero. Contempla la lluvia y mira más allá, hacia el otro lado de la calle, mientras comprueba la pantalla del portátil para asegurarse de que el maldito Hombre de Arena no se ha colado en la red inalámbrica del puerto para conectarse. Pero ¿dónde lo haría? Desde ese aparcamiento no, claro. Ni desde la calle, porque no se atrevería a aparcar su coche en plena calle y quedarse ahí en medio para enviarle otro correo infernal a la infernal doctora Self, la cual probablemente ya está de regreso en Nueva York, en su apartamento en un ático de West Central Park. Resulta mortificante. Es lo más injusto que alcanza a imaginar. Por mucho que, al cabo, el Hombre de Arena no salga impune de los asesinatos cometidos, sin duda la doctora Self se irá de rositas, y es tan culpable de los crímenes como el Hombre de Arena, porque ocultó información, no se molestó en investigar, le trae sin cuidado. Benton la aborrece. Ojalá no lo hiciera, pero la aborrece más que a nadie en toda su vida.

La lluvia aporrea el techo del todoterreno y la niebla difumina las farolas lejanas, y Benton no distingue el horizonte del cielo, el puerto del cielo. No alcanza a distinguir nada de nada con ese tiempo, hasta que algo se mueve. Se queda muy quieto, y el corazón empieza a latirle con fuerza cuando una figura oscura avanza lentamente siguiendo la valla de tela metálica al otro lado de la calle.

—He detectado actividad —le transmite a Lucy—. ¿Hay alguien por ahí? Porque yo no veo nada.

—No hay nadie conectado —responde la voz de Lucy en su auricular, y le está confirmando que el Hombre de Arena no se ha conectado a la red inalámbrica del puerto—. ¿Qué clase de actividad?

—En la valla. Hacia las tres en punto, ahora no se mueve. Se mantiene a las tres en punto.

—Estoy a diez minutos. Menos incluso.

—Voy a salir —dice Benton, y abre lentamente la puerta del coche, que tiene la luz interior desconectada. La oscuridad es plena y la lluvia repiquetea con más fuerza.

Mete la mano debajo de la chaqueta y saca el arma, y no cierra del todo la puerta del vehículo. No hace el menor sonido. Sabe cómo conducirse, ha tenido que hacerlo más veces de las que podría recordar. Se mueve como un fantasma, oscuro y silencioso, a través de los charcos y la lluvia. Cada pocos pasos se detiene para asegurarse de que la persona al otro lado de la calle no le ve. «¿Qué está haciendo?» Permanece ahí parado junto a la valla, sin moverse. Benton se acerca y la figura no se mueve. Benton apenas ve la silueta entre los velos de lluvia azotados por el viento, y sólo alcanza a oír el chapaleo del agua.

—¿Estás bien? —La voz de Lucy en su oído.

No responde. Se detiene detrás de un poste de teléfono y huele a creosota. La figura junto a la valla se desplaza hacia la izquierda, hacia una ubicación a la una en punto, y empieza a cruzar la calle.

—¿Todo bien? —insiste Lucy.

Benton no responde. La figura está tan cerca que ve la sombra oscura de una cara y el contorno definido de un sombrero, luego brazos y piernas en movimiento. Benton sale al descubierto y le apunta con la pistola.

—No te muevas —dice en un tono quedo con el que se impone de inmediato—. Tengo una nueve milímetros apuntándote a la cabeza, así que quédate bien quieto.

El hombre —Benton está seguro de que es un hombre— se ha convertido en una estatua. No emite el menor sonido.

—Apártate de la calzada, pero no hacia mí. Ve hacia tu izquierda, muy lentamente. Ahora arrodíllate y pon las manos encima de la cabeza. —Luego le dice a Lucy—: Lo tengo. Ya puedes acercarte.

Como si Lucy estuviera a tiro de piedra.

—Un momento. —Su voz suena tensa—. Aguanta. Estoy en camino.

Benton sabe que está lejos, demasiado lejos para ayudarle si surgen problemas.

El hombre tiene las manos encima de la cabeza y está arrodillado en el asfalto húmedo y agrietado, y dice:

—No dispare, por favor.

—¿Quién eres? —pregunta Benton—. Dime quién eres.

—No dispare.

—¿Quién eres? —Benton levanta la voz para hacerse oír entre la lluvia—. ¿Qué haces aquí? Dime quién eres.

—No dispare.

—Maldita sea. Dime quién eres. ¿Qué estás haciendo en el puerto? No me obligues a preguntarlo otra vez.

—Sé quién es usted. Lo reconozco. Tengo las manos encima de la cabeza, así que no hay necesidad de disparar —dice la voz mientras la lluvia repiquetea, y Benton detecta un acento—. Estoy aquí para atrapar al asesino, igual que usted. ¿No es así, Benton Wesley? Haga el favor de apartar el arma. Soy Otto Poma. He venido por la misma razón que usted. Soy el capitán Otto Poma. Aparte el arma, por favor.

La Taberna de Poe, a unos minutos en coche desde la cabaña de pescador de Marino. Le vendría bien tomarse un par de cervezas.

La calle se ve húmeda y de un negro lustroso, y el viento arrastra el olor a lluvia y el aroma del mar y los pantanos. Se nota relajado mientras va a lomos de su Roadmaster a través de la noche oscura y lluviosa, consciente de que no debería beber, aunque no sabe cómo dejar de hacerlo. De todas maneras, ¿qué importa? Desde que ocurrió aquello, nota una especie de náusea en el alma, una sensación de terror. La bestia que llevaba dentro ha asomado, el monstruo se ha dejado ver, y tiene delante de sí lo que siempre había temido.

Peter Rocco Marino no es una buena persona. Como podría decirse de casi todos los criminales que ha detenido, siempre ha creído que muy poco de lo que ocurría en su vida era culpa suya, de que es inherentemente bueno, valiente y bienintencionado, cuando en realidad es todo lo contrario. Es un tipo egoísta, retorcido y malo. Malo, pero que muy malo. Por eso le dejó su mujer. Por eso se ha ido al garete su carrera. Por eso lo detesta Lucy. Por eso ha dado al traste con lo mejor que había tenido en la vida: su relación con Scarpetta. Se la ha cargado él. La ha destrozado. La traicionó una y otra vez por algo que Scarpetta no podía evitar. Ella nunca lo deseó, ¿y por qué iba a desearlo? Nunca se sintió atraída por él. ¿Cómo iba a sentirse atraída? Así que la castigó.

Mete una marcha más alta al tiempo que acelera. Va demasiado aprisa, tanto así que las gotas de lluvia le producen dolorosas punzadas en la piel, a toda velocidad rumbo a la franja, como llama él la zona de garitos de isla Sullivan. Se ven coches aparcados allí donde hay sitio, pero ninguna moto, sólo la suya, por causa del mal tiempo. Está helado, tiene las manos entumecidas y siente un dolor y una vergüenza insoportables, con las que se entrevera una furia venenosa. Se desabrocha el trasto inútil que lleva por casco, lo cuelga del manillar y pone el candado en la horquilla delantera de la moto. Las prendas para la lluvia emiten un suave roce cuando entra en un restaurante de madera desbastada. Hay ventiladores en el techo y pósteres enmarcados de cuervos y probablemente todas y cada una de las películas filmadas a partir de relatos de Edgar Allan Poe. La barra está llena a rebosar, y el corazón le da un vuelco y luego empieza a palpitarle cuando ve a Shandy entre dos hombres, uno de ellos con un pañuelo en la cabeza, el tipo al que Marino estuvo a punto de pegarle un tiro la otra noche. Ella está hablando con él y restriega su cuerpo contra el brazo del tipo.

Marino se queda cerca de la puerta, goteando agua sobre el suelo surcado de rozaduras, y se pregunta qué hacer mientras sus heridas interiores se reabren y el corazón le late desbocado, como si le galoparan caballos en el cuello. Shandy y el tipo del pañuelo beben cerveza y chupitos de tequila y pican nachos con chile y queso, lo mismo que piden ella y Marino siempre que van allí. Bueno, pedían, en tiempos que ya han quedado atrás. Esta mañana no se ha puesto el gel hormonal. Lo ha tirado a regañadientes mientras la vil criatura en su interior le susurraba burlas. No puede creer que Shandy tenga el descaro de estar allí con ese tipo, y el sentido que adquiere todo es evidente. Ella lo indujo a amenazar a la doctora. Con todo lo mala que es Shandy, con todo lo malo que es ese tipo, con todo lo malos que son juntos, Marino es peor.

Lo que intentaron hacerle a la doctora no es nada en comparación con lo que le hizo él.

Se acerca a la barra sin mirar en dirección a ellos, finge no verlos y se pregunta cómo es que no ha visto el BMW de Shandy. Probablemente lo tiene aparcado en una bocacalle, siempre preocupada por que alguien le abolle alguna puerta. Se pregunta dónde estará la *chopper* del tipo del pañuelo y recuerda lo que le dijo Lucy, que la moto le parecía peligrosa y que había hecho algo al respecto. Lo más probable es que a continuación le haga algo a la moto de Marino.

—¿Qué vas a tomar, guapo? ¿Dónde has estado metido?
—La camarera aparenta unos quince años, más o menos el aspecto que tienen todos los jóvenes para Marino de un tiempo a esta parte.

Está tan deprimido y distraído que no recuerda su nombre, le parece que es Shelly, pero teme decirlo. Tal vez sea Kelly.

—Una Bud Lite. —Se inclina hacia ella—. No mires, pero ese tipo de ahí con Shandy... ¿lo ves?

—Sí, ya habían estado aquí.

—¿Desde cuándo? —pregunta Marino mientras ella le desliza una cerveza de barril sobre la barra y él hace lo propio con un billete de cinco dólares.

—Dos por el precio de una, guapo, así que tienes otra esperando. Bueno, cielos, de vez en cuando desde que yo estoy aquí, guapo. El año pasado, supongo. No me cae bien ninguno de los dos, y eso que quede entre tú y yo. No me preguntes cómo se llama él, no lo sé. No es el único con el que viene ésa por aquí. Creo que está casada.

—No jodas.

—Espero que tú y ella os estéis tomando un descanso, de una vez por todas, guapo.

—He terminado con ella —asegura Marino, y echa un trago de cerveza—. No era nada serio.

—Eran problemas, diría yo —replica Shelly o Kelly.

Marino nota que Shandy le mira. Ha dejado de hablar con el tipo del pañuelo, y ahora Marino no puede por menos de preguntarse si habrá estado acostándose con él todo este tiempo. Y se pregunta por las monedas robadas y de dónde saca ella la pasta. Quizá su papaíto no le dejó nada y se sintió con derecho a robar. Marino se pregunta un montón de cosas y piensa que ojalá se las hubiera preguntado antes. Shandy lo observa mientras él levanta la jarra de cerveza y echa un trago. Su mirada feroz tiene algo de demente. Le pasa por la cabeza llegarse hasta donde está Shandy, pero no logra decidirse.

Sabe que no van a decirle nada. Seguro que se ríen de él. Shandy le da un codazo al tipo del pañuelo, que mira a Marino y sonríe satisfecho, debe de parecerle de lo más divertido estar ahí sentado sobando a Shandy, consciente de que en ningún momento ha sido la mujer de Marino. ¿Con quién coño más se acuesta?

Marino se arranca el colgante del dólar de plata y lo deja caer dentro de la cerveza. La moneda emite un leve chapoteo y se hunde hasta el fondo. Lanza la jarra deslizándola sobre la barra de manera que se detenga cerca de ellos, y sale a la calle, con la esperanza de que le sigan. La lluvia ha amainado y la calzada se ve humeante bajo las farolas. Marino se monta en el asiento húmedo de la moto y espera a que salgan. Observa la puerta de la Taberna de Poe, expectante. Igual puede provocar una pelea. Igual puede acabarla. Ojalá no le latiera tan aprisa el corazón y dejara de dolerle el pecho. Igual está a punto de tener un infarto. Su propio corazón debería atacarlo, teniendo en cuenta lo malo que es. Sigue con la mirada fija en la puerta, viendo a la gente al otro lado de las ventanas, todo el mundo contento menos él. Aguarda y enciende un pitillo, sentado en la moto húmeda con la ropa de lluvia mojada; fuma y espera.

No es más que un don nadie, ya ni siquiera es capaz de cabrear a la gente. No consigue que nadie pelee con él. Es un don nadie, ahí sentado en la oscuridad lluviosa, fumando y mirando la puerta con la esperanza de que Shandy o el tipo del pañuelo, o los dos, salgan y le hagan sentir que aún conserva algo que vale la pena. Pero la puerta no se abre. Les trae sin cuidado. No están asustados. Creen que Marino es un pringado. Él espera y fuma. Quita el candado de la horquilla delantera y pone en marcha el motor.

Acelera, hace chirriar las llantas y se marcha a toda velocidad. Deja la moto debajo de la cabaña de pescador, con la llave puesta porque ya no la necesitará. Allí adonde se dirige no conducirá ninguna moto. Va aprisa pero no tanto como el latir de su corazón, y en la oscuridad sube las escaleras hasta el embarcadero y piensa en Shandy riéndose de su viejo y desvencijado embarcadero, comentando que es largo y escuchimizado, retorcido como un «insecto palo». A él le pareció que era graciosa y se le daban bien los juegos de palabras cuando lo dijo la primera vez que la llevó allí, e hicieron el amor toda la noche. De eso hace diez días. Eso fue todo. No puede por menos de plantearse que Shandy le tendió una trampa, que no es una coincidencia que flirteara con él la misma noche del día en que fue encontrado el niño muerto. Igual quería servirse de Marino para obtener información. Él se lo permitió. Todo por culpa de una alianza. La doctora llegó con una alianza y Marino perdió la cabeza. Sus botazas resuenan en el embarcadero y la madera envejecida tiembla bajo su peso; ahora que ha amainado la lluvia, los mosquitos revolotean en torno a él como una criatura salida de unos dibujos animados.

Al cabo del embarcadero se detiene, sin resuello, comido

vivo por lo que parece un millón de dientes invisibles mientras las lágrimas le inundan los ojos y el pecho le palpita rápidamente, tal como ha visto palpitar el pecho de un hombre nada más recibir la inyección letal, justo antes de que la cara se le ponga azul oscuro y fallezca. Está tan oscuro y nublado que el agua y el cielo son uno y lo mismo, y a sus pies topetean las boyas y el agua lame suavemente los pilares.

Grita algo que no parece provenir de su interior, al tiempo que lanza el móvil y el auricular inalámbrico con todas sus fuerzas. Los tira tan lejos que no alcanza a oírlos caer.

19

Complejo de Seguridad Nacional Y-12. Scarpetta detiene el coche de alquiler ante un control de seguridad en medio de barreras de hormigón antiexplosivos y verjas coronadas de alambre de espino.

Baja la ventanilla por segunda vez en los últimos cinco minutos y enseña su identificación. El guardia vuelve a meterse en la garita para hacer una llamada. Otro guardia registra el maletero del Dodge Stratus rojo que Scarpetta se ha llevado el chasco de encontrar esperándola en Hertz al aterrizar en Knoxville una hora antes. Había pedido un todoterreno, y ni siquiera le gusta vestirse de rojo. Los guardias parecen más alerta que en otras ocasiones, como si el coche les hiciera recelar, y ya están bastante recelosos. El Y-12 tiene las mayores reservas de uranio enriquecido de todo el país. La seguridad es inflexible y Scarpetta nunca molesta a los científicos a menos que le surja una necesidad especial que haya alcanzado, en sus propias palabras, «nivel de masa crítica».

En la parte trasera del coche lleva la ventana envuelta en papel marrón del lavadero de Lydia Webster y una cajita que contiene la moneda de oro con la huella del niño asesinado. Al otro extremo del complejo hay un edificio de laboratorios de ladrillo rojo que tiene el mismo aspecto que los demás, aunque en su interior está el microscopio de barrido electrónico más grande del planeta.

—Puede aparcar ahí mismo. —El guardia señala—. Él vendrá hasta aquí. Luego puede seguirle al interior.

Avanza y aparca, a la espera del Tahoe negro conducido por el doctor Franz, el director del laboratorio de ciencia de los materiales. Siempre tiene que seguirle, da igual cuántas veces haya estado allí. Ella no sólo no podría encontrar el camino, sino que ni siquiera se atrevería a intentarlo: perderse en unas instalaciones donde se fabrican armas nucleares no es una opción. El Tahoe se acerca lentamente y gira, y el doctor Franz saca el brazo por la ventanilla para saludar e indicarle que continúe. Scarpetta lo sigue por delante de edificios corrientes con nombres corrientes. Luego el terreno sufre un cambio drástico dejando paso a bosques y campos abiertos, y, por fin, a los laboratorios de una sola planta conocidos como Tecnología 2020. El paisaje es engañosamente bucólico. Scarpetta y el doctor Franz se apean de sus vehículos y ella recoge la ventana envuelta en papel marrón de la parte trasera, donde iba sujeta con un cinturón de seguridad.

—Qué cosas tan curiosas nos trae —comenta él—. La última vez fue una puerta entera.

—Y encontramos una huella de bota, ¿verdad?, aunque nadie creía que hubiera nada ahí.

—Siempre hay algo. —Ése es el lema del doctor Franz.

Más o menos de la edad de Scarpetta, vestido con un polo y vaqueros holgados, no es lo que a uno le viene a la cabeza cuando se imagina a un ingeniero metalúrgico nuclear al que le fascina pasar el rato ampliando imágenes de un trozo de herramienta molido o un pezón hilador de araña, o trozos y piezas de una lanzadera espacial o un submarino. Le sigue al interior de lo que podría parecer un laboratorio normal, si no fuera por la inmensa cámara de metal sostenida por cuatro columnas de amortiguación del diámetro de árboles. La Gran Cámara VisiTech del Microscopio de Barrido Electrónico —GC-MBE— pesa diez toneladas, e hizo falta una carretilla elevadora de cuarenta toneladas para instalarlo. Hablando claro, es el microscopio más grande de la Tierra, y el fin para el que fue creado no es la ciencia forense, sino el análisis de fallo de materiales como los metales utilizados en las armas. Pero la tecnología es la tecnología, por lo que a Scarpetta respecta, y a estas alturas el Y-12 se utiliza en respuesta a sus desvergonzadas súplicas.

El doctor Franz desenvuelve la ventana. La coloca junto a la moneda encima de una placa giratoria de acero de siete centímetros y medio de grosor y empieza a ajustar un cañón de electrones del tamaño de un misil pequeño, así como los detectores que acechan detrás de aquél, ubicándolos tan cerca como puede de las áreas sospechosas donde se aprecia arena, pegamento y vidrio roto. Con un control a distancia del eje, desliza y ladea, provoca zumbidos y chasquidos, se detiene en los extremos —o cambia de dirección— para evitar que las preciadas piezas del mecanismo golpeen las muestras, colisionen entre sí o se pasen de la raya. Cierra la puerta para crear en la cámara una presión subatmosférica de diez a menos seis, le explica. Luego volverá a llenar el resto hasta diez a menos dos, añade, y no se podría abrir la puerta por mucho que uno lo intentara, dice, al tiempo que se lo demuestra. Básicamente, lo que se obtiene son las mismas condiciones que en el espacio exterior, le explica: nada de humedad ni oxígeno, sólo las moléculas de un crimen.

Se oye el sonido de las bombas de succión y se aprecia un olor eléctrico, y la pulcra sala empieza a calentarse. Scarpetta y el doctor Franz salen y cierran una puerta exterior de regreso al laboratorio. Una columna de luces rojas, amarillas, verdes y blancas les recuerda que no hay ningún ser humano dentro de la cámara, porque eso supondría una muerte casi instantánea. Sería como pasearse por el espacio sin traje, dice el doctor Franz.

Toma asiento ante una consola de ordenador con múltiples pantallas de vídeo planas de gran tamaño y le dice a Scarpetta:

—Vamos a ver. ¿Qué aumento? Podemos llegar a doscientos mil X. —Podrían, pero se está haciendo el gracioso.

—Y un grano de arena tendría el aspecto de un planeta, y tal vez hasta descubriríamos gente en miniatura viviendo en él —bromea ella.

—Exactamente. —Se abre paso a golpe de ratón a través de diversos estratos de menús.

Ella está sentada a su lado, y las roncas y enormes bombas de vacío recuerdan a Scarpetta a un escáner por resonancia magnética, y luego entra en funcionamiento la turbobomba, seguida por un silencio interrumpido a intervalos cuando el secador de aire emite un inmenso y sentido suspiro que suena como una ballena. Esperan un rato, y al encenderse una luz verde, empiezan a mirar lo que ve el instrumento cuando el haz de electrones alcanza una zona del vidrio de la ventana.

—Arena —comenta el doctor.

Mezcladas con los granos de arena de diferentes formas y tamaños con aspecto de fragmentos y lascas de piedra hay esferas con cráteres que parecen lunas y meteoritos microscópicos. Un análisis elemental confirma la presencia de bario, antimonio y plomo además del silicio de la arena.

—¿Hubo un tiroteo en este caso?

—No que yo sepa —responde Scarpetta, y añade—: es como lo de Roma.

—Podrían ser partículas de carácter ambiental u ocupacional —conjetura—. El pico más elevado, naturalmente, es silicio, además de restos de potasio, sodio, calcio y, no sé por qué, pero también un rastro de aluminio. Voy a sustraer el fondo, que es el vidrio. —Ahora habla consigo mismo.

—Esto es similar, muy similar, a lo que encontraron en Roma. La arena en las cuencas de los ojos de Drew Martin. Lo mismo, y me repito porque apenas puedo creerlo. Desde luego, no lo entiendo: parecen residuos de un disparo. ¿Y estas zonas intensamente sombreadas de aquí? —Las señala—. ¿Son estratos?

—Pegamento —responde él—. Yo me atrevería a decir que la arena no es de allí, de Roma o sus inmediaciones. ¿Qué se sabe de la arena en el caso de Drew Martin? Puesto que no había basalto, nada indica actividad volcánica, como cabría esperar en esa zona. ¿Así que se llevó su propia arena a Roma?

—Soy consciente de que nunca se ha dado por sentado que la arena fuera de allí. Al menos no de las playas cercanas de Ostia. No sé lo que hizo. Tal vez la arena sea simbólica, tenga un significado, pero he visto arena aumentada, he visto tierra aumentada, y nunca había visto nada parecido a esto.

El doctor Franz manipula un poco más el contraste y la ampliación.

—Y ahora se vuelve más raro todavía —comenta.

—Quizá sean células epiteliales. ¿Piel? —Scarpetta escudriña lo que aparece en pantalla—. No se mencionó nada parecido en el caso Drew Martin. Tengo que llamar al capitán Poma. Todo depende de lo que se consideró importante, o de lo que se vio. Y por muy sofisticado que fuera el laboratorio de la policía, seguro que no tienen instrumentos de investigación y desarrollo de calidad. Seguro que no tienen esto. —Se refiere al GC-MBE.

—Bueno, espero que no optaran por la espectromía de masa y diluyeran toda la muestra en ácido, o no quedará nada para que volvamos a realizar la prueba.

—No lo hicieron —dice ella—. Análisis por rayos X en fase sólida. Raman. Cualquier célula epitelial debería seguir en la arena, pero como decía, no tengo noticia de que las hubiera. No se dice nada en el informe. Nadie lo mencionó. Tengo que llamar al capitán Poma.

—Allí ya son las siete de la tarde.

—Está aquí. Bueno, en Charleston.

—Ahora sí me pierdo. Creía que me había dicho que es Carabiniere, no de la policía de Charleston.

—Apareció por sorpresa anoche en Charleston. No me haga preguntas, estoy más confusa que usted.

Sigue molesta. No le sorprendió agradablemente que Benton se presentara en su casa anoche acompañado del capitán Poma. Por un momento se quedó muda de pasmo, y tras tomarse una sopa y un café, se fueron tan repentinamente como habían llegado. No ha visto a Benton desde entonces, y está triste y dolida; ni siquiera sabe qué le dirá cuando vuelva a verle, sea cuando sea. Antes de abordar el avión esa misma mañana, se planteó quitarse la alianza.

—ADN —dice el doctor Franz—. Así que más vale que no lo fastidiemos con lejía. Pero la señal sería más clara si pudiéramos librarnos de los restos de piel y grasas, si es que se trata de eso.

Es como contemplar constelaciones de estrellas. ¿Se parecen a animales o a la Osa Mayor siquiera? ¿Tiene rostro la Luna? ¿Qué es lo que ve en realidad? E intenta alejar a Benton de sus pensamientos para concentrarse.

—Nada de lejía, y para cubrirnos las espaldas deberíamos hacer análisis de ADN, desde luego —dice—. Y aunque las células epiteliales son comunes en los restos de disparos, eso sólo ocurre cuando se unta las manos del sospechoso con cinta engomada de carbono de doble cara. De manera que lo que estamos viendo, si es que es piel, no tiene sentido a menos que las células epiteliales fueran transferidas por las manos del asesino. O que las células ya estuvieran en el vidrio de la ventana. Pero lo que resultaría peculiar en ese caso es que el vidrio fue limpiado, y estamos viendo las fibras resultantes, que coinciden con algodón blanco, y la camiseta sucia que encontré en el cesto de la ropa es de algodón blanco, pero ¿qué significa eso? La verdad es que no mucho. El lavadero debía de ser un vertedero de fibras microscópicas.

—Con este aumento, todo se convierte en un vertedero. —Franz hace chasquear el ratón, manipula y recoloca, y el haz de electrones alcanza una zona de vidrio roto.

Debajo de la espuma de poliuretano, clara al secarse, las grietas parecen cañones. Las borrosas siluetas blancas podrían ser más células epiteliales, y las líneas y poros son una huella de piel de alguna parte del cuerpo que golpeó el cristal. También hay fragmentos de pelo.

—¿Alguien chocó con el vidrio o lo golpeó? —pregunta el doctor—. ¿Tal vez fue así como se rompió?

—No con una mano ni con la planta de un pie. No se observan detalles de estrías de fricción. —No puede dejar de pensar en Roma, y dice—: Tal vez los residuos de disparos, en vez de haberse transferido de las manos de alguien, ya estaban en la arena.

—¿Quiere decir antes de que él la tocara?

—Es posible. Drew Martin no recibió ningún disparo. Eso lo sabemos a ciencia cierta. Sin embargo, hay restos de bario, antimonio y plomo en la arena encontrada en las cuencas de sus ojos. —Lo repasa todo de nuevo en un intento de ordenar sus ideas—. Puso allí la arena y luego le pegó los párpados con cola. Así que los supuestos restos de disparos podrían haber estado en sus manos y se transfirieron a la arena, porque sin duda la tocó. Pero ¿y si esos restos estaban allí porque ya se encontraban allí?

—Es la primera vez que oigo hablar de que alguien haga algo semejante. ¿En qué mundo vivimos?

—Espero que sea la última vez que oigamos hablar de alguien haciendo algo semejante, y llevo haciéndome esa misma pregunta la mayor parte de mi vida —comenta Scarpetta.

—Nada indica que no estuviera ya allí. En otras palabras, en este caso —indica las imágenes en la pantalla—, ¿se trata de arena en la cola o de cola en la arena? ¿Y estaba la arena en sus manos o estuvieron sus manos en la arena? La cola en Roma. Ha dicho que no utilizaron espectromía de masas. ¿La analizaron mediante espectroscopia infrarroja?

—No lo creo. Es cianocrilato. Eso es todo lo que sé —responde ella—. Podemos probar con la espectroscopia infrarroja a ver qué huella digital molecular obtenemos.

—Muy bien.

—¿En la cola de la ventana y también en la de la moneda?

—Desde luego.

La Espectroscopia Infrarroja por Transformada de Fourier es un concepto más sencillo de lo que podría sugerir su nombre. Los vínculos químicos de una molécula absorben longitudes de onda luminosas y producen un espectro anotado tan característico como una huella digital. A primera vista, lo que encuentran no es ninguna sorpresa. Los espectros son iguales para la cola utilizada en la ventana y la cola en la moneda: ambas son un cianocrilato, aunque ni Scarpetta ni Franz lo reconocen. La estructura molecular no es la del etilcianocrilato de la supercola corriente.

—Dos-octilcianocrilato —dice él, y el día se les está escapando. Son las dos y media—. No tengo ni idea de lo que es, salvo un adhesivo. ¿Y la cola de Roma? ¿Qué estructura molecular tenía?

—No estoy segura de que nadie lo preguntara.

Edificios históricos suavemente iluminados y la aguja blanca de Saint Michael que apunta hacia la luna con toda claridad.

Desde su espléndida habitación, la doctora Self no alcanza a distinguir el puerto y el océano del cielo porque no hay estrellas. Ha dejado de llover, pero no por mucho rato.

—Me encanta la fuente de piña, aunque no se puede ver desde aquí. —Habla con las luces de la ciudad del otro lado de la ventana porque es más agradable que hablar con Shandy—. Allá abajo en el agua, debajo del mercado. Los niños, muchos de ellos desfavorecidos, chapotean en ella en verano. Yo diría que si tienes uno de esos apartamentos tan caros, seguro que el ruido te fastidia el estado de ánimo. Escucha, oigo un helicóptero. ¿Lo oyes? —dice la doctora Self—. La Guardia Costera. Y esos inmensos aviones que tienen las Fuerzas Aéreas. Parecen acorazados volantes que sobrevuelan la zona cada dos minutos, pero ya sabes lo de los grandes aviones. Es un derroche de dinero de los contribuyentes, ¿y para qué?

—No te lo habría dicho si hubiera creído que dejarías de pagarme —dice Shandy desde su butaca cerca de una ventana, donde la vista no le despierta el menor interés.

—Para seguir derrochando, seguir matando —continúa la doctora Self—. Ya sabemos lo que ocurre cuando regresan a casa esos chicos y chicas. Lo sabemos pero que muy bien, ¿verdad, Shandy?

—Dame lo que acordamos y tal vez te deje en paz. Sencillamente quiero lo que todo el mundo. Eso no tiene nada de malo. Irak me importa una mierda —le espeta Shandy—. No estoy interesada en tirarme horas aquí hablando de política. Si quieres oír hablar de auténtica política, vente al bar. —Ríe de una manera francamente desagradable—. Eso sí que tiene gracia, tú en el bar. Una «cerda» vieja como tú. —Hace tintinear el hielo en la copa—. Una exploradora perdida entre los arbustos en tierra del presi Arbusto. —Bush significa «arbusto».

—Igual resulta que no sois más que mala hierba.

—Porque odiamos a los moros y los maricas y no creemos en eso de tirar bebés por el retrete o venderlos troceados para experimentos médicos. Nos encanta la tarta de manzana, las alitas de pollo, la Budweiser y Jesucristo. Ah, sí, y también follar. Si me das lo que he venido a buscar, me callaré de una vez y me iré a casa.

—En tanto que psiquiatra, siempre he dicho: «Conócete a ti mismo.» Pero no en tu caso, querida. Te recomiendo que no te conozcas a ti misma en absoluto.

—Una cosa sí que está clara —dice Shandy en tono sarcástico—: Marino superó lo que tenía contigo cuando se lo montó conmigo.

—Hizo exactamente lo que predije. Tomó la opción más equivocada —dice la doctora Self.

—Es posible que seas tan rica y famosa como Oprah, pero ni con todo el poder y la gloria del mundo serías capaz de camelarte a un tío como sé hacer yo. Soy joven y dulce y sé lo que quieren, y puedo seguir adelante tanto como ellos y hacerles que sigan dale que te pego mucho más tiempo de lo que nunca soñaron —se jacta Shandy.

—¿Estás hablando de sexo o del derbi de Kentucky?

—Estoy hablando de que eres vieja.

—Tal vez debería invitarte a mi programa. Podría plantearte preguntas fascinantes. Qué ven en ti los hombres. Qué perfume de almizcle exudas para que te vayan detrás de ese culito torneado que tienes. Te sacaríamos tal como estás ahora, con pantalones de cuero negro ceñidos como la piel de una ciruela, y cazadora vaquera sin nada debajo. Las botas, claro. Y el toque maestro: un pañuelo que parece en llamas. Deteriorado, por decirlo con delicadeza, pero es de tu pobre amigo, el que ha tenido ese horrible accidente. A mi público le resultaría enternecedor que llevaras su pañuelo al cuello y digas que no te lo quitarás hasta que se recupere. No sé si decirte que cuando alguien se abre la cabeza como un huevo y el cerebro queda expuesto al entorno, el asunto es bastante grave.

Shandy toma un trago.

—Sospecho que en el transcurso de una hora, y no veo material para toda una serie, sólo un pequeño segmento de un programa, llegaremos a la conclusión de que eres atractiva y seductora, con una tersura y un encanto innegables —dice la doctora Self—. Lo más probable es que puedas satisfacer tus viles preferencias por el momento, pero cuando te hagas tan vieja como crees que soy yo, la gravedad hará de ti una persona sincera. La gravedad te dará alcance. La vida tiene tendencia a la caída, no a permanecer en pie o remontar el vuelo, ni siquiera a mantenerse sentada, sino a caer con tanta dureza como cayó Marino. Cuando te insté a buscarle después de que él hubiera sido lo bastante necio como para buscarme a mí, el desplome en potencia parecía mínimo. Apenas los problemas que pudieras causar tú, querida. ¿Y hasta dónde podría caer Marino, después de todo, cuando nunca ha llegado a nada?

—Dame el dinero —dice Shandy—. O igual debería pagarte yo para no tener que seguir escuchándote. No me extraña que tu...

—No lo digas —salta la doctora Self, pero con una sonrisa—. Ya acordamos sobre quién no hablamos y qué nombres no debemos pronunciar nunca. Es por tu propio bien. Esa parte no debes olvidarla. Tienes mayores motivos de preocupación que yo.

—Pues deberías alegrarte. Te hice un favor y ahora ya no

tendrás que seguir tratando conmigo. Probablemente te caigo más o menos tan bien como el doctor Phil, el psicólogo de los famosos.

—Él ha estado en mi programa.

—Bueno, pídele un autógrafo de mi parte.

—No me alegro —replica la doctora Self—. Ojalá no me hubieras llamado con esa noticia tan asquerosa. Me la contaste para que te untara y te ayudara a no acabar en la cárcel. Eres una chica lista. No me conviene que estés en la cárcel.

—Ojalá no te hubiera llamado. No sabía que dejarías de enviarme cheques por...

—¿Por qué? ¿Por qué crees que te pagaba? Lo que estaba costeando ya no necesita ser costeado.

—No debería habértelo contado, pero siempre me dijiste que tenía que ser sincera.

—Si lo hice, fue una pérdida de tiempo —asegura la doctora Self.

—¿Y te preguntas por qué...?

—Me pregunto por qué quieres fastidiarme rompiendo nuestra norma. Hay ciertos temas que no sacamos a colación.

—Puedo sacar a Marino. Y desde luego lo he hecho más de una vez. —Shandy esboza una media sonrisa—. ¿Te lo he dicho? Aún quiere follarse a la Gran Jefa. Eso debería cabrearte, porque las dos sois más o menos de la misma edad.

Shandy devora los entremeses como si fueran pollo frito Kentucky.

—Igual te echaría un polvo si se lo pidieras amablemente, pero a ella se la tiraría antes incluso que a mí, si tuviese la oportunidad. ¿Te lo imaginas? —dice.

Si el bourbon fuera aire, no quedaría nada que respirar en la habitación. Shandy ha hecho tanto acopio en el salón del bar privado que ha tenido que pedirle al conserje una bandeja mientras la doctora Self se preparaba una taza de manzanilla caliente y miraba hacia otra parte.

—Debe de ser una mujer especial —insiste Shandy—. No me extraña que la odies tanto.

Fue metafórico. Todo lo que representa Shandy lleva a la doctora Self a apartar la mirada, y llevaba tanto tiempo mirando a otra parte que no vio venir la colisión.

—Lo que vamos a hacer es lo siguiente —dice ahora—. Vas a largarte de esta ciudad tan bonita para no regresar nunca. Sé que echarás de menos tu casa de la playa, pero puesto que sólo digo que es tuya por ser amable, predigo que lo superarás rápidamente. Antes de hacer el equipaje, la despejarás hasta dejar sólo el esqueleto. ¿Recuerdas las historias sobre el apartamento de Lady Di? ¿Lo que ocurrió después de su muerte? La moqueta y el papel pintado arrancados, hasta las bombillas desaparecieron, y su coche quedó reducido a un cubo de metal.

—Nadie va a tocar mi BMW ni mi moto.

—Empezarás esta misma noche: frota, pinta, usa lejía, quémalo todo, me trae sin cuidado. Pero que no quede ni una gota de sangre, semen o saliva, ni una sola prenda, ni un solo cabello, fibra o miga. Deberías volver a Charlotte, el sitio que te corresponde. Únete a la Santa Iglesia del Bar Deportivo y adora al dios del dinero. Tu difunto padre era más listo que yo: no te dejó nada, y yo desde luego tengo algo que dejarte. Lo llevo en el bolsillo. Así me libraré de ti.

—Fuiste tú quien dijo que debía vivir aquí en Charleston para poder estar...

—Y ahora tengo el privilegio de cambiar de opinión.

—No puedes obligarme a nada, joder. Me importa una mierda quién seas, y estoy harta de que me digas lo que tengo que decir. O no decir.

—Soy quien soy y puedo obligarte a hacer lo que me venga en gana —replica la doctora Self—. Ahora mismo es un buen momento para mostrarte agradable conmigo. Me has pedido ayuda y aquí estoy. Acabo de decirte lo que tienes que hacer para quedar impune de tus pecados. Deberías decir: «Gracias» y «Tus deseos son órdenes» y «Nunca volveré a hacer nada que te incomode o cause molestias».

—Entonces, dámelo. Me he quedado sin bourbon y se me

está yendo la cabeza. Haces que me ponga como loca, igual que una rata de cloaca.

—No tan rápido. No hemos terminado con nuestra charla hogareña. ¿Qué hiciste con Marino?

—Está pirado, en plan *gonzo*.

—*Gonzo*. Entonces resulta que eres una persona instruida, después de todo. La ficción es sin lugar a dudas la mejor realidad, y el periodismo *gonzo* es más real que la realidad misma. La excepción es la guerra, puesto que su causa fue la ficción. Y eso condujo a lo que hiciste, aquello tan atroz que hiciste. Es asombroso pensarlo —dice la doctora Self—. Estás aquí sentada en este mismo instante, justo en esa silla, por causa de George W. Bush. Y yo también. Darte audiencia es rebajarme, y te aseguro que es la última vez que acudo en tu ayuda.

—Me hará falta otra casa. No puedo mudarme a otra parte sin disponer de una casa —dice Shandy.

—Este asunto es demasiado irónico. Te pedí que te divirtieras un poco con Marino porque yo quería divertirme un poco con la Gran Jefa, como la llamas. No te pedí todo lo demás. No estaba al tanto de todo lo demás. Bueno, ahora sí lo estoy. La verdad, no he conocido a nadie peor que tú. Antes de que hagas el equipaje, limpies y te vayas a donde sea que vaya la gente como tú, una última pregunta. ¿Te preocupó, aunque sólo fuera un instante? No estamos hablando de un problemilla de control de los impulsos, querida, no cuando ocurrió una y otra vez algo tan horrible. ¿Cómo soportabas verlo día tras día? Yo ni siquiera puedo ver un perro maltratado.

—Dame lo que he venido a buscar, ¿vale? —dice Shandy—. Marino está pirado. —Esta vez no hace la comparación con un *gonzo*—. Hice lo que me dijiste...

—Yo no te dije que hicieras eso que me ha obligado a venir a Charleston, cuando tengo cosas infinitamente mejores que hacer. Y no voy a marcharme hasta que me asegure de que te marchas tú.

—Me lo debes.

—¿Quieres que hagamos el cálculo de lo que me has costado a lo largo de los años?

—Sí, me lo debes porque yo no quería tenerlo pero me obligaste. Estoy harta de vivir tu pasado, de tener que hacer qué sé qué hostias para que te sientas mejor respecto de tu propia mierda. Podrías habérmelo quitado de las manos en cualquier momento, pero no quisiste. Por eso, al final, tuve que apañármelas. Tú tampoco lo querías. ¿Por qué tenía que sufrir yo?

—¿Te das cuenta de que este maravilloso hotel está en Meeting Street, y si mi suite estuviera orientada hacia el este, casi veríamos el depósito de cadáveres?

—Ella sí que es una nazi, y estoy casi convencida de que Marino se la tiró. No sólo lo deseaba, sino que llegó a hacerlo de verdad. Me mintió para poder pasar la noche en su casa. Y bien, ¿cómo te sienta eso? Tiene que ser una tía de cuidado. Él está colado por ella, ladraría o haría caca en un cajoncito de tierra si ella se lo ordenara. Estás en deuda conmigo por haber tenido que aguantar todo eso. No habría ocurrido si no hubieras recurrido a uno de tus trucos y me hubieses dicho: «Shandy, se trata de un poli grandote y bobo. ¿Me haces un favor?»

—El favor te lo hiciste a ti misma. Obtuviste información que no sabía que necesitaras —responde la doctora Self—. Así que te hice una sugerencia, pero desde luego tú no me obedeciste pensando en mi propio bien. Fue una oportunidad. Siempre has tenido una gran habilidad para aprovechar las oportunidades. De hecho, yo diría que eres brillante en ese aspecto. Y ahora, esta maravillosa revelación. Tal vez sea mi recompensa por todo lo que me has costado. ¿Fue infiel? ¿La doctora Kay Scarpetta fue infiel? Me pregunto si lo sabrá su prometido.

—¿Y qué hay de mí? Ese gilipollas me engañó, y eso no se lo permito a nadie. Con todos los tíos que podría ligarme, ¿y ese puto gordo me engaña a mí?

—Te diré qué hacer al respecto. —La doctora Self saca un

sobre del bolsillo de su albornoz de seda roja—. Vas a contárselo a Benton Wesley.

—Eres de lo que no hay.

—Es justo que él lo sepa. Tu cheque bancario, antes de que se me olvide. —Le tiende el sobre.

—Así que quieres poner en práctica otro jueguecito de los tuyos valiéndote de mí.

—Ah, no es un juego, querida. Y resulta que tengo la dirección de correo electrónico de Benton —replica la doctora Self—. El ordenador portátil está en la mesa.

La sala de reuniones de Scarpetta.

—Nada fuera de lo normal —dice Lucy—. Tenía el mismo aspecto.

—¿El mismo? —pregunta Benton—. ¿El mismo que qué?

Los cuatro están sentados en torno a una mesita en lo que antaño fueran las dependencias del servicio, posiblemente ocupados por una joven llamada Mary, una esclava liberta que no quiso dejar a la familia tras la guerra. Aunque Scarpetta se ha tomado muchas molestias para averiguar la historia de su edificio, ahora mismo desearía no haberlo comprado.

—Voy a preguntarlo de nuevo —dice el capitán Poma—. ¿Ha planteado alguna dificultad? ¿Tal vez un problema en su trabajo?

—¿Cuándo no ha tenido problemas en algún trabajo? —se burla Lucy.

Nadie ha tenido noticias de Marino. Scarpetta le ha llamado una docena de veces, tal vez más, pero él no le ha devuelto las llamadas. De camino, Lucy ha pasado por su cabaña de pescador. La moto estaba aparcada debajo del alero, pero la camioneta había desaparecido. Nadie respondió cuando Lucy llamó a la puerta, no estaba en casa. Dice que fisgó por una ventana, pero Scarpetta sabe que hizo algo más; ya conoce a Lucy.

—Sí, yo diría que sí —responde Scarpetta—. Yo diría que estaba desanimado. Echa de menos Florida y lamenta haberse mudado aquí, y probablemente no le gusta trabajar para mí. Pero no es buen momento para ocuparnos de las tribulaciones de Marino.

Advierte que Benton la mira fijamente. Scarpetta toma notas en un bloc y comprueba otras anotaciones anteriores. Revisa los informes de laboratorio preliminares a pesar de que sabe exactamente lo que dicen.

—No se ha mudado a otra parte —dice Lucy—. O si lo ha hecho, ha dejado atrás todas sus posesiones.

—¿Eso lo ha confirmado mirando por la ventana? —pregunta el capitán Poma, que muestra una gran curiosidad por Lucy.

Lleva observándola desde que se han reunido en la habitación. Parece que le cae en gracia, pero ella responde no haciéndole el menor caso. Por lo demás, su manera de mirar a Scarpetta es la misma que en Roma.

—A mí me parece mucho para haberlo visto por la ventana —le comenta a Scarpetta, aunque está hablando con Lucy.

—Tampoco ha entrado en su cuenta de correo —continúa Lucy—. Quizá sospeche que la tengo controlada. No hay nada entre él y la doctora Self.

—En otras palabras —dice Scarpetta—, ha desaparecido de la pantalla del radar, por completo.

Se levanta y baja las persianas porque ya ha oscurecido. Está lloviendo otra vez; la lluvia no ha cesado desde que Lucy la recogió en Knoxville, cuando la niebla era tan densa que daba la impresión de que las montañas habían desaparecido. Lucy tuvo que cambiar de rumbo allí donde podía, volando muy lentamente, siguiendo ríos atenta a las elevaciones más bajas. Si no se perdieron fue por suerte, o quizá por la gracia divina. Los intentos de búsqueda se han interrumpido, salvo los que se realizan en tierra. No han encontrado a Lydia Webster viva ni muerta. Nadie ha visto su Cadillac.

—Vamos a ordenar las ideas —propone Scarpetta, porque no quiere hablar de Marino. Teme que Benton perciba cómo se siente.

Culpable y furiosa, y cada vez más asustada. Parece que Marino ha decidido montar un numerito de escapismo: subió a la camioneta y se largó sin avisar a nadie, sin hacer el menor esfuerzo por resarcir el daño que hizo. Nunca se le han dado bien las palabras y nunca ha hecho un gran esfuerzo por entender sus complicadas emociones, y esta vez lo que tiene que enmendar lo supera. Ella intenta desecharlo, no darle importancia, pero es como una niebla persistente: los pensamientos relacionados con Marino oscurecen lo que hay a su alrededor, y una mentira se convierte en otra. Le contó a Benton que las magulladuras se las había hecho la puerta trasera del todoterreno, cerrándose sobre sus muñecas por accidente. No se ha desnudado delante de él.

—Intentemos encontrar algún sentido a lo que sabemos hasta ahora —dice—. Me gustaría hablar de la arena. Sílice, o cuarzo, y caliza, y también, con un aumento muy elevado, fragmentos de conchas y coral, típico de la arena en áreas subtropicales como ésta. Y lo más interesante y desconcertante: los componentes de restos de disparos. De hecho, voy a limitarme a llamarlo residuos de disparo, porque no se nos ocurre otra explicación para la presencia de bario, antimonio y plomo en la arena de playa.

—Si es que es arena de playa —le recuerda el capitán Poma—. Quizá no lo sea. El doctor Maroni dice que el paciente que fue a verle aseguraba haber regresado recientemente de Irak. Seguro que en todo Irak hay residuos de disparos. Tal vez se trajo arena de Irak porque fue allí donde perdió la razón, y la arena es una suerte de recordatorio.

—No hemos encontrado yeso, un elemento común en la arena del desierto —dice Scarpetta—. Pero lo cierto es que depende de qué zona de Irak se trate, y no creo que el doctor Maroni sepa la respuesta a esa incógnita.

—No me dijo exactamente dónde —corrobora Benton.

—¿Y en sus notas? —pregunta Lucy.

—No hay nada al respecto.

—La arena en las diferentes regiones de Irak tiene distinta composición y morfología —explica Scarpetta—. Todo depende de cómo se depositaran los sedimentos, y aunque un elevado contenido salino no garantiza que la arena sea de playa, las dos muestras que tenemos, del cadáver de Drew Martin y de la casa de Lydia Webster, poseen un elevado contenido salino. En otras palabras, sal.

—Creo que lo importante es saber por qué la arena es tan importante para él —dice Benton—. ¿Qué nos dice de él la arena? Se refiere a sí mismo como el Hombre de Arena. ¿Un simbolismo que hace alusión al hombre que ayuda a conciliar el sueño? Tal vez. ¿Un tipo de eutanasia quizá relacionado con la cola, con algún componente médico? Quizá.

La cola. Dos-octilcianocrilato. Cola quirúrgica, utilizada mayormente por los cirujanos plásticos y otros médicos para cerrar pequeñas incisiones o cortes, y en el ejército para tratar las ampollas debidas a la fricción.

—En vez de ser un mero simbolismo, la cola quirúrgica podría estar en su poder porque tiene relación con lo que hace y quién es —dice Scarpetta.

—¿Ofrece alguna ventaja? —pregunta el capitán Poma—. ¿Cola quirúrgica en vez de supercola corriente? No estoy muy familiarizado con la labor de los cirujanos plásticos.

—Una cola quirúrgica es biodegradable —responde Scarpetta—. No carcinógena.

—Una cola sana —comenta él, y le dirige una sonrisa.

—Podría decirse así.

—¿Está convencido de que alivia el sufrimiento? Tal vez. —Benton reanuda el discurso como si no les prestara atención.

—Dijeron que era un asunto sexual —señala el capitán Poma.

Lleva traje azul marino y camisa y corbata negras, y tiene el mismo aspecto que si hubiera salido de un estreno de Hollywood o un anuncio de Armani. De lo que no tiene aspecto es de oriundo de Charleston, y a Benton no le cae mejor de lo que le caía en Roma.

—Yo no dije que fuera sólo sexual —replica Benton—. Dije que hay un componente sexual. También diría que es posible que él no sea consciente del mismo, y no sabemos si agrede sexualmente a sus víctimas, sólo que las tortura.

—Y no estoy seguro de que logremos saberlo a ciencia cierta.

—Ya vio las fotografías que envió a la doctora Self. ¿Cómo considera usted que alguien obligue a una mujer a meterse desnuda en una bañera con agua fría? ¿Y que probablemente la golpee?

—No sé cómo lo consideraría, ya que yo no estaba presente cuando lo hizo —responde Poma.

—De haber estado presente, supongo que no estaríamos aquí, porque los casos ya estarían resueltos. —Benton le lanza una mirada con ojos de acero.

—Pensar que cree estar aliviando el sufrimiento de sus víctimas me parece más bien fantasioso —replica el capitán—. Sobre todo si su teoría es correcta y las tortura. Cabría pensar que provoca sufrimiento, no que lo alivia.

—A todas luces, lo provoca, pero no nos enfrentamos a una mente racional, sólo con una mente organizada. Es calculador y prudente, inteligente y sofisticado. Sabe lo que es cometer un allanamiento de morada y no dejar el menor rastro. Es posible que cometa actos de canibalismo y posiblemente cree que comulga con sus víctimas, que las hace parte de sí mismo, que tiene una relación trascendente con ellas y se muestra misericordioso.

—Las pruebas. —Lucy está más interesada en eso—. ¿Cabe la posibilidad de que sepa que hay residuos de disparos en la arena?

—Es posible —dice Benton.

—Lo dudo mucho —salta Scarpetta—. Aunque la arena procediera de un campo de batalla, por así decirlo, de algún lugar importante para él, eso no significa que esté al tanto de su composición. ¿Por qué habría de estarlo?

—Yo diría que es probable que traiga la arena consigo —dice Benton—. Es muy probable que lleve sus propias herramientas e instrumental para cortar. Todo lo que lleva consigo no tiene un fin meramente utilitario. En su mundo abundan los símbolos, y se mueve por impulsos que cobran sentido únicamente si entendemos esos símbolos.

—La verdad es que me traen sin cuidado sus símbolos —dice Lucy—. Lo que me importa es que envió correos electrónicos a la doctora Self. Ése es el eje del asunto, a mi modo de ver. ¿Por qué a ella? ¿Y por qué colarse en la red inalámbrica del puerto? ¿Por qué saltar una valla, pongamos por caso, y servirse de un contenedor abandonado?

Lucy se ha comportado como de costumbre. Saltó la valla de los astilleros a primera hora de la noche para echar un vistazo porque tenía una corazonada. ¿Desde dónde podría alguien conectarse a la red del puerto sin que lo vieran? Encontró la respuesta en el interior de un contenedor abollado, donde había una mesa con una silla y un *router* inalámbrico. Scarpetta ha pensado mucho en Bull, en la noche que decidió fumar hierba cerca de los contenedores abandonados y fue acuchillado. ¿Estaba allí el Hombre de Arena? ¿Se acercó Bull más de la cuenta? Querría preguntárselo pero no ha vuelto a verlo desde que registraron el paseo juntos y encontraron el arma y la moneda de oro.

—Lo dejé todo tal cual estaba —asegura Lucy—, pero tal vez ha advertido que estuve allí. Esta noche no ha enviado ningún correo desde el puerto, aunque también es verdad que hace tiempo que no los envía.

—¿Y qué hay del tiempo? —pregunta Scarpetta, que empieza a preocuparse por la hora.

—Debería despejar para medianoche. Voy a pasar por el laboratorio y luego me iré al aeropuerto —anuncia Lucy.

Se levanta, y el capitán Poma la imita, pero Benton permanece sentado. Scarpetta se topa con su mirada y vuelve a experimentar sus fobias.

—Tengo que hablar un momento contigo —le dice él.

Lucy y Poma se marchan. Scarpetta cierra la puerta.

—Quizá debería empezar yo. Apareciste en Charleston sin avisar —dice—. No llamaste. Hacía días que no tenía noticias tuyas, y anoche te presentas de improviso con él...

—Kay —replica él, al tiempo que coge el maletín y se lo pone en el regazo—. No deberíamos...

—Apenas me has dirigido la palabra.

—¿Podemos...?

—No, no podemos dejarlo para más tarde. Apenas soy capaz de concentrarme. Tenemos que ir al edificio de Rose, tenemos muchas cosas que hacer, y todo se está viniendo abajo y ya sé de qué quieres hablarme. No puedo decirte cómo me siento, de veras que no. No te culpo si has tomado una decisión. Lo entiendo, desde luego.

—No iba a sugerir que lo dejáramos para más tarde —responde Benton—. Iba a sugerir que dejáramos de quitarnos la palabra el uno al otro.

Eso la confunde, esa luz en sus ojos. Siempre ha creído que lo que hay en los ojos de Benton es sólo para ella, y ahora teme que no sea así y no lo haya sido nunca. Benton la está mirando y ella desvía los ojos.

—¿De qué quieres hablar, Benton?

—De él.

—¿De Otto?

—No confío en él. ¿Crees de verdad que estaba esperando a que el Hombre de Arena se presentara para enviar más correos? ¿A pie? ¿Bajo la lluvia? ¿En la oscuridad? ¿Te dijo que ésa era su intención?

—Supongo que alguien le informó de lo que ha estado ocurriendo. Una vinculación del caso de Drew Martin con Charleston, con Hilton Head.

—Tal vez habló con él el doctor Maroni —se plantea Benton—. No lo sé. Es como un fantasma. —Se refiere al capitán—. Está por todas partes. No confío en él.

—Quizás es en mí en quien no confías —dice ella—. Quizá deberías decirlo y liberarte.

—No me fío de él en absoluto.

—Entonces no deberías pasar tanto tiempo con él.

—No lo hago. No sé qué hace ni dónde, salvo que creo que vino a Charleston por ti. Salta a la vista lo que quiere: ser el héroe, impresionarte, hacerte el amor. No puedo decir que te lo echaría en cara. Es atractivo y encantador, lo admito.

—¿Por qué estás celoso de él? Es tan poca cosa en comparación contigo. No he hecho nada que le dé esperanzas. Eres tú el que vive en el norte y me deja aquí sola. Entiendo que no quieras seguir involucrado en esta relación. Dímelo y acaba con el asunto de una vez. —Se mira la mano izquierda, la alianza—. ¿Me la quito? —Empieza a sacársela.

—No —la detiene Benton—. No, por favor. No creo que quieras hacerlo.

—No es cuestión de que quiera o no quiera, sino de lo que me merezco.

—No culpo a los hombres por enamorarse de ti, o por querer acostarse contigo. ¿Sabes lo que ocurre?

—Debería darte el anillo.

—Deja que te cuente lo que ocurre —insiste Benton—. Ya es hora de que lo sepas. Cuando murió tu padre, se llevó parte de ti consigo.

—No seas cruel, por favor.

—Porque te adoraba —continúa Benton—. ¿Cómo no iba a adorarte? Su preciosa pequeña. Su brillante pequeña. Su buena hijita.

—No me hagas daño.

—Te estoy diciendo una verdad, Kay, una verdad muy importante. —Otra vez esa luz en sus ojos.

Ella no puede mirarle.

—A partir de aquel día, parte de ti decidió que era demasiado peligroso darse cuenta de cómo te mira alguien si te adora o te desea. Porque si te adora podría morir, y crees que serías incapaz de volver a soportarlo. Y si te desean, entonces no podrías trabajar con polis y abogados, ya que ellos pasarían el rato imaginando lo que hay debajo de tu ropa y lo mucho que podrían disfrutarlo. Así que cierras los ojos. No quieres verlo.

—Basta, no me lo merezco.

—No lo mereciste nunca.

—Sólo porque preferí no darme cuenta no significa que me mereciera lo que hizo.

—Desde luego que no.

—No quiero seguir viviendo aquí —dice ella—. Debería devolverte el anillo, era de tu bisabuela.

—¿Y huir de casa? ¿Como hiciste cuando ya no quedaban más que tu madre y Dorothy? Huiste sin ir a ninguna parte. Te perdiste en los estudios y los logros académicos, demasiado ocupada para sentir nada. Ahora quieres huir tal como hizo Marino.

—No debería haberle dejado entrar en casa.

—Le dejaste durante veinte años. ¿Por qué ibas a impedírselo esa noche? Sobre todo teniendo en cuenta que estaba borracho y era un peligro para sí mismo. Si algo te caracteriza es la amabilidad.

—Te lo contó Rose. Tal vez Lucy.

—Un correo de la doctora Self, de manera indirecta. Tú y Marino estáis liados. El resto lo averigüé por Lucy. Mírame, Kay. Yo te estoy mirando.

—Prométeme que no le harás nada que empeore el asunto, porque entonces serías igual que él. Por eso me has estado evitando y no me has dicho que venías a Charleston. Apenas me has llamado.

—No he estado evitándote. ¿Por dónde empiezo? Hay tanto...

—¿Qué más hay?

—Teníamos una paciente —le explica—. La doctora Self trabó amistad con ella, aunque no es el término más correcto. En resumidas cuentas, dijo que la paciente era una imbécil, y viniendo de la doctora Self no es un insulto ni una broma, sino un juicio de valor, un diagnóstico. Fue peor porque la doctora se lo dijo justo cuando la paciente se marchaba a casa. Así que la pobre mujer se pasó por la primera licorería que encontró. Por lo visto, se bebió casi una botella de vodka y se ahorcó. Así pues, he tenido que vérmelas con eso. Y mucho más de lo que no estás al corriente. Por eso me he mostrado distante y no he hablado mucho contigo estos últimos días.

Hace saltar los cierres del maletín con un chasquido y saca el ordenador portátil.

—Me he cuidado de utilizar los teléfonos del hospital, su red inalámbrica. He tenido cuidado en todos los frentes, incluso en el doméstico. Ésa es una de las razones de que prefiriera marcharme de allí. Seguramente estás a punto de preguntarme qué está ocurriendo. Pues no lo sé, pero tiene que ver con los archivos electrónicos de Paulo, los mismos que obtuvo Lucy gracias a que él los dejó en una situación sorprendentemente vulnerable a cualquiera que quisiera colarse en ellos.

—Vulnerable si sabías dónde buscar. Lucy no es exactamente cualquiera.

—También estaba limitada porque tuvo que introducirse en el ordenador a distancia en vez de tener acceso al aparato. —Conecta el portátil e inserta un CD en la unidad correspondiente—. Acércate.

Scarpetta arrastra la silla junto a Benton y observa lo que hace. Poco después, aparece un documento en la pantalla.

—Las notas que ya hemos revisado —dice ella, al reconocer el archivo electrónico que encontró Lucy.

—No exactamente. Con el debido respeto a Lucy, yo también tengo acceso a unas cuantas mentes brillantes, no tanto como la suya pero saben apañárselas en caso de apuro. Lo que tienes ante tus ojos es un archivo que ha sido borrado y posteriormente recuperado. No es el que visteis, el que encontró Lucy tras sacarle la clave del administrador del sistema a Josh. Ese archivo en particular era posterior a éste.

Scarpetta pulsa la flecha para que el documento vaya subiendo y lo lee.

—A mí me parece igual.

—No es el texto lo diferente, sino esto. —Benton pulsa el nombre del archivo en la parte superior de la pantalla—. ¿Ves lo mismo que vi yo la primera vez que me enseñó esto Josh?

—¿Josh? Espero que sea de tu confianza.

—Lo es, y por una buena razón: hizo lo mismo que Lucy. Se metió en algo en que no debería haberse metido, y son lobos de una misma camada. Por suerte, son aliados y él la perdona por haberle engañado. De hecho, quedó impresionado.

—El nombre del archivo es NotaMS-veinte-diez-cero-seis —dice Scarpetta—. De lo que deduzco que NotasMS son las iniciales del paciente y las notas que tomó el doctor Maroni, y veinte-diez-cero-seis es el veinte de octubre de dos mil seis.

—Tú lo has dicho. Has dicho NotasMS y el nombre del archivo es NotaMS. —Vuelve a tocar la pantalla—. Un archivo que ha sido copiado al menos una vez, y el nombre se cambió sin querer, una errata, no sé exactamente cómo. O tal vez fue deliberado, para no seguir copiando el mismo archivo. A veces yo lo hago, si no quiero perder un borrador previo. Lo importante es que cuando Josh recuperó todos los archivos pertenecientes al paciente en cuestión, nos encontramos con que el primer borrador se escribió hace dos semanas.

—Igual se trata sólo del primer borrador que guardó en ese disco duro en particular —sugiere ella—. O tal vez abrió el archivo hace dos semanas y lo guardó, lo que habría cambiado la fecha. Pero supongo que eso plantea la pregunta de por qué revisó esas notas antes de que supiéramos siquiera que había tenido al Hombre de Arena por paciente. Cuando el doctor Maroni se fue a Roma, no habíamos oído hablar del Hombre de Arena.

—Eso por un lado —dice Benton—. Pero también está la falsificación del archivo, porque es una falsificación. Sí, Paulo redactó esas notas justo antes de partir hacia Roma. Las redactó el mismo día que la doctora Self ingresó en McLean, el veintisiete de abril. De hecho, varias horas antes de que llegara al hospital. Y si puedo afirmarlo con un grado de certeza razonable es porque tal vez Paulo vació la papelera, pero ni siquiera esos documentos han desaparecido del todo. Josh los recuperó.

Abre otro archivo, un borrador de las notas con que Scarpetta está familiarizada, pero en esta versión las iniciales del paciente no son MS sino WR.

—Entonces, cabría pensar que la doctora Self debió de llamar a Paulo. Eso ya lo dábamos por sentado, porque no pudo presentarse en el hospital así sin más. Lo que le dijo por teléfono, fuera lo que fuese, le hizo ponerse a redactar estas notas —dice Scarpetta.

—Otro indicio de falsificación —señala Benton—. Utilizar las iniciales de un paciente en un archivo. No se debe hacer tal cosa. Aunque uno se aleje del protocolo y el buen juicio, no tiene sentido que cambiara las iniciales de su paciente. ¿Por qué? ¿Para darle un nuevo nombre? ¿Para ponerle un apodo? Paulo no haría tal cosa.

—Igual el paciente no existe.

—Ahora ves adónde quiero llegar —coincide Benton—. Creo que el Hombre de Arena nunca fue paciente de Paulo.

20

Ed, el portero, no está en su puesto cuando Scarpetta entra en el edificio de apartamentos de Rose casi a las diez. Cae una fina llovizna y la densa niebla está levantando; las nubes se precipitan a través del cielo conforme el frente avanza mar adentro.

Entra en el cubículo de Ed y echa un vistazo. No hay gran cosa en la mesa: una agenda giratoria, un libro de anotaciones con el título «Inquilinos», un montón de correo sin abrir —el de Ed y también el de otros dos porteros—, bolígrafos, una grapadora, objetos personales, un trofeo de un club de pesca, un teléfono móvil, un manojo de llaves y un billetero. Mira el billetero, que es de Ed. Esta noche está de servicio con una suma que, por lo visto, asciende a tres dólares.

Scarpetta sale, mira alrededor, sigue sin haber la menor señal de Ed. Regresa a su despacho y hojea «Inquilinos» hasta que encuentra el apartamento de Gianni Lupano en la planta superior. Toma el ascensor y cuando llega aguza el oído delante de su puerta. Hay música puesta, pero no muy alta. Llama al timbre y entonces oye pasos en el interior, pero nadie abre. Vuelve a llamar al timbre y después con los nudillos. Unos pasos, se abre la puerta y se encuentra cara a cara con Ed.

—¿Dónde está Gianni Lupano?

Pasa junto a Ed y accede al apartamento, donde suena Santana en un aparato *surround*.

El viento sopla por la ventana del salón, abierta de par en par.

El pánico asoma a los ojos de Ed mientras habla frenético:

—No sabía qué hacer. Esto es terrible. No sabía qué hacer...

Scarpetta se asoma a la ventana abierta y mira hacia abajo. No alcanza a distinguir nada en la oscuridad, sólo los tupidos arbustos y una acera, y la calle más allá. Retrocede y echa un vistazo al lujoso apartamento de mármol y enlucido de tonos pastel, molduras ricamente decoradas, mobiliario de cuero italiano y llamativas obras de arte. Las estanterías están llenas de libros antiguos espléndidamente encuadernados que sin duda algún decorador compró por metros, y toda una pared está ocupada por un equipo multimedia demasiado complicado para un espacio tan pequeño.

—¿Qué ha ocurrido? —le pregunta a Ed.

—Recibo una llamada del señor Lupano hará unos veinte minutos. —Con excitación—. Primero me dice: «Oye, Ed, ¿pusiste en marcha mi coche?» Y yo le digo: «Claro, ¿por qué lo pregunta?» Y me da mala espina.

Scarpetta se fija en una media docena de raquetas de tenis enfundadas y apoyadas contra la pared detrás del sofá, y en un montón de zapatillas de tenis aún en las cajas. En una mesa de centro de cristal con pie de vidrio italiano hay revistas de tenis. En la portada de la que está encima se ve a Drew Martin a punto de restar una volea.

—Mala espina por qué —le pregunta.

—Esa joven, Lucy. Puso en marcha su coche porque quería echarle un vistazo a algo, y me he temido que de alguna manera él se hubiera enterado. Pero no se trataba de eso, creo que no, porque luego me dice: «Bueno, has cuidado siempre tan bien de él que me gustaría que te lo quedaras.» Y yo digo: «¿Qué? ¿De qué está hablando, señor Lupano? No puedo quedarme con su coche. ¿Por qué quiere deshacerse de ese coche tan precioso?» Y entonces él me dice: «Ed, voy a anotarlo en un papel para que la gente sepa que te di el coche.»

Así que subo aquí tan rápido como puedo y me encuentro la puerta abierta, como si quisiera facilitar la entrada a cualquiera. Y luego me encuentro la ventana abierta.

Se acerca a ella y la señala, como si Scarpetta no pudiera verla por sí misma.

Llama a emergencias mientras van pasillo adelante; le explica a la operadora que es posible que alguien haya saltado por una ventana y le da la dirección. En el ascensor, Ed sigue hablando de forma incoherente acerca de cómo ha rebuscado por el apartamento, sólo para asegurarse, y ha encontrado el papel, pero lo ha dejado donde estaba, en la cama, y ha llamado a gritos a Lupano. Estaba a punto de telefonear a la policía cuando ha aparecido Scarpetta.

En el vestíbulo, una anciana con bastón avanza por el suelo de mármol a fuerza de chasquidos. Scarpetta y Ed pasan por su lado a toda prisa y salen del edificio, doblan la esquina a la carrera en plena oscuridad y se detienen directamente debajo de la ventana abierta de Lupano, iluminada en la parte superior del edificio. Scarpetta se abre paso a través de un alto seto, quiebra ramas y se hace rozaduras, y encuentra lo que temía. El cuerpo está desnudo y retorcido, las extremidades y el cuello doblados en ángulos forzados contra la fachada de ladrillo, la sangre reluciente en la penumbra. Le pone dos dedos en la carótida y no nota pulso, así que vuelve a dejar el cuerpo boca arriba y empieza a hacerle la resucitación cardiorrespiratoria. Cada poco se limpia la sangre de la cara y la boca. A unas manzanas de distancia, en East Bay, ululan sirenas y destellan luces azules y rojas. Se pone en pie y vuelve a abrirse paso por el seto.

—Venga —le dice Scarpetta a Ed—. Eche un vistazo y dígame si es él.

—¿Está...?

—Eche un vistazo, venga.

Ed avanza entre los arbustos y luego recula precipitadamente.

—Dios santo —dice—. Ay, no. Ay, Señor.

—¿Es él? —insiste Scarpetta, y Ed asiente—. Justo antes de que le llamara por lo del Porsche, ¿dónde estaba usted?

—Sentado a mi mesa. —Ed está asustado y mira de un lado a otro. Está sudando y se humedece los labios y carraspea una y otra vez.

—¿Ha entrado alguien más en el edificio a esa hora, o tal vez poco antes de que Lupano llamara?

Las sirenas atruenan cuando los coches de policía y una ambulancia se detienen en la calle, los destellos azules y rojos pulsantes sobre el rostro de Ed.

—No —dice—, salvo algún que otro inquilino, no he visto a nadie.

Puertas que se cierran de golpe, el crepitar de las radios, el resonar de los motores. Los agentes y los sanitarios se acercan.

Scarpetta le dice a Ed:

—Su billetero está encima de la mesa. ¿Igual acababa de sacarlo cuando recibió la llamada? ¿Estoy en lo cierto? —Y a un poli de paisano le indica—: Por aquí. —Señala el seto—. Ha caído desde allí. —Señala la ventana abierta iluminada en el piso superior.

—¿Es usted la nueva forense? —El detective no parece del todo seguro.

—Sí.

—¿Ha certificado su muerte?

—Eso debe hacerlo el juez de instrucción.

El detective echa a andar hacia los arbustos.

—Voy a necesitar su declaración, así que no vaya a ninguna parte —le advierte ella por encima del hombro a Ed. Los arbustos crujen y susurran cuando se abre paso entre ellos.

—No entiendo qué tiene que ver mi billetero —dice el portero.

Scarpetta se aparta de en medio para que los sanitarios puedan pasar con la camilla y el equipo en dirección a la esquina del edificio para poder maniobrar por detrás del seto en vez de atravesarlo.

—Su billetero está en la mesa. Ahí encima con la puerta

abierta. ¿Tiene costumbre de dejarlo así? —le pregunta a Ed.

—¿Podemos hablar dentro?

—Vamos a prestar declaración ante el investigador aquí mismo —dice ella—. Luego hablaremos dentro.

Scarpetta repara en que alguien se acerca por la acera, una mujer en bata. Su andar le resulta familiar, y entonces cae en la cuenta de que se trata de Rose. Sale a su encuentro a toda prisa.

—No es un espectáculo agradable —le advierte Scarpetta.

—Como si nunca hubiera visto nada parecido. —Rose levanta la mirada hacia la ventana abierta—. Vivía ahí, ¿verdad?

—¿Quién?

—¿Qué cabía esperar después de lo ocurrido? —comenta Rose, y carraspea y respira hondo—. ¿Qué le quedaba en este mundo?

—La cuestión es el momento escogido.

—Lo de Lydia Webster acabó con el pobre. Lo han proclamado a los cuatro vientos. Tú y yo sabemos que está muerta —aventura Rose.

Scarpetta se limita a escuchar, sopesando lo evidente. ¿Por qué habría de suponer Rose que Lupano se sentiría tan afectado por lo ocurrido a Lydia Webster? ¿Por qué habría de saber que él está muerto?

—Estaba muy orgulloso de sí mismo cuando nos conocimos —dice Rose, y echa a andar hacia los arbustos en penumbra bajo la ventana.

—No sabía que hubierais coincidido.

—Sólo una vez. No sabía que era él hasta que Ed hizo un comentario. Estaba hablando con Ed en el vestíbulo cuando lo vi. De esto hace una buena temporada. Un tipo de aspecto bastante duro. Supuse que era alguien de mantenimiento; no tenía idea de que fuera el entrenador de Drew Martin.

Scarpetta mira acera adelante y ve que Ed está hablando con el detective. Los sanitarios introducen la camilla en la ambulancia mientras las luces destellan y los polis fisgonean con sus linternas.

—Alguien como Drew Martin sólo aparece una vez en la vida. ¿Qué le quedaba? —insiste Rose—. Posiblemente nada. La gente muere cuando ya no le queda nada. No se les puede culpar por ello.

—Venga. No deberías estar a la intemperie con la humedad que hay. Te acompaño dentro —se ofrece Scarpetta.

Doblan la esquina del edificio en el momento que Henry Hollings desciende por las escaleras. No las mira, sino que camina aprisa y con decisión. Scarpetta lo ve diluirse en la oscuridad siguiendo el malecón en dirección a East Bay Street.

—¿Ha llegado antes que la policía? —pregunta Scarpetta.

—Vive a escasos cinco minutos de aquí —responde Rose—. Tiene una casa estupenda en la Battery.

Scarpetta mira en la dirección que ha tomado Hollings. En el horizonte del puerto, dos barcos iluminados tienen todo el aspecto de juguetes Lego amarillos. El tiempo está despejando, y alcanza a ver alguna que otra estrella. No le comenta a Rose que el juez de instrucción del condado de Charleston acaba de pasar por delante de un cadáver y no se ha molestado en echar un vistazo, no ha certificado su muerte, no ha hecho nada. En el interior del edificio, sube al ascensor con Rose, que disimula muy mal lo poco que le apetece que Scarpetta la acompañe.

—Estoy bien —dice Rose, que mantiene las puertas abiertas para que el ascensor no vaya a ninguna parte—. Ahora vuelvo a acostarme. Seguro que hay gente que querrá hablar contigo ahí fuera.

—No es uno de mis casos.

—La gente siempre quiere hablar contigo.

—Cuando me asegure de que estás a salvo en tu apartamento.

—Puesto que estabas aquí, tal vez ha dado por supuesto que te ocuparías tú del asunto —dice Rose mientras las puertas se cierran y Scarpetta pulsa el botón de su planta.

—Te refieres al juez de instrucción, ¿no?

A Rose le falta resuello para hablar mientras recorren el

pasillo hasta su apartamento. Una vez delante de la puerta le da unas palmaditas en el brazo a Scarpetta.

—Abre la puerta y me marcho —dice ésta.

Rose saca la llave. No quiere abrir la puerta con Scarpetta allí plantada.

—Entra —la insta.

Rose no lo hace. Cuanto más reacia se muestra, más terca se pone Scarpetta. Al cabo, Scarpetta le coge la llave y abre la puerta. Hay dos sillas junto a la ventana que da al puerto, y entre ellas, en una mesilla, hay dos copas de vino y un cuenco de frutos secos.

—La persona con que te estás viendo —dice Scarpetta y se invita a entrar— es Henry Hollings. —Cierra la puerta y mira a Rose a los ojos—. Por eso se ha marchado a toda prisa. La policía le ha llamado por lo de Lupano y él te lo ha contado, y luego se ha ido para poder regresar sin que nadie supiera que ya estaba aquí.

Se acerca a la ventana como si fuera a verlo en la calle. Baja la mirada: el apartamento de Rose no está muy lejos del de Lupano.

—Es un cargo público y tiene que andarse con cuidado —lo justifica Rose, que se sienta en el sofá, agotada y pálida—. No tenemos un lío. Su esposa murió.

—¿Por eso anda escabulléndose? —Scarpetta se sienta a su lado—. Lo lamento, pero no tiene sentido.

—Para protegerme. —Respira hondo.

—¿De qué?

—Si corriera la voz de que el juez de instrucción se está viendo con tu secretaria, alguien podría sacarle partido. Como mínimo, trascendería a la prensa.

—Ya veo.

—No, no lo ves —dice Rose.

—Si te hace feliz a ti, a mí también.

—Hasta que fuiste a verlo, estaba convencido de que lo aborrecías. Eso no ha sido de gran ayuda —señala Rose.

—Entonces es culpa mía por no ofrecerle una oportunidad.

—Yo no estaba en posición de asegurarle lo contrario, ¿no? Habías dado por sentado lo peor acerca de él, tal como él había supuesto lo peor sobre ti. —Rose se esfuerza por respirar y cada vez se encuentra peor. El cáncer la está destrozando delante de los ojos de Scarpetta.

—Ahora será diferente —le asegura ésta.

—Se alegró muchísimo de que fueras a verlo —insiste Rose, que tose y busca un pañuelo de papel—. Por eso había venido esta noche, para contármelo. No hablaba de otra cosa. Le caes muy bien. Quiere que trabajéis juntos, no uno contra el otro. —Tose un poco más y deja el pañuelo moteado de sangre.

—¿Lo sabe?

—Claro, desde el principio. —Su rostro adquiere un semblante afligido—. En aquella bodeguita en East Bay. Fue instantáneo. Cuando nos conocimos, empezamos a hablar de las virtudes del borgoña frente al burdeos, como si yo tuviera la menor idea. Así sin más, sugirió que probáramos algún vino. No sabía dónde trabajo, así que no fue eso. No averiguó que trabajo para ti hasta más adelante.

—Da igual lo que supiera, me trae sin cuidado.

—Me quiere. Yo le digo que no me quiera. Dice que si amas a alguien, no hay remedio. Y que quién puede saber cuánto tiempo vamos a seguir en este mundo. Así explica la vida Henry.

—Entonces, me considero amiga suya —asegura Scarpetta.

Se despide de Rose, baja y se encuentra con que Hollings está hablando con el detective, los dos cerca de los arbustos donde estaba el cadáver. La ambulancia y los demás vehículos se han ido, no hay nada aparcado cerca salvo un vehículo sin distintivos y un coche patrulla.

—Creía que nos había dado esquinazo —le dice el detective cuando Scarpetta se dirige hacia ellos.

—Me estaba asegurando de que Rose regresara sin novedad a su apartamento —le dice a Hollings.

—Permítame que la ponga al corriente de todo —se ofrece Hollings—. El cadáver va camino de la Facultad de Medicina de Carolina del Sur y se le practicará una autopsia por la mañana. Será bienvenida si quiere estar presente y tomar parte como mejor crea conveniente.

—Hasta el momento, nada indica que la causa no sea suicidio —explica el detective—. Lo único que me preocupa es su desnudez. Si saltó, ¿por qué se quitó antes la ropa?

—Quizá respondan a eso en Toxicología —señala Scarpetta—. El portero dice que Lupano parecía ebrio cuando le llamó poco antes de morir. Creo que todos hemos visto suficiente para saber que cuando alguien decide suicidarse, puede hacer muchas cosas ilógicas, incluso sospechosas. ¿Han encontrado dentro prendas de vestir que pudieran ser las que se quitó?

—Tenemos unos cuantos hombres allí arriba ahora mismo. Había ropa encima de la cama: vaqueros, camisa. Nada fuera de lo normal en ese sentido. No hay indicio de que hubiera nadie más con él cuando se tiró por la ventana.

—¿Ha dicho algo Ed acerca de que entrara algún desconocido en el edificio esta noche? —le pregunta Hollings—. ¿O tal vez alguien que venía a ver a Lupano? Ed se anda con mucho ojo a la hora de dejar pasar desconocidos.

—No he llegado a hablar de eso con él —dice Scarpetta—. Le he preguntado por qué tenía el billetero a la vista encima de la mesa. Asegura que lo tenía allí cuando recibió la llamada de Lupano y subió a toda prisa.

—Me ha contado que pidió una pizza —les informa el detective—, y que acababa de sacar un billete de cien del billetero cuando llamó Lupano. La pidió a Mamma Mia's. No estaba en su cubículo al llegar el repartidor, y el tipo se marchó. Me cuesta creerme lo del billete de cien. ¿Se pensaba que un repartidor de pizza iba a traer tanto cambio?

—Tal vez debería preguntarle quién llamó primero.

—Buena idea —dice Hollings—. A Lupano se le conocía por su estilo de vida ostentoso, por tener gustos caros y llevar encima un montón de pasta. Si regresó al edificio durante el turno de Ed, el portero sabría que estaba en casa. Pide una pizza por teléfono y luego cae en la cuenta de que no tiene más que tres dólares y un billete de cien.

Scarpetta no va a decirles que la víspera Lucy estuvo husmeando en el coche de Lupano, mirando su GPS.

—Es posible que así haya ocurrido —conjetura—: Ed llamó a Lupano para pedirle cambio, y para entonces Lupano ya estaba borracho, tal vez drogado, irracional. Ed se preocupó y subió.

—O quizá subió directamente para pedirle cambio —sugiere Hollings.

—Lo que sigue implicando que Ed lo llamó primero.

El detective se aleja y dice:

—Se lo voy a preguntar.

—Me da la impresión de que usted y yo tenemos algunos puntos que aclarar —le dice Hollings a Scarpetta.

Ella levanta la vista al cielo y piensa en remontar el vuelo.

—¿Y si buscamos un sitio más privado para hablar? —propone él.

Al otro lado de la calle están los jardines de White Point, varias hectáreas de monumentos de la guerra de Secesión y robles, así como un cañón inutilizado que apunta hacia Fort Sumter.

Scarpetta y Hollings toman asiento en un banco.

—Sé lo de Rose —empieza ella.

—Ya lo imaginaba.

—Mientras usted cuide de ella...

—Me parece que a usted se le da muy bien cuidarla. Esta noche he probado su estofado.

—Antes de marcharse y regresar, para que nadie supiera que ya estaba en el edificio —añade Scarpetta.

—Así que no le parece mal —dice él, como si necesitara su aprobación.

—Siempre y cuando se porte bien con ella, porque en caso contrario, haré algo al respecto.

—No lo dudo.

—Tengo que plantearle una duda sobre Lupano —dice

ella—. Me preguntaba si tal vez se puso en contacto con él hoy después de que yo me fuera de la funeraria.

—¿Puedo preguntarle qué le lleva a pensar algo semejante?

—Usted y yo hablamos de él. Le pregunté por qué habría asistido al funeral de Holly Webster. Creo que ya sabe lo que me ha pasado por la cabeza.

—Que le pregunté al respecto.

—¿Es así?

—Sí.

—En las noticias han dicho que Lydia Webster ha desaparecido y se la da por muerta —señala Scarpetta.

—Él la conocía. Sí, hemos hablado durante un rato. Estaba muy trastornado.

—¿Era Lydia su razón para tener un apartamento aquí?

—Kay, espero que no le importe que la llame así... yo estaba perfectamente al tanto de que Gianni asistió al funeral de Holly el verano pasado, pero no podía darle a entender que así era, porque eso habría sido abusar de la confianza depositada en mí.

—Estoy harto de la gente y su noción de la confianza.

—No he intentado interponerme en su camino. Si lo averiguaba por su cuenta...

—También me estoy hartando de eso, de averiguar las cosas por mi cuenta.

—Si averiguaba por su cuenta que él asistió al funeral de Holly, no había nada de malo en ello. Así que le facilité el registro. Comprendo su frustración, pero usted habría hecho lo mismo. No habría abusado de la confianza depositada en usted, ¿verdad que no?

—Depende.

Hollings levanta la mirada hacia las ventanas iluminadas del edificio de apartamentos, y dice:

—Ahora me preocupa ser responsable en cierta medida.

—¿Qué confianza tenía depositada en usted? —le pregunta Scarpetta—. Ya que estamos hablando de ello y parece que guarda algún secreto.

—Lupano conoció a Lydia hace varios años, cuando la copa del Círculo Familiar se disputaba en Hilton Head. Mantuvieron un romance, un romance que se prolongó, y por eso tenía él un apartamento aquí. Luego, aquel día de julio: su castigo. Él y Lydia estaban en el dormitorio de ella, el resto ya se lo puede imaginar. Nadie vigilaba a Holly, y se ahogó. Se separaron, y su marido la abandonó. Lydia se vino abajo, por completo.

—¿Y él empezó a acostarse con Drew?

—Dios sabe con cuánta gente se acostaba, Kay.

—¿Por qué seguía teniendo el apartamento si su relación con Lydia había tocado a su fin?

—Tal vez para tener un lugar clandestino donde encontrarse con Drew, so pretexto de entrenarla. Quizá porque decía que el follaje lleno de colorido, el tiempo, el hierro forjado y las antiguas casas de estuco le recordaban a Italia. Seguía manteniendo su amistad con Lydia, según él. Iba a verla de vez en cuando.

—¿Cuándo fue la última vez? ¿Lo dijo?

—Hace varias semanas. Se fue de Charleston después de que Drew ganase el torneo aquí, y luego regresó.

—Quizá no estoy colocando las piezas en su sitio. —Su teléfono móvil empieza a sonar—. ¿Qué le impulsó a regresar? ¿Por qué no se fue a Roma con Drew? ¿O sí se fue? Drew tenía por delante el Open italiano y Wimbledon. No he llegado a entender por qué, de repente, decidió largarse con sus amigas en vez de entrenar para lo que podrían haber sido las mayores victorias de su carrera. ¿Se fue a Roma no para entrenarse con vistas al Open italiano, sino para correrse una juerga? No lo entiendo. —Scarpetta no responde el teléfono. Ni siquiera mira quién es—. Lupano dijo que se fue a Nueva York justo después de haber ganado el torneo aquí. No hace ni un mes. Resulta casi imposible creerlo. —El móvil deja de sonar.

—Gianni no fue con Drew, porque ella acababa de despedirlo —dice Hollings.

—¿Lo despidió? —pregunta Scarpetta—. ¿Eso se sabe?

—No, no se sabe.

—¿Por qué lo despidió? —Vuelve a sonar el teléfono.

—Porque la doctora Self se lo aconsejó —responde Hollings—. Por eso se fue Lupano a Nueva York, para encararse con ella, para intentar que Drew cambiara de parecer.

—Más vale que vea quién es. —Scarpetta responde a la llamada.

—Tienes que pasar por aquí de camino al aeropuerto —le dice Lucy.

—No me queda exactamente de camino.

—Otra hora, una hora y media, y creo que podremos irnos. Para entonces ya debería de haber despejado. Tienes que venir al laboratorio. —Lucy le dice a Scarpetta dónde encontrarse, y añade—: No quiero hablar de ello por teléfono.

Scarpetta le asegura que se pasará por allí, y luego le dice a Henry Hollings:

—Doy por sentado que Drew no cambió de parecer.

—Ni siquiera se dignó hablar con él.

—¿Y la doctora Self?

—Con ella sí que habló, en su apartamento. O al menos eso me contó Lupano. Y ella le dijo que era perjudicial para Drew, una influencia poco saludable, y que pensaba seguir aconsejándole que se mantuviera alejada de él. Gianni estaba cada vez más inquieto y furioso a medida que me lo contaba, y debería haberme dado cuenta. Debería haber venido de inmediato, haber charlado con él. Tendría que haber hecho algo.

—¿Qué más ocurrió con la doctora Self? —pregunta Scarpetta—. Drew se fue a Nueva York, luego se marchó a Roma al día siguiente. Apenas veinticuatro horas después, desapareció y acabó asesinada, posiblemente a manos de la misma persona que mató a Lydia. Y ahora tengo que irme al aeropuerto. Puede acompañarme si quiere. Con un poco de suerte, nos harán falta sus servicios.

—¿Al aeropuerto? —Se levanta del banco—. ¿Ahora?

—No quiero esperar ni un solo día más. El estado del cadáver empeora cada hora que pasa.

Echan a andar.

—Y se supone que tengo que acompañarla en plena noche, sin tener la menor idea de qué está hablando. —Hollings está perplejo.

—Señales de calor —explica ella—. Infrarrojos. Cualquier variación térmica se apreciará mejor en la oscuridad, y los gusanos pueden hacer que ascienda la temperatura de un cadáver en descomposición hasta veinte grados centígrados. Ocurrió hace más de dos días, porque cuando Lupano se fue de casa de ella, estoy casi convencida de que no estaba viva, al menos no sobre la base de lo que encontramos. ¿Qué más pasó con la doctora Self? ¿Le contó algo más Lupano?

Están casi a la altura del coche de Scarpetta.

—Dijo que se sintió extraordinariamente humillado —responde Hollings—. La doctora Self le lanzó acusaciones muy degradantes y no quiso indicarle cómo ponerse en contacto con Drew. Después de marcharse, Lupano volvió a llamar a la doctora. Ése tenía que ser el momento cumbre de su carrera y ella lo había estropeado, y luego el golpe final. La doctora le dijo que Drew estaba con ella, que había estado en el mismo apartamento mientras él le suplicaba a ella que diera marcha atrás en lo que había hecho. No voy a ir con usted. No me necesita, y yo, bueno, quiero ver qué tal está Rose.

Scarpetta abre la puerta del coche mientras piensa en la secuencia temporal de los hechos. Drew pasó la noche en el ático de la doctora Self y al día siguiente se fue a Roma. Al otro día, el 17, desapareció. El 18 fue encontrado su cadáver. El 27, Scarpetta y Benton estaban en Roma investigando el asesinato de Drew. Ese mismo día, la doctora Self ingresó en McLean, y el doctor Maroni falsificó el archivo que en teoría eran las notas que tomó cuando el Hombre de Arena fue a su consulta, cosa que Benton no tiene duda de que es mentira.

Scarpetta se pone al volante. Hollings es un caballero y no se irá hasta que encienda el motor y cierre la puerta.

—Cuando Lupano estuvo en el apartamento de la doctora Self, ¿había alguien más? —le pregunta ella.

—Drew.

—Me refiero a alguien de cuya presencia estuviera al tanto Lupano.

Hollings piensa un momento y dice:

—Es posible. —Vacila—. Dijo que almorzó en el apartamento de la doctora. Y creo que hizo un comentario acerca del cocinero de la doctora.

21

Los Laboratorios de Ciencia Forense.

El edificio principal es de ladrillo rojo y hormigón, con amplias ventanas dotadas de protección ultravioleta y acabado de espejo, de manera que el mundo exterior ve un reflejo de sí mismo y lo que hay dentro queda protegido, tanto de las miradas curiosas como de los rayos nocivos del sol. Un edificio más pequeño está aún por acabar, y la arquitectura del paisaje es mero barro. Scarpetta se sienta en el coche y ve subir una enorme puerta automática, aunque le gustaría que no fuera tan ruidosa, porque contribuye al desafortunado ambiente de depósito de cadáveres cuando roza y chirría como un puente levadizo.

En el interior, todo es nuevo e impoluto, intensamente iluminado y pintado en tonos blancos y grises. Algunos laboratorios que va dejando atrás son salas vacías, mientras que otros están totalmente equipados. Pero las encimeras no están abarrotadas, los espacios de trabajo se ven limpios, y Scarpetta imagina el día en que dé la sensación de que alguien lo considere su hogar. Naturalmente, la jornada ha concluido, pero ni siquiera en horas de trabajo hay más de veinte personas, la mitad de las cuales siguió a Lucy desde su antiguo laboratorio en Florida. Con el tiempo, tendrá las mejores instalaciones forenses del país, y Scarpetta cae en la cuenta de por qué eso le produce más inquietud que satisfacción. Desde el punto de vista profesional, Lucy tiene todo el éxito que cabría desear, pero su vida adolece de graves taras, igual que la de Scarpetta. Ninguna de las dos se las arregla para establecer o mantener relaciones personales, y hasta ahora Scarpetta se había negado a ver que es un rasgo que comparten.

A pesar de la amabilidad de Benton, lo único que en realidad consiguió su conversación con ella fue recordarle por qué necesitaba mantenerla. Lo que dijo era tristemente cierto. Ha estado corriendo tanto durante cincuenta años que apenas tiene nada de lo que jactarse aparte de una capacidad insólita para enfrentarse al dolor y el estrés, pero el resultado de ello es precisamente el problema al que se enfrenta. Es mucho más fácil limitarse a hacer su trabajo y vivir sus días con largas horas ocupadas y largos espacios vacíos. De hecho, si hace autoexamen con sinceridad, cuando Benton le dio la alianza no la hizo sentir alegre ni segura, porque el anillo simboliza lo que la asusta a muerte: que cualquier cosa que él le ofrezca, es posible que luego se la arrebate o llegue a la conclusión de que no era de corazón.

No es extraño que Marino acabara por saltar. Sí, estaba borracho y hasta las cejas de hormonas, y probablemente Shandy y la doctora Self contribuyeron a ponerlo al límite. Pero si Scarpetta hubiera estado más atenta todos estos años, probablemente habría podido salvarlo de sí mismo y evitar una violación, que fue suya también. Ella también lo violó, porque no fue una amiga sincera ni digna de confianza. No le paró los pies hasta que por fin se pasó de la raya, cuando debería haberle dicho que no veinte años atrás.

«No estoy enamorada de ti, ni lo estaré nunca, Marino. No eres mi tipo, Marino. Eso no significa que sea mejor que tú, Marino, sencillamente significa que no puedo.»

Escribe mentalmente el guión de lo que debería haberle dicho y exige una respuesta a la pregunta de por qué no se lo dijo. Marino podría dejarla. Ella podría quedarse sin su presencia constante, por molesta que pueda resultar a veces. Podría infligirle a él precisamente lo que ella se ha esforzado tanto en evitar: la pérdida y el rechazo personal, y ahora ella se ha topado con las dos cosas, y él también.

Las puertas del ascensor se abren en la segunda planta y Scarpetta sigue un pasillo vacío que conduce a una serie de laboratorios individualmente aislados por puertas de metal y cámaras estancas. En una sala exterior, se pone una bata blanca desechable, redecilla y gorro, fundas para el calzado, guantes y una protección facial. Atraviesa otra área sellada que descontamina por medio de luz ultravioleta, y de allí accede a un laboratorio totalmente automatizado, donde se extraen y se reproducen con exactitud muestras de ADN, y donde Lucy, también de blanco de la cabeza a los pies, le ha dicho que se encontraría con ella por razones que aún desconoce. Está sentada al lado de una campana de vapor, hablando con un científico que también va cubierto, y por tanto le resulta irreconocible a primera vista.

—¿Tía Kay? —dice Lucy—. Seguro que recuerdas a Aaron, nuestro director interino.

El rostro tras la protección de plástico sonríe y de pronto le resulta familiar, y los tres toman asiento.

—Ya sé que es especialista forense —dice Scarpetta—, pero no sabía que ocupara un nuevo puesto. —Pregunta qué ocurrió con el anterior director de laboratorio.

—Lo dejó, por culpa de lo que colgó en internet la doctora Self —dice Lucy, con un destello de ira en los ojos.

—¿Lo dejó? —pregunta Scarpetta, pasmada—. ¿Así, sin más?

—Cree que me voy a morir y se largó en busca de otro empleo. De todas maneras, era un gilipollas, y ya tenía ganas de librarme de él. Es irónico, en cierto modo. Esa zorra me hizo un favor, pero no hemos venido a hablar de eso. Tenemos resultados de los análisis.

—Sangre, saliva, células epiteliales —dice Aaron—. Empezamos con el cepillo de dientes de Lydia Webster y la sangre en el suelo del cuarto de baño. Nos hemos hecho una buena idea de su ADN, lo que es importante sobre todo para excluirla, o identificarla finalmente. —Como si no hubiera duda de que está muerta—. Luego hay otro perfil procedente de las células epiteliales, la arena y la cola recuperadas de la ventana rota en el lavadero. Y el teclado de la alarma antirrobo. La camiseta sucia del cesto de la ropa. Los tres contienen ADN de ella, lo que no es de extrañar, pero también el perfil de otra persona.

—¿Qué hay de los bermudas de Madelisa Dooley? —pregunta Scarpetta—. La sangre que tenían.

—El mismo donante que las tres que acabo de mencionar —responde Aaron.

—El asesino, creemos —añade Lucy—. O la persona que entró en la casa, sea quien fuere.

—Creo que deberíamos mostrarnos precavidos al respecto —les recuerda Scarpetta—. Había pasado más gente por la casa, incluido su esposo.

—El ADN no es de él, y te diremos la razón en un momento —replica Lucy.

—Lo que hemos hecho era idea suya —explica Aaron—, hemos ido más allá de la habitual comparación de perfiles en el Sistema Combinado de Registro de ADN y ampliado la búsqueda utilizando la plataforma de tecnología para la obtención de marcadores de ADN sobre la que hablaron usted y Lucy: un análisis que se sirve de los índices de parentesco y paternidad para llegar a una probabilidad de relación parental.

—Primera pregunta —dice Lucy—. ¿Por qué iba a dejar su ex marido sangre en los bermudas de Madelisa Dooley?

—Vale —coincide Scarpetta—, buena pregunta. Y si la sangre es del Hombre de Arena, y para aclararnos voy a referirme a él así, entonces debió de hacerse una herida de alguna manera.

—Es posible que sepamos cómo —dice Lucy—. Y empezamos a hacernos una idea de quién.

Aaron coge una carpeta, saca un expediente y se lo entrega a la doctora.

—El niño sin identificar y el Hombre de Arena —explica Aaron—. Teniendo en cuenta que cada padre dona aproximadamente la mitad de su material genético al niño, cabe esperar que las muestras de un padre y un hijo indiquen su parentesco. Y en el caso del Hombre de Arena y el niño sin identificar, queda implícita una relación familiar muy cercana.

Scarpetta mira los resultados de las pruebas.

—Voy a decir lo mismo que cuando encontramos la coincidencia de huellas digitales —dice—. ¿Seguro que no hay ningún error? ¿Alguna contaminación, por ejemplo?

—No cometemos errores. No de esa clase —asegura Lucy—. Sólo hay un resultado y eso es todo.

—¿El niño era hijo del Hombre de Arena? —Scarpetta quiere asegurarse.

—Me gustaría tener más referencias y llevar a cabo una investigación, pero desde luego eso sospecho —responde Aaron—. Por lo menos, tal como he dicho, tienen un parentesco muy cercano.

—Has mencionado lo de la herida —dice Lucy—. ¿La sangre del Hombre de Arena en los bermudas? También está en la corona rota encontrada en la bañera de Lydia Webster.

—Tal vez le mordió —aventura Scarpetta.

—Hay muchas probabilidades —coincide Lucy.

—Volvamos al niño —replica Scarpetta—. Si suponemos que el Hombre de Arena mató a su propio hijo, no sé qué pensar. Los malos tratos se prolongaron durante una buena temporada. El niño estaba a cargo de alguien mientras el Hombre de Arena estaba en Irak e Italia, si la información que tenemos es correcta.

—Bueno, puedo hablarte de la madre del niño —dice Lucy—. Esa referencia la tenemos, a menos que el ADN de la ropa interior de Shandy Snooks proviniera de alguna otra persona. Quizás ahora cobra más sentido que tuviera tantas ganas de entrar en el depósito, echar un vistazo al cadáver y averiguar qué sabías tú del caso; averiguar qué sabía Marino.

—¿Se lo has contado a la policía? —indaga Scarpetta—. Y

¿debería preguntarte cómo pudiste obtener su ropa interior?

Aaron sonríe y Scarpetta cae en la cuenta de que la pregunta podría considerarse graciosa en cierto modo.

—Marino —responde Lucy—. Y desde luego el ADN no es de él. Tenemos su perfil para poder excluirlo, de la misma manera que tenemos el tuyo y el mío. A la policía le hará falta algo más que ropa interior encontrada en el suelo de Marino para seguir adelante, pero incluso si ella no golpeó a su hijo hasta matarlo, tiene que saber quién lo hizo.

—No puedo por menos de preguntarme si lo sabría Marino —comenta Scarpetta.

—Viste la grabación de su recorrido por el depósito de cadáveres con ella —le recuerda Lucy—. Desde luego, no parecía que tuviera la menor idea. Además, es posible que Marino sea muchas cosas, pero nunca protegería a alguien que le hiciera algo así a un crío.

Hay otras coincidencias, todas las cuales señalan al Hombre de Arena y ponen en evidencia otro hecho asombroso: las dos fuentes de ADN recuperadas de las raspaduras de las uñas de Drew Martin son del Hombre de Arena y de otra persona que es un pariente cercano.

—Hombre —explica Aaron—. Según los análisis italianos, europeo en un noventa y nueve por ciento. ¿Otro hijo, tal vez? ¿Quizás el hermano del Hombre de Arena? ¿Tal vez su padre?

—¿Tres fuentes de ADN de una sola familia? —Scarpetta está asombrada.

—Y otro crimen —dice Lucy.

Aaron entrega a Scarpetta otro informe y dice:

—Hay una coincidencia con una muestra biológica dejada en un delito sin resolver que nadie ha vinculado con Drew, Lydia ni ningún otro caso.

—De una violación en dos mil cuatro —le informa Lucy—. Por lo visto, el tipo que se coló en la casa de Lydia Webster y probablemente también asesinó a Drew Martin, también violó a una turista en Venecia hace tres años. El perfil de ADN de esas pruebas está en la base de datos italiana, que decidimos revisar. Como es natural, no hay coincidencia con ningún sospechoso, porque no pueden introducir los perfiles de individuos conocidos. En otras palabras, no tenemos un nombre, sólo semen.

—Por supuesto, hay que proteger la intimidad de violadores y asesinos —se mofa Aaron.

—Las referencias en las noticias no dan muchos detalles —explica Lucy—. Una estudiante de veintidós años en Venecia, un programa de verano para estudiar arte. Estaba en un bar a altas horas de la noche, regresó caminando hacia su hotel en el Puente de los Suspiros y fue atacada. Hasta el momento, eso es lo único que sabemos del caso, pero puesto que lo llevaron los Carabinieri, tu amigo el capitán debería tener acceso a la información.

—Posiblemente fuera el primer delito con violencia del Hombre de Arena —señala Scarpetta—. Al menos de civil, suponiendo que sea cierto que sirvió en Irak. Con frecuencia, un principiante deja pruebas y luego espabila. Este tipo es listo y su modus operandi ha sufrido una evolución considerable. Tiene cuidado con las pruebas, tiene tendencias rituales y es mucho más violento, y sus víctimas no quedan con vida para contarlo. Por suerte, no se le ocurrió que podía dejar su ADN en la cola quirúrgica. ¿Lo sabe Benton? —pregunta.

—Sí, y sabe que tenemos un problema con tu moneda de oro —dice Lucy, que estaba a punto de abordar el asunto—. El ADN en la moneda y la cadena también son del Hombre de Arena, y eso lo sitúa detrás de tu casa la noche que tú y Bull encontrasteis el arma en el paseo. Cabría preguntar qué indica eso acerca de Bull. El colgante podría haber sido suyo. Ya he planteado esa pregunta, pero no disponemos del ADN de Bull para que nos lo confirme.

—¿Que Bull es el Hombre de Arena? —Scarpetta no lo cree.

—Lo único que digo es que no tenemos su ADN —insiste Lucy.

—¿Y el arma? ¿Los proyectiles? —indaga Scarpetta.

—No hemos encontrado el ADN del Hombre de Arena en ninguno de los frotis —responde Lucy—, pero eso no significa nada. Su ADN en un colgante es una cosa, dejarlo en un arma otra muy distinta, porque podría haber obtenido el arma de otra persona. Es posible que hubiera tenido buen cuidado de dejar su ADN o sus huellas en el arma por la historia que te contó: que el gilipollas que te amenazó es el que la dejó caer, cuando no tenemos ninguna prueba de que ese tipo se acercara siquiera a tu casa. Es la palabra de Bull, porque no hubo más testigos.

—Lo que sugieres es que Bull, suponiendo que sea el Hombre de Arena, cosa que no creo, pudo haber perdido deliberadamente, y cito tus palabras, el arma pero no tenía intención de perder el colgante —dice Scarpetta—. Eso no tiene mucho sentido por dos razones. ¿Por qué se rompió el colgante? Y en segundo lugar, si no sabía que se había roto y se le había caído hasta que lo encontró, ¿por qué habría de ponerme sobre aviso? ¿Por qué no se lo metió en el bolsillo? Podría añadir la tercera noción, más bien extraña, de que tuviera un colgante con una moneda de oro que recuerda al colgante con un dólar de plata que le regaló Shandy a Marino.

—Desde luego, estaría bien obtener las huellas de Bull —dice Aaron—. Y hacerle un frotis. Me inquieta que parezca haber desaparecido.

—Eso es todo por el momento —concluye Lucy—. Estamos ocupándonos de clonarlo. Vamos a crear una copia suya en una placa de Petri para saber quién es —dice en tono despreocupado.

—Recuerdo que hace no mucho había que esperar semanas, meses incluso para tener resultados de ADN. —Scarpetta lamenta aquellos tiempos, acompañados del recuerdo doloroso de cuánta gente fue brutalmente golpeada y asesinada debido a la imposibilidad de identificar rápidamente a un agresor violento.

—Hay visibilidad a dos mil quinientos pies y cada vez va a mejor —le indica Lucy—. Hay condiciones para el vuelo visual. Nos vemos en el aeropuerto.

En el despacho de Marino, sus trofeos de bolos destacan en contraste con la vieja pared enlucida y hay una suerte de vacío en el aire.

Benton cierra la puerta y no enciende la luz. Se sienta en la oscuridad a la mesa de Marino y por primera vez cae en la cuenta de que, al margen de lo que haya dicho, nunca se ha tomado a Marino en serio ni se ha preocupado especialmente por él. Si ha de ser sincero, siempre lo ha considerado el secuaz de Scarpetta: un poli ignorante, grosero y cargado de prejuicios que está fuera de lugar en el mundo moderno. Como resultado de ello y de otra serie de factores, es una compañía desagradable y tampoco resulta del todo útil. Benton lo ha soportado. Lo ha infravalorado en ciertos aspectos y comprendido a la perfección en otros, pero no ha reconocido lo evidente. Sentado a la mesa de Marino, mientras contempla por la ventana las luces de Charleston, piensa que ojalá le hubiera prestado más atención, ojalá hubiera prestado más atención a todo. Lo que necesita saber está a su alcance y siempre lo ha estado.

En Venecia son casi las cuatro de la madrugada. No es de extrañar que Paulo Maroni se fuera de McLean y ahora se haya ido de Roma.

—*Pronto* —responde al teléfono.

—¿Estabas durmiendo? —le pregunta Benton.

—Si te importara, no habrías llamado. ¿Qué ocurre que tienes necesidad de llamarme a semejantes horas? Alguna novedad en el caso, espero.

—Pero no necesariamente buena.

—Entonces ¿qué? —La voz de Maroni tiene un deje de renuencia, o quizá resignación.

—El paciente que tenías.

—Ya te lo he contado todo.

—Me has contado lo que querías contarme, Paulo.

—¿Cómo más puedo ayudarte? Además de lo que te he contado, ya has leído mis notas. Me he portado como un amigo y no te he preguntado lo que ocurrió. No he culpado a Lucy, por ejemplo.

—Tal vez deberías culparte a ti mismo. ¿Crees que no he llegado a la conclusión de que querías que accediéramos al archivo de tu paciente? Lo dejaste en la red del hospital. Dejaste el programa para compartir archivos activado, lo que supone que cualquiera que pudiera deducir dónde estaba también podía acceder a él. Para Lucy, desde luego, no supondría el menor esfuerzo. No fue un error por tu parte, eres muy listo para eso.

—De manera que reconoces que Lucy accedió a mis archivos confidenciales.

—Ya sabías que querríamos ver las notas de tu paciente, así que lo dejaste todo preparado antes de irte a Roma, por cierto antes de lo previsto. Muy convenientemente, justo después de averiguar que la doctora Self iba a ingresar en McLean. Lo autorizaste. No la habrían admitido en el Pabellón sin tu consentimiento.

—Se encontraba en un estado maníaco.

—Su actitud era calculadora. ¿Lo sabe ella?

—Si sabe qué.

—No me mientas.

—Es curioso que creas que te miento —responde Maroni.

—He hablado con la madre de la doctora Self.

—¿Sigue siendo tan desagradable esa mujer?

—Imagino que no ha cambiado —dice Benton.

—La gente como ella rara vez cambia. A veces se agotan conforme envejecen. En su caso, probablemente ha empeorado. Igual que Marilyn, que ya va a peor.

—Yo creo que tampoco ha cambiado mucho, aunque su madre te achaca el trastorno de personalidad de su hija —dice Benton.

—Y ya sabemos que no se trata de eso. No padece un trastorno de personalidad inducido por Paulo, sino que lo contrajo por su cuenta y riesgo.

—Esto no tiene gracia.

—Desde luego que no.

—¿Dónde está ése? —pregunta Benton—. Y sabes exactamente a quién me refiero.

—En aquellos tiempos tan lejanos, una persona seguía siendo menor a los dieciséis años, ¿lo entiendes?

—Y tú tenías veintinueve.

—Veintidós. Gladys me insultaba poniéndome tantos años. Seguro que entiendes por qué tuve que marcharme —dice Maroni.

—¿Marcharte o huir? Si se lo preguntas a la doctora Self, recurre a esto último para describir tu precipitada salida de hace unas semanas. Tuviste una actitud inadecuada con ella y te largaste a Italia. ¿Dónde está ése, Paulo? No te hagas esto, ni se lo hagas a nadie más.

—¿Me creerías si te dijese que ella tuvo una actitud inadecuada conmigo?

—Da igual. Eso me trae sin cuidado. ¿Dónde está? —insiste Benton.

—Me habrían acusado de mantener relaciones con una menor, ya lo sabes. Su madre me amenazó con hacerlo y, desde luego, no estaba dispuesta a creer que Marilyn se hubiera acostado con un hombre al que conoció por casualidad en las vacaciones de primavera. Era tan hermosa y fascinante... Me ofreció su virginidad y la acepté. La amaba, de veras. Huí de ella, eso es verdad. Me di cuenta de que era nociva ya entonces, pero no regresé a Italia como le hice creer, sino que volví a Harvard para terminar mis estudios de medicina, y ella no supo en ningún momento que yo seguía en Norteamérica.

—Hemos llevado a cabo análisis de ADN, Paulo.

—Después de que naciera el niño, ella seguía sin saberlo. Le escribía cartas, ¿sabes?, y hacía que se las enviaran desde Roma.

—¿Dónde está, Paulo? ¿Dónde está tu hijo?

—Le supliqué que no abortara, porque va contra mis creencias religiosas. Dijo que si tenía la criatura, yo tendría que criarla. E hice lo mejor que pude con lo que resultó ser un sinvergüenza, un diablo con un alto cociente intelectual. Pasó la mayor parte de su vida en Italia, y algunas temporadas con ella hasta que cumplió los dieciocho. Es él quien tiene veintinueve años. Igual Gladys estaba incurriendo en sus típicos jueguecillos... Bueno, en muchos aspectos, no es de ninguno de los dos y nos aborrece a ambos. A Marilyn más que a mí, aunque la última vez que le vi, temí por mi seguridad; tal vez por mi vida. Creí que iba a atacarme con un trozo de una escultura antigua, pero me las arreglé para aplacarlo.

—¿Cuándo fue eso?

—Justo después de llegar aquí. Él estaba en Roma.

—Y estaba en Roma cuando Drew Martin fue asesinada. En cierto momento, regresó a Charleston. Sabemos que acaba de estar en Hilton Head.

—¿Qué quieres que diga, Benton? Ya sabes la respuesta. La bañera de la fotografía es la de mi apartamento en la Piazza Navona, pero también es cierto que tú no sabías que vivo allí. Si lo hubieras sabido, es posible que me hubieras hecho preguntas acerca de mi apartamento tan cerca del solar en construcción donde fue hallado el cadáver de Drew. Te habría dado que pensar la coincidencia de que yo tenga un Lancia negro allí. Probablemente la mató en mi apartamento y la trasladó en mi coche, no muy lejos, tal vez a una manzana. De hecho, estoy convencido de que así fue. De manera que quizás hubiera sido mejor que él me hubiese abierto la cabeza con aquel antiguo pie esculpido. Lo que ha hecho es censurable hasta límites impensables, aunque también es cierto que estamos hablando del hijo de Marilyn.

—Es hijo tuyo.

—Es un ciudadano estadounidense que no quiso ir a la universidad e insistió en su estupidez alistándose en las Fuerzas Aéreas para ir como fotógrafo a vuestra guerra fascista, donde resultó herido en el pie. Creo que la herida se la infligió él mismo tras aliviar el sufrimiento de su amigo pegándole un tiro en la cabeza. Pero al margen de eso, si ya estaba desequilibrado antes de ir, cuando regresó estaba cognitiva y psicológicamente irreconocible. He de admitir que no fui el padre que debería. Le enviaba víveres, herramientas, pilas, artículos médicos básicos, pero no fui a verle una vez que acabó todo. Me traía sin cuidado, lo reconozco.

—¿Dónde está?

—Después de alistarse en las Fuerzas Aéreas, me lavé las manos, lo reconozco. No era nadie para mí. Después de todo lo que hice, después de sacrificarme tanto para mantenerlo con vida cuando Marilyn hubiera preferido deshacerse de él, no era nadie para mí. Qué irónico. Le salvé la vida porque la Iglesia dice que el aborto es un asesinato, y mira lo que hace él: mata gente. Los mató allí porque era su trabajo y ahora los mata aquí porque es su locura.

—¿Y su hijo?

—Marilyn y sus pautas. Una vez que establece una pauta, no hay manera de romperla... Le dijo a la madre que tuviera el niño tal como yo le dije a Marilyn que tuviera nuestro hijo. Probablemente fue un error. Nuestro hijo no está hecho para ser padre, por mucho que quisiera con locura a su hijo.

—Su pequeño está muerto —señala Benton—. Lo dejaron morirse de hambre, lo molieron a palos y lo abandonaron en las marismas para que se lo comieran los gusanos y los cangrejos.

—Lamento oírlo. No llegué a conocer al niño.

—Qué compasivo te muestras ahora, Paulo. ¿Dónde está tu hijo?

—No lo sé.

—Supongo que ya sabes lo grave que es esto. ¿Quieres ir a parar a la cárcel?

—La última vez que estuvo aquí, le acompañé a la salida, y en la calle, donde no corría peligro, le dije que no quería volver a verle. Había turistas en el solar en construcción donde se encontró el cadáver de Drew. Había montones de flores y animales de peluche. Lo tenía todo ante mis ojos mientras le decía que se marchara y no regresara, y que si no se atenía a mis deseos, pensaba acudir a la policía. Luego hice que me limpiaran el apartamento a fondo y me deshice del coche. Y llamé a Otto para ofrecerle mi ayuda en el caso, porque para mí era importante averiguar qué sabía la policía.

—No me creo que no sepas dónde está —responde Benton—, que no sepas dónde se aloja o vive, dónde se esconde. No quiero acudir a tu esposa. Doy por sentado que ella no tiene ni idea.

—Haz el favor de dejar a mi esposa al margen. Ella no sabe nada.

—¿Sigue con tu hijo la madre de tu nieto fallecido? —pregunta Benton.

—Es como lo que tuve yo con Marilyn. A veces pagamos el precio de toda una vida por pasar un rato agradable en la cama con alguien. ¿Esas mujeres? Se quedan embarazadas a propósito, ¿sabes? Para tenerte bien atado. Es curioso, lo hacen y luego no quieren el crío porque en realidad te querían a ti.

—No te he preguntado eso.

—Nunca he llegado a conocerla. Marilyn me dice que se llama Shandy o Sandy, y que es una puta, además de estúpida.

—¿Sigue tu hijo con ella? Eso es lo que te he preguntado.

—Tenían un hijo en común, pero nada más. La misma historia otra vez. Los pecados del padre, acontecimientos que se repiten. Ahora puedo decirlo sin asomo de duda: ojalá nunca hubiera nacido mi hijo.

—Marilyn conoce a Shandy, a todas luces —dice Benton—. Eso me lleva hasta Marino.

—No lo conozco, ni sé qué tiene que ver con todo esto.

Benton se lo cuenta y le pone al tanto de todo, salvo de lo que le hizo Marino a Scarpetta.

—Así que quieres que te haga un análisis de la situación —dice el doctor Maroni—. Conociendo a Marilyn como la conozco, y sobre la base de lo que acabas de contarme, yo me atrevería a decir que Marino cometió un grave error al enviarle un correo a Marilyn. Le planteó posibilidades que no tenían nada que ver con los motivos de su ingreso en McLean. Ahora puede vengarse de la persona a quien odia de veras: Kay, claro. Y qué mejor manera que atormentar a sus seres queridos.

—¿Por eso conoció Marino a Shandy?

—Yo diría que sí, pero no es la única razón de que Shandy se interesara tanto por él. También está el niño. Marilyn no lo sabe. O no lo sabía, porque me lo habría dicho. No le hubiera parecido bien que alguien hiciera algo semejante.

—Ésa tiene tanta compasión como tú —se mofa Benton—. Está aquí, por cierto.

—Quieres decir en Nueva York.

—Quiero decir en Charleston. Recibí un correo electrónico anónimo con información de la que no voy a hablar, y rastreé la dirección IP hasta el hotel Charleston Place. Adivina quién se aloja allí.

—Te advierto que tengas cuidado con lo que le cuentas. No sabe lo de Will.

—¿Will?

—Will Rambo. Cuando Marilyn empezó a hacerse famosa, él se cambió el nombre de Willard Self a Will Rambo. Escogió Rambo, un apellido sueco bastante bonito. Will es cualquier cosa menos un «Rambo», y de ahí se derivan al menos parte de sus problemas. Es más bien pequeño, un chico atractivo pero pequeño.

—Cuando ella recibió correos electrónicos del Hombre de Arena, ¿no tenía idea de que era su hijo? —dice Benton, y le sorprende que alguien se refiera al Hombre de Arena como un chico.

—No lo sabía, al menos conscientemente. Por lo que sé, sigue sin saberlo. No de manera consciente, pero ¿qué puedo decir yo sobre lo que sabe en los lugares más recónditos de su mente? Cuando ingresó en McLean y me contó lo del correo, la imagen de Drew Martin...

—¿Te lo contó?

—Claro.

Benton siente deseos de abalanzarse a través de la línea y echarle las manos al cuello. Maroni debería ir a la cárcel. Debería acabar en el infierno.

—Al volver la vista atrás, resulta trágicamente claro. Como es natural, tenía mis sospechas desde el principio, pero nunca se las mencioné. Bueno, desde el primer momento, cuando me llamó para remitirme el paciente, y Will era consciente de que Marilyn haría precisamente eso. Le tendió una trampa. Él tenía la dirección de correo electrónico de su madre, claro. Marilyn se muestra muy generosa a la hora de enviar algún que otro correo a gente que no tiene tiempo de ver. Él empezó a enviarle esos correos más bien extraños que estaba convencido la cautivarían, porque está lo bastante tarado para entenderla a la perfección. Seguro que se alegró cuando ella me remitió a mí el paciente, y luego cuando llamó a mi consulta en Roma para pedir una cita que, como es natural, derivó en que cenáramos juntos en vez de en una entrevista de carácter médico. Me preocupó su salud mental, pero no pensé que pudiera llegar a matar a alguien. Cuando oí lo de la turista asesinada en Bari, me negué a creerlo.

—También violó a una mujer en Venecia, otra turista.

—No me sorprende. Después de empezar la guerra debió de empeorar.

—Entonces, las notas del caso no eran de las visitas a tu consulta. A todas luces es tu hijo, y nunca fue paciente tuyo.

—Falsifiqué las notas. Esperaba que lo averiguaras.

—¿Por qué?

—Para que hicieras esto: encontrarlo por ti mismo, porque yo no sería capaz de entregarlo. Necesitaba que plantearas las preguntas para poder responderlas, y ahora lo he hecho.

—Si no lo encontramos enseguida, Paulo, volverá a matar. Tienes que saber algo más. Tienes alguna foto suya, ¿no?

—Ninguna reciente.

—Envíame por correo lo que tengas.

—Las Fuerzas Aéreas deberían tener lo que necesitas. Tal vez sus huellas dactilares y su ADN. Y sin duda fotos. Es mejor que obtengas todo eso de ellos.

—Y para cuando haya pasado por todos esos aros —responde Benton—, ya será tarde, maldita sea.

—No pienso regresar, por cierto. Estoy seguro de que no me obligarás, sino que me dejarás en paz, porque te he mostrado respeto, y tú me pagarás con la misma moneda. Sería en vano, de todas maneras —añade—. Tengo muchos amigos allí.

22

Lucy repasa la lista de preparativos antes de poner en marcha el aparato.

Luces de aterrizaje, interruptor NR, límite de potencia con un motor inoperativo, válvulas de combustible. Comprueba las indicaciones de los instrumentos de vuelo, ajusta el altímetro, conecta la batería. Pone en marcha el primer motor cuando Scarpetta sale del centro de servicio del aeropuerto y cruza la pista. Abre la puerta trasera del helicóptero y deja el maletín forense y el equipo de fotografía en el suelo, y luego abre la puerta izquierda, apoya un pie en el patín y sube.

El motor número 1 está en posición de reposo en tierra, y Lucy pone en funcionamiento el 2. El ulular de las turbinas y el retumbo de las aspas se hacen más intensos, y Scarpetta se abrocha el arnés de cuatro puntos de seguridad. Un empleado del aeropuerto cruza la rampa al trote mientras hace oscilar las luces de señalización. Scarpetta se pone los auriculares.

—Anda, venga, por el amor de Dios —dice Lucy por el micrófono—. ¡Eh! —Como si el empleado pudiera oírle—. No necesitamos tu ayuda. Va a estar ahí parado un buen rato. —Lucy abre la puerta e intenta indicarle por gestos que se vaya—. No somos ningún avión. —Él no puede oírla—. No necesitamos que nos ayudes a despegar. Ya puedes largarte.

—Qué tensa estás. —La voz de Scarpetta resuena en los

auriculares de Lucy—. ¿Has tenido alguna noticia de los demás implicados en la búsqueda?

—Nada. No hay ningún helicóptero en el área de Hilton Head todavía, sigue habiendo demasiada niebla. Tampoco ha habido suerte con la búsqueda en tierra. El equipo de infrarrojos está preparado. —Lucy pulsa el interruptor superior de potencia—. Hacen falta unos ocho minutos para que se refrigere. Luego, en marcha. ¡Eh! —Como si el empleado del aeropuerto también llevara auriculares y pudiera oírla—. Vete. Estamos ocupadas. Maldita sea, debe de ser nuevo.

El empleado se queda allí parado, con las luces anaranjadas a los costados, sin dirigir a nadie a ninguna parte. La torre le comunica a Lucy:

—Tiene ese C-diecisiete tan pesado a favor del viento...

El reactor de carga militar es un racimo de grandes luces brillantes y apenas parece moverse, sino pender inmenso en el aire, y Lucy responde por la radio que lo tiene localizado. El «C-diecisiete tan pesado» y los «intensos vórtices que provocan los extremos de sus alas» no son un factor a tener en cuenta porque Lucy quiere dirigirse hacia el centro de la ciudad, hacia el puente del río Cooper, y luego remontarse hasta el puente de Arthur Ravenel Jr. o hacia donde le apetezca, haciendo ochos si le viene en gana, casi a ras del agua o de la tierra si le apetece, porque no pilota un avión. No es así como lo explica en la jerga radiofónica, pero es lo que quiere decir.

—He llamado a Turkington para ponerlo al corriente —le dice después a Scarpetta—. Benton me ha llamado, así que supongo que hablaste con él y te puso al corriente. Debería llegar en cualquier momento, o más le vale. No voy a quedarme aquí plantada toda la eternidad. Ya sabemos quién es ese cabrón.

—Lo que no sabemos es dónde está —le recuerda Scarpetta—. Y supongo que aún no tenemos ni idea del paradero de Marino.

—Si quieres saber mi opinión, deberíamos buscar al Hombre de Arena, no un cadáver.

—En cuestión de una hora, todo el mundo lo estará buscando. Benton ha puesto al tanto a la policía, tanto la local como la militar. Alguien tiene que buscarla a ella. Ése es mi cometido, y tengo intención de cumplirlo. ¿Has traído la red de carga? ¿Y hemos tenido alguna noticia de Marino? ¿Cualquier cosa?

—Tengo la red de carga.

—¿Llevamos el equipo habitual?

Benton camina en dirección al empleado del aeropuerto, le da una propina y Lucy se echa a reír.

—Supongo que cada vez que pregunte por Marino vas a hacer caso omiso —comenta Scarpetta a medida que se acerca Benton.

—Quizá deberías ser sincera con la persona que se supone va a ser tu marido. —Lucy observa a Benton.

—¿Qué te hace pensar que no lo he sido?

—Cómo voy a saber qué has hecho.

—Benton y yo hemos hablado —dice Scarpetta, con la mirada fija en ella—. Y tienes razón, debería ser sincera y no lo he sido.

Benton abre la puerta trasera y se monta.

—Bien, porque cuanto más confías en alguien, mayor crimen es mentir, aunque sea por omisión —afirma Lucy.

Se oyen los chasquidos y roces que provoca Benton al ponerse los auriculares.

—Tengo que superarlo —dice Lucy.

—Debería ser yo la que necesita superarlo —la corrige Scarpetta—. Y no podemos hablar de ello ahora.

—¿De qué no podemos hablar? —La voz de Benton en los auriculares de Lucy.

—De la clarividencia de tía Kay. Está convencida de saber dónde está el cadáver. Por si acaso, tenemos el equipo y los productos químicos para la descontaminación. Y bolsas para restos humanos por si nos vemos obligados a llevarla colgada en una camilla. Lamento mostrarme tan insensible, pero no pienso llevar ahí atrás un cadáver en descomposición, ni de coña.

—No es clarividencia, sino restos de disparos —concreta Scarpetta—. Y él quiere que la encontremos.

—Entonces, debería habérnoslo puesto más fácil —dice Lucy, y sube los aceleradores de potencia.

—¿Qué ocurre con los restos de disparos? —indaga Benton.

—Tengo una idea, si preguntas qué arena por esta zona puede contener restos de disparos.

—Dios santo —dice Lucy—. Ese tipo va a salir volando. Fijaos. Está ahí plantado como un árbitro zombi de la liga de fútbol. Me alegra que le hayas dado propina, Benton. Pobre tipo, se está esforzando.

—Sí, propina, aunque no un billete de cien —comenta Scarpetta, mientras Lucy espera para comunicarse por radio.

El tráfico aéreo está casi imposible porque llevan demorándose vuelos todo el día, y ahora la torre no puede mantener el ritmo.

—Cuando me fui a estudiar a la Universidad de Virginia, ¿qué hacías tú? —le dice Lucy a Scarpetta—. Me enviabas cien pavos de vez en cuando «porque sí». Eso escribías siempre al final del cheque.

—No era gran cosa. —La voz de Scarpetta entra directamente en la cabeza de Lucy.

—Libros, comida, ropa, chismes de informática.

Son micrófonos activados por voz, y la gente habla de manera truncada.

—Bueno —dice la voz de Scarpetta—. Fue muy amable por tu parte. Es mucha pasta para alguien como Ed.

—Tal vez le estaba sobornando. —Lucy se acerca a Scarpetta para comprobar la pantalla de infrarrojos—. Todo listo —dice—. Nos vamos de aquí en cuanto nos dejen. —Como si la torre pudiera oírla—. Somos un maldito helicóptero, por el amor de Dios. No necesitamos la maldita pista. Y no necesitamos que nos den vectores. Me pone de los nervios.

—Igual estás muy malhumorada para volar. —La voz de Benton.

Lucy se vuelve a poner en contacto con la torre, y al fin recibe autorización para despegar en dirección sureste.

—Vamos ahora que podemos —comenta, y el helicóptero se torna liviano sobre los patines. El empleado les hace señales como si les ayudara a aparcar—. Quizá debería trabajar de cono de tráfico —se burla Lucy mientras levanta el pájaro de tres toneladas y lo hace planear—. Vamos a seguir el río Ashley un trecho, luego iremos hacia el este y seguiremos la línea de la costa hacia Folly Beach. —Permanece suspendida en la intersección de dos pistas de rodaje—. Desplegando el equipo de infrarrojos.

Desplaza el interruptor de *standby* a *on*, y la pantalla se pone gris oscuro, salpicada de luminosos puntos blancos. El C-17 realiza una atronadora pasada rasante lanzando largas columnas de fuego blanco por los motores. La cristalera iluminada del centro de servicio del aeropuerto, las luces de las pistas, todo irreal en la pantalla de infrarrojos.

—Bajo y lento, y lo otearemos todo por el camino. ¿Cuadriculamos el terreno? —dice Lucy.

Scarpetta saca la Unidad de Control del Sistema de su funda y conecta el equipo de infrarrojos al reflector, que mantiene apagado. En el monitor de vídeo cerca de su rodilla izquierda siguen apareciendo imágenes grises acompañadas de otras de un blanco candente. Dejan atrás el puerto, sus contenedores de distintos colores amontonados como manzanas de edificios. Las grúas se alzan cual monstruosas mantis religiosas en el cielo nocturno y el helicóptero sobrevuela lentamente las luces de la ciudad como si flotara sobre ellas. Más adelante, la ensenada se ve negra. No hay estrellas y la luna es una mancha tras densas nubes lisas cual yunques por la parte superior.

—¿Hacia dónde nos dirigimos, exactamente? —pregunta Benton.

Scarpetta manipula el botón de orientación del equipo de infrarrojos, haciendo que aparezcan y desaparezcan de la pantalla las imágenes. Lucy reduce la velocidad a 80 nudos y mantiene la altitud a 500 pies.

—Imagina lo que encontrarías si hicieras un análisis microscópico de la arena de Iwo Jima, siempre y cuando se hubiera mantenido protegida todos estos años —dice Scarpetta.

—Lejos de las olas rompientes —señala Lucy—. En dunas, por ejemplo.

—¿Iwo Jima? —dice Benton con ironía—. ¿Volamos rumbo a Japón?

Por el lado de la puerta de Scarpetta están las mansiones de la Battery, sus luces brillantes manchas blancas en infrarrojos. Le viene a la cabeza Henry Hollings, y piensa en Rose. Las luces de los lugares habitados se ven cada vez más espaciadas conforme se van acercando a la costa de isla James y la dejan lentamente atrás.

—Un entorno litoral que haya permanecido intacto desde la guerra de Secesión —continúa Scarpetta—. En un lugar así, si la arena estuviera protegida, habría muchas probabilidades de encontrar restos de disparos. Creo que es ahí —le señala a Lucy—. Casi debajo de nosotros.

El aparato reduce la velocidad hasta quedar prácticamente suspendido en el aire y desciende hasta 300 pies en el extremo norte de isla Morris. Está deshabitado y sólo se puede acceder con helicóptero o barco, a menos que la marea esté tan baja que permita vadear el trecho que hay desde Folly Beach. Baja la mirada hacia las cuatrocientos hectáreas de tierra desierta declarada patrimonio histórico que durante la guerra de Secesión fue escenario de intensos enfrentamientos.

—Probablemente no es muy distinta de hace unos ciento cuarenta años —comenta Scarpetta, y Lucy desciende otro centenar de pies.

—Donde el regimiento afroamericano, el cincuenta y cuatro de Massachusetts, fue masacrado —dice la voz de Benton—. Hicieron una película sobre ello, ¿cómo se titulaba?

—Mira por tu lado —le recuerda Lucy—. Dinos si ves algo y barreremos la zona con el reflector.

—Se titulaba *Tiempos de gloria* —responde Scarpetta—.

No enciendas el reflector aún —añade—. Interferiría con los infrarrojos.

En la pantalla de vídeo se aprecia el terreno gris moteado y una zona ondulada que es el agua, que centellea como plomo fundido, discurre suavemente hacia la orilla, rompe contra la arena en ondas festoneadas de blanco.

—No veo nada ahí abajo salvo las siluetas oscuras de las dunas y ese maldito faro que nos sigue a todas partes —dice Scarpetta.

—Deberían volver a poner la baliza para que la gente como nosotros no se estrelle contra él —murmura Lucy.

—Ahora me siento mejor —bromea Benton.

—Empiezo a cuadricular el terreno. Sesenta nudos, doscientos pies, hasta el último centímetro de lo que haya ahí abajo —asegura Lucy.

No tienen que seguir escudriñando la cuadrícula mucho tiempo.

—¿Puedes dirigirte hacia ahí? —Scarpetta señala lo que Lucy también ha visto—. Lo que acabamos de dejar atrás, sea lo que sea. Esa zona de playa. No, no, hacia atrás, por ahí. Una clara variación térmica.

Lucy hace virar el helicóptero, y el faro se ve achaparrado y a franjas en infrarrojos, rodeado por el agua plomiza que se mece en los límites exteriores de la ensenada.

Más allá, un crucero parece un barco fantasma con ventanas de un blanco candente y un largo penacho que brota de la chimenea.

—Ahí, veinte grados hacia la izquierda de esa duna —indica Scarpetta—. Creo que hay algo.

—Ya lo veo —dice Lucy.

La imagen se ve de un blanco candente en la pantalla en medio de la grisura turbia y moteada. Lucy baja la vista, intentando posicionarse como es debido. Vuela en círculos, cada vez más bajo.

Scarpetta enfoca con el *zoom* y la reluciente silueta blanca se convierte en un cuerpo sobrenaturalmente luminoso, radiante como una estrella, al borde de un canal de marea que reluce como cristal.

Lucy guarda el equipo de infrarrojos y enciende un reflector con la luminosidad de diez millones de velas. Las matas de avena de mar se aplastan contra el suelo y la arena se arremolina cuando toman tierra.

Una corbata negra aletea al viento que levantan las aspas, cada vez más lentas.

Scarpetta mira por la ventanilla y a cierta distancia, en la arena, una cara reluce a la luz estroboscópica, los dientes blancos componen una mueca en la masa abotargada que no es reconocible como hombre ni como mujer. Si no fuera por el traje y la corbata, no podría saberse.

—¿Qué demonios? —La voz de Benton en sus auriculares.

—No es ella —dice Lucy mientras pulsa interruptores—. No sé vosotros, pero yo tengo la pistola. Aquí hay algo raro.

Se abren las puertas y descienden a la arena mullida. El hedor es insoportable hasta que se ponen de espaldas al viento. Pistola en mano, hurgan con las linternas. El helicóptero es una enorme libélula en la playa oscura y el único sonido es el de las olas rompientes. Scarpetta desplaza el haz de luz y lo detiene al ver unas amplias marcas de arrastre que llevan hasta una duna, donde desaparecen.

—Alguien tenía un bote —señala Lucy, que ya va camino de las dunas—. Un bote de fondo plano.

Las dunas están ribeteadas de matas de avena y demás vegetación, y se extienden hasta donde alcanza la vista, ajenas a la influencia de las mareas. Scarpetta piensa en las batallas que se libraron allí e imagina las vidas perdidas por una causa diametralmente opuesta a la del Sur. Los males de la esclavitud. Soldados yanquis negros aniquilados. Imagina oír sus gemidos y susurros entre la hierba alta, y les dice a Lucy y Benton que no se vayan muy lejos. Ve cómo los haces de sus linternas escinden el terreno en penumbra cual largos filos brillantes.

—Por aquí —dice Lucy desde la oscuridad entre dos dunas—. Madre de Dios —exclama—. ¡Tía Kay, trae mascarillas!

Scarpetta abre el compartimento de equipaje y saca una maleta con material forense, la posa en la arena y hurga en busca de mascarillas: la situación debe de ser grave para que Lucy las pida.

—A éstos no podemos sacarlos. —La voz de Benton empujada por el viento.

—¿Con qué demonios nos las estamos viendo? —La voz de Lucy—. ¿Habéis oído eso?

Algo que aletea a lo lejos, entre las dunas.

Scarpetta va en dirección a sus luces, y el hedor empeora. Da la impresión de hacer el aire más denso, le escuecen los ojos y les ofrece mascarillas para luego ponerse ella una. Se reúne con Lucy y Benton en una hondonada entre dunas encaramada a una elevación que no permite divisarla desde la playa. La mujer está desnuda y muy hinchada tras varios días a la intemperie. Está infestada de gusanos, el rostro devorado, sin labios ni ojos, los dientes expuestos. A la luz de la linterna de Scarpetta se aprecia un soporte de titanio implantado, antes rematado por una corona. El cuero cabelludo está medio desprendido del cráneo, el largo cabello desparramado por la arena.

Lucy se abre paso entre la avena de mar y la hierba, en dirección al aleteo que Scarpetta también alcanza a oír, y no sabe muy bien qué hacer. Piensa en los restos de disparos y la arena y este lugar, y se pregunta qué debe de significar para él. Ha creado su propio campo de batalla, que habría quedado mucho más sembrado de cadáveres si no llega a encontrar ella ese punto concreto, gracias al bario, el antimonio y el plomo de los que probablemente nada sabía él, y percibe al asesino: su espíritu enfermizo parece flotar en el aire.

—Una tienda —grita Lucy, y se dirigen hacia ella.

Está detrás de otra duna, y las dunas son olas oscuras que se alejan de ellos, enmarañadas de maleza y hierba, y él o alguien ha levantado una tienda. Postes de aluminio y una lona alquitranada. A través de una ranura en una solapa que chasquea azotada por el viento se ve un cuchitril. El colchón está pulcramente cubierto con una sábana, y hay una lámpara. Lucy abre con el pie una nevera portátil en cuyo interior hay varios centímetros de agua, introduce el dedo y anuncia que el agua está tibia.

—Tengo una camilla de transporte en el helicóptero —dice—. ¿Cómo quieres hacerlo, tía Kay?

—Tenemos que fotografiarlo todo, tomar medidas, requerir la presencia de la policía de inmediato. —Hay mucho que hacer—. ¿Hay alguna manera de transportar a los dos a la vez?

—Con una sola camilla, no.

—Quiero examinar todo lo que hay aquí —dice Benton.

—Entonces los meteremos en bolsas y tendrás que llevarlos de uno en uno —dice Scarpetta—. ¿Dónde quieres dejarlos, Lucy? En algún lugar discreto, no puede ser en el centro de servicio del aeropuerto donde probablemente está ese empleado tan diligente indicando cómo aterrizar a los mosquitos. Voy a llamar a Hollings para ver quién puede ir a esperarte.

Luego se quedan en silencio, escuchando el aleteo de la improvisada tienda, el suave susurro de la hierba, el tenue y húmedo romper de las olas. El faro parece un inmenso peón negro en una partida de ajedrez, rodeado por la llanura inconmensurable de un mar negro cubierto de surcos. El asesino está ahí, en alguna parte, y todo parece irreal. Un soldado del infortunio, pero Scarpetta no siente la menor compasión.

—Vamos a hacerlo —dice, y prueba a llamar por el móvil.

Naturalmente, no hay cobertura.

—Tendrás que intentar ponerte en contacto con él desde el aire —le dice a Lucy—. Puedes intentarlo también con Rose.

—¿Rose?

—Tú prueba.

—¿Para qué?

—Sospecho que sabrá dónde encontrarlo.

Sacan la camilla y las bolsas para restos humanos, así como sábanas plastificadas y la protección contra residuos de riesgo biológico de que disponen. Empiezan con ella, que está lánguida porque el rígor mortis vino y se fue, como si renunciara a oponerse tercamente a su muerte, y los insectos y otras criaturas diminutas se apoderaron del cadáver. Han devorado por completo todo lo blando y herido. Tiene la cara abotargada, el cuerpo hinchado debido a los gases bacteriales, la piel cincelada de un negro verdoso siguiendo el entramado ramificado de sus vasos sanguíneos. Le han cortado a tajos irregulares la nalga y la parte posterior del muslo izquierdo, pero no hay ninguna otra señal evidente de herida o mutilación, ni indicio de qué acabó con su vida. La levantan y la colocan en medio de la sábana, y luego la introducen en un saco para restos humanos que Scarpetta cierra con la cremallera.

Dirigen su atención al hombre en la playa. Tiene un aparato dental de plástico translúcido en los dientes cubiertos de arena, y en torno a la muñeca derecha una goma elástica. El traje y la corbata son negros, y la camisa blanca tiene manchas de fluidos de purga y sangre. Múltiples hendiduras en la chaqueta tanto por delante como por detrás indican que fue acuchillado repetidamente. Los gusanos infestan las heridas y constituyen una masa en movimiento bajo su ropa. En un bolsillo del pantalón encuentran un billetero propiedad de Lucious Meddick. No parece que el asesino estuviera interesado en sus tarjetas de crédito ni en su dinero en efectivo.

Más fotografías y notas. Scarpetta y Benton afianzan el cadáver embolsado de la mujer —el cadáver embolsado de Lydia Webster— a la camilla de transporte mientras Lucy trae un cable de unos quince metros y una red de la parte trasera del helicóptero. Luego entrega a Scarpetta su arma.

—La necesitas más que yo —le dice.

Sube al aparato y pone en marcha los motores. Las aspas empiezan a emitir un ruido sordo al impulsar el aire. Destellan las luces y el helicóptero se despega del suelo con suavidad y da la vuelta en el aire. Muy lentamente, se eleva hasta que el cable se tensa y la red con su mórbida carga queda suspendida sobre la arena. Lucy se aleja por el aire y la carga se mece suavemente como un péndulo. Scarpetta y Benton se dirigen de regreso a la tienda. Si fuera de día, las moscas serían una tormenta de zumbidos y el aire estaría denso y rebosante de putrefacción.

—Duerme aquí —observa Benton—. Aunque no siempre, no necesariamente.

Hurga en la almohada con el pie. Debajo está el embozo de la sábana, y debajo de ésta el colchón. Una bolsa térmica mantiene seca una caja de cerillas, pero los libros de bolsillo no parecen tener mucha importancia para él. Están impregnados de humedad, las páginas pegadas entre sí: la clase de oscuras sagas familiares y novelas románticas que uno se compra en una tienda cualquiera cuando quiere algo que leer sin importar lo que sea. Debajo de la pequeña tienda improvisada hay un hoyo donde ha hecho hogueras sirviéndose de carbón vegetal y una parrilla herrumbrosa colocada encima de unas piedras. Hay latas de refresco. Scarpetta y Benton no tocan nada y regresan a la playa donde había aterrizado el helicóptero, las marcas de los patines profundas en la arena. Han salido más estrellas y el hedor impregna el aire, pero ya no lo satura.

—En un primer momento has pensado que era él. Te lo he notado en el gesto —le dice Benton.

—Espero que esté bien y no haya hecho ninguna tontería —responde ella—. Otra cosa de la que se puede culpar a la doctora Self: dar al traste con todo lo que teníamos, separarnos. No me has dicho cómo lo averiguaste. —Cada vez más furiosa: ira nueva mezclada con la vieja.

—Es lo que más le divierte: separar a la gente.

Esperan cerca de la orilla, en la parte de donde sopla el viento hacia el bulto con forma de capullo negro en el que se ha convertido Lucious Meddick, de manera que el hedor vaya hacia el lado contrario. Scarpetta huele el mar y lo oye respirar y romper suavemente en la orilla. El horizonte está negro y el faro ya no alerta de nada.

Un poco después, a lo lejos, luces parpadeantes. Lucy regresa y ellos se apartan de la arena que levanta al aterrizar. Con el cadáver de Lucious Meddick asegurado en la red de carga, remontan el vuelo y lo llevan a Charleston. Las luces de los coches de policía destellan en la rampa, y Henry Hollings y el capitán Poma aguardan cerca de una furgoneta sin ventanillas.

Scarpetta camina por delante, sus pies impulsados por la ira. Apenas presta oídos a la conversación a cuatro bandas. Han hallado el coche fúnebre de Lucious Meddick tras la funeraria de Hollings, con las llaves puestas. ¿Cómo ha llegado allí a menos que lo llevara el asesino, o tal vez Shandy? Bonnie y Clyde, así los llama el capitán Poma, y luego saca a colación a Bull. ¿Dónde está, qué más puede saber? La madre de Bull dice que no está en casa, lleva días repitiéndolo. No hay rastro de Marino, y ahora la policía lo busca, y Hollings asegura que los cadáveres irán directos al depósito, pero no al de Scarpetta, sino al de la Facultad de Medicina de Carolina del Sur, donde los esperan dos patólogos forenses que llevan la mayor parte de la noche ocupados con Gianni Lupano.

—Nos vendría bien su ayuda, si está dispuesta a prestárnosla —le dice Hollings a Scarpetta—. Los ha encontrado usted, así que debería ocuparse de ello, siempre y cuando no le importe.

—La policía tiene que ir a isla Morris de inmediato y acordonar el escenario —advierte ella.

—Ya hay lanchas Zodiac en camino. Más vale que le indique cómo llegar al depósito.

—Ya he ido alguna vez. Usted me dijo que la jefa de seguridad es amiga suya —dice Scarpetta—. En el hotel Charleston Place. ¿Cómo se llama?

Ya van caminando.

—Suicidio —dice Hollings—. Traumatismo por contusión directa derivado de un salto o una caída. Nada indica otra cosa. A menos que pueda acusar a alguien de haberlo abocado a hacerlo. En ese caso, habría que dirigir la acusación contra la doctora Self. Mi amiga del hotel se llama Ruth.

Las luces son brillantes en el centro de servicio del aeropuerto, y Scarpetta va al lavabo de señoras para lavarse las manos, la cara y las fosas nasales. Rocía el aire con abundante ambientador y aspira la tenue bruma, y luego se lava los dientes. Cuando vuelve a salir, Benton está allí parado, esperando.

—Deberías irte a casa —le aconseja.

—Como si pudiera dormir.

La sigue mientras la furgoneta sin ventanillas se aleja, y Hollings está hablando con el capitán Poma y Lucy.

—Tengo que hacer una cosa —dice Scarpetta.

Benton la deja marchar y ella se dirige hacia su todoterreno.

El despacho de Ruth está cerca de la cocina, donde el hotel ha sufrido numerosos hurtos.

De camarones, en particular. Astutos rateros que se hacen pasar por cocineros. Cuenta una anécdota graciosa tras otra, y Scarpetta escucha con atención porque va detrás de algo y el único modo de conseguirlo es hacer las veces de público para la jefa de seguridad. Ruth es una mujer elegante de cierta edad; tiene el rango de capitán en la Guardia Nacional pero parece más bien una recatada bibliotecaria. De hecho, guarda parecido con Rose.

—Pero bueno, no ha venido a verme para oír todo esto —dice Ruth desde detrás de una mesa que probablemente es un excedente del mobiliario del hotel—. Quiere información sobre Drew Martin, y seguro que el señor Hollings le dijo que la última vez que se alojó aquí apenas pasó por su habitación.

—Sí, eso me dijo —asiente Scarpetta, que busca un arma

debajo de la chaqueta de cachemira de Ruth—. ¿Estuvo por aquí su entrenador alguna vez?

—Comía en el asador de vez en cuando. Siempre pedía lo mismo: caviar y Dom Pérignon. No tengo noticia de que ella fuera allí, pero no imagino a una tenista profesional comiendo alimentos pesados o bebiendo champán la víspera de un partido importante. Como he dicho, salta a la vista que tenía otra vida en alguna parte y nunca venía por aquí.

—Tienen otra cliente famosa alojada aquí —señala Scarpetta.

—Tenemos clientes famosos continuamente.

—Así pues, puedo ir llamando puerta por puerta.

—No se puede acceder a la planta vigilada sin llave. Aquí hay cuarenta suites. Eso son muchas puertas.

—Mi primera pregunta es si sigue aquí, y supongo que la reserva no está a su nombre. De otra manera, podría sencillamente llamarla —observa Scarpetta.

—Tenemos servicio de habitaciones las veinticuatro horas del día. Estoy tan cerca de la cocina que oigo el traqueteo del carrito al pasar —comenta Ruth.

—Entonces ella se despierta a primera hora. Mejor, no querría despertarla. —La ira brota tras los ojos de Scarpetta y empieza a descender por su cuerpo.

—Café todas las mañanas a las cinco. No deja mucha propina. No estamos precisamente encantados con ella —asegura Ruth.

La doctora Self está en una suite de la octava planta, en una esquina. Scarpetta inserta una tarjeta magnética en el ascensor y unos minutos después se encuentra delante de su puerta. La percibe vigilante tras la mirilla.

Self abre la puerta al tiempo que dice:

—Vaya, veo que alguien se ha ido de la lengua. Hola, doctora Scarpetta.

Lleva un llamativo albornoz de seda roja, holgadamente atado a la cintura, y zapatillas de seda negra.

—Qué sorpresa tan agradable. Me pregunto quién se lo

dijo. Por favor. —Se hace a un lado para franquearle el paso—. Hay que ver lo que es el destino: han traído dos tazas y otra cafetera. Déjeme adivinar cómo me ha encontrado aquí, y no me refiero sólo a esta espléndida habitación. —La doctora Self se sienta en el sofá con las piernas recogidas—. Shandy. Por lo visto, otorgarle lo que deseaba tuvo como resultado una pérdida de influencia por mi parte, o al menos ése debe de ser su mezquino punto de vista.

—No he llegado a conocer a Shandy —dice Scarpetta desde una butaca orejera cerca de la ventana que ofrece una vista de la parte antigua de la ciudad.

—Querrá decir que no la ha conocido en persona —la corrige Self—. Pero creo que la ha visto: su exclusiva visita al depósito de cadáveres. Pienso en los malos tiempos ante los tribunales, Kay, y me pregunto hasta qué punto podría haber sido todo distinto si el mundo hubiera sabido cómo es usted en realidad, si hubiera sabido que ofrece visitas al depósito de cadáveres y hace un espectáculo de los cadáveres, sobre todo el del pequeño que despellejó y cortó en filetes. ¿Por qué le sacó los ojos? ¿Cuántas lesiones debía documentar antes de decidir la causa de su muerte? Los ojos, Kay. Las cosas que hay que ver...

—¿Quién le contó lo de la visita?

—Shandy alardeó de ella. Imagine lo que diría un jurado. Lo que habría dicho el jurado de Florida si hubieran sabido cómo es usted.

—El veredicto no la perjudicó a usted —replica Scarpetta—. Nada la ha perjudicado de la manera en que usted se las arregla para perjudicar a todo el mundo. ¿Ha oído que su amiga Karen se suicidó apenas veinticuatro horas después de ser dada de alta de McLean?

A la doctora Self se le ilumina la cara.

—Entonces su triste historia tendrá un final acorde. —Mira a Scarpetta a los ojos—. No crea que voy a fingir. Lo que me molestaría es que me hubiera dicho que Karen había vuelto a rehabilitación y dejado de beber otra vez. Esa masa de hombres que llevan una vida de discreta desesperación. Thoreau. En la parte del mundo de Benton. Sin embargo, usted vive aquí en el Sur. ¿Cómo se las apañarán cuando estén casados? —Busca con los ojos la alianza en la mano izquierda de Scarpetta—. ¿Seguro que van a seguir adelante? A ninguno de los dos le va mucho eso del compromiso. Bueno, a Benton sí, pero es un compromiso diferente el que se trae entre manos allá en el Norte. El pequeño experimento de Benton fue una agradable sorpresa, y me muero de ganas de hablar del asunto.

—El pleito de Florida no le arrebató a usted nada salvo dinero, que probablemente cubrió su seguro para casos de negligencia profesional. Las primas deben de ser muy elevadas. Deberían serlo en grado sumo. Me sorprende que haya aseguradoras que se arriesguen con usted —le espeta Scarpetta.

—Tengo que hacer el equipaje. Vuelvo a Nueva York, estoy otra vez en antena. ¿Se lo había dicho? Un programa nuevo centrado en la mentalidad criminal. No se preocupe. No quiero que tome parte en él.

—Probablemente Shandy mató a su hijo —dice Scarpetta—. Me pregunto qué piensa hacer usted al respecto.

—La eludí tanto como pude. Una situación muy similar a la suya, Kay. Sabía lo de Shandy. ¿Por qué se enreda la gente en los tentáculos de alguien pernicioso? Me oigo hablar, y cada comentario me sugiere un programa. Es agotador y al mismo tiempo estimulante caer en la cuenta de que nunca se me agotarán los programas. Marino debería haber sido más espabilado. Qué simplón es. ¿Ha tenido noticias suyas?

—Usted fue el principio y el final —la acusa Scarpetta—. ¿No podía haberlo dejado en paz?

—Él fue quien se puso en contacto conmigo.

—Sus correos eran los de un hombre asustado y desdichado hasta la desesperación. Usted era su psiquiatra.

—Hace años. Apenas lo recuerdo.

—Si alguien conoce a Marino es usted, y lo utilizó. Se

aprovechó de él porque quería hacerme daño. Me da igual que me haga daño a mí, pero no debería habérselo hecho a él. Luego volvió a intentarlo, ¿verdad? Para hacerle daño a Benton. ¿Por qué? ¿Para vengarse de lo de Florida? Yo creía que tendría algo mejor que hacer.

—Estoy en un *impasse*, Kay. La verdad es que Shandy debería recibir su merecido, y a estas alturas Paulo ya ha tenido una larga conversación con Benton, ¿me equivoco? Paulo me llamó, claro. Me las he arreglado para encontrar su sitio a algunas piezas sueltas.

—Para decirle que el Hombre de Arena es su hijo —dice Scarpetta—. Paulo llamó para decirle eso.

—Una de las piezas es Shandy. La otra es Will. Y la tercera es el pequeño Will, como siempre le llamé. Mi Will regresó de una guerra y se metió en otra mucho más atroz. ¿Cree que algo así no lo llevó más allá de todo lo imaginable? No es que fuera normal, eso lo admito. Soy la primera en reconocer que ni siquiera mis herramientas surtían el menor efecto bajo su capó. Eso fue hace más o menos un año, un año y medio, Kay. Will regresó y se encontró a su propio hijo medio muerto de hambre, magullado y molido a palos.

—Shandy —dice Scarpetta.

—Will no tuvo nada que ver en aquello. Al margen de lo que haya hecho ahora, aquello no lo hizo él. Mi hijo nunca le haría daño a un niño. Shandy probablemente pensó que era de lo más divertido maltratar al niño sencillamente porque podía. El crío era un fastidio. Seguro que ella le dice eso. Un niño que siempre padecía cólicos, un mocoso llorón.

—¿Y se las arregló para ocultarlo de todo el mundo?

—Will estaba en las Fuerzas Aéreas. Tuvo a su hijo en Charlotte hasta que murió el padre de ella. Luego la animé a que se mudara aquí, y fue entonces cuando empezó a maltratarlo, ciertamente con saña.

—¿Y se deshizo de su cadáver en las marismas? ¿De noche?

—¿Ella? Lo dudo mucho. No me la imagino. Ni siquiera tiene un bote.

—¿Cómo sabe que se utilizó un bote? No recuerdo que se verificara ese dato.

—No creo que ella conociera las ensenadas ni las mareas, así que no se habría atrevido a internarse en el agua por la noche. Un secretito: no sabe nadar. Está claro que debió de necesitar ayuda.

—¿Tiene su hijo un bote y conoce las ensenadas y mareas?

—Antes lo tenía, y le encantaba llevarse a su pequeño de aventura: meriendas campestres, acampadas en islas desiertas, descubriendo tierras de nunca jamás, ellos dos solos. Qué imaginativo y melancólico: él también era un crío, en el fondo. Al parecer, la última vez que el ejército lo destinó al extranjero, Shandy vendió un montón de cosas suyas. Qué considerado por su parte. No creo que Will tenga siquiera coche a estas alturas. Pero lo que sí tiene son recursos. Va ligero de equipaje y sabe moverse con rapidez y sin llamar la atención, eso desde luego. Probablemente lo aprendió allí. —Se refiere a Irak.

Scarpetta está pensando en el bote de fondo plano de Marino con su potente motor fueraborda, motor eléctrico retráctil en la proa y remos. Un bote que lleva meses sin usar y en el que por lo visto ya ni siquiera piensa, sobre todo de un tiempo a esta parte, sobre todo desde que conoció a Shandy. Ella debía de estar al tanto de la existencia del bote, aunque nunca hubiera salido a navegar. Quizá se lo dijo a Will y éste lo tomó prestado. Habría que buscar el bote de Marino. Scarpetta se pregunta cómo se lo explicará a la policía.

—¿Quién iba a ocuparse del pequeño inconveniente de Shandy, el cadáver? ¿Qué se supone que debía hacer mi hijo? —dice la doctora Self—. Eso es lo que ocurre, ¿verdad? El pecado de otra persona se convierte en el tuyo propio. Will quería a su hijo, pero cuando papá se va a la guerra, mamá tiene que hacer el papel de los dos, y en este caso mamá es un monstruo. Siempre la desprecié.

—La ha mantenido —le recuerda Scarpetta—. Con generosidad, diría yo.

—Veamos. ¿Y usted cómo lo sabe? A ver si lo adivino. Lucy ha invadido la intimidad de Shandy, probablemente sabe lo que tiene, o tenía, en el banco. Yo no habría llegado a enterarme de que mi nieto había fallecido si Shandy no me hubiera llamado, supongo que el mismo día que se encontró el cadáver. Quería dinero, más dinero, y que la aconsejara.

—¿Usted está aquí por ella y por lo que le dijo?

—Shandy se las ha arreglado brillantemente para chantajearme durante años. La gente no sabe que tengo un hijo, y desde luego menos que tengo un nieto. Si salen a la luz esos datos, me tendrían por negligente, me considerarían una madre horrible, una abuela horrible: todas esas cosas que dice mi querida madre sobre mí. Para cuando me hice famosa, ya era tarde para volver atrás y compensar el distanciamiento, muy deliberado por mi parte. No tuve otra opción que seguir adelante. La mamá del alma, y me refiero a Shandy, mantuvo mi secreto a cambio de cheques.

—¿Y ahora tiene intención de mantener a salvo su secreto a cambio de eso?

—Supongo que a un jurado le encantaría ver la grabación del paseo de Shandy por el depósito de cadáveres, en la nevera, echándole un vistazo a su propio hijo muerto. La asesina dentro de su depósito. Imagine qué historia tan estupenda. Yo diría, sin exagerar, que su carrera de usted se iría al garete, Kay. Teniéndolo en cuenta, debería agradecérmelo. Mi intimidad garantiza la suya.

—Entonces es que no me conoce.

—He olvidado ofrecerle un café. Servicio para dos. —Con una sonrisa.

—Yo no olvidaré lo que usted ha hecho —replica Scarpetta, y se levanta—. Lo que le ha hecho a Lucy, a Benton, a mí. No sé con seguridad lo que le ha hecho a Marino.

—Yo no sé con seguridad qué le hizo él a usted, pero sé lo suficiente. ¿Cómo lo lleva Benton? —Se sirve otro café—. Qué asunto tan peculiar. —Se reclina en los almohadones—. Cuando Marino venía a mi consulta en Florida, su lujuria no habría sido más palpable a menos que se me hubiera echado encima y me hubiese arrancado la ropa. Es edípico y lamentable. Quiere tirarse a su madre, la persona más poderosa en su vida, y seguirá buscando el otro extremo de su arco iris edípico hasta el final de sus días. No encontró ningún caldero de oro cuando se acostó con usted. Por fin, por fin. Bien por él. Es sorprendente que no se haya suicidado.

Scarpetta se queda junto a la puerta, mirándola fijamente.

—¿Qué tal es como amante? —le pregunta la doctora Self—. Benton, salta a la vista, pero ¿y Marino? Hace días que no sé nada de él. ¿Ya han solucionado lo suyo? ¿Y qué dice Benton al respecto?

—Si a usted no se lo dijo Marino, ¿quién fue? —pregunta Scarpetta en voz queda.

—¿Marino? Ah, no, desde luego que no. Él no me contó lo de su pequeña incursión. Lo siguieron hasta su casa desde, ay, querida, ¿cómo se llama ese bar? Otro de los matones de Shandy, con el encargo de hacer que se planteara seriamente la posibilidad de cambiar de ciudad.

—Entonces eso fue cosa suya. Ya me lo parecía.

—Lo hice para ayudarla a usted.

—¿Tiene una vida tan mezquina que se ve obligada a agobiar a la gente de esa manera?

—Charleston no es buen sitio para usted, Kay.

Scarpetta cierra la puerta y se marcha del hotel. Camina por los adoquines y pasa por delante de una fuente con caballos de bronce para acceder al garaje del hotel. El sol no ha salido aún. Debería llamar a la policía, pero sólo puede pensar en toda la desdicha que es capaz de causar una sola persona. La primera sombra de pánico la alcanza en una planta desierta de hormigón y coches, y piensa en uno de los comentarios de la doctora Self.

«Es sorprendente que no se haya suicidado.»

¿Fue una predicción, expresaba una esperanza o la insinuación de otro de esos horribles secretos que ella conoce? Ahora Scarpetta no puede pensar en nada más, y tampoco puede llamar a Lucy o Benton. A decir verdad, ellos no compadecen a Marino, tal vez incluso deseen que se haya metido la pistola en la boca o se haya tirado por un puente, e imagina a Marino muerto en el interior de su coche en el fondo del río Cooper.

Decide llamar a Rose y saca el móvil, pero no hay cobertura. Se dirige hacia su todoterreno, sin reparar apenas en el Cadillac blanco aparcado junto a él. Se fija en una pegatina ovalada en el parachoques trasero, reconoce las «HH» de Hilton Head y nota lo que está ocurriendo antes de ser consciente de ello. Se da la vuelta en el momento que el capitán Poma sale a la carrera desde detrás de una columna de hormigón. Ella nota que el aire se mueve a su espalda, o lo oye. Poma se lanza en plancha y ella gira sobre los talones al tiempo que algo la aferra por el brazo. Durante una fracción de segundo, el rostro de él está a la altura del suyo: un joven con la cabeza rapada y una oreja hinchada y enrojecida que la mira con ojos furiosos. El muchacho se estampa contra el coche de Scarpetta, un cuchillo cae con un tintineo a sus pies y el capitán le golpea sin dejar de gritar.

23

Bull tiene la gorra entre las manos.

Está un poco encorvado en el asiento delantero, consciente de que si se sienta erguido, pega en el techo con la cabeza, cosa que tiende a ocurrir. Bull mantiene una actitud orgullosa, por mucho que acabe de salir bajo fianza de la cárcel del condado por un crimen que no cometió.

—Le agradezco mucho que haya ido a recogerme, doctora Kay —dice cuando Scarpetta aparca delante de su propia casa—. Lamento haberle causado tantas molestias.

—Deje de decir eso, Bull. Ahora mismo estoy furiosa.

—Ya lo sé, y lo siento mucho, porque usted no hizo nada. —Abre la puerta y tarda unos instantes en conseguir apearse del asiento delantero—. Intenté quitar la tierra de mis botas, pero se ve que ensucié un poco su felpudo, así que más vale que lo limpie, o lo sacuda un poco al menos.

—Deje de disculparse, Bull. Lleva así desde que hemos salido de la cárcel, y estoy tan furiosa que muerdo. La próxima vez que ocurra algo así, si no me llama de inmediato, también voy a estar furiosa con usted.

—Espero que no ocurra nada por el estilo. —Bull sacude el felpudo de Scarpetta y ella empieza a sospechar que es tan testarudo como ella misma.

Ha sido un largo día lleno de imágenes dolorosas, intentos que han estado a punto de irse al cuerno y malos olores, y luego ha llamado Rose. Scarpetta tenía las manos metidas hasta los codos en el cadáver medio descompuesto de Lydia Webster cuando se presentó Hollings ante la mesa de autopsias y le dijo que tenía que contarle algo urgentemente. No está claro del todo cómo se enteró Rose, pero una vecina suya que conoce a una vecina de una vecina de Scarpetta —a quien ella no conoce— oyó el rumor de que la vecina que sí conoce Scarpetta —la señora Grimball— hizo que detuvieran a Bull por allanamiento e intento de robo.

Estaba escondido tras un azarero a la izquierda del porche delantero de Scarpetta, y la señora Grimball lo vio casualmente mientras miraba por su ventana de la segunda planta. Era de noche. Scarpetta no puede echar en cara a su vecina que se alarmase al ver algo semejante, a menos que esa vecina sea la señora Grimball.

Llamar a emergencias para informar de la presencia de un merodeador no era suficiente. Tuvo que adornar su historia diciendo que Bull estaba escondido en su propiedad, no en la de Scarpetta, y en resumidas cuentas, Bull, que ya había sido detenido, fue a parar a la cárcel, donde llevaba desde mitad de semana y donde probablemente seguiría si Rose no llega a interrumpir la autopsia, después de que Scarpetta fuera agredida en un aparcamiento.

Ahora es Will Rambo quien está en la cárcel, no Bull.

Ahora la madre de Bull puede estar tranquila. No tiene que seguir mintiendo ni decir que su hijo está cogiendo ostras o que ha salido, sin más, porque lo último que desea es que vuelvan a despedirlo.

—He descongelado estofado —dice Scarpetta mientras abre la puerta principal—. Hay más que de sobra, y ya me imagino lo que ha estado comiendo estos últimos días.

Bull la sigue al vestíbulo, y entonces el paragüero llama la atención a Scarpetta, que se detiene y se siente fatal. Introduce la mano y saca la llave de la moto de Marino y el cargador de su Glock, y luego la Glock de un cajón. Está tan inquieta que casi siente náuseas. Bull no dice nada, pero ella nota su curiosidad respecto a esos objetos. Transcurre un momento antes de que ella pueda hablar. Guarda la llave, el cargador y la pistola en el interior de la misma caja de metal donde tiene la botella de cloroformo.

Calienta estofado y pan casero, pone un servicio en la mesa y sirve un buen vaso de té con hielo con sabor a melocotón al que añade una ramita de menta fresca. Le dice a Bull que se siente y coma, que ella estará en el porche de arriba con Benton, y que les llame si necesita algo. Le recuerda que con demasiada agua, la lauréola se abarquillará y marchitará en una semana, y que hay que podar los pensamientos. Bull toma asiento y ella le sirve.

—No sé por qué le digo todo esto —comenta—. Usted sabe más de jardinería que yo.

—No viene mal que se lo recuerden a uno —replica él.

—Quizá deberíamos plantar más lauréola junto a la verja delantera para que la señora Grimball disfrute de su delicioso aroma. Quizás así se vuelva un poco más simpática.

—Intentaba hacer lo correcto. —Bull despliega la servilleta y se la pone sobre la pechera de la camisa—. No debería haberme escondido, pero desde que el de la *chopper* se presentara con un arma en el paseo, he estado alerta. Era una corazonada.

—Yo suelo fiarme de las corazonadas.

—Yo también, desde luego. Las tenemos por alguna razón —asegura Bull, y prueba el té—. Y algo me aconsejó que esperara entre los arbustos esa noche. Estaba vigilando su puerta, pero lo curioso del asunto es que debería haber vigilado el paseo, ya que usted me dijo que probablemente el coche fúnebre estaba allí cuando fue asesinado Lucious, lo que supone que el asesino estuvo allí atrás.

—Me alegro de que no fuera así. —Piensa en isla Morris y en lo que encontraron allí.

—Bueno, pues a mí me gustaría haber estado vigilándolo —insiste.

—Habría sido muy amable por parte de la señora Grimball que se hubiera molestado en llamar a la policía con respecto al coche —dice Scarpetta—. Hace que a usted le metan en la cárcel, pero no se molesta en denunciar un coche fúnebre en el paseo detrás de mi casa a altas horas de la noche.

—Vi cómo encerraban a ese tipo —dice Bull—. Lo enchironaron y él estaba venga dar la lata con su oreja herida, y uno de los guardias le preguntó qué le había pasado, y él contestó que se la había mordido un perro y se le había infectado, y que necesitaba un médico. Dio mucho que hablar, con su Cadillac con matrícula falsa, y oí decir a un policía que ese tipo había asado a la parrilla a una mujer. —Bull bebe el té—. He estado dándole vueltas a que igual la señora Grimball vio el Cadillac y no le habló del asunto a nadie, como tampoco le dijo a nadie lo del coche fúnebre. No dijo ni palabra a la policía. Es curioso cómo la gente piensa que una cosa que ha visto es importante y otra no lo es. Se le podría haber ocurrido preguntar si un coche fúnebre en el paseo por la noche supone que alguien ha muerto y que tal vez debería avisar a la policía. No le hará ninguna gracia presentarse ante los tribunales.

—No nos hará ninguna gracia a nadie.

—Bueno, a ella menos que a nadie —insiste Bull, que levanta la cuchara, pero es demasiado educado para comer mientras hablan—. Seguro que se cree más lista que el juez. Yo me compraría entrada para verlo. Hace unos años, estaba trabajando en este mismo jardín y le vi echarle un cubo de agua a una gata escondida debajo de su casa porque acababa de tener camada.

—No me digas nada más, Bull. No lo soporto.

Sube a la primera planta y atraviesa el dormitorio hasta el pequeño balcón que da al jardín. Benton habla por teléfono y probablemente lleva hablando desde la última vez que lo viera. Viste unos pantalones amplios y un polo, y huele a limpio, con el pelo húmedo. Detrás de él hay un espaldar de tubos de cobre que construyó Scarpetta para que las pasionarias ascendieran como un amante hasta su ventana.

A sus pies queda el patio de losas, y más allá el pequeño estanque que llena con una vieja manguera que pierde agua. Dependiendo de la época del año, su jardín es una sinfonía: mirtos, camelias, lirios de canna, jacintos, hortensias, narcisos y dalias. Siempre le quedan ganas de plantar más azareros y lauréolas, porque cualquier cosa que tenga un aroma delicioso le encanta.

Ha salido el sol, y de repente está agotada, tanto así que se le nubla la vista.

—Era el capitán —dice Benton, y posa el teléfono sobre una mesa con tablero de cristal.

—¿Tienes hambre? ¿Te pongo un té? —le pregunta ella.

—¿Y si te pongo yo algo? —Benton la mira.

—Quítate las gafas para que te vea los ojos. No tengo ganas de mirarte a las gafas de sol ahora mismo. Estoy muy cansada, no sé por qué. Antes no me cansaba así.

Él se quita las gafas, dobla las patillas y las deja en la mesa.

—Paulo ha dimitido y no volverá de Italia, aunque no creo que vaya a pasarle nada. El director del hospital no ha tomado ninguna otra medida, aparte de la evaluación de daños, porque nuestra amiga la doctora Self acaba de estar en el programa de Howard Stern hablando de experimentos sacados directamente del *Frankenstein* de Mary Shelley. Ojalá Stern le hubiera preguntado de qué tamaño son sus pechos y si son reales. Olvídalo, se lo habría dicho, probablemente hasta se los enseñaría.

—Supongo que no hay ninguna noticia sobre Marino.

—Mira, dame tiempo, Kay. Y no te culpes. Conseguiremos superar todo esto. Quiero volver a tocarte y no pensar en él. Bueno, ya lo he dicho. Sí, me incomoda mucho. —Tiende su mano hacia la de ella—. Porque tengo la sensación de que soy culpable en parte, tal vez más que en parte. No habría ocurrido nada si yo hubiera estado presente. Voy a enmendar eso, a menos que tú no quieras.

—Claro que quiero.

—Me encantaría que Marino se quedara lejos de aquí, pero no le deseo ningún mal, y espero que no le haya ocurrido nada. Intento aceptar que le defiendas, te preocupes por él, todavía te importe.

—El patólogo de plantas va a venir dentro de una hora —dice ella—. Tenemos arañuelas rojas.

—Y yo que creía que lo que teníamos era un quebradero de cabeza...

—Si a Marino le ha ocurrido algo, sobre todo si se ha quitado la vida, no lo superaré nunca. Quizá sea mi peor defecto: perdono a quienes quiero, y luego resulta que igual vuelven a reincidir. Encuéntralo, por favor.

—Todo el mundo está intentado encontrarlo, Kay.

Un largo silencio, no se oyen sino los pájaros. Bull aparece en el jardín y empieza a desenrollar la manguera.

—Tengo que ducharme —dice Scarpetta—. Estoy hecha un asco, no pude ducharme allí. No era un vestuario privado, precisamente, y no tenía ropa de muda. No sé cómo me aguantas. No te preocupes por la doctora Self. Unos meses en la cárcel le sentarán bien.

—Grabará allí sus programas y ganará más millones. Alguna otra presa se convertirá en su esclava y le tejerá un chal.

Bull riega un macizo de pensamientos y la rociada de la manguera muestra un arco iris.

Vuelve a sonar el teléfono, y Benton suspira:

—Oh, Señor. —Y responde. Escucha porque se le da bien escuchar, y, en todo caso, no habla mucho, como suele decirle Scarpetta cuando se siente sola—. No —dice—. Lo agradezco, pero estoy de acuerdo en que no hay razón para que estemos allí. No hablo en nombre de Kay, pero creo que sólo lograríamos molestar.

Cuelga y le dice:

—El capitán, tu caballero de reluciente armadura.

—No digas eso. No seas tan cínico. No ha hecho nada para que estés enfadado con él. Deberías estarle agradecido.

—Va de camino a Nueva York. Van a registrar el ático de la doctora Self.

—¿Qué esperan encontrar?

—Drew estuvo allí la víspera de irse a Roma. ¿Quién más estuvo? Es posible que el hijo de la doctora Self. Probablemente el hombre que Hollings sugirió era el cocinero. La respuesta más prosaica suele ser la correcta —observa Benton—. He comprobado el vuelo de Alitalia. ¿Adivina quién iba en el mismo vuelo que Drew?

—¿Estás diciendo que ella le estaba esperando a él en la Scalinata di Spagna?

—No era el mimo pintado de oro. Eso fue una treta, porque ella estaba esperando a Will y no quería que sus amigas se enteraran, al menos ésa es mi teoría.

—Acababa de romper con su entrenador. —Scarpetta mira a Bull llenar el pequeño estanque—. Después del lavado de cerebro de la doctora Self. ¿Otra teoría? Will quería conocer a Drew, y su madre no sumó dos más dos y no cayó en la cuenta que era él quien le enviaba correos obsesivos con la firma del Hombre de Arena. Sin darse cuenta, facilitó el encuentro de Drew con su asesino.

—Uno de esos detalles que tal vez no averigüemos nunca —dice Benton—. La gente no dice la verdad. Tras una temporada, ni siquiera ellos se dan cuenta.

Bull se inclina para podar los pensamientos. Levanta la vista en el mismo momento que la señora Grimball la baja desde su ventana en el piso de arriba. Bull acerca una bolsa de hojarasca y se ocupa de sus asuntos. Scarpetta ve a la entrometida de su vecina llevarse el auricular del teléfono al oído.

—Ya está bien —dice Scarpetta, que se levanta, sonríe y la saluda con la mano.

La señora Grimball los mira y levanta la ventana. Benton la observa inexpresivamente y Scarpetta sigue agitando la mano como si tuviera algo urgente que decirle.

—¡Acaba de salir de la cárcel! —le dice al fin a voz en grito—. Y si lo envía de vuelta allí, pienso quemar su casa hasta los cimientos.

La ventana se cierra de inmediato y el rostro de la señora Grimball desaparece del cristal.

—No puedes haber dicho eso —asegura Benton.

—Pienso decir lo que me venga en gana —se reafirma Scarpetta—. Vivo aquí.

OTROS TÍTULOS
DE LA AUTORA

PREDATOR

«La mayoría de los psicólogos forenses no ha estado nunca en un depósito de cadáveres. Jamás han visto una autopsia y ni siquiera desean ver las fotografías. Les interesan más los detalles del perpetrador que lo que éste le ha hecho a su víctima, porque el perpetrador es el paciente y la víctima no es más que el medio que utiliza para expresar su violencia. Ésta es la excusa que dan muchos psicólogos y psiquiatras forenses. Otra explicación, más plausible, es la de que carecen de valor o de la inclinación para entrevistar a las víctimas o, peor aún, para dedicar un tiempo a sus maltrechos cadáveres.»

La forense Kay Scarpetta investiga una serie de asesinatos perpetrados, a priori, por una misma persona. La investigación la llevará a indagar en Florida y Boston, donde su compañero sentimental, Benton Wesley, participa en un estudio científico sobre asesinos en serie. Uno y otro se servirán de sus respectivas investigaciones para intentar solucionar el complejo caso.

ADN ASESINO

Un investigador del estado se ve obligado a volver a casa desde Knoxville, Tennessee, donde está terminando un curso en la Academia Forense Nacional. Su superior, la fiscal de distrito, una mujer tan atractiva como ambiciosa, tiene previsto presentarse a gobernadora, y a modo de aliciente para el electorado planea poner en marcha una nueva iniciativa en la lucha contra el crimen llamada EN ALERTA, cuyo lema es «Cualquier crimen en cualquier momento». Concretamente, ha estado buscando la manera de utilizar una tecnología de vanguardia para el análisis de ADN, y cree que la ha encontrado en un asesinato cometido veinte años atrás, en Tennessee. Si su fiscalía resuelve el caso, su carrera política indudablemente se beneficiará.

Su investigador no está tan seguro —en realidad, no está seguro de nada que tenga que ver con esa mujer—, pero antes de que pueda dar su opinión, ocurre un suceso violento, un suceso que conmociona no sólo sus vidas, sino también las de todos a su alrededor.

LA HUELLA

Kay Scarpetta regresa a la clínica forense de Richmond (Virginia) —que fuera durante años su centro de trabajo— para participar en la investigación de la muerte de una adolescente. Gilly Paulsson fue hallada muerta en su cama sin aparentes signos de violencia; sin embargo, el hecho de que la autopsia se esté posponiendo más de lo previsto, y que el FBI esté interesado en conocer los resultados de la misma, despierta el recelo de la forense. Benton Wesley, desde su refugio en Aspen, confirma las sospechas de Scarpetta cuando le recomienda cautela tras haber dado con información extraoficial que insinúa que el caso Paulsson podría estar siendo utilizado como tapadera.

Scarpetta, ayudada por Pete Marino, intentará dilucidar qué hay de verdad en todo ello, a la vez que se enfrentará a la hostilidad con que la trata Joel Marcus, el forense jefe que la sustituyó en su cargo, descontento con el regreso de la reputada doctora.

Mientras tanto, Lucy y Benton tratan de encontrar a la persona que atacó a Henri cuando ésta se alojaba en casa de la primera.

Además de revelar la dirección que tomará una y otra investigación, Patricia Cornwell narra la emocionante vuelta de Scarpetta a la institución a la que hizo célebre y de la que fue injustamente despedida.